U0102163

"创新报国 **70** 年"大型报告文学丛书

中国科学院 中国作家协会 中国科学技术协会 联合组织创作

走出"心震"带

秦岭 著

浙江教育出版社·杭州

指导委员会、编辑委员会成员名单

总序

今年是中华人民共和国成立70周年。70年时间，在历史的长河中如白驹过隙，但在中华民族的历史上却是浓墨重彩。中国人民在中国共产党的领导下，从苦难深重的旧中国站起来，在一穷二白的条件下富起来，在百年未遇的变局中强起来，中国特色社会主义事业取得了一个又一个巨大成就。

成立于1949年11月1日的中国科学院，始终与祖国同行、与科学共进——70年来，在党中央、国务院的坚强领导下，几代科学院人不懈努力、顽强拼搏，始终以"创新科技、服务国家、造福人民"为己任，为我国经济发展、社会进步、国家安全等诸多方面做出了重大贡献，成为党、国家、人民可以依靠和信赖的国家战略科技力量。70年峥嵘岁月，中国科学院产出了一大批创新报国的科研成果，涌现出一大批创新报国的先进代表和典型事迹，几代中国科学院人共同谱写了创新报国的华彩乐章。

"创新报国"是中国科学院的优良传统。无论是1965年在世界上首次人工合成牛胰岛素，抑或1988年北京正负电子对撞机首次对撞成功，还是2017年构建天地一体化广域量子通信网络，中国科学院人创新报国矢志不渝。以北京正负电子对撞机为例，邓小平在参观北京正负电子对撞机国家实验室时指出："任何时候，中国都必须发展自己的高科技，在世界高科技领域占有一席之地……高科技的发展和成就，反映了一个国家和民族的能力，也是一个国家兴旺发达的标志。"北京正负电子对撞机的建成，奠定了我国在粒子物理学领域的国际领先地位，是继"两弹一星"之后，我国在高科技领域的又一重大突破性成就。党的十八大以来，习近平总书记始终把创新摆在国家发展战略全局的核心位置，指出"科技是国家强盛之基，创新是民族进步之魂"。中国科学院发扬创新报国的优良传统，不辱使命，再立新功，从"中国天眼"、散裂中子源等重大科技基础设施，到"悟空"号暗物质探测器、"墨子"号量子实验卫星、"慧眼"硬X射线调制望远镜卫星等系列科学实验卫星，再到铁基高温超导、多光子纠缠、中微子振荡新模式、水稻分子育种、量子反常霍尔效应等基础前沿重大创新成果，都充分体现了国家战略科技力量的使命担当和实力水平。

"创新报国"是中国科学院人科学精神的集中体现。无论是扎根边疆、献身植物科学研究的蔡希陶先生，坚持实地调研、重视一手资料的地理学家周立三院士，还是时代楷模"天眼"巨匠南仁东先生、药理学家王逸平先生，他们都用毕生的科学实践诠释了求实、创新、奉献、爱国的科学精神。以南仁东先生为例，为了给"天眼"选址，他跋山涉水，在贵州的深山里奔波了12年；身为项目首席科学家兼总工程师，他淡泊名利，长期默默无闻工作在一线。我们要珍惜这些宝贵的精神财富，大力弘扬他们在科研工作中体现出来的科学精神和专业精神，营造良好的创新文化氛围，推动创新文化建设，增强广大科研工作者的历史使命感和责任感。

"创新报国"是中国科学院科学文化的核心理念。科学文化是影响创造性科研活动最深刻的因素，是科学家创造力最持久的内在源泉。基础研究和原始创新要求科学家具有勇于探索、敢为人先的创新精神，严谨认真、锲而不舍的治学态度，无私忘我、甘于奉献的崇高人格，不辱使命、至诚报国的伟大情怀。中华人民共和国成立之初，百废待兴、百业待举。竺可桢、吴有训等一批饱经战火洗礼的爱国科学家毅然选择留在新中国；赵忠尧、钱学森、郭永怀等一批优秀科学家纷纷放弃海外优厚的生活条件，克服重重阻挠回到祖国。在当时十分艰苦的条件下，他们以高度的爱国热忱投身于新中国的科技事业，积极参与新组建的中国科学院的建设，研制"两弹一星"，制定"十二年科技规划"等，使新中国许多空白领域得到填补，新兴学科得到发展。中国科学院70年的奋斗历程，始终依靠的就是这种文化和精神，我们必须珍视和弘扬。

　　"创新报国"对新时期我国科学文化建设具有重要意义。科学文化本质上是一套行为准则、社会规范和价值体系，包含科学知识、科学方法、科学思想、科学精神等方面。一方面，"创新报国"已经内化为我国科学文化的一部分。"服务国家、造福人民"不但是广大科技工作者的历史使命和社会责任，也是科技工作的出发点和落脚点。另一方面，科技工作者在具体的创新活动实践中，不断深化和丰富了科学文化的内涵。他们所取得的面向世界科技前沿、面向国家重大需求、面向国民经济主战场的创新成果，帮助我们进一步坚定了民族自信和文化自信，为科学文化建设提供了强有力的科技支撑。

　　五年前，出于提高全民族科学文化素养的共同责任，中国科学院、中国作家协会、中国科学技术协会前瞻性地部署了"创新报国70年"大型报告文学丛书项目，目的是聚焦"创新报国"的主题，回顾我国70年重大创新成就，展现杰出科技工作者群体风貌，倡导科学精神、奉献精神和创新精神，弘扬爱国主义、集体主义和理想主义。

　　五年时光，倏忽而逝。这期间，作家舟车劳顿、深入基层采风，审读专家埋首伏案、逐字逐句精心审读，中国科学院研究所同志翻检档案、提供支撑保障，中国作家协会、中国科学技术协会、中国科学院机关和工作团队的同志们鼎力支持、居间协调，浙江教育出版社的同志仔细审稿、严控质量。几许不眠夜，甘苦寸心知。而今，"创新报国70年"大型报告文学丛书首批作品即将付梓与读者见面，相信这批融合了科学与文化、倾注了心血与智慧的作品，这套向历史致敬、向时代献礼的报告文学，能让我们重温激情燃烧、砥砺奋进的70年岁月，进一步坚定执着前行、无悔奋斗的信念，去努力实现建成世界科技强国的美好梦想。

中国科学院院长、党组书记
中国科学院学部主席团执行主席　　白春礼

2019年6月

目录

大千世界，芸芸众生，各色人等，谁没有一颗心呢？

包括你——我亲爱的读者。心，到底是你心理活动的温床，还是你心理世界的墓碑？你的心到底是夯满了铠甲般的老茧，还是震颤着透明的翅翼？

"天有不测风云，人有旦夕祸福"似乎是老话了，可它新鲜如诡异而又犀利的眸子，不惊不乍地窥视着你我的日子。比如地震，它分明就是自然界最阴损、恶毒、霸道的催命鬼，它既能把人类的生命毫不留情地一笔勾销，又能让背负伤痛的亲人万箭穿心。地震有地震带，它来无影去无踪，可甩给千千万万幸存者的"心震"带，却往往"树欲静而风不止"，幽如峡谷，茫无尽头。它既有时间性，又没有时间性；既有空间性，又没有空间性；它既是个体性的"心震"带，又是群体性的"心震"带。一颗颗脆弱的心就这样浸泡在心理危机的深渊里苦苦挣扎，难以自拔。"心震"岂止是地震恶魔的"专利"，还有那不期而至的泥石流、爆炸、洪涝、飓风、车祸、暴恐袭击……

灾难从天而降，我们能看见天；"心震"由心而生，我们却看不见心。

"心震"，是心的翻江倒海，心的地动山摇。

——30 万，这是近年来中国的年平均自杀人数。这个数据，远远超过近几十年来全球任何一次自然灾害造成的死亡数据。死因固然千头万绪，但有一点是铁律：心理危机。也就是说，他们死于"心震"。

都知道发生在 1976 年的唐山大地震死亡 24 万人，却很少有人注意到这个悄然存在的 30 万。

庄子曰："夫哀莫大于心死，而人死亦次之。""心震"，是灾难中的灾难，它不在尸骨堆砌的死亡之谷，而在芸芸众生的一念之间。

"十年生死两茫茫。不思量。自难忘。千里孤坟，无处话凄凉。"心是容易震动的，因为，它是心。这世间从来没有什么铁石心肠和磐石之心，除非，那不是心，真的只是一块带血的石头。2008 年"5·12"汶川大地震以来，我除了创作过与地震有关的纪实文学，还出版过一部小说集《透明的废墟》。在这部小说集里，我试图用虚构和想象走进死难者和幸存者的内心，可灾区的粉丝告诉我："秦岭先生，您还得写，因为'心震'是我们的现实，也是我们的生活。写'心震'的小说，我们会用心读的。"

用心？我自己的心反而一阵紧缩。当你习惯了地震带、事故多发带、事故现场等令人惊惧的字眼时，是否思量过与之对应的生命劫数？当你在某个安宁的月夜，通过新闻媒体举家感知那些遽然逝去的生命和仿佛匆匆奔向天国的亡灵时，可否意识到你和家人属于幸存者？某个午后，当你在茶楼听当事人讲述一个、十个、几万个、几十万个同胞的死亡事件洞穿原本安宁、祥和的家庭、校园、社区、村庄时，你是否会轻轻放下茶杯，悄悄聆听过你自己的心？它，在"震"吗？

央视主持人白岩松告诉我："关注这一问题，首先要用心。"

痛,莫过于面对亲人的死。"千年万年松柏风,悲尽死亡人不见。"一个人的死亡,往往是他周围的人们承受极度悲痛和心灵创伤的开始,这还不包括死者的远亲、同学、朋友、同事以及有交集的其他人。那么,一大批人的死亡呢? 第三世界科学院院士、中国科学院心理研究所(简称"中科院心理所")原所长张侃告诉我:"家庭是社会的基本单元,一个成年人的意外殒命,会让两个以上家庭的十多人遭受不同程度的 PTSD(post-traumatic stress disorder,即创伤后应激障碍)心理创伤。其中,有的人可能难以承受打击,导致更为严重的心理危机和心理疾病,比如精神分裂症、抑郁症、恐惧症……"

心由哀死,死由哀生,这会是人类心理世界的宿命吗?

心灵最容易用灾难之"茧"作茧自缚,而破茧成蝶走出"心震",谈何容易!

从 2008 年起,我走过中国的大部分地震灾区,有的灾区至少去过三次,比如汶川地震灾区。在这片曾经祥和、宁静的大地上,死亡、失踪人数超过 8 万,受伤人数近 40 万,而遭受心理创伤的人数超过 465 万。也就是说,遭受心理创伤的人数是死亡、失踪人数的近 60 倍。心理专家刘正奎用文学化的语言这样诠释:"'心震',是灾难的真正余震。"

在灾区,我接触过两类从四面八方赶来的救援者,这是一个庞大而特殊的群体,一类是"挺起脊梁架房梁"的灾后重建者,另一类也是重建者,但后者重建的对象,是心灵的废墟。这样的"援建",在心理学范畴叫灾后心理援助,援助者是由中科院心理所、中国心理学会在全国范围内组织、动员起来的心理专家和志愿者。

"逝者已矣,生者如斯。"这是古人用情怀和境界总结的生死观。它是对生命的教化,也是对生存哲学的布道。可是,"人非草木,孰能无情",面对日子、现实和亲情的逻辑,要如何才能真正走出"心震"带?

心理学家艾瑞克·弗洛姆说:"尊重生命尊重他人也尊重自己的生命,是生命进程中的伴随物,也是心理健康的一个条件。"可还是有那么多人丧生于"心震"。中科院心理所原副所长张建新告诉我:"灾后的自杀率,比平时高出很多。"

在我生活的城市,有个女士的自杀方式十分惨烈:她选择从 25 层楼的楼顶跳了下去。原因是多年前的一次车祸中,她深爱的丈夫和女儿同时罹难。多年来,她始终走不出"心震",最终选择在多年后的那个暗夜强行终结了自己的生命。她也许真的和丈夫、女儿在另一个未知世界团聚了,却把她年迈的父母双双推进了"心震"带。我见到她父母的时候,二老正在接受心理师的心理援助。他们神情黯然,面如死灰。

天津港大爆炸之后,一个终于从 PTSD 综合征中走出来的白领对我说:"如果没有心理援助,我恐怕一辈子都将被爆炸现场与鲜血、残肢有关的记忆裹挟,无法融入正常人的生活。"在北川地震灾区,一个失去双臂和左腿的女士告诉我:"我曾三次自杀,都被人发现后劝住了,后来心理专家走进了我家。我不能再自杀了,怕所有帮助过我的人难过。"在舟曲泥石流灾区,一个失去父亲、母亲、妻子、儿子、女儿的男士告诉我:"如今,家里就剩我一人了,一开始,我对生活没有了念想,直到心理专家来咱这里,我才知道还有一门叫心理学的学问。走出自己,才发现生活还有另一面。我得活着。"

我,唯有倾听。这不是带血的语言,这是心灵复苏的声音,透明,晶亮。

心理专家史占彪说:"我们只有走进'心震'带,患者才能走出

'心震'带。"

同样是走，前者是进，后者是出，两者构成了灾后心理援助与援助对象的互动逻辑。十年了，到底有多少心理专家和志愿者走进过各处灾区？中科院心理所给我提供的数据是：2万多人。从汶川地震开始，这支特殊的队伍从无到有，从小到大，几乎覆盖了全国所有的灾区。

我决意重返灾区。2018年8月16日，我选择从北京市朝阳区林萃路16号院出发，这里，是中科院心理所。

我沉重的行囊里带着《透明的废墟》，这是汶川地震十周年精装纪念版。我宁可认为，此行，是从心灵的废墟上，再次寻找透明。

　　　　　　　　　　　　　　　　2018年12月15日于天津观海庐

第一章 灾难的远与近

Chapter One

一

灾难，到底离你远，还是近？

"灾难来自意识不到的地方，最使受害者难受。"此话来自古希腊的《伊索寓言》。

意识不到的地方，显然不是空间距离，而是心的距离。西方另有一句古老的名言："所有的灾难，不过是因为眷恋。"真是一语中的。如果不是眷恋，这世间就没有了灾难的受害者。

先哲们的发声似乎古老，似乎离我们遥远，可它绝对不是出土文物，它新鲜如刚刚出笼的馒头、豆浆或者烩菜，一日三餐，你不得不吃。我是服了古人的，因为灾难始终与人类历史相伴。历史一以贯之，灾难如影随形。说白了，所谓人类历史，同时也是一部灾难史。冯梦龙在《醒世恒言》中云："闭门家中坐，祸从天上来。"一语道破了灾难的不确定性与人类命运的无常。

灾难是从来不认账的，灾难厚厚的账簿里对死亡的表达，没有任何因果逻辑和公式换算，只有毁灭、坍塌、流血、惨叫、挣扎、呻吟、眼泪、遗体……这本身就是一堆乱账，乱账一如灾难本身。

但它不是一笔糊涂账，它把残酷的、血淋淋的数据甩给了人间，然后冷眼旁观，处之泰然，装傻充愣，像没事人似的。它可能也戏谑地埋汰过："哈，怎么着？在我面前，你们人类如此脆弱。"

面对灾难和死亡，但凡乐不可支、喜不自胜、手舞足蹈者，如果不是精神分裂症患者，多数是有反人类倾向或别有用心的家伙。灾难，也会衍生一大批反应复杂、情绪异常的抑郁症、狂躁症、PTSD群体。

我们当然要对脚下的地球表示敬意。在浩瀚无垠、神秘莫测的宇宙中，只有它老人家无条件地接纳了我们。它广阔、博大、富有而美丽，承载着生命和梦想，可它也从来没有消停过。人类有一万个理由让它消停下来，可所有的理由都像没有根基的奢望和幻想，人类只能在愿景中默默承受和祈祷。地球无法消停，就像当初伴随宇宙大爆炸的诞生一样，它本身就是一个巨大而惨烈的事件。那次发生在130多亿年前的宇宙大爆炸，你可以理解它是一次举世无双的碎裂，也可以理解为一次绚丽夺目的礼花。碎裂像分娩，礼花像对生命的一次宣告。

我们无法回头反思或者欣赏这样的逻辑，可这样的逻辑，正是我们和地球的宿命。

人类有单纯的一面，比如提起大自然，往往习惯将它与自己居住的地方区别开来。实际上，我们分分秒秒都没有离开过大自然，我们的城市、乡村和所有动物的巢穴一样，不过是苍茫大自然中的安身之所。人以城市和乡村的形式在大自然中安居，飞禽走兽以巢穴的形式在大自然中栖息。

一次自然灾害，可以把一切拽回原点。就像风筝一样放飞的生命，在空中经历过绚丽和梦想之后，一次断线，它就是泥淖里的一张废纸。

我们从来没有离开过自然灾害，包括大的、更大的，小的、更小的。

且不论人类以外的其他动物，比如那些早已在大自然中销声匿迹了的恐龙、巨犀、海雀、袋狮、古巨蜥、双门齿兽、史德拉海牛、斑驴……归根结底，是大自然的灾难，彻彻底底从地球上打发了它们。我们无法感知它们在自然灾难中感受过的所有痛苦，我们唯一能获知的信息，是地球上千千万万曾有过生命痕迹的高山、荒原、城郭遗址和山洞，还有消逝者残存的化石。

你是否想过，我们举家过日子使用的煤炭和石油，本身就是巨大灾难的产物，它们，本质上分别是远古时代植物和动物遗体掩埋在地下或海洋之后发生化学变化的结果。

在岁月的长河中，人类自身到底经历过多少灾难，我无从考证，也无法探究。受人类文明发展史的局限，人类对史前的一切灾难，大都归于神话和传说，而人类文明初肇以来的灾难记载，多半是一些重大自然灾害。一般来说，重大自然灾害指在大范围地区发生并且对人类的生产、生活产生重大影响的自然事件，包括地震、洪水、飓风、雪暴、森林大火、海啸和流行病等。瞬间发生的灾害给人类生存和生活带来的，除了威胁，便是痛苦。

2018年9月，天津博物馆举办"庞贝：瞬间与永恒——庞贝出土文物特展"，我带着叩问的心态走进了天津博物馆展厅。

除了文物，专家采用声、光、电等现代科技手段，形象地恢复了当年庞贝的"原貌"，于是，我有幸"走进"了庞贝古老的民宅、别墅、贸易市场、商铺、面包房、温泉澡堂、仓库以及剧场、斗兽场和运动场。而这一切，伴随着公元79年10月17日那天维苏威火山的大爆发，全部被烈焰滚滚、排山倒海的火山灰掩埋。五六米厚的火山灰，毫不留情地将庞贝连同2万多条人类生命从地球上悉数抹掉。

灾难想办的事情，并不费吹灰之力。

面对灾难，5000年前的玛雅古城又当如何呢？关于玛雅及其文化的消失，有"天灾说""传染病说""经济问题说""社会问题说""集体自杀说"等。说东道西，说长道短，其实都是灾难说。

我想到了西方的"挪亚方舟"。相传，挪亚按照上天和他的立约，用了整整120年的时间造好了方舟，然后带着妻子，三个儿子闪、含、雅弗和他们各自的媳妇，共8口人住进了方舟。又根据上天的旨意，让各种各样的飞禽走兽也进了方舟。七天之后，倾盆大雨昼夜不停地下了40天，顿时天地洪荒，浩渺无际，人、兽、鸟、虫，一切血肉之躯，统统葬身洪涝深渊，万劫不复⋯⋯

所有的神话，其实都是人说的话，有关灾难，也有关救赎。

按照"挪亚方舟"故事中的逻辑，除了方舟中的生命，地球上的其他生命悉数消失，其中人类死了多少，我们不知道。

而从人类有文字的灾难记载中，我们何尝想象不出"挪亚方舟"般悲剧的"情景再现"？

14世纪四五十年代，被称为"黑死病"的鼠疫在欧洲暴发，瘟疫恶魔先是在意大利的佛罗伦萨滋生蔓延，然后通过陆路、水路，辐射到欧洲的四面八方，横扫巴黎、伦敦、巴塞尔、法兰克福、汉堡，最终抵达俄国。这个可怕的"黑死病"，很快就"黑死"了2500万人。这个数字，相当于当时欧洲总人口的三分之一。

1730年，日本北海道发生7级大地震，地震同时带来了山体滑坡，共造成13.7万人丧生。1923年9月，日本关东地区发生7.9级强烈地震，导致 15 万人丧生，200 多万人无家可归。

1737 年 10 月 11 日，印度加尔各答发生大地震，近 30 万人从此离开人间。

1883 年 5 月 20 日，喀拉喀托火山爆发，附近几十平方千米从天而降火球雨，一团高度为珠穆朗玛峰 3 倍的浓烟笼罩在火山上，喷发的剧烈声响相当于在广岛爆炸的原子弹的 1.3 万倍，爆炸威力相当于 1.9 亿吨 TNT 炸药，死亡人数超过 3.6 万。

1908 年 12 月，意大利墨西拿大地震引发海啸，死亡人数达 30 万。

1970 年 5 月，安第斯山脉位于秘鲁的瓦斯卡兰山峰发生大雪崩，容加依城全部被摧毁，造成 2 万居民死亡，受灾面积达 23 平方千米。

2004 年 12 月，印度洋海底爆发 9.2 级地震，其能量相当于 2.3 万颗原子弹爆炸，高约 15 米的海浪袭击了 11 个国家，死亡人数为 29.2 万。

2010 年 1 月的海地大地震，首都太子港及全国大部分地区受灾情况严重，死亡人数达 27 万。

2011 年 4 月，美国得克萨斯州在短短的一周内发生了 343 次龙卷风，夺走了 550 人的生命，这是美国历史上最致命的龙卷风灾难之一。

……

根据国际灾害数据库（EM-DAT）的统计报告，仅 1999—2009 年间，全球共发生自然灾难 3886 起，比 1980—1989 年间发生的 1690 起，增长了一倍多。而更有迹象显示，由于全球气象变化，可能导致未来重大灾害进一步增多。

除了自然灾害，我们一定听说过以下一系列与人类自身有关的重大灾难：魁北克大桥事件、"泰坦尼克"号事件、"兴登堡"飞艇事故、"挑战者"号事件……

我是个航天迷，我至今记得 1986 年 1 月，全球电视直播美国"挑战者"号航天飞机腾空而起前的盛况。荧屏里，7 名宇航员面带微笑，向人们频频挥手……十几分钟之后，伴随着剧烈的爆炸，"挑战者"号在空中变成了一个巨大的火球。

那次深情的挥手，成了 7 条宝贵生命和人间的挥别。

我也热爱电影，我非常清楚自己为什么把电影《泰坦尼克号》看了三遍。是灾难状态中的人——我们同类的人性光彩，吸引了我。

有时候，灾难有迹可循。但有时候，灾难毫无征兆。

"灾难是在你忘了它的时候来临的。"这是源自欧洲的一句至理名言。

欧洲还有这么一句名言："死亡是一场灾难，却更是活着的人的灾难。"

何谓"活着的人的灾难"？它和 PTSD 有着千丝万缕的关系。

二

让我们把目光投向自己脚下的这片热土：中国。

灾难，与中国历史牢牢地捆绑在一起，而我们，无法替我们自己的历史松绑。

"天地玄黄，宇宙洪荒。"有历史记载以来，中国就灾害频发，祸害不断。很多神话和传说中的灾难，不仅和"挪亚方舟"的传说神似，甚至在时间上可以追溯得更为遥远。至于伏羲女娲在洪荒时代为什么要躲进葫芦里漂流，盘古为什么要开天，后羿为什么要射日，精卫为什么要填海，大禹为什么要治水，我就不在这里赘述了。

但关于女娲补天，我有必要补充一点。

《史记·补三皇本纪》记载，水神共工造反，与火神祝融交战。共工被祝融打败了，气得用头去撞世界的支柱——不周山，导致苍穹塌陷，天河之水倾泻人间。女娲不忍生灵受灾，于是炼出五色石，高擎补天……

这样的灾难，到底是天灾，还是人祸？

中国还有一个成语：天灾人祸。

它是否和古希腊的《伊索寓言》一样古老，我不知道。我只知道这是令人胆战的四个字。

我只想拓展一下被这个成语一网打尽的灾难现象，比如山崩地裂，地动山摇，火山爆发，山洪滚滚，泥石狂泻，狂风暴雨，大雪阻道，千里冰冻，水断粮尽，骨肉分离，兵连祸结，交通事故……

"烨烨震电，不宁不令。百川沸腾，山冢崒崩。高岸为谷，深谷为陵。哀今之人，胡憯莫惩……"形象，逼真，直观，恐怖。略通文史之人，都知道这首诗出自《诗经·小雅》。诗歌呈现了一场山崩地裂、惨绝人寰的大灾难。

唐代诗人杜牧在《李甘诗》中有这样的呈现："九年夏四月，天诚若言语。烈风驾地震，狞雷驱猛雨。夜于正殿阶，拔去千年树。"说的是唐大和九年（835 年）发生的大灾害。狂风呼啸，雷霆万钧，暴雨如注，地动山摇，屋摧树倒，一片恐怖景象。

元稹有一首诗叫作《酬乐天叹穷愁见寄》，是专门写反常天气的，其中有这样的句子："三冬有电连春雨，九月无霜尽火云。并与巴南终岁热，四时谁道各平分。"

关于水患，白居易在诗歌《大水》中有这样的描写："工商彻屋去，牛马登山避。况当率税时，颇害农桑事。独有佣舟子，鼓枻生意气。不知万人灾，自觅锥刀利。吾无奈尔何，尔非久得志。九月霜降后，水涸为平地。"

也有关于旱情的。"赤地芳草死，飙尘惊四塞。戎冠夜刺闺，民荒岁伤国。赖以王猷盛，中原无凶愿。杨公当此晨，省灾常旰食"语出唐代诗人皎然的《同薛员外谊久旱感怀寄兼呈上杨使君》。

而关于灾难的具体记载，何止千万。

西汉末年，如今的天津市静海区曾发生过史载以来最大的一次海啸，"海水溢，西南出，浸数百里，九河之地已为海所渐矣"。郦道元在《水经注》中云："海水北侵，城垂沦者半。"海啸吞没了静海地区，致使早期形成于这里的东平舒文化了无踪迹。直至隋以前，这里仍为"渤海西南隅一泽国"。

肆虐的瘟疫曾于东汉末年席卷中原地区，那时"家家有伏尸之痛，室室有号泣之声，或合门而亡，或举族而丧者"。当时全国原有人口 5000 多万，灾后仅存 560 多万，相当于约 90% 的人口化为乌有。

明嘉靖三十四年（1555 年）腊月十二，陕西省华县发生强度为 8—8.3 级的地震，周边 101 个县遭受重创。据《明史》记载："华岳终南山鸣，河清数日，官吏军民压死八十三万有奇。"由于地震于子时发生，多数人还在熟睡之中，因此逃生者寥寥，这次地震中的死亡人数是中国乃至世界之最。

中国历史上最大的旱灾要数清光绪初年的华北大旱灾，1876—1879 年，旱灾不仅使农业绝收，田园荒芜，而且饿殍载途，白骨盈野，饿死的人竟在 1000 万以上。"丁戊奇荒""饥则掠人食"，一场旱灾将人间变成了地狱！

1920 年 12 月 16 日 20 时 5 分 53 秒，宁夏海原县发生震级为 8.5 级的强烈地震，释放的能量相当于 11.2 个唐山大地震。它不但在中国历史上罕见，也是至今世界范围内发生的震级最高的地震之一。当时，全世界 96 个地震台都记录了这场地震，海原大地震也由此被称为"寰球大震"。海原周边虽然人口稀少，但也造成 27 万人死亡，4 座城市毁于一旦。

那天，我在中科院心理所查阅资料时，发现仅 1908—2008 年间，世界上死亡人数最多的"十大重大自然灾难"中，我国就占 4 起，比如发生在 1976 年 7 月 28 日的唐山大地震，共死亡 24.2 万余人，重伤 16.4 万人。

我还是稍微延伸一下吧，只为不被忘却的纪念。比如，1950 年 7 月的淮河大水、1954 年 7 月的长江及淮河水灾、1959—1961 年的三年困难时期、1963 年 8 月的海河水灾、1966 年 3 月的邢台地震、1970 年 1 月的通海地震、1975 年 8 月的河南水灾、1985 年 8 月的辽河水灾、1998 年 7 月下旬至 9 月中旬的长江流域大洪水、1999 年 9 月的台湾南投地震……死亡人员的数据，不忍一一罗列。

20 世纪 80 年代，由于全球范围灾害发生频率和因灾死亡或受害人数都大幅增加，1987 年第 42 届联合国大会通过 169 号决议，将 20 世纪最后十年命名为"国际减轻自然灾害十年"，并于 1989 年通过了《国际减轻自然灾害十年国际行动纲领》。

2008 年 5 月 12 日的汶川地震，不仅伤亡惨重，震惊全球，其后短短几年内，还发生了玉树地震、舟曲泥石流、盈江地震、彝良地震、芦山地震、抚顺洪灾、鲁甸地震、长江"东方之星"客轮沉没、天津港大爆炸、九寨沟地震、盐城风灾、寿光暴雨……

"东方之星"客轮，不过一条船，却死亡 442 人，获救仅 12 人。

汶川地震无疑是中华人民共和国成立以来破坏力最大的地震，也是唐山大地震后伤亡最严重的一次地震。根据地质调查所测量，震源深度约在地表下十千米处承受了相当于 251 颗广岛原子弹的威力，地震的面波震级达 8.0Ms、矩震级达 8.3Mw，地震烈度达 11 度。这次地震属于浅层的"板块内地震"，推测与喜马拉雅山造山运动有间接关系，释放出的能量超过台湾 1999 年 9 月 21 日南投地震（南投地震造成死亡、失踪 2400 多人，受伤 1 万多人，灾民 32 万人）的 5 倍。汶川地震波及大半个中国及亚洲多个国家和地区，北至辽宁，东至上海，南至中国香港、中国澳门、泰国、越南，西至巴基斯坦均有震感。地震严重破坏地区超过 10 万平方千米，其中，极重灾区共 10 个县 (市)，较重灾区共 41 个县 (市)，一般灾区共 186 个县 (市)。截至 2008 年 9 月 18 日 12 时，汶川地震共造成 69227 人死亡，374643 人受伤，17923 人失踪。地震波及人口约 2000 万，直接受灾人口约 1000 万。

宋代诗人高翥云："纸灰飞作白蝴蝶，泪血染成红杜鹃。"

许多妻子失去了丈夫，许多丈夫失去了妻子，许多幸存者失去了孩子、父母、兄弟姐妹。但凡幸存者，谁敢回忆那曾经的血浓于水、寸草春晖？谁又敢品味那过往的海誓山盟、碧海青天？谁还敢追念那岁月里的骨肉至亲、舐犊情深？

人世间，谁不爱自己的的孩子？那是父母的骨血，是心头之肉，是"心肝宝贝"。可是，一次汶川地震，独生子女死亡、失踪或伤残的家庭就有 8000 多个。

这 8000 多个家庭瞬间陷入了天塌般的苦难挣扎之中，几万个爸爸妈妈、爷爷奶奶、姥姥姥爷痛不欲生，生不如死。

这岂止是"白头老母遮门啼，挽断衫袖留不止"啊！

何曾想那"十月胎恩重，三生报答轻"中的"恩"与"报"，那"慈母手中线，游子身上衣"中的"线"和"衣"，那"母称儿干卧，儿屎母湿眠"中的"卧"与"眠"，那"感时花溅泪，恨别鸟惊心"中的"泪"与"心"……

经国务院批准，自 2009 年起，每年 5 月 12 日为全国"防灾减灾日"。

2008—2018 年，我国因灾死亡人数达 9.5 万，受灾人口近 1 亿。

有灾后，必然有灾前和灾中。

灾前当然是生活的常态，无需我赘言。灾中是灾难的过程，是灾后心理援助最为悲壮的理由。而恶魔就像穷凶极恶的暴徒，不光挟持了人质并强行撕票，还嚣张地对救援者狂言："来吧！"然后丢下遇害者的尸体，逍遥而去。

灾难，更像对灾后心理援助者拉开的黑色帷幕。幕后的舞台上，上演的不是独幕剧，而是多幕剧。

刘正奎告诉我，有些伤害，也许不会在人们的记忆里逗留太久，譬如，因燃放爆竹而引发的事故。因为这样的事故具有分散性、个体性特点，十分容易被人们忽视。

灾难的规模有大小，但生命的尊严无高低。

三

灾难与毁灭，人类生命永远无法承受之重。

大概是三年前吧，我应邀去上海某大学参加一个文化活动，本来约定也要参加活动的某位教授朋友却在前一天突然去了美国。后来才知道，他引以为豪的宝贝——在美国攻读博士学位的儿子两天前从楼顶跳了下去。楼很高，儿子用年轻的生命在异国的空中画出的那道抛物线，至今让目击者心有余悸："下落的速度，也就一两秒吧，然后是一声巨大的响声……"

原因，仅仅因为失恋，这孩子杀害了女方，然后选择毁灭自己。

另一位朋友告诉我："这孩子在国内的时候，我见过很多次，很英俊的一个少年，性格腼腆，从小到大都是班里的尖子生。无可否认，他几乎是在温室里养大的，家长非常呵护这个独生子，高考之前，连远门都不让他出，可他第一次出远门，就漂洋过海到了异国他乡。"这位朋友补充了一句："记得这孩子有次感慨，长这么大，没有经历过一次磕绊。灾难，距离他太遥远了。"

可是，当灾难降临时，迅即成了零距离。

他不仅把灾难带给了别人，自己也被灾难一口吞噬。灾难从来不讲客套，这孩子既然制造了灾难，灾难也就毫不客气地带走了他。

一名心理专家给我推荐了一篇文章《中国留学生抑郁自杀频发：家长的"高期望"是压垮孩子的最后一根稻草》。文章中，中国留学生自杀的案例触目惊心：2018年2月，在加州大学圣芭芭拉分校就读的中国留学生刘某某自杀身亡，年仅20岁。5月，一名医学系放射科的中国女生刘某自缢身亡，年仅26岁。10月，一名中国留学生在曼哈顿卧轨身亡，年仅18岁。同月，美国犹他大学生物学博士生唐某从大桥上跃下身亡。年底，康奈尔大学材料工程专业四年级学生田某在考试期间被发现于公寓内死亡，年仅21岁……

而耶鲁大学研究人员2013年发布的一项调查数据显示，在耶鲁大学的中国留学生中，45%的人有抑郁症状，29%的人有焦虑症状。

问题是，是谁，让灾难在暗处向他们虎视眈眈？

关于灾难的远近问题，成为我近期在天津某大学讲座中的一次发问。当时，台下的几百名大学生一时面面相觑，无所适从。那天的窗外，洁白的云朵在蓝天自由徜徉，垂柳在春风里惬意地摆弄着修长而曼妙的腰肢，幸福的画眉在对面的石砌假山上呢喃。风儿轻轻，花儿娇娇。安详的世界一如无忧无虑的睡眠和如诗似画的梦境，这样的安详，像极了安详的本质，也靠近安详本身的意义。

"假如，这里突然变成灾难现场呢？"我突然发问。

台下是愕然的眼神，那一大片亮晶晶的明眸，真实、纯净如早春的露珠。

"……不会吧。"我听见了窃窃私语。

我又问："再假如，你们都是灾难的幸存者，你们灾后的心理会是什么反应？"

没人能正面回答这个问题。答案，已不言而喻。

可当我提到由灾难引发的心理危机、心理疾病时，同学们突然显得无比亢奋，争先恐后地给我提供案例。所谓案例，其实更多是国内外名人自杀的事件，比如荷兰画家梵·高、美国影星玛丽莲·梦露、日本作家川端康成和三岛由纪夫，我国歌手陈琳、作家三毛以及影星翁美玲、陈宝莲、张国荣……

这是影视演员的行踪、恋情、婚姻足以在大范围内引起高度关注的时代，特别是艺人的意外早逝，足以构成一个重大事件。那一刻，一个与灾后心理创伤似乎毫不相干的逻辑，如此现实地摆在了我面前。

话说到这里，似乎远离了我诠释灾难主题的要义，可我相信，这是灾难的另一种远与近。

我问大学生们："什么叫 PTSD？"

举手者寥寥，而能准确回答上来的几乎没有。

就在几天前，有个披头散发、袒胸露乳的中年妇女赤脚从我们校门外蹦蹦跳跳而过，分明是一个离家出走的精神病患者。她是谁？她家住何处？家里还有什么人？她经历了怎样的心理创伤？她的心理创伤到了何种程度？她这是要去哪里？她还会出现吗？

无人知晓。

了解各种灾难，就是了解伤害；了解伤害，就是了解自己。

毋庸讳言，无论天灾还是人祸，对人类心理的巨大冲击和损害，在于它们都会在第一时间席卷幸存者的精神家园，造成大量包括 PTSD 在内的心理危机和心理疾病。灾难过后，人们惊恐、惧怕、封闭、麻木、失眠、抑郁、精神分裂，甚至由心理疾病转换到生理疾病，再被生理疾病摁倒在死神血淋淋的砧板上……

张侃告诉我："与人类相关的任何一场灾难，遭受心理危机的人数，往往数倍甚至数十倍于遇难人数。如果不及时提供灾后心理援助，任凭PTSD蔓延，后果不堪设想。"

PTSD并不是死难者留给活人的遗产，可很多活着的人却要照单全收。

第二章　狰狞的 PTSD

Chapter Two

一

什么叫 PTSD？它似乎只是四个英文字母。

经受过汶川地震的四川灾民提起这个后来耳熟能详的英文缩写，戏谑地把它称作"鼻涕爱丝的""屁替挨死的""皮的哀死的"……不一而足。

话中有话，话中有对 PTSD 的愤懑、哀怨和千千心结。

"我自我感觉真有点不正常，这是 PTSD 症状吗？我是 PTSD 人员吗？我到底是还是不是呢？我真害怕！"

这是 2016 年仲夏的一个中午，我们为目睹了天津港大爆炸火光与浓烟的张兄压惊时，他无休止地唠叨。那些日子，他基本的心理反应是：工作无法安心，回家茶饭不思，抱头便睡。他告诉我："其实我家距离爆炸现场还有老远，我只看到了火光和浓烟，我知道，有一百多人在爆炸中遇难了，我们算幸存者。如今，那样的印象无法在我脑海里烟消云散。"

后来他找了中科院心理所设在天津港的心理援助工作站。专家告诉他，他不仅有 PTSD 症状，而且还不轻。

一个正常人，就这样在毫不经意间，一个转身，变成了非正常人。

当他从 PTSD 症状中走出来时，已经是两个月以后。他给我发了一条微信："天哪！我假如走不出来呢？"

这让我想起美国诗人罗伯特·洛威尔的名言："灾难就像刀子，握住刀柄就可以为我们服务，拿住刀刃会割破手。"

PTSD 这个魔鬼，它到底在哪里？

刘正奎告诉我："其实，只要是个心理正常的人，就极有可能遭受 PTSD 的疯狂袭击。严格地说，每个人的心灵深处都潜伏着这样一个魔鬼，它只不过在伺机等待。"

伺机等待？它在等待什么，答案一目了然了：大灾，或者，小难。

刘正奎从学理层面为我作的介绍，让我渐渐认清了 PTSD 邪恶的真容。PTSD 即创伤后应激障碍，指人经历、目睹或遭遇到一个或多个涉及自身或他人的死亡，或受到死亡的威胁，或严重的受伤，或躯体完整性受到威胁后，所导致的延迟出现和持续存在的精神障碍，它是英文 post-traumatic stress disorder 的缩写。人在遭遇灾难或剧烈的、异乎寻常的精神刺激、生活事件时，都会有强烈的心理应激反应，例如心跳加快、手心出汗、肌肉紧张等。有一些人会出现强烈的害怕、失助或恐惧现象，并伴随着麻木、脱离或丧失情感反应，对现实世界表现出一种疏远状态，精神缺乏生气，感觉生活是不真实的、遥远的或虚假的，似乎在做梦。这种情况如果在 1 个月内反复出现，表明患上了急性应激障碍（acute stress disorder，ASD）。如果持续三个月以上，便转化为 PTSD。遭受 PTSD 的时间短则几年，长则持续数十年，有人甚至会终身受其困扰而不自知。实际上，时间有时并不会治愈一切，我们的思维或情绪会记住曾遭受过的创伤。而遭遇 PTSD 也不代表一个人就"精神脆弱"，因为，人是"情感动物"。

刘正奎告诉我，国内外专家研究分析后认为，几乎所有经历灾难事件的人都会感到巨大的痛苦，但只有部分人最终成为 PTSD 人员。影响 PTSD 发生的有关危险因素有：存在精神障碍的家族史与既往史、童年时代的心理创伤（如遭受性虐待、10 岁前父母离异）、有神经质倾向、创伤事件前后有其他负面生活事件、家境不好、躯体健康状态欠佳等。实际上，PTSD 作为一种创伤后心理的失衡状态，最为突出的反应包括噩梦、性情大变、情感解离、麻木感、失眠、逃避会引发创伤回忆的事物、易怒、过度警觉、失忆和易受惊吓等。

专家研究发现，PTSD 离我们并不遥远。接近 90.0% 的人在其一生中至少经历过或目击过一个创伤性事件，有 37.7% 的人遭受或目击过暴力攻击（如强奸、殴打、战争），59.8% 的人受到过伤害或惊吓（如威胁生命的事故、自然灾害、疾病或目击创伤性事件），60.0% 的人曾面临突发的亲人意外身亡，62.4% 的人经历过亲人非致命性的创伤性事件（如女儿遭强奸、配偶在交通意外中严重受伤）。这些都可能导致 PTSD。

据刘正奎介绍，创伤性事件对生命构成威胁的程度越严重，创伤持续时间就越长，患上 PTSD 的可能性就越大。另外，灾害再次发生的可能性、在多大程度上目睹了死亡、濒死及毁灭、创伤事件发生中个人角色以及发生后各种社会支持的情况等都决定了 PTSD 的发生率。

心理学上把 PTSD 的核心症状分成三组，即：闯入性症状、回避症状和激惹性增高症状。相对而言，儿童与成人的临床表现不完全相同，且年龄愈大，重现创伤体验和易激惹症状也愈明显。

当然，这只是一个相对的考量，并不意味着年龄小的人就与 PTSD 无关。儿童在心智尚未成熟之前，一旦被 PTSD 攻陷，后果则往往不堪设想。

PTSD 会阻碍儿童日后独立性和自主性等健康心理的发展。一次交通事故之后，无论受伤与否，约 25% 的儿童会患 PTSD。在现实生活中，那些缺乏父母关爱的青少年更易罹患此病。另外，幼年期遭受过躯体或性虐待的，其中 10%—55% 的人成年后有可能患 PTSD，50%—75% 的人 PTSD 症状会一直延续到成年。青少年罪犯中，PTSD 的患病率是普通青少年的 4 倍，其中，女性是男性的 2 倍。

就在我生活的城市，我至少听到过 5 起小学生离家出走、3 起初中生跳楼的悲剧。一位社会学家曾说，这，难道仅仅是受 PTSD 困扰的青少年的悲哀？

从文学意义上讲，PTSD 实际上是我们现实生活中人性的一部分，它像钉子一样宿命般地锲进了我们的心灵。现实中，我们常常接触到这么一些人，譬如某某人调换了多个工作岗位，仍然无法融入集体；某某人始终无法营造婚后的家庭氛围，最终导致离异；某某人教养子女时经常显得束手无策；某某人面对亲友的抱怨和疏远，成为曲高和寡的独行者……

也许他根本就不知道，他在家庭、社会中的焦虑、自责、怀疑、警觉、抱怨，与他心中隐藏的那个 PTSD 有关。

只是，这样的人往往不懂自己。一个人，要真正读懂自己是困难的。

有句老话说："时间是一味能治百病的良药。"可是，时间在 PTSD 面前，有时还真不管用。心理专家张建新告诉我："有些人，一辈子也走不出来。所以，干预显得如此重要。"

归根结底还是那四个英文字母：PTSD。

心灵是自己的世界，可以是天堂，也可以是地狱。天堂可以变成地狱，地狱也可以变成天堂。

健康的很大一部分，是指人的心理健康。

二

20 世纪 90 年代初，尚在甘肃农村当中学教师的我，曾一度关注海湾战争。其中一些令人扼腕的小插曲，至今令我记忆犹新。比如，在伊拉克某美军驻地，有一个美国士兵调转枪口残杀了战友，也有个别士兵成了精神病患者。多年后，我被美国公开的一段史料紧紧攥住了心。大致情况是，美国医学和心理专家对 3000 名住院士兵的研究发现，有 13% 的士兵属于 PTSD 人群。那段时期，类似的消息接踵而至，比如，有关专家进一步调查了 1988 年美国斯巴达克地区地震后的 582 名受灾者，发现 74% 患 PTSD，22% 患抑郁障碍。

我当时就感到震惊。受传统教育的影响，我一直以为战争就是交战双方英雄的摇篮、懦夫的坟墓，可我恰恰忽略了人心和人性，忽视了战争灾难给交战双方士兵带来的"心震"。

据美国精神病协会统计，美国 PTSD 人群的总体患病率为 1%—14%，平均为 8%，个体终身不愈的可能性达 3%—58%。而关于阿尔及利亚战乱幸存者的研究结果显示，该人群 PTSD 的平均患病率高达 37.4%，同时 PTSD 人员的自杀可能性亦高于普通人群。

研究表明，战争所致的 PTSD 可持续约 50 年，且共病抑郁的患者自杀可能性亦会增加。

PTSD 不只拿心理脆弱者当软柿子捏，有时候，它反而更像顽固、阴损的克星，像投向意志、毅力的利器。

由于独特的地理环境和历史传统，日本国民对频繁的地震有着比较强的承受力和适应力，能够在小规模灾害发生时做到处变不惊。但是，2011 年 3 月发生在日本北部地区的大地震以及由此酿成的福岛核电站核泄漏事故，不仅造成重大人员伤亡，同时远超日本国民的承受能力。当时，约有 443 平方千米的土地在地震和海啸后沉入汪洋，陆地下沉最深处达 75 厘米，海床向东南方向移动了 24 米，相当于大半个东京陷落，一时间，"日本沉没"的传言甚嚣尘上。

当时，PTSD 像狂风骤雨一样迅速袭击了日本国民。一是国民普遍焦虑，灾难心理浓重，末日情结滋长和蔓延。对核辐射的恐惧使普通民众陷入罕有的慌乱和惊恐，很多人甚至每时每刻都处于高度紧张状态。据报道，地震灾区有 30% 的人患有地震后遗症"地震醉"，即在没有发生地震的情况下，人们也会感到左右摇晃。二是国民普遍感到失望和绝望。PTSD 肆掠着日本国民的社会心理和信心，催生出失望、无奈的集体心态剧变。2011 年 3 月的消费者动向调查显示，日本消费者心理的普通家庭消费态度指数（季节调整值）为 38.6，环比下降 2.6 个百分点，创 2004 年 4 月以来最大跌幅，消费者态度指数的 4 项指标均有恶化。

甚至，日本地震和核泄漏事件，一度对我国沿海部分地区也造成严重的心理危机，一些地区的民众轻信荒诞的谣言，大量囤积食盐等，以防止核辐射。

PTSD，会让一些人变得有智无商，或者有商无智，甚至智商均失。

三

PTSD 对人类的袭击，不分国家、地区、民族和性别，它只认人。

当然也包括我国以及我国的国民。PTSD，它可能就在你心里。

世界卫生组织《2001 年世界卫生报告》显示，我国的精神疾病已超过心血管疾病排在疾病负担首位，占 20.8%，高于全球 14.1% 的平均值。

2002 年，据国际心理治疗大会保守估计，中国大概有 1.9 亿人在一生中需要接受心理咨询或治疗。

张建新告诉我，我国未来的心理咨询与治疗的需求将继续增长，原因有三：一是根据国际经验，伴随我国人均 GDP 水平进一步提高，医疗保健包括心理健康的服务需求将会增长。二是随着我国国民心理健康意识的提高，掩盖在躯体疾病、意外事故等问题之下的心理疾病将会逐渐剥离出来，显现为心理健康服务需求。三是部分人群的心理问题趋向堪忧，形势严峻。有专家组曾在 2010 年、2014 年前后两次对科技工作者进行调查，发现科技工作者的心理健康呈现轻微恶化趋势。更为严峻的是，我国当前约有 6000 多万名留守儿童，

3000多万名流动儿童，而研究显示，早期处于不利环境的儿童，成人后罹患多种心理疾病的概率高于普通人群。我国老年精神疾病的发病率为1.5%，而老年人在人口结构中所占比例不断增高，预期老年精神疾病及心理障碍的绝对数量将随之增加。

我国地区之间发展不平衡，在发达与落后地区，国民心理健康需求呈现不同特征。在发达地区，随着居民消费需求结构的变化，个人主动的心理咨询与治疗服务需求大幅上升。例如，北京、上海、广州等发达城市的居民已显现出对心理咨询的消费购买力，推动了心理咨询业的快速发展。而在贫困地区，居民无力承担心理健康服务费用，甚至因各种原因无法意识到自身心理健康需求，但其心理健康问题往往更加严重。

更可怕的是，近几十年来，PTSD对我国国民的大规模突然袭击，可谓四面出击，令人防不胜防。

1976年7月，发生了唐山大地震，1996年，心理专家对当年的受灾人员进行了心理调查，结果发现，绝大多数人出现不同程度的PTSD。专家编著的《唐山大地震远期神经症抽样调查》显示，劫后余生的人群中患神经症、焦虑症、恐惧症的比例比正常人群高3—5倍，而且这种隐痛还在继续。调查显示，唐山地震后的一个月内，当地刑事犯罪日均达到6098起，为震前平均水平的502倍，其中以砸抢犯罪和风俗犯罪最为突出。

我有一位生活在北京的朋友，她当年是唐山驻军某部医院的护士，地震中，70多位正值芳华的护士姐妹同时被深埋在废墟中。她被救援人员从废墟中刨出来，半个月后才在医院慢慢苏醒，被摘去了脾脏。她是姐妹们中唯一的幸存者。她每年都要去唐山悼念死难的姐妹们，但不敢靠近位于市中心的纪念碑。她告诉我："我至今忘不了姐妹们死去的样子，我总觉得，我一靠近纪念碑，姐妹们会和当年一样蹦蹦跳跳地从地下冒出来。"

她儿子告诉我："其实，1986 年唐山地震十周年纪念日那天，妈妈尝试着靠近过一次纪念碑，结果突然疯了似的又唱又跳，而且喊着死者的名字。当天，我们就拽着她去了精神专科医院，三个月后，她的神志才恢复正常。"

2008 年 5 月，汶川地震之初，公安部民警心理危机干预专家组成员、中国人民公安大学心理研究室主任王淑合在接受《人民公安》采访时说："这次地震的后果非常严重，有的孩子一下子成了孤儿，有的人眼见亲人瞬间消失，这对人的心理打击极大。"

我在张建新那里了解到的情况是，汶川地震后，大约 300 万—500 万人需要心理疏导，约 465 万人饱受 PTSD 的折磨。中科院心理所于第一时间对汶川地震后 2 个月时 228 名绵竹安置点的成人幸存者进行筛查发现，PTSD 的发病率为 43%，某些地区的 PTSD 发病率甚至高达 84.8%。对地震 3 个月后参与救援的医务工作者的研究发现，其 PTSD 的发病率为 19%。

地震后残疾人的心理健康状况，也不能小视。

据我了解，汶川地震之前，四川省有 623 万残疾人，地震后，全省新增近万名残疾人。闫洪丰作为较早进入汶川地震灾区的心理专家，他重点关注的就是灾区残疾人的心理状况。他所在的团队在绵竹市精神病医院调查时发现，在地震灾难发生前，每个月的精神疾病门诊量为 20 人左右，而在地震发生后的半个月里，门诊量增加到 30 人左右。在增加的这些病例中，一部分是原有的精神疾病在这次地震中复发了，一部分是受这次地震刺激引起的新的精神疾病。

我在很多资料中都看到了汶川地震后的 PTSD 现象。当年地震的亲历者、目击者都受到了不同程度的心理冲击。有的出现了驱之不去的闯入性回忆，反复回忆地震发生的一瞬间；有的频频出现痛苦梦境；有的常常仿佛回到地震发生时的情境，并重新表现出当时所伴发的恐惧、焦虑、紧张等表现；有的始终保持持续的焦虑和高度的警觉，偶有风吹草动，立即条件反射似地做出反应，或瞬间弹起，或破门而出，或夺路狂奔，或蜷缩厕所，或从高处跳下……

何止灾难的目击者和亲历者。有个山东的作家告诉我，汶川地震之后半个月内，他有位朋友两次差点跳楼"逃生"，还有一次，顺楼梯逃跑时崴了脚。其实，那三次"逃生"与任何灾难都无关，大地十分平静。崴脚那次的前因后果是这样的：朋友家大夏天没有关窗户，大风突然把在阳台晾晒的一件衣服吹进了屋子。朋友疾呼"地震了！"然后顺着楼梯狼狈奔逃，结果，在三楼时一个趔趄，脚踝骨折。

灾区在四川，PTSD却袭击了几千里外的这个山东大汉。

山东作家对我说："朋友后来告诉我，那些天，他通过电视看有关汶川地震的报道太多了，感觉一时风声鹤唳，草木皆兵。"

这不由让我想起欧洲小说之父丹尼尔·笛福说过的话："对灾难的惧怕要比灾难本身可怕。"

"风声鹤唳""草木皆兵"作为中国的古老成语，非常形象地说明了这一点。

灾难大多很快就偃旗息鼓，而"心震"却瘟疫般持续着可怕的蔓延、癫狂与躁动。这个在时空中漫无边际的"心震"带，比地震带更有覆盖性、辐射性、发散性和毁灭意味。它是钻进幸存者胸腔的一条冷酷锁链，对心房、心室、心灵五花大绑，让人只知所始，不知所终。

汶川地震后至今，各种自然灾害接连不断：玉树地震、舟曲泥石流、盈江地震、彝良地震、芦山地震、抚顺洪灾、鲁甸地震、盐城风灾等。调查显示，约 20%—40% 的受灾人群出现轻度的心理失调，30%—50% 的人会出现中度或重度的心理失调，在灾后一年之内，20% 的人出现了严重心理疾病。

PTSD 不只是自然灾难的魔瓶中释放出来的魔鬼，在社会性灾难中，它也像伴随我们前行的投影。比如，近年来，我国平均每年发生交通事故 400 多万起，每年因此死亡人数约 20 万，而与死者有关的亲属、朋友因为惊吓、悲伤而被 PTSD 侵害的人数，更是死难人数的数倍。也就是说，死亡 1 人，遭受 PTSD 侵害的人有可能就是 2 人、3 人甚至更多。

几年前，据报载，某著名高等院校的一名品学兼优的研究生，久病不治。后来真相大白，他被一名关系不错的男同学下了毒。

所用之毒，居然是化学实验室的某种化学试剂。投毒者为了毒死学业上的竞争对手而不败露，恶毒地把试剂分多次注入同学的饭盒和茶杯。而这一过程，他坚持了足有半年，可谓费尽心思，心狠手辣。

心理专家告诉我："这名二十岁出头的凶手在败露之前，也被认为品学兼优，可谁能想到，他是典型的 PTSD 人员，他之所以成为 PTSD 的俘虏，是因为心胸狭窄，嫉妒心强，让 PTSD 钻了空子，最终变成了无情的变态杀手。"

连杀手自己也不知道，让他成为杀手的，是 PTSD。

第三章　自杀、诀别者言

Chapter Three

"伤心春与花俱尽，啼杀流莺唤不回。"这是元朝诗人郑禧《悼亡吟》中的诗句。

十年来，我在北京、四川、陕西、甘肃、云南等地采访期间，先后目睹过 30 多封遇难者、自杀身亡者、自杀未遂者以及幸存者家属的书信、手机短信或手机微信。其中有 5 封信的主人早已在多年前分别以跳楼、服毒等方式撒手人寰，有一封信的主人多次自杀未遂，6 年前遁入空门。

2018 年 10 月的甘肃舟曲之夜，我和刘正奎聊起这件事，他说："多半是 PTSD 这个魔鬼伤害了他们。大部分 PTSD 人员会同时患有不同程度的抑郁症，而抑郁症患者生前的遗书、日记或感言，和心理正常人的思维方式不一样，一定要谨慎看待。自杀是 PTSD 高危人群的极端表现。一般来说，特殊事件引发的 PTSD 人员的自杀可能性甚至高达 19%，是普通人群的 1900 倍。"

巴尔扎克说："在人生的大风浪中，我们常常学船长的样子，在狂风暴雨之下把笨重的货物扔掉，以减轻船的重量。"可是，很多人扔掉的不是"笨重的货物"，而是自己的生命。

附信一：

（作者按：汶川地震幸存者王女士于地震后第三年自杀。此信为其大姨提供。）

亲爱的大姨：

您好！

您看到这封信的时候，我可能已经不在人世了。

我可能以跳进嘉陵江的方式离开我曾无比热爱的人间。这段时期，正好是汛期，河水上涨得厉害，水流湍急。我之所以这样说，是希望你们千万不要劳心劳力找我的尸体，我可能会漂到大海里去的。所以，千万别找了。

曾经，我有深爱我的父母、丈夫和孩子，地震后，他们都没了，只有我一个人成为家庭的幸存者。这三年来，我丝毫没有因为意外活下来而感到庆幸，相反，每天以泪洗面的日子，让我心力交瘁，万念俱灰。我思念死去的亲人，思念的痛苦无时无刻不在消解着我活着的所有意义。这一点，相信您也感同身受，只是，我非常佩服您，亲爱的大姨，大姨夫和大表哥也在地震中离开了您，但您擦干眼泪，不但选择了坚强，而且用无私的大爱收留了我。我知道，您始终把我当您的女儿看待，我也在骨子里把您当作我的妈妈，可是，三年里，我始终走不出来啊！我每天夜里都梦见在接送孩子上下学，梦见一家三口举家驾车出游，梦见父母吃我亲自做的饭菜，梦见孩子在废墟下面，喊着"妈妈，救救我吧"……

这三年和您一起生活的日子里，我焦虑，我暴怒，我随性，我懒惰，这些表现，地震之前都是没有的，可我把这一切都施加在了您身上，在您的伤口上不断撒盐。我知道，为了故去的亲人，也为了不让我伤心，您的泪一定是流在肚子里的，您背地里流了多少泪，我是明白的。而我……您在容忍我，体谅我。我明知这样不对，也清楚您更需要精神的抚慰，可我就是管不住自己。我痛恨自己，我好歹接受过高等教育，也算是读过十几年书的人，可我就是无法解释自己的行为。我再也不能行尸走肉地生活了，也许，我的存在，本身就是不合理的。与其这样浑浑噩噩地活着，不如早点死了。

当然，我这样离开您，离开尘世，是卑鄙的，是自私的，是可耻的，对您和人间所有爱着我的人，无疑又是一次重创。但我也意识到，假如我这样的人继续留在人间，带给你们的只有痛苦和烦恼。长痛不如短痛，我选择结束自己，说穿了，是为了您，为了活着的人都好。从这个角度看我，那么，我——您不争气的外甥女是不是算做出了明智之举呢？

政府发放给我的那些社会救助款，我都存在了一张卡里，标注了密码，掖在我卧室的枕头下面，您就放心使用吧，平时多注意身体，多参加社区组织的那些文娱活动。除此之外，我还要叮嘱您一件大事，那就是尽快忘记我，就像忘记一个十恶不赦的、罪恶滔天的女巫。也许，您多想一想三年来我带给您的被动和痛苦，会释然许多。

嘻嘻，亲爱的大姨！永别了。

王某　叩别

2010 年 8 月 18 日匆匆

附信二：

（作者按：赵先生于一次爆炸事故后的第二年服毒而死。此信为其二哥提供。）

二哥您好！

从接到您电话的那天起，我就知道，您还有三天就回来了。

让我难过的是，我无法到村口迎接您，也无法给您接风洗尘了，因为，您见到的我已经不是活着的我，而是我的尸体。

"人非草木，孰能无情。"那次大爆炸夺去了我的妻子和两个女儿的生命，我内心承受着多大的痛苦，您是知道的。作为一个男人，我对外表现出了非常坚强的一面，那些日子，我和很多志愿者一起，力所能及地帮助那些死难者家属，协助乡政府、村委会搞灾后重建。在人生最艰难的时刻，我吃住在您家，您和二嫂给了我莫大的帮助和安慰。您对我的那些开导，我都铭记在心。您在外搞工程，又忙又累。那些日子，您回家长达半年没有外出，我非常明白，您是有意陪我，您在担心我想不开。

其实，经过这次灾难，我发现我其实是个非常脆弱的人，我只是不愿把脆弱的一面表现出来而已，我非常羡慕那些在刹那间失去亲人之后，还能够顽强活下来的人，比如人家赵姐，丈夫遇难两年后，又组建了家庭。还有你我共同的好朋友杨哥，他也重组家庭了，对象是他初中的一个女同学，而女同学的丈夫也遇难了。很多好心人也希望我再找一个，重新建立家庭，可我发现无法做到了。我今年已经四十八岁了，一晃就快年逾半百了，糖尿病折磨得我骨瘦如柴，天天拿药泡着，我如果再找一个人，不是拖累人家吗？两个孩子在的时候，她们是我的希望，我愿意拼了命供姐妹俩好好读书，事实上我也是这么做的，我起早贪黑地经营我的小卖部，一点一滴地挣钱。这些年，房子翻新了，小卖部也扩大了，存款有了，刚刚盘算着送孩子们到更好的学校上学，希望将来姐妹俩学有所成，成为人才，可没想到，姐妹俩一下子就全没了，妻子一下子就没了，小卖部一下子就没了。

我是个病身子，身体要好，看来是没指望了。就算身体好了，又能怎样呢？很怀念咱哥俩过去的时光，一起上小学，一起上中学，父母去世后，您就像父亲一样管教我，呵护我。最近，这些记忆像放电影一样时时在我脑海里泛起。还记得八年前，我也曾跟着您的工程队一起闯过世界，去过深圳，去过广州，去过江苏，去过北京。世界很大，人很多，也不缺我这个病入膏肓的无用之人。记得当时查出糖尿病后，是您建议我返回家乡，并借钱给我，帮我筹办了咱的小卖部，我一边看病，一边经营，小家庭和和美美，孩子们开心快乐。说真的，当初，我的小家庭是幸福的，孩子们是快乐的，但我无时无刻不在透支着自己，糖尿病并发症折磨得我求生不能，欲死不得，但我愿意用我的生命换取家庭的幸福和孩子们的未来，这是我最大的愿望。可是，老天爷连我这点愿望也剥夺了。

电话中，您希望这次回来带我去工程队，我知道您是为我好，是给我一条生路，我明白，您不但没有把我这个病瓢子当包袱，当负担，当拖累，您是顶着天大的压力在挽救我。可是，我这个无用之人去了工程队，还能干啥呢？人，都是有良心的，这是您的良心。但是，我也有我的良心，我的良心，也是为您好。我表达为您好的办法，其实就一个字：死。

不管这宇宙中有没有天堂和地狱，我也要走一趟；不管能不能和妻子、孩子在那边团聚，我也要走一趟。如果这些愿望都不能实现，权当我外出打工时，让车给撞了。这样的车祸，社会上不是也很多嘛。

您就把我的死当作一次意外事故吧，就像那次爆炸。

永别了，我亲爱的二哥。

永别了，贤惠的二嫂。

永别了，可爱的侄子。

我相信，你们一定希望我能"一路走好"，但前提是你们要理解我的选择，只有赢得你们的理解，我才能在漫长的黄泉路上，真的一路走好。

下辈子再见吧！

愚弟　绝笔

2011 年 10 月 13 日

附信三：

（作者按：赵女士于发生车祸的四年后出家为尼。此信由其家人提供。）

亲爱的妈妈：

您好！

"心动则物动，心静则物静。"其实，所有的话，电话和短信里，都向您表述过了。从今天起，我将不再使用手机，这是我对佛门的基本态度，清净，干净，纯净。

这是女儿多年来第一次用古老而传统的方式给您写信，这样的方式不同于上大学时表达对您和父亲的思念，也不同于曾经手机里的短信。它可能是第一封，我也但愿是最后一封。这也是态度，既然选择了，态度就是最为根本性的问题。当年，我在成长的旅途中，您也曾教育过我，凡事，必须有个态度。

"无我相，无人相，无众生相，无寿者相，即为离于爱者。"也就是说，今后，您和其他亲友如果到寺里来，我可能不会接待了，言外之意，不言而喻，不希望你们再来。

您也知道，在活着、自杀和出家三个选择项中，我只能选择后两项，我两次选择了自杀，都被你们救了过来。后来，我放弃了自杀而选择成为比丘尼，这难道不是我的幸运吗？女儿没有死，没有在这个世界上消失，女儿的生命依然如故，女儿的心脏在持续跳动。

"既种因，则得果，一切命中注定"，佛祖让我厘清了三界和佛门的关系。我在用坚定的信念追随我的信仰，我愿意用生命和精神践行我对佛祖的诺言。归根结底，我仍在人间，这足以让你们大家安心。如果你们仍然不能理解我的心无旁骛，刻意在我这里寻找属于凡俗人间的所谓亲情、牵挂和思念，你们这是要毁灭我吗？是要威逼我离开人间吗？

"由爱故生忧，由爱故生怖，若离于爱者，无忧亦无怖。"就像我不得不用写信的方式回忆我当年的痛苦，您认为这是对女儿的疼爱和尊重吗？

那次发生在高速公路上的车祸，我的丈夫——您的女婿、我的女儿——您的外孙女死于非命，他们与凡尘做了了断，却丢下了我咀嚼人间的痛，这是不公平的。记得我出院后的两年时间里，每天神情恍惚，我不敢见丈夫的同事和同学，也不敢见我的同事和同学，最可怕的是，不敢见女儿的小伙伴们。当年，女儿和小伙伴们一样蹦蹦跳跳去上学，每当周末，女儿会带小伙伴们来家里玩儿，他们弹琴，他们跳舞，他们绘画，他们捉迷藏，所有这些，我这个当妈妈的都是最积极、最真诚的参与者，这些，已经成了我的生活方式，成为我生命中最有价值的一部分。可是这一切，随着那次车祸，全没了。"无穷般若心自在，语默动静体自然。"生命的消失，有些是偶然的，有些是必然的，这都是定数，定数是无法改变的，那是规律和逻辑。也就是说，那些生命，本不该属于我。他们在我生命的旅程里，只是来过，只是一个过程，而今，他们和我擦肩而过，一去不返。他们是风，他们是雨。刮过了，下过了，就是这样。

"菩提本无树，明镜亦非台，本来无一物，何处惹尘埃。"我今天聊这些，无异于老调重弹。我已经不是鲁迅笔下的祥林嫂，我现在是个身心无比健康的女人，具体说是皈依者，而不单纯是您的女儿。我不是在束缚自己，而是解放了自己。如果您仍然认为人间还有个女儿，那您未必太自私了，我血缘上属于您，那是注定，但除了血缘，我还有我自己的世界，那个世界，直到您慢慢淡忘，或者遗忘我的那天，您会慢慢懂的。

晨钟已经敲响，这是对我新一天的提示。"命由己造，相由心生，世间万物皆是化相，心不动，万物皆不动，心不变，万物皆不变。"今天我所做的一切，都在我双手合十的手心里，那个心，并非我的心脏。

再见吧妈妈，感谢您养育了我，这是您对佛门最大的贡献，有那么一天，我也许会去看望您的，但那一天，与思念无关，只与信念有关。

仍需说明，不求回信，哪怕只言片语。

阿弥陀佛！善哉。

佛门弟子　×××

2013 年 7 月于北京×××寺

附信四：

（作者按：当年北川县委宣传部副部长冯某自杀后，他的两封遗书很快在网络上流传。地震中，冯某有包括他 7 岁爱子在内的 7 名亲人遇难。冯某遗著有长篇小说《策马羌寨》《风居住的天堂》等，这些作品多创作于地震之后。下面摘录其中一封遗书。）

很多假如

假如，某一天，我死了，哥哥，请您担当起照顾父母的重任，我来到这个世间，本就是来体会苦难，承受苦难的。要不，我们怎么能以孪生兄弟的身份出现？

假如，某一天，我死了，妻子，请你不要悲伤、抑郁，你是我这三十年来，最亲近的朋友，抑郁带走了我，也就带走了所有的悲伤。

假如，某一天，我死了，爸爸，请您不要哭泣，我真的活得太难了，人生为什么总是充满苦难，充满艰辛，充满离愁……

假如，某一天，我死了，妈妈，请您不要难过，短短三十年，我体会到了您对我的爱，对我无微不至的关照，但是，我实在觉得活着太痛苦了，请您让我休息吧，真的，让我好好休息休息……

假如，某一天，我死了，儿子，那是我最幸福的事，我会让你妈妈，把我的骨灰，撒在曲山小学的皂角树下，爸爸将永远地陪着你，不弃不离……儿子，你离开了，爸爸没有了未来，没有了希望，没有了憧憬，与你相聚，是爸爸最大的快乐……

假如，某一天，我死了，亲爱的朋友，请你们不要忧郁，我的离去，让很多人快乐，让很多人舒服，我的存在，是他们的恐惧，是他们的对手，一个对手的离去，对于他们，是多么值得庆贺的事情啊！

假如，某一天，我死了，我的儿子，我还是要提到你，我们将不离不弃，永远在一起……相信一个父亲，对你最深、最深的爱……

假如，某一天，我死了，亲爱的网友们，感谢你们一直以来的关心、爱护，我相信，假如，我能够进入天堂，我会许你们，一个没有痛苦的来生，谢谢你们……谢谢……

2009 年 4 月 20 日

2018 年 11 月我在绵阳灾区考察时，一位朋友给我提供了这样一组数据，其实是关于灾后短期内自杀的信息。

2008 年：

10 月 3 日，北川县委农办主任董某在租住房内用帆布带自勒身亡；

10 月 18 日，都江堰受灾伤员罗某在成都市第二医院跳楼自杀；

11 月 11 日，安县花荄镇雍峙村村民陈某上吊自杀；

11 月 15 日，北川县擂鼓镇男子杨某在家中杀死妻子后自杀；

11 月 19 日，绵阳市政府办人事教育处处长何某跳楼自杀；

12 月 5 日，北川县邓家海光村村民朱某在家中上吊自杀；

12 月 10 日，绵阳海天公司职工赵某在绵阳市中心医院跳楼自杀。

2009 年：

大年三十夜，北川曲山镇永兴板房区一男子母某自杀，后获救；

大年初四，北川擂鼓镇板房区刚过完 40 岁生日的女子王某上吊自杀；

大年初七，平武县南坝镇石坎片区建全村村民袁某上吊自杀。

……

心理工作者、实业人士傅春胜告诉我，其中的几起自杀事件过后，他都在第一时间赶到现场或自杀者家属家中，设法对家属进行心理疏导。冯某的妻子向他讲述了丈夫自杀前的工作状态：几乎每天陪同领导和援建单位视察北川老城，每次视察其实都是重揭一次伤疤。据冯某妻子回忆，冯某自杀前不久在陪同领导看望慰问受灾群众时，偶然在曲山小学的废墟中发现了儿子遗留的一只鞋，几天后就自杀了。

傅春胜说："从心理援助的角度讲，死者的第一个身份并不是基层官员，而是失去孩子的父亲。"

有个外界并没注意到的细节，颇值得深思。董某、冯某和另一个自杀未遂的母姓男子，是中学同学。"三人都是丧子的父亲，又是同学，自杀方式相似，很可能生前交流过彼此的遭遇。"傅春胜说。另外，董某自杀后的第三天，冯某曾在博客上写有一篇文章，篇名叫《悼念董兄暨感叹人生无常及生命的无奈》，其中有这样的表述："虽然他故去了，但在我的心里，他是一个真正的人，真正的男人。既然在思念亲人的痛苦中活着，还不如去天堂寻找自己的爱子，并永远照顾他，爱护他。"

对心理专家而言，这已不只是个细节。

冯某的叙事逻辑和情感指向非常明确，他不仅认同董某对死亡的选择，而且对董某在"天堂"里的"日子"给予了温馨而美好的期待。几个月后，他步董某的后尘，绝尘而去。如果真有天堂，冯某会在那里重读自己的那篇悼文吗？是读给董某，还是读给自己听？

董某生前的一位同事对我说，地震发生后，时任北川县农业局局长的董某立即组织幸存者从废墟中救出并转移受灾人员120多名；在随后72小时的最佳救援时间里，他始终奋战在第一线，而自己年仅12岁的爱子、弟媳以及侄子均遇难，直到14日下午，他才从曲山小学找到了儿子的遗体。当年 7 月，他被国家人力资源和社会保障部、农业部授予"农业系统抗震救灾英雄"称号，随后不久，董某调任县委农办主任，兼任北川县农房建设办公室主任。他自杀时，是地震后的第五个月。他写给弟弟的竟是一封遗书。

遗书全文我无缘一见，据说核心内容概括起来其实就三句话：工作压力太大，帮我照顾好父母，照顾好嫂子。

对董某的弟弟而言，哥哥的自杀无异于雪上加霜，因为弟弟自己也在地震中失去了妻子和儿子。

2010 年 5 月，北川县农业局农能办干部魏某从绵阳某医院跳楼自杀，卒年仅 33 岁。

魏某，曾经是董某的同事。

第四章　全球反击

Chapter Four

一

　　反击 PTSD，这是人类的燃眉之急，当务之急，急中之急。

　　人类在漫长的历史长河中发展到今天，同样也到了 PTSD 的临界点。

　　古谚云："乐观者于一个灾难中看到一个希望，悲观者于一个希望中看到一个灾难。"为灾后心理危机人员提供心理干预，是对灵魂的救赎，是对精神家园的复原，是对心理创伤的缝合，根本上讲，它是人类精神与灾难恶魔的一次博弈。

　　如果说现代战争是经济实力和科技进步的博弈，那么，人类与 PTSD 的直接较量，同样离不开经济与科技的支撑。

　　关于创伤事件对人类个体的心理危害，人类应该很早就意识到了，这一点，我们可以从古人的有关记载和描述中触摸到一些，比如对经历过灾难的人进行安慰、疏导、沟通等。但是，系统的心理干预理论直到 20 世纪 40 年代才姗姗来迟。1942 年，美国波士顿一场火灾造成近 500 人死亡。就是这次大火之后，美国心理学家总结出危机事件中影响心理反应的若干因素，有理论指导的心理干预由此开始。

第二次世界大战结束后，大批身心备受摧残的美国军人需要心理辅导。1946 年，美国政府派遣了 200 名实习心理医生，在老兵管理机构提供辅导。由此，心理危机干预开始有了更多的实践。

刘正奎对我说，20 世纪中期，美国国家心理卫生署（NIMH）着手制定灾难受害者服务方案，资助对重大灾难的社会心理反应进行研究。1963 年，美国国会通过"社区精神健康法"，强调心理健康服务应面向全体公民，并建立由政府提供经费的社区精神服务中心。同一年，日本也出台了《灾害对策基本法》，之后陆续出台各种法律法规，构成了完整的防灾减灾法律体系，其中明确规定了心理援助在灾后援助中的重要作用。在这一时期，国际社会对心理危机干预更加重视，许多较大的城市都设有危机干预机构。这些机构通常都与警察、消防部门、医疗救护中心有密切的合作，当枪杀、绑架、火灾、车祸、地震、洪水等突发事件发生时，他们一起行动，为遇难者及其家属提供全方位的帮助。

1978 年，美国海军医院组建了一个由精神科医生、心理学家、牧师、护士和卫生员组成的危机干预小组，处理突发事故，如训练事件、自然灾难、爆炸等危机，这是世界上最早的心理危机干预小组。同年，美国出台了《灾难援助心理辅导手册》，这是第一本由政府颁布的心理援助指南。

20 世纪 80 年代，随着人们对灾后心理重建重视程度的提高，一些发达国家着手研究灾难的危机干预，制定相关政策，并开始相关心理援助服务。1986 年新加坡新世纪酒店倒塌事故发生后，专业人员对幸存者进行了危机干预。1987 年英国在翻船事件发生后成立了社会支援组织，对灾难经历者进行演讲、家访、长期心理辅导、电话谈话等援助活动。此后，联合国世界卫生组织(WHO)精神卫生与物质依赖署和紧急事件与人道主义行动署联合提供灾难后所需要的心理和社会支援，标志着危机干预开始了国际合作。比如"9·11"事件发生后，美国的心理危机干预机构立即着手对幸存者、遇难者家属、救护人员和目击者进行心理评估和干预，大大减少了灾后心理障碍的发生率。在日本阪神大地震后，WHO派出的心理危机干预专家与当地各级危机干预组织携手为灾民提供心理救助。

我了解到，1990 年，美国红十字会正式开展灾难心理援助项目，并被列入联邦应急计划。红十字会积极与社区机构和个人结成网络，提供协调服务，并签署协议，提供无偿心理救助服务。由于大规模的灾难并非经常发生，往往带有很强的不可预测性，这决定了志愿者在灾后心理援助中的特殊作用。为此，必须在平时对相关人员进行培训，建立数据库，以便在需要时能及时调动并迅速到位。美国红十字会设立了灾难服务的人力资源系统，存留和追踪救灾人员资料，通过该系统进行志愿者招募，以应对大灾难。红十字会还与美国精神病学协会、美国心理协会、全国社会工作者协会、美国婚姻和家庭治疗协会等签署备忘录，以促进机构间合作。比如，美国精神病学协会和红十字会达成合作协议，在 1991 年发起组织全国性的心理学家网络——灾难反应网络，用于在灾害时提供对义工的培训，指导和帮助工作人员、受害者及受害者家属，以应对人为或自然灾害。

在中科院心理所图书馆，我看到了一本英文版的《紧急状态下精神卫生和心理援助方案》，这本书于 1992 年出版，由联合国专门成立的应对自然及人为灾难的人道援助协调厅组织编写。《紧急状态下精神卫生和心理援助方案》针对遭受自然灾害、恐怖主义、战争、贫困、饥饿等影响的国家和个人，对于国家层面的灾后心理援助提出了指导建议和最低标准，并通过联合国各常设机构对受灾国家提供针对不同人群的心理援助做了明确的分工。比如世界卫生组织、联合国儿童基金会等机构，应致力于推动对受灾难影响地区、战争地区和贫困地区的心理卫生健康援助，与其他国际组织、各国政府和非政府组织合作，在受灾地区落实心理健康教育计划，通过派遣心理专家、筹集基金、监督政府重建等方式，参与灾难后的心理援助活动，等等。

我注意到，在世界卫生组织发布的《紧急事件精神健康工作指南》（简称"《指南》"）中，非常明确地对世界各国的灾难心理援助提出了指导意见。《指南》建议各国平时做好灾难心理援助的准备工作，在灾难发生后对受灾人群进行评估，并通过与政府和非政府机构合作，培训专业心理工作者，开展广泛的心理援助。《指南》还强调心理援助的长期性和监督体制的重要性。世界卫生组织通过精神卫生和物质依赖署，对遭受灾害的资源缺乏国家提供紧急心理援助。

1994 年，英国建立了国家应急行为管理系统，为经受灾难的人群提供医疗及心理服务。

在查阅资料时，我看到了一个非常有趣的名称："不死鸟计划"。不死的鸟，必然要展翅飞翔的。

1995 年日本阪神大地震后，受灾严重的兵库县开始了长达十年的重建工程"不死鸟计划"，包括"紧急—应急对应期""复旧期""复兴前期"和"复兴后期"四个阶段。日本政府还建立了心灵创伤治疗中心，同时设置心灵创伤治疗研究所，对心灵创伤及创伤后应激障碍等进行调查研究。心理工作者还在受灾地区中小学设置"教育复兴负责教员"和"学校个人生活指导员"，并通过与家长及相关机构紧密合作，进行学生心理创伤救助。

2004 年，东南亚海啸后，世界卫生组织制订了一项综合战略性计划，以应对印度尼西亚亚齐地区受海啸影响民众的心理社会需求和精神障碍问题。

联合国儿童基金会针对受到灾难影响的儿童，制定了紧急状态下的教育手册，帮助受灾国家政府、非政府机构开展救助活动，帮助受灾难影响的孩子能够尽快从灾难的阴影中走出来。如东南亚海啸后，联合国儿童基金会向印度尼西亚、斯里兰卡等受灾国家派遣了心理专家，对受灾儿童进行危机干预，帮助学生尽快回到学校。儿童基金会还制作了漫画、动画片等，对受灾害影响的儿童进行心理援助。

自救、政府救助和民间救助是各国灾后救助的三个主要途径。

作为多灾多难的岛国，近 20 年来，日本不断对地震灾害进行总结，特别是针对沉痛的教训研究应对措施。比如，日本提出不能单纯依靠中央政府的行政力量和自卫队援助的"公救"，民间团体也要团结起来，互助"共救"。

在美国，非政府组织也是灾后心理援助的主要力量，很多非营利机构也积极参与灾后的心理服务，包括美国红十字会，各大学的医学院、心理学系、社会工作系，以及教会组织、慈善机构等。

我注意到，在很多国家，红十字会组织在灾后援助中占有特殊地位。

特别是近几年来，历经地震、台风等自然灾难以及暴恐袭击、战争等人为灾难的冲击，发达国家灾难心理援助体系日趋完善和成熟，灾后心理干预更加受到重视，不少国家建立了国家级的灾难心理干预中心或研究中心，很多发达国家为预防灾害制定了相应的法规和法律，明确灾难心理援助的组织机构和内容，并将灾难心理援助列入国家紧急事务应急预案，建立国家级灾难心理援助系统。像美国，联邦应急管理局是政府处理平时或战时紧急事务的主要机构，负责统筹协调灾难援助工作全局。该机构不仅提供紧急心理援助，还资助灾后心理援助的研究项目。目前，全美有超过 8.2 万个政府项目进行与灾害管理相关的心理服务。联邦应急管理局对于心理援助人员的培训工作、心理援助如何展开等都有明确规定。美国红十字会和许多非政府机构、义工，也提供灾难心理健康服务。

在教训面前，国际灾后心理救援日臻完善，不断创造新经验、新方法、新理念。

中国政府和民众也深深感受到了这一点，每当重大灾害过后，就会有国际救援组织不远万里来到中国，提供真诚、优质、高效的服务。

亨·奥斯汀说过："这世界除了心理上的失败，实际上并不存在什么失败，只要不是一败涂地，你一定会取得胜利的。"

二

"我国对灾后心理危机的干预，始于 20 世纪 80 年代末期。"张侃告诉我。

那时，中国刚刚打开国门才十年出头。当时的灾后心理危机干预缺乏相应的组织系统和理论指导，零星、应急、仓促、无序，像旱地里刚刚破土的嫩芽儿。

1992 年，中国心理卫生协会危机干预专业委员会成立，北京、杭州、深圳、南京等城市陆续成立了政府财政支持的灾后精神干预中心。

应该说，中国跨出的这一步，坚定及时，雷厉风行。1992 年，正是联合国《紧急状态下精神卫生和心理援助方案》出台的第一年。这既是中国对国际社会的回应，也是中国在反思中寻求灾后心理危机干预道路的早期行动。我国真正有组织地系统开展灾后心理创伤的干预工作，始于 1994 年新疆克拉玛依的那场大火。325 名遇难者中，288 人为天真烂漫的小学生。另外，有 37 名教师、干部和工作人员丧生。

新疆与我的老家甘肃毗邻，在新疆工作的甘肃人非常多。记得大概在 1996 年，有位在克拉玛依工作的甘肃朋友告诉我："时隔两年，火灾中很多遇难者家属仍无法走出心灵的阴霾，就在前不久，听说又有人……自杀了……"

时过经年，此话犹在我耳畔嗡嗡作响。

当时，北京大学精神卫生研究所应邀派人参加了与烧伤等科共同组成的抢救组，对伤亡者家属的心理危机进行了为期两个月的干预工作。由于缺乏经验，专家们积极参考、借鉴国外的相关资料，一边干预，一边摸索，一边研究，一边实践。

中国人一定不会忘记 20 世纪末的那些年份，既有香港回归那样的连连喜事，也有始料未及的灾祸席卷华夏大地，而且祸不单行，比如长江洪水、张北地震、洛阳火灾、大连空难，等等。

灾难之后，我国都组织了灾后心理危机干预。

2002 年 4 月 11 日，由卫生部、民政部、公安部和中国残疾人联合会（简称"中国残联"）联合下发的《中国精神卫生工作规划》中将受灾人群列为重点人群，并明确提出："要逐步将精神卫生救援工作纳入救灾防病和灾后重建工作中。加快制定《灾后精神卫生救援预案》，从人员、组织和措施上提供保证，降低灾后精神疾病发生率。积极开展重大灾难后的受灾人群心理应激救援工作，评估受灾人群的精神卫生需求，确定灾后卫生干预的重点人群，提供电话咨询和门诊医疗等危机干预服务。建立国家重大灾害后精神卫生干预试点，开展受灾人群心理应激救援工作。到 2005 年，重大灾害后干预试点地区受灾人群获得心理救助服务的比例达 20%，到 2010 年，重大灾害后受灾人群中 50% 获得心理救助服务。"

要问对 2003 年最难忘的记忆，我想很多人会回答：SARS（非典）。

当年 SARS 疫情过后，卫生部疾病控制司曾组织一批专家对灾难的心理干预问题进行了讨论，并于 2003 年 10 月提出了干预预案大纲的草案。

2004 年 5 月至 7 月，卫生部疾病控制司再次组织专家参照国家对突发公共卫生事件的应急预案，对心理干预工作如何开展进行了讨论，并进一步修改了心理干预预案。

2004 年 8 月，卫生部、教育部、公安部、司法部、财政部、中国残联联合下发《关于进一步加强精神卫生工作的指导意见》，对精神卫生服务体系和网络、人才培养和教育工作提出明确的建议。

常言道："失去了昨日的繁星并不可怕，可怕的是你又错过了今天的朝阳。"从时间段上看，我国的灾后心理危机干预机制，从诞生到起步，从理论到实践，从探索到发展，可谓紧锣密鼓，快马加鞭，只争朝夕。

但是，面对我国厉兵秣马修筑的干预工程，嚣张的灾难并没有鸣金收兵的意思。"'道'高一尺，'魔'高一丈"，我国的灾后心理危机干预机制立足未稳，甚至尚未来得及休整，更多的灾难便成群结队地蜂拥而至：重庆井喷事件、包头空难、海口"云娜"台风、乐清泥石流……

这样的灾难，像复仇，像挑衅，像宣示，磨刀霍霍，气势汹汹。

我国灾后心理危机干预工作仿佛被灾难合围，这是一场又一场干预与反干预的博弈、搏斗、搏杀。

然而，很多时候，干预与反干预并非势均力敌，灾难创伤面撕裂的速度、面积和节奏，超过了心理危机干预的新生力量。面对强敌的合股绞杀和车轮战，我国灾后心理危机干预工作颇有点左支右绌。

毕竟，我国灾后心理危机干预工作的开展，尚无法适应可怕而严峻的灾情，更未从点到线、到面形成应对灾难的强大战斗力。

严峻的形势，在呼唤具有中国特色的灾后心理危机干预机制。

严酷的现实，把当时中国的灾后心理危机干预工作者逼到了悬崖。

有包围，就有突围，更有反包围。浪再大，也在船底下；山再高，也在人脚下。

卢梭说："我们所要做的事情，在很大程度上取决于对它的信念。在一切与一个人本能的最起码的需要无关的事情当中，我们的信念就是我们的行为准则。"

2019年3月，我和心理所的吴坎坎来到距离北京市中心数十千米外的凤凰岭国家地震紧急救援训练基地，我们要见的人，叫王念法，他如今是中国地震应急搜救中心培训部副主任。2001年4月，军事素质过硬的王念法从38军工兵团脱颖而出，国家地震灾害紧急救援队也横空出世，王念法毫无悬念地被选拔进入救援队，并成为首批队员中的一员。多年来，他是我国唯一参加过国家救援队几乎所有重大救援行动的队员：阿尔及利亚、新西兰、伊朗、印度尼西亚、巴基斯坦、海地，中国四川汶川、青海玉树、甘肃舟曲、新疆的巴楚和伽师……王念法直接参与解救的受灾对象有近50人。汶川地震时，是他，把"可乐男孩"薛枭从死神手中夺了回来。——这不是我要说的重点，我要说的是，经常和尸体、残肢打交道的王念法，他带领的救援队伍为了对抗各种心理疾病对自身的袭击，平时就有一项特殊训练——协助医院到太平间搬尸体，而且专门选择夜间，徒手搬运。2003年5月21日，阿尔及利亚发生地震，救援队立即万里奔袭异国他乡。当时灾区死亡2200多人，气温超过40摄氏度，不少尸体很快高度腐烂，搬运难度极大。

"一些尸体根本就无法收拾，看着好像是全尸，但我们稍一用力，胳膊什么的就掉了。"王念法给我们比画着。

这也不是我要说的重点，重点是王念法告诉我："我们要救别人，我们自己的心理要格外强大。我们的心理一旦出了问题，我们就无法完成使命，所以我们要不断加大心理的承受力、抗压力。"

承受与抗压，是救援队历练心理素质的第一要务。比如，在呛人的腐尸气味和浓重的血腥中，疲惫不堪的救援队伍，就地吞咽方便面，从容而淡定。

王念法带领的国家救援队和中科院心理所举办了第一期应急救援灾害心理急救（PFA）培训。我从吴坎坎这里看到了本次培训计划中的课程，有"工作与生活中的心理学""心理创伤与心理援助探索与实践""心理创伤、创伤后成长与复原力""心理创伤、创伤后成长与复原力的评估""如何负责任地开展心理急救""心理急救案例分析""心理急救现场演练""心理急救的自我保护和职业伦理""灾后情绪管理与自我调适"等。

本次授课教师，有心理所的傅小兰、刘正奎、张雨青、张莉、黄峥、吴坎坎、钱伟等，还有全国心理援助联盟成员李慧杰、崔东明。

这是另一种反击 PTSD 的方式，不是面向灾区民众，而是国家级救援队伍。队伍的心理素质，直接决定着救援的进度与质量。

具有标志性意义的是，这是中国地震应急搜救中心组建以来的第一期应急救援灾害心理急救培训，其更深层次的意义，不言而喻。

我突然想到了 2008 年，那时，是对 PTSD 的反击，现如今，依然是，但已不能同日而语。

人生就像一张磁盘，痛苦可以删除，快乐可以拷贝。这是中国科学院心理所全体心理专家的渴望。

当然，这样渴望的，还有灾区一双双期待的眼睛。

那天晚上，我重新打开了法国作家阿尔贝·加缪的小说《鼠疫》。小说中有这样一段话："他们恐惧，但并不绝望。将鼠疫看成他们的生活方式本身，从而忘却瘟疫之前他们能够采取的生存方式，这样的时刻尚未到来。总之，他们处于期盼中。"

期盼，永远是人类的美好预期和愿望。

第五章　“防火、防盗、防心理咨询”

Chapter Five

一

心理危机干预工作要想在灾区一炮打响，谈何容易？！

你以为会像如火如荼的灾后家园重建那样从一开始就掷地有声吗？一个是建"屋"，一个是建"心"，并不在同一条起跑线上。建"心"，比建"屋"更难。

大凡重大灾难过后，无论救援人员还是广大民众，都见惯了五花八门的标语。不少标语可谓耳熟能详，比如"一方有难，八方支援""万众一心，众志成城""风雨同舟，共建家园""携手同心，共渡难关""苍天无眼人有眼，灾情无情人有情"……千千万万条标语或张贴或悬挂或书写在窗口单位、公众场合或交通要道，壮观而醒目，其强大的号召力和感召力，无须赘言。

可在 2008 年 7 月左右，在汶川地震后的某些灾区，赫然出现了这样的标语：

防火、防盗、防心理咨询

据说这样的标语不止一条两条，有的悬挂在灾民板房区，有些书写在灾民临时安置点的屯杆上，而更多的是在口授心传、飞短流长中滋长、蔓延、默契、传播。这样的"标语",风,卷不走;雨,淋不落。吴坎坎说:"对这样的标语,我本人倒是没有印象,但坊间流传甚广,成为心理学界无奈的调侃和自嘲。"

防火,是因为不少临时安置点、板房区的灾民烧煤、用气时,火灾频频。

防盗,是因为一些不法分子在废墟、板房区趁火打劫。

那么,防心理咨询呢?

这是早期灾区心理危机干预的一个黑色幽默,一出荒诞剧,可它实实在在地存在过,像中国灾后心理援助历史上的一个疤,这个疤太大、太扎眼,曾经一度压得心理专家和志愿者气喘吁吁,有苦难言,欲哭无泪,一片茫然。

当年很多心理志愿者在标语前走过时,会神经质地加快脚步,仿佛在躲标语,也好像在躲自己。然而,纵然心中窝火,脸红耳赤,却谁也不敢理直气壮地把标语揭下来。志愿者非常清醒,那一刻,灾区民众、幸存者、死难者家属愤怒、鄙夷、幽怨的目光,都在盯着你。

据了解,灾后心理援助之初,来自全国各地的心理学机构和组织,包括一些心理服务公司、心理咨询中心、高等院校的心理专家、心理学志愿者像心情迫切的大雁一样直飞灾区,截至2008年7月,人数突破2800名。但是,当他们带着热情、激情和真情走进满目疮痍的废墟、探进气氛沉闷凝重的板房、靠近万念俱灰的灾民时,他们绝不会想到合围他们的是漠视、拒绝、驱赶和飞短流长。

有灾民曾向心理专家怒吼:"你们来灾区干啥子?真是站着说话不腰疼,要啥子嘴皮子,是想给我的伤口撒盐吗?"

有的更直截了当:"干预?你凭啥子干预我?"

傅春胜告诉我："一开始，很多灾民根本不理解、不了解我们。有三个问题，从他们的眼神中就能分辨出来。哼！心理学在这里用得着吗？什么叫心理危机干预？你们是不是图新鲜、玩深沉来了？"

心理学在我国已有 100 多年的发展史，在一些灾区却仍被视为怪物、异类。

张建新说："灾后心理援助出师不利，首先暴露了我国心理学应用与普及的弱点和短板，很多灾民对心理学、心理学知识一点都不了解，身体有病，知道去医院，找医生，而心理上的疾病，从来没有心理咨询的习惯，更可怕的是，很多人并不知道自己患上了心理疾病。当然，灾民排斥心理援助，还有很多社会原因。"

某些情况下，让特殊群体认识、了解、接纳一件新事物，比新事物的诞生更难。在灾区民众普遍对灾后心理援助工作无法辨识的情况下，心理援助队伍一厢情愿开进灾区，无异于在没有群众基础的战区开辟根据地。

一个曾被废墟深埋 60 多个小时的幸存者对我说："刚刚接触心理专家的时候，我最讨厌他们了。我的妻子和父亲都死了，我自己也差点没了命，本来心情就很糟糕，谁也不想见，尤其是陌生人，可他们偏偏来找你，他们也都是很平常的人，拿什么来援助我？"

志愿者小赵告诉我，有位姓杨的大哥，在地震中失去了妻子、儿子和年迈的父母。当时他儿子在一所中学读初中，为了找到儿子的尸体，他发疯似的用一双手在废墟上扒拉，半天下来，十个指头鲜血淋漓，有六片指甲不翼而飞，他仍然玩命地扒拉。他见到了 20 多具血肉模糊的孩子的尸体，唯独没有找到自己儿子的。尽管如此，他依然参加了搜救其他遇难者的队伍，半个月后的一次搜救中，当他撬起一块沉重的预制板，一股腐烂的异味扑鼻而来，五六具残缺不全的孩子的尸体闯入他的眼帘。大风吹过，死难孩子的头发顿时像柳絮一样漫天飞舞，不少头发飘到了他的脸上、肩上……他当场晕了过去，不久，严重的抑郁症击倒了他。面对心理志愿者伸出的援手，他大吼："滚开！"

小赵把矿泉水递过去，老杨却把矿泉水瓶子像手榴弹一样高高举起，大骂："你个小混蛋再不走，我就砸死你！"

两天后，小赵又尝试接触老杨。这时候的老杨已经连续四天不吃不喝，双目无神，躺在板房里纹丝不动。一见小赵又来了，他从牙缝里挤出了诅咒："你再靠近我一步，你就死定了。"

小赵告诉我："后来，杨大哥上吊自杀了。"

心理所在灾区的各个工作站刚刚建立的时候，同样遇到了尴尬：门可罗雀，鲜有问津。偶尔有灾民探进头来："你们这里，治病吗？"

心理师回答："我们是给您和像您一样的乡亲提供心理援助的。"

灾民一听，转身就走，再也没回头。

傅春胜告诉我，有一次他带领几个志愿者去板房区为一个失去妻子和女儿的男子提供心理援助。男子是一位企业技术员，他倒是答应和傅春胜他们交流，可第二次前往，男子一直把门反锁。经过若干天的努力，男子终于和傅春胜成了朋友，他内疚地告诉傅春胜："其实，第一次见面，我知道你们是从北京大地方来的，很辛苦；第二次，实在是不想……"

也就是说，第一次的见面，男子不过是给了"大地方来的"人一个面子。

对于灾民的态度，心理所不是完全没有预见，但现实比他们预料的要严峻得多。一位心理学专业的研究生告诉我："当时我们每到一个灾区，都带着大量的宣传资料，比如《灾后心理援助100问》

什么的，可有些灾民连看都不看一眼，顺手一撂，不再搭理。"

　　志愿者小孔告诉我，有次他经过板房区的垃圾坑，竟然发现他们辛辛苦苦发放的心理援助宣传资料，已经和生活垃圾搅在一起。经过仔细辨认，他发现有些资料被当作包装纸使用过，而有些资料，还被擦了屁股……

　　刘正奎对我苦笑一声："局面没打开之前，真是寸步难行。"

二

有次和史占彪聊天，他说："了解群众固然重要，更重要的是群众了解心理学，了解我们。这三者，缺一不可。"

导致被动局面的根本原因，除了灾区民众对心理援助工作的认知、了解不够外，也有客观的原因发酵着灾民内心的质疑。比如，当时来自四面八方的心理学爱好者、志愿者中，有些人并没有接受过科学、严格的心理疏导训练和心理防护知识技能培训，有些人只在大学经受过有限的心理学教育，有些人粗通一些心理学知识，有些人刚刚接触心理学知识，有些人则全凭人性的本能、良知和愿景直面灾民，有些人甚至是因为家庭同样遭受过失去亲人的重大变故，于是带着同病相怜的道义输出而来。还有一些人，本身就有过精神分裂或抑郁症的经历，渴望传授自己的成功经验……

心理援助队伍和个体鱼龙混杂，有的援助者不但没有起到为灾民心理疗伤的作用，反而给灾民那颗流血的心，雪上加霜。

换言之，非但没有打开局面，反而搅了局。

比如，来自不同省份的三四支心理援助队在某板房区同时扎起大旗，各自招募来了大量热血沸腾的志愿者，可他们互无来往，也不沟通，于是出现了种种怪相。

怪相之一：有个失去一双儿女的女士上午刚填写了心理师和志愿者的调查问卷，可不到中午，又来了一拨志愿者恳求填写表格。吃过午饭，又传来轻轻的敲门声，开门一看，有五六个来自不同团队的志愿者在排队等候，个个"笑容可掬"，争着叫她"大姐"。女士颤颤地哀求志愿者："你们，真要逼死我呀！"

怪相之二：有的团队为了加强对志愿者的所谓考核，采取痕迹管理模式，志愿者和灾民对话时，未经灾民允许，就恣意拍照、录像，甚至希望灾民和自己摆拍，表示自己正在从事"伟大而神圣"的"心理援助"事业。有一次，一个志愿者未经允许，就用数码相机拍摄死者的遗像，死者家属愤怒地一把夺过数码相机，扔到了门外。

怪相之三：有个女高中生志愿者得知一位女士失去了女儿，而不幸离去的女儿不但和她同龄，还长得很漂亮。她知道该女士内心非常难过，一激动，就紧紧地拥抱住女士失声痛哭："妈妈！我替您的女儿叫您一声妈妈！"女士非但没有因之而欣慰，反而当场晕厥。女志愿者当场呆若木鸡，队友们立即手忙脚乱地把女士送往板房区的临时诊所。女士醒来后，用颤抖的手指着女志愿者，问："你，是魔鬼吗？"

……

傅小兰在《"5·12"汶川地震心理援助前期工作反思》中有这样的表述："缺乏统一的心理援助行动规划、协调机构和指挥系统，各地各路心理援助队伍相互间不协调，各行其是，结果造成颇为混乱的局面。不少工作重复开展，某一灾区可能同时有数个心理援助队在做工作，有些灾区群众甚至接受了三四遍心理安抚工作，进而产生反感情绪;而有些急需心理援助的地区却没有开展任何心理援助工作。"

有些青年志愿者不仅不谙世事,还表现得非常自我、自负,不合时宜地把浪漫情调带进灾区,引起了灾民的极大反感。

一位心理专家给我转述了这样一个故事:有位叫小阎的志愿者来自南方一个大城市,当时风华正茂的小阎正在某省高校读大三,还是个班干部。小阎一到灾区,就深入临时安置点开始了只有自己才明白的所谓心理援助,每到一个板房门口,他时而弹吉他,时而高声朗诵与励志、奋斗、崛起、理想有关的现代抒情诗。这种所谓的心理援助,其实与点燃灾民的愤怒没什么两样。后来几个灾民一拥而上,把他的吉他给砸了。对此,小阎不仅不认为自己的方法不对,还认为灾民的愤怒是正常的,于是耐心地走进灾民家中用"嘘寒问暖"的方式感化对方,口口声声都是"灾区不相信眼泪""面朝大海,春暖花开""失去的永不再来,但可从头再来,因为我们拥有美好的未来"……

这样的结果是,小阎被灾民啐了一脸唾沫。

也许,洗过脸之后的小阎会明白,他"单纯却不失真诚、无知却不失善良、愚蠢却不失恒心"的所谓援助,已经给对方带来了二次伤害。

而这样的伤害,对某些灾民而言岂止第二次。有个灾民对我讲:"当年,心理所正规的工作站建立之前,那些娃娃志愿者有的通情达理,但有的不明事理,不明事理的那些志愿者娃娃,一次次让我伤透了心。"

在他提到的那"一次次"里,有过第三次,第四次,第五次吗?

当年在北川工作站工作过的心理专家舒曼曾在他撰写的《灾后

心理援助纪实》中痛心疾首："……当你没有能力为灾民修复创伤的时候，那就不要把她的伤口一下撕开；当灾民没有准备好的时候，你不要去打扰她；当你不了解灾民内心的需要、个性特征的时候，就应该先了解灾民，请记住，一切为了灾民，而不是造成他们更多的创伤……"

张建新说："不恰当的心理援助，甚至可能会扰乱灾区群众的日常生活。"

当然，也不排除这样一些志愿者，他们以协助救援人员干一些力所能及的事为由头，主要目的是在残酷的环境中寻求生命的体验和感受灾难的新鲜感，借以历练自己，丰富人生的阅历。

这样的动机不能说不好，但是，在别人的伤口上体验受伤的滋味儿，一定程度上也暴露出了人性深处的自私和小聪明。我了解到，这样的人不在少数。在自然灾害危险期过后，有不少"成功人士"就把自己涉世未深的孩子以心理志愿者的名义带到了灾区。

老樊是一个失去妻子和儿子的男子，有明显的 PTSD 症状。2008 年暑假，他在临时安置点接待了一男一女两位志愿者，男的四十多岁，女的十八九岁，后来他才知道这是父女俩，女儿刚刚考上大学，喜欢写作。男的很慷慨，为老樊做心理疏导期间，还给了他 1000 元钱。但是，老樊很快就愤怒了。因为这个女大学生提出的所有问题，句句都戳到他的痛处，让他心如刀绞。老樊后来终于醒悟，这个父亲是带女儿来灾区体验生活、感受苦难、领悟人生来的。

也就是说，老樊的伤口，就是女大学生的创作源泉；老樊的伤口捅得越大，女大学生的创作素材就越丰富。

老樊当场把钱退回，毫不客气地下了逐客令。

吴坎坎告诉我："有些志愿者自身心理脆弱不堪，一到灾区，就被死亡、血腥和伤残吓得噤若寒蝉，出现 PTSD 症状，却还要强打起精神，最终导致心理紊乱，成为被援助的对象。"

这样的故事，我听到的不止一两个。某大学的一名心理学女教师，曾在国外心理学期刊上发表过多篇英文论文，理论上一套一套的，是名副其实的心理专家，可到了灾区不到三天，就被一位丧子女士的哭诉击垮了心灵的堤坝，开始失眠厌食。为了不自辱心理学教师的天职和尊严，她强撑着坚持为受助者做心理疏导，结果助来助去，不但没有帮助对方缓解 PTSD 症状，自己的 PTSD 症状反而与日俱增，最终精神紊乱。

后来，还是心理专家同行对她做了心理疏导，才让她度过了心理危机期。

她勉强站起来的那天，也是她购买机票洒泪挥别之日。

助人者反被助，心理专家援助心理专家，似乎有点不可思议。

同样，有不少心理脆弱的志愿者也是没几天就默默地离开了灾区。灾区的一位社区干部跟我讲，有位姓董的男志愿者为一个失去妻子、父亲、母亲的男士做心理疏导时，经常会闻到屋子里有一股异味，后来意外发现了男子从废墟里扒出的死者的血衣和毛发。小董当场吐了好几次，从那天起，他不但无法正常进食，而且适应不了灾区的任何气味，最终昏倒在发放调查问卷的路上。队友们送他返乡的那天，小董号啕大哭："我真没想到会成为灾区的负担啊！我这是怎么了？"

有一次，村民在某灾区的大山里发现一具上吊多日的遗体，救援人员咨询了周边很多村庄，均无人领尸。后来才搞清楚，这是一个有抑郁症病史的志愿者，他给幸存者做完心理疏导之后，自己却自杀了。

吴坎坎告诉我："有些志愿者自身没做好心理和专业准备，一到灾区，就被死亡、血腥和伤残等所伤，甚至出现急性应激障碍的症状，在早期心理援助督导力量不足的情况下，甚至会造成志愿者的心理创伤。"

关于小董和那个志愿者自杀的故事，有个别心理专家建议我最好避而不谈，认为有碍志愿者这个称号的尊严，但更多的心理专家建议我务必进行深入了解并公开剖析，其理由有三点：一是真实反映当时志愿者制度尚不完善阶段的现实状态；二是对尚不具备志愿者条件的热血青年有一定的警示、唤醒作用；三是客观反映当时志愿服务中存在的问题、短板与缺憾，有利于进一步完善志愿服务制度。

我认同后者的观点，这恰恰是在捍卫志愿服务的尊严。

三

也许有的志愿者做梦也不会想到，愁云惨淡的灾区会成为他和她相识相知之地。然而，爱情固然伟大，可如果他们没能把握好特殊环境中经营爱情的方式，便可能对灾区群众造成伤害，从而影响志愿工作的开展。

远离故土，举目无亲，条件艰苦，孤苦伶仃。多少个风雨交加、寒风肆虐的夜晚，一些男女志愿者挤在乡野窄小的板房里，冻得瑟瑟发抖。彼此的一个关照，相互的一个安慰，很容易让爱的火花呈燎原之势。可是，他和她无处可藏的亲昵、眼神、亲吻和难以遮蔽的浪漫，深深刺痛了一些丧子、丧女灾民敏感的神经。那天，他和她躲在一处残垣断壁后面热吻时，遭到灾民的呵斥："这下面有100多个孩子还没挖出来呢，你们敢在这里搞这个，快滚回你们老家去！"

志愿者中的性侵害事件，更是给志愿者形象蒙上了阴影。某省的一名教师志愿者，在网上招募了几十名男女青年组成精干的援助队伍，建立了良好的培训、辅导、援助机制，志愿者们在穷乡僻壤的重灾区蹲点服务期间，风餐露宿，吃苦耐劳，每天靠方便面和榨菜充饥，付出了极大的心血和汗水。可就是这个有思路、有胆识的"领头羊"，因性侵了多名女志愿者被联名举报，团队随之崩塌解体……

这样的破坏力和社会影响，不亚于一次八级地震。

对这一现象，吴坎坎有这样的见解："也许，那个'领头羊'的精神压力实在太大了，从心理学上讲，在灾区这样的特殊条件下，精神压力带给人的心理变数，非常复杂……"

而有些不幸事件，更令人扼腕。我了解到，至少有三名志愿者在去乡村开展心理援助的归途中，不幸踏上了人生的不归路。

吴坎坎给我讲了一个令人揪心的往事。某个血色黄昏，一名志愿者刚从板房里出来，就被一辆疾驰的救援车撞飞，当场口鼻出血，呼吸停止。灾区人的心，本来就是一颗千疮百孔的心。灾区人的心理，本来就是伤痕累累的心理，包括司机的，也包括路人的。

灾区的车祸，你还想考证、寻找到常态的根由吗？

也有个别的志愿者——让我怎么说呢？他们可能根本就配不上志愿者这个圣洁的名号。

那些人无论初心如何，但是一到灾区，吸引他的不是幸存者痛苦的呻吟和梦呓般的心灵呼唤，反而是废墟中散落的钞票、金银首饰或其他有价值的物品。也许这是本性使然，也许是灵魂深处瞬间的逆转，也许根本没有什么也许，反正他动手了，偷了，甚至抢了。他全然漠视了这些物品上的血，或者泪。个别人，从板房进了班房。

我甚至有理由相信，志愿者这个名号在极少数败类那里，只是一块华丽的遮羞布，他们因之而隐蔽了灵魂的不洁和龌龊，蒙蔽了善良、无辜的灾民，不光为"防火、防盗、防心理咨询"的标语找到了耻辱的证词，而且在不明真相的人看来，志愿者在"三防"中的角色又加上了"盗",三分有二,一举占俩。

灾区的手铐刺目而锃亮,覆盖了趁火打劫者空洞而狡黠的眼神。

"那时的所谓心理援助,可以用八个字来形容:无序,混乱,芜杂,无奈。"刘正奎对我说。

"教训,更让我们清醒地意识到了灾后心理援助的艰巨性,意识到了前所未有的压力和责任感。心理所当时就决定,必须调动一切可以调动的力量,发挥心理所对灾区心理援助的统领作用,主动出击,专业领航,加大科学管理力度,改被动为主动,变消极为积极,化干戈为玉帛,否则,心理援助工作有可能陷入泥淖,弄不好会前功尽弃,无功而返。"张侃跟我说到这个话题时,口气不容置疑。他说:"某个时间段,整个灾区的 2000 多名心理学工作者中,只有 500 多人是有组织的。至于其他人,不知道他们从哪里来,也不知道他们要干什么。"

日本兵库教育大学的富永良喜教授曾带领一支经验丰富的日本心理专家队伍,在重庆、成都等地为中国同行提供紧急培训。富永良喜特别提醒:"那些不能保证对灾民进行持续援助的心理援助者和团体,不可以直接和灾民接触。"

许多业内人士认为,在当时制定的应急预案中,心理干预虽然占有一席之地,但这种预案既缺乏明确、统一的指挥系统,也没有具体的实施方案,在很大程度上只是一个"半成品"而已。

上海精神卫生中心院长、上海交通大学医学院教授肖泽萍表示,此次灾后心理救援初期之所以出现很多问题,与相关部门主导意识不强、对口或领导部门不明确,以及心理救援体系各成员没有建立分工协调机制等因素有关。

正是基于这种教训,不少专家呼吁,中国应以汶川地震为起点,由国家统一部署，制定相关法律法规，整合从业人员的力量，以建立心理援助的长效机制。

据我了解，"防火、防盗、防心理咨询"的标语真正烟消云散，是在2008年9月左右，那是心理所开展心理援助的第4个月。当时，心理所在地方有关部门支持下相继建立的绵竹、绵阳、北川中学、北川、什邡、东汽厂、德阳市人民医院7个心理援助工作站已经迈上快速、高效、良好的运行轨道，几十支心理援助"杂牌军"团队和几千名志愿者在心理所的集中统一带领下，经过大浪淘沙，初步实现了规范化、科学化和正规化。

"当然，在那些缺乏系统组织的志愿者团队中，也有相当一部分志愿者团队还是很优秀的，而且他们的事迹也非常感人。"当年的心理咨询师胡宇晖对我说。

胡宇晖给我举了一些例子，比如，来自河北、河南的吴元平、杨丽芬、刘海燕、任桂兰、张继敏、张燕一直在北川职中、擂鼓中学做志愿者，主要给学生们做心理辅导。她们租住在绵阳南河体育馆附近的一栋破旧的居民楼里。后来学校给她们提供了板房，所有生活费用均自理。她们不接受任何照顾，不接受任何媒体采访。这一干，就是整整三年。

有个细节，让我感动。吴元平带领的这个团队为了省吃俭用，有时会把吃剩的馒头切成片，在电烤器上烤干，然后带着路上吃……

还有一些来自全国各地的尼姑、道士、居士、修女，昼夜陪伴在死难者家属身边，寸步不离。有个失去儿子的大姐对我说："有位修女陪了我半个月，终于让我从度日如年中挺了过来，可是，她临走时，连姓名都没留下。"

"三防"标语销声匿迹的过程，也是灾区民众、幸存者和死难者家属对灾后心理援助理解、接纳、牵手的过程。

在汶川地震之后的十年里，中国大地大小灾情不断，心理援助步步跟进，"三防"标语也未再次出现。

让"三防"标语消失的，不是风，也不是雨。

第六章　中国灾后心理援助的元年

Chapter Six

一

《尔雅·释诂》云："元，始也。"

中国还有句老话："一元复始，万象更新。"

元年，是指某个事物或事件开始发生的年份。

2008 年，被国际社会普遍认为是中国灾后心理援助的元年，那一年的中国到底发生了什么，这好像是一道简答题，但同时又是一个申论。与简答题相比，申论有论点、论据和论证，可自成华章。

关于心理援助的决策部署，早在汶川地震发生当天就开始了。

张侃告诉我，2008 年 5 月 12 日的那天晚上，他和同事们通过媒体获知四川方向发生了地震，但具体震到什么程度，灾情如何，当时并不是很清楚。那天，北京的天气非常燥热，心理所大院里的梧桐树、白杨树上蝉鸣不断。几位所领导、部分专家心情紧张而沉重，谁也没有提出回家。张侃作为国务院应急办专家组成员，职业的敏感性让他马上意识到，汶川地震肯定非同小可，按照《中华人民共和国突发事件应对法》，极有可能启动一级预案，国家领导人要到达现场担任总指挥。他同时意识到，这样的灾难必将对受灾群众、救灾人员乃至全社会产生极大的心理冲击。

"不能等了，立即给中央写报告！"张侃立即拍板。

这是心理所的不眠之夜，几位心理专家立即行动，给中央起草《关于四川汶川抗震救灾工作的心理学建议》。建议很快形成报告，共有8条，呼吁政府关注灾害中可能出现的心理和社会问题。国家抗震救灾指挥部门在紧急部署抗震救灾工作的第一时间，就看到了这份报告。第二天上午，该报告迅速被中科院报送中办、国办。对于报告中的建议，中央给予高度重视，中国灾后心理援助的大幕正式拉开。

5月13日，刘正奎与上海增爱基金会取得联系，并争取到10万元援助资金。第二天，刘正奎再次与广州五叶神集团联系，争取到100万元援助资金。

5月14日，中国心理学会成立了由中国心理学会、北京大学心理学系、北京心理卫生协会三家单位联合组成的"中国心理学界危机及灾难心理援助项目组"，中国心理学会也向全国心理学工作者和心理咨询、治疗专业人员发布了公开倡议书。当天，有两位青年心理专家背着简单的行囊，空降绵阳。他俩更像一支神秘的侦察兵，也像先遣队。当时两人分别是心理所副研究员王文忠和解放军总医院医学心理科主治医师祝卓宏。当天下午，心理所心理咨询中心副主任张雨青、郑希耕一行4人，随同民政部工作组直飞灾区。

也是14日，曾饱受大地震摧残的河北省唐山市派出由14名心理、精神科专家组成的抗震心理咨询志愿服务队，其中包括4名唐山市公安局安康医院的公安民警。

此次地震使位于绵阳的西南科技大学也遭受重创，近百名师生伤亡，但震后第三天，也就是14日，由西南科技大学法学院院长廖斌，应用心理学专业辛勇、王宁霞、王斌等人发起，组织应用心理学专业十几名教师和三十几名学生成立了"西南科技大学心理救助志愿者服务队"，胳膊上佩戴绿色"心理救助"袖标，直奔南河体育中心受灾群众临时安置点。这是地震后第一支进入受灾群众安置点开展心理援助工作的专业团队。

15 日，中国残联抗震救灾特别宣传报道组赴四川地震灾区开展宣传报道，并对残疾人和残疾人家属及残疾人工作者进行心理危机干预工作，其中就有中国残联青年志愿者服务队队长，心理咨询督导专家闫洪丰。

16 日，北京安定医院接到卫生部命令，组建一支 20 人左右的危机干预小组赶赴四川。四川华西心理卫生中心等机构也组成一支"灾后心理救援志愿队"。同时，由许见声带队的上海市民间机构心理专家组抵达都江堰。

17 日，由团中央组织动员的灾区青少年心理康复援助专家志愿团奔赴四川，其中包括近 20 名心理学专家，他们由团中央维护青少年权益部从全国各地的 12355 青少年服务台及相关机构中招募。同日，共青团重庆市委面向全市招募心理辅导志愿者 60 名，分 3 批到四川绵竹灾区开展针对灾区孤儿的心理抚慰、心理疏导及生活照顾等服务。当天，来自北京市海淀区明圆学校的 20 多名川籍孩子，接受了心理所专业人士的团体心理干预。

18 日，黑龙江省抗震救灾心理援助队组建完毕并召开了动员大会，这支援助队由 29 名专家组成，全部来自省内高等院校、科研机构和临床医院，并分期、分批赶赴四川地震灾区。

21 日，四川省科技厅牵头组织了由 13 人组成的小分队，成立了"心理救灾协调委员会"。

　　值得一提的是，包括西南科技大学在内，北京师范大学、四川大学、香港中文大学、北京大学、清华大学、复旦大学、华南师范大学、西南交通大学、西华大学、西南民族大学、北京林业大学、绵阳师范学院、四川司法警官职业学院等高等院校的心理研究机构、心理学院的部分师生在钱铭怡、樊富珉、李明、宗焱、陈寒、陈秋燕、肖旭等专家、教授的组织和引领下，也迅速行动起来。作为我国心理学研究和教育的重镇，地震后的第二天，北京师范大学心理学院就讨论制订了"'心在行动'——北京师范大学心理学院'5·12'地震灾后心理援助行动计划"。14—18日，该院许燕、金盛华、刘翔平等心理专家组织30多位师生，日夜赶工，仅用五天时间就编写了《灾后心理救助与心理重建——"5·12"地震灾民自我应对指南》，并同时迅速将其翻译成盲文文本。16—18日，该院受教育部委托，林崇德教授组织部分师生编写了《我们一起度过——献给地震灾后的孩子们》《如何帮助我们的孩子——地震后青少年心理援助教师、家长辅导手册》。17日，该院党委书记申继亮教授、张西超博士、林丹华博士作为首批教育部灾后中小学心理援助专家工作组成员，赴四川开展灾后中小学心理援助工作。21日，该院"心在行动"灾后免费心理救助热线400-680-8110正式开通，每天8：00—23：00面向全国提供灾后心理危机干预的电话援助。30日，该院联合海峡两岸暨香港各大高校心理院系发起的《团结起来，从心开始——关于成立"高校心理援助大联盟"的倡议书》，很快得到55所高等院校的积极响应。

　　另外，由复旦大学心理分析研究中心主任申荷永教授领衔的一支6人心理援助小分队也很快飞往四川成都，第二批由12人组成的心理援助队也随后入川。

……

没有激流就称不上勇进，没有山峰则谈不上攀登。从时间和节奏上看，可谓时不我待，紧锣密鼓。是"5·12"这个特定的、特殊的时间概念，让紧随其后的时时刻刻里，响彻着急促、匆忙而密集的集结号。一场看不见硝烟的战斗，宣告打响。

最早投入战斗的小分队队员王文忠和祝卓宏，地震过后仅仅两天，就到达灾区。而那时的北川，醉酒似的大地在混沌不清中余震不断，仍在肆无忌惮地掀翻、撞翻一个个惊魂未定的生命。很多人侥幸摆脱了"5·12"的魔爪，却在"5·13""5·14""5·15"的余震中丧生。甚至，"5·12"那天困在建筑废墟、破损山体中的人，由于交通阻隔、救援困难的原因，不断在三天以后、四天以后……在痛苦的挣扎中死去。

祝卓宏后来告诉我："地震后的头两天，灾区那边的信息几乎每时每刻都在传来，死亡人数成倍，甚至几十倍地增加，而救援的难度充分说明那里的危险系数非常高，但我们义无反顾，何况我当时在 301 医院，还是现役军人。"

我至今记得，"5·12"那天，我随《小说月报》杂志采风团正在厦门鼓浪屿，当时有位四川籍的女作家，因为电话联系不上绵阳的亲戚，急得眼泪直流。

当时，在英文缩写的热门词里，我只知道 WTO、GDP 什么的，哪里知道还有 ASD、PTSD 啊！

我更没想到灾区遭受 ASD、PTSD 的人数，居然高达 460 万。

刘正奎说："连我们也没想到。"

如果说生理疗伤难，那么，治疗靠近天文数字的心理创伤人群，更是难上加难。

　　自己的爱将一个个直奔余震不断、险象环生、情况不明的特殊疆场，心急如焚的张侃一边与业务单位紧急协调，一边在"大本营"调兵遣将，迅速组建起心理援助组织机构。他非常清醒，打仗，需要高效、完备、科学的指挥系统。

　　毫无疑问，他责无旁贷，必须亲自挂帅。

　　心理援助组织机构下设两个合作单位：中科院心理所领导组，中国心理学会领导组。

　　中科院心理所领导组：组长张侃，副组长张建新，组员有傅小兰、李安林、罗劲、李纾、刘正奎。

　　中国心理学会领导组：组长张侃，副组长钱铭怡，组员有杨玉芳、韩布新、梅建、刘正奎、高文斌。

　　中科院心理所领导组下设北京工作组：组长刘正奎，副组长陈雪峰。下设资料组、信息组、行政组、联络组和志愿者组，成员有周明洁、任婧、詹环荣、顾敏、高路、张永博、王日出、周莹、付桐、周燕等。同时还下设了危机干预中心（成都），主任王文忠，副主任史占彪。

　　中国心理学会领导组也下设北京工作组，由心理危机干预工作委员会、心理学会秘书处、医学心理学专业委员会、临床与心理咨询心理学专业委员会、科普工作委员会等团体组成。

　　实际上，灾后心理援助的总负责是张侃，总指挥是张建新。

　　这是心理所第一次组建专门针对灾后心理援助的庞大组织机构，第一次与方方面面实现灾后心理援助的强强联合，第一次成建制、大规模地集体"出征"。连张侃自己也没想到，更多的第一次，都是在这次的"战场"上诞生的。

　　5月21日，四川心理培训基地成立，专门培训四川省本地的心理工作者，准备打一场持久战。

从 6 月 1 日开始，由心理所主导组建的 7 个心理援助工作站应运而生，分别设在绵竹市、北川中学、什邡市、德阳市人民医院、绵阳市、四川司法警官职业学院、北川县。

6 月 8 日，国务院发布了《汶川地震灾后恢复重建条例》（国务院令第 526 号），其中第二条、第十七条、第三十五条都提到心理援助工作，并明确规定，地震灾区的各级人民政府，应当组织受灾群众和企业开展生产自救，积极恢复生产，并做好受灾群众的心理援助工作。

6 月中旬，心理所危机干预中心在成都成立。

不到一个月，心理所和中国心理学会以成都为基地，以心理所专家队伍为主体，加强对来自四面八方、五湖四海的心理援助人员的管理、沟通与联动，迅速建立了 126 人的心理援助队伍，每天分成 10 个组，其中包括 1 个机动组，走遍了四川地震灾区的所有市县。

这样的走，不光用脚，还要眼观六路，耳听八方。

二

　　没有风浪，便没有勇敢的弄潮儿；没有荆棘，也就没有不屈的开拓者。

　　值得一提的是，截至 2008 年，当时的心理所正式编制只有 150 人，在读研究生也不到 300 人，但是，不到一年工夫，心理所就组织、发动 1000 多人次的志愿者投入地震灾区心理援助工作，共实施大型团体心理援助 400 余次，个体心理援助 12000 人次，心理援助对象涉及中小学生、机关干部、救援官兵、城乡群众、老人、妇女、孤残人员等各类人群；发放各类心理援助手册和书籍 15 万份；在绵竹工作站建立了为群众提供心理咨询服务的免费热线电话 "100865'我要爱'"，覆盖德阳、绵阳手机用户 200 万；在中科院、科技部、中国科协、国家自然科学基金会和社会各界的支持下，投入经费 800 万元，开展"温暖妈妈"工程、"丝网希望花"、"心灵茶社"等几十个活动项目，帮助众多灾区人民走出心理阴影，引导他们重新寻找生命的意义，在灾后心理、社会、文化的心理援助上做了有益的探索。

吴坎坎告诉我，当时的灾区到处活跃着身穿印有"心理援助"字样 T 恤的心理专家和志愿者，他们或在残垣断壁中匆匆奔走，或在临时板房里和劫后余生的 PTSD 人员、抑郁症患者促膝长谈，或在部队营地、帐篷学校组织活动，或走村串户做问卷调查、发放资料、搜集信息，或为残疾人开展各种服务，或在工作站组织各种讲座、培训……

这是一个庞大的群体，他们来自天南海北，他们未必知道彼此是谁，但同样款式的 T 恤显示了他们彼此都是"战友"。

灾区的死亡与血，抹去了心理援助队员脸上的笑容。

彼此碰见，有的相互点头，有的会给对方一个轻轻的拥抱，有的没来得及开口便擦肩而过。

他们实在太忙了，匆匆，太匆匆。

一名 19 岁的女大学生志愿者在日记里这么写道：

2008 年 7 月 19 日凌晨 3 点，离天亮还很早，赵某某突然呼唤死去儿子的名字，脑袋往板房的墙壁上撞，我紧紧搂住她，陪她一起哭泣。我从小在城市长大，很少去农村。但这个农村妇女的遭遇，让我深深感到生命和亲情的宝贵。6 点，天还未亮，赵某某的一个亲戚来访，这个亲戚也失去了儿子，我担心他们两个在一起会更伤心，就悄悄去找了来自湖南的志愿者周某某，建议她把亲戚动员走。结果一出板房，就被重重地绊了一跤，原来，板房外多了一块从山上滚落的巨石。好险啊！这块巨石距离板房只有三米左右。6 点半，我开始吃方便面，但没舍得吃鸡蛋，因为中午还有两个家访，担心断炊。7 点，去帐篷学校送中科院心理所发放的心理援助资料，总共发放 7 个种类 69 份，见到了 120 位老师和学生，他们都是幸存者，来自不同的学校。有一位心理专家和 3 位志愿者正在和师生们一起开展活动。7 点半，返回板房，发现赵某某没吃早餐，于是给她剥了鸡蛋。她已经两天不吃饭了。8 点，隔壁板房有位男士大喊大叫，据说他被预制板砸坏了神经，思维已呈混沌状态。作为邻居，他的失控很容易引发赵某某的心理危机，于是，我联系工作站的专家，帮助那个男士调整了板房。赵某某的情绪果然有所稳定。8 时半，为了不勾起赵某某的伤心事，我悄悄收起了赵某某儿子的书包和一双运动鞋。书包上的血迹表明，孩子临死前，一定想抱着书包逃生。9 点，前往工作站听辅导报告，给我们讲课的是中科研心理研究所的一位专家，他给我们讲授陪伴 PTSD 人员的方法，其中涉及和 PTSD 人员交流的方式与技巧。这次参加培训的志愿者有 42 人，翻看通讯录，有广东的，贵州的，安徽的，陕西的，等等。11 点，家访，先是骑自行车前往 ×× 镇去做第一个家访，这家遇难 3 人，只剩一个老人，我陪伴老人半小时。12 点，第二个家访，这家遇难 2 人，是一对夫妻，他们 8 岁的女儿幸存下来，我用山上的花草编了一个小花篮给孩子。13 点，本来想在板房里眯一会儿，但怎么也睡不着，悄悄去了赵某某那里，发现她又在用脑袋撞墙，我紧紧搂住她……

　　日记很长，这里只摘录了这位志愿者从凌晨 3 点到午间 13 点的工作片段。凌晨 3 点和午间 13 点，对大后方常态生活中的人们而言，是什么时段，无须多言。

　　不难看出，这 10 个小时里，她几乎一刻也没闲着。

　　日记里呈现的 10 个小时，只是漫长心理援助工作的一个瞬间，可通过这个看似平常的瞬间，却能看到心理援助的整体与局部、群体与个体、方法与节奏、艰辛与执着、坚持与坚守。10 个小时，折射出的却是心理援助工作 100 个小时、1000 个小时、10000 个小时的全貌。

能容身的简陋板房也有限。年轻的女志愿者杨蓉告诉我："在灾区，我们志愿者常常和衣而睡。来灾区之前，我从未与异性近距离接触过，可在板房的日子里，有时候，男男女女的志愿者不得不挤在一起过夜。彼此身体相碰传递的温度，也让我渡过了艰难。"

我也看过多位心理专家留下的日记，字字句句，都蓄满了庞大的信息量：策划、会诊、培训、讲座、联络、对话、交流、心理辅导、开展活动……

在不同的灾区，我常能听到这样一些名字：张侃、张建新、傅小兰、李安林、杨玉芳、孙向红、刘正奎、王力、王文忠、张雨青、祝卓宏、史占彪、龙迪、李纾、吴坎坎、郑希耕、时勘、林春、高文斌、王菁华、李甦、郭建友、杨小冬、陈祉妍、黄峥、韩茹、罗劲、罗非、韩布新、李娟、王二平、李永娟、郑蕊、张莉、王咏、李旭培、张兴利、张镇、王日出、高路、潘垚天、任孝鹏、白新文、孙彦、魏高峡、张警吁、张文彩、郑蕊、周明洁、饶俪琳、王毅、王莉、王莹、王思睿、王鹏云、魏楚光……

他们或是心理所的领导，或是专家，终归都是心理工作者。有的曾是某一工作站的首任或继任站长、副站长，有的曾多次前往灾区调研、走访、慰问。

也有这样一些名字：傅春胜、胡宇晖、锁朋、李晓景、杨晓婷、于洋、李关党、方若蛟、萧尤泽、刘飞、黄小峰、舒曼、刘洋、马小红、王婷婷、王文海、杨婕、洪军、王蔺、史加利、陈学敏、刘琰、张玲、徐驰、黄燕秋、吴双、张曼、徐宁……

这里所写的只是成百上千名心理志愿者中的极少部分。

这些心理专家和志愿者，他们有的在灾区工作累计长达 3 年、4 年、5 年，有的持续往返于居住地和灾区之间长达 10 年，有的甚至至今仍然在灾区坚守，一些心理专家和志愿者甚至因劳累过度，从此一病不起，至今仍被病魔困扰。

灾区的一些社区和居民家中，至今仍然保留着当年心理所专家和他们一起过生日、端午节、中秋节、春节的照片。

照片上，所有的人都满面春风，脸上的笑容真诚而温暖。但只有当事人心里最清楚，他们当中有的幸存者患有严重的 PTSD 或其他心理疾病，有的看似坐得很安静，其实长长的裤管里，空空荡荡。在灾区，被截肢的伤残人员太多了。

可大家，都笑了。这是哭过以后的容颜。

三

必须说明的是，对心理所而言，这场恶战前期技术层面的许多领域，需要依靠国外的既有经验和理论。这是 2008 年的"千千心结"，也是 2008 年早期心理学人的无奈。

踏着别人的足迹前行，很难找到自己的路径。在先遣队进入灾区的当天，张侃就敏锐地意识到，国情不同，历史不同，地域不同，文化不同，灾情不同，灾后 PTSD 和其他心理疾病呈现的情况必然也不同，因此，心理援助不能完全依靠国外经验，那么，我们自己的经验和理论依据在哪里？

很少，几乎可以说，没有。当年克拉玛依火灾、SARS 疫情时期的心理援助经验，很难适用于地震后呈规模化、大范围的 PTSD 和其他心理疾病群体。外国经验成了不得不借鉴的"救命稻草"。最重要的是，要在借鉴、学习、实践、总结中找到自己的路。

张侃在 2008 年的一次心理援助阶段性总结会上强调："凡是前往灾区的心理专家，一要干活，二要研究，三要总结，四要发挥理论成果的指导应用作用。"

也就是说，心理专家必须转换角色和身份，充分利用汶川地震，为中国灾后心理援助探索"阳关大道"。

鲁迅在名篇《故乡》中说："世界上本没有路，走的人多了，也便成了路。"而很多心理专家和志愿者，把地震灾区当成了第二故乡。

"踏遍坎坷成大道"，一条条"阳关大道"终于在血与火的考验中趟了出来。

其中一条"阳关大道"，就是基于时空二维的灾后心理援助组织模型。该模型吸取了重大自然灾害后个体与群体在时间和空间上心理应激特点的相关研究，结合"5·12"汶川大地震后我国救灾行动的组织体系，提出灾害心理援助区分为七个不同的层面，并细分出不同层面开展心理援助的主要任务及实施重点，为我国科学地开展灾害心理援助工作提供一个具体的工作框架。

在灾后心理援助服务模式上，探索了"一线两网三级服务"的心理援助体系。"一线"是指心理援助热线，"两网"是指心理援助队伍网和心理服务互联网，"三级"是指学校和社区心理咨询室—心理援助工作站—精神卫生中心的一套针对不同的心理创伤的严重程度形成的体系，此三级体系基本可以覆盖所有心理问题和精神障碍。另外，心理援助工作站根据与当地不同部门的合作，形成了基于社区、学校、医疗卫生系统和综合模式的灾后心理援助的具体工作模式。

在心理援助技术创新方面，心理所自主研发了一系列心理创伤评估、干预工具和设备。包括"中国心理健康量表—成人版""中国心理健康量表—青少年版"，并在灾区进行了大规模使用；同时，自主研制了"中国人心理创伤评估工具"和"中国人创伤后成长评估工具"等，在灾区使用后得到了较好的信度和效度指标；研发了用于心理创伤康复和治疗的生物反馈仪器——心率变异型（HRV）生物反馈仪，通过自助的身心放松指导来完成创伤情绪和心理创伤的平复工作。

另外，心理所还首次研发了移动心理服务平台，该平台集灾后心理健康状况测评、干预于一体，用户登录后首先进行当下心理健康状况的测评，之后根据测评的结果选择不同的心理自助方法，通过移动 WAP 网站和与当地移动公司合作建立的短信平台提供心理援助和灾后心理健康知识。

在心理创伤研究平台建设方面，心理所建立了我国最大的灾后国民心理健康数据库，逐步建成了 33 万名受灾群众的包含多项生物与心理健康指标的数据平台，形成了系列流行病学、症状分类和临床干预研究报告。

据介绍，心理所心理援助团队还自主研发了心理急救工具包，包括一系列简便高效的评估工具及心率变异型生物反馈仪，以及集心理健康状况测评、干预于一体的移动心理服务平台。2008—2013年，团队共进行个体心理咨询 12.6 万人次、团体辅导 4400 场约11.4 万人次，移动心理服务平台惠及 290 多万人次。心理所还建立了重大自然灾害后国民心理健康数据库，逐步建成 33 万受灾群众的心理健康数据平台，为症状分类学研究和临床干预奠定基础。

2018 年 9 月，我在心理所见到了"心理台风眼"效应的发现者李纾。"心理台风眼"效应不仅是 2008 年心理所的重要研究成果，而且被国际心理学界认可并大量应用。李纾认为，随着灾情的加重，居民对健康和安全的担忧反而随之降低，即非灾区居民对健康和安全的担忧反而高于灾区居民。这一重要的科学论断，是李纾带领他的团队在四川、甘肃灾区和北京、福建、湖南等非灾区的 2262 名居民中进行调查得到的结果。

在心理所，我看到了该所编写的于 2009 年 4 月出版的一套灾后心理援助书，该丛书由 8 本书构成，包括《"5·12"灾后心理援助行动纪实》《灾后小学心理辅导教师培训手册》《灾后社区心理援助手册》《家庭教育手册》《灾后心理热线志愿者培训手册》《用心守护——心理援助志愿者心情故事》《重建从心开始——"我"的地震经历》和《灾后心理援助名家谈》。同时，我也看到了该所借助《心理科学进展》期刊推出的"灾难心理学与心理危机干预专辑"专刊。

这 8 本被灾区成百上千心理专家、志愿者誉为"及时雨"的书，均由张侃撰写总序，参与主编的有张侃、张建新、王文忠、史占彪、祝卓宏、锁朋、胡宇晖、王世卿等。副主编、编委中有我直接或间接采访过的刘正奎、王力、龙迪、张雨青、傅春胜、辛勇、锁朋、王婷等专家和志愿者。

刘正奎告诉我："这 8 本书中的理论成果和经验总结，绝大多数是 2008 年在灾区工作中形成的。"

也就是说，在灾区心理援助进入白热化的 2008 年下半年，各个工作站的专家和一些志愿者既要紧锣密鼓开展工作，同时还肩负着提供有效信息、分析和研究问题、整理理论成果的重任。当时，专家、志愿者既在艰难前行，又在艰苦摸索；既在纵深调研，又在横向思考。据我了解，那段时间里，远在北京的心理所，分分秒秒关注着来自灾区的一切信息，为了编辑出版这八书一刊，心理所、出版社、印刷厂在项目推动、编辑校对、制作印刷等方面一路绿灯。有关人员加班加点，夜以继日，废寝忘食，仅仅用了几个月的时间，所有图书和刊物就全部付梓，并被送往灾区。

这套字数多达 260 万的书稿，可谓字字泣血，句句浸泪。

这是 2008 年的血，2008 年的泪，这是专家、志愿者在灾区心理援助实践中集体淬炼的思想，也是合力迸发的智慧，最终，它们以理论成果的形式，迅速转换为指导灾区实践的"灵丹妙药"。

在重灾区什邡，志愿者萧尤泽告诉我："这些书，岂止是'及时雨'，它简直就是'百宝箱''指南针'，我们在基层打拼的人，突然耳聪目明了。"

据我了解，2008 年，北京师范大学心理学院院长许燕和王芳、林崇德、张日昇、孙嘉卿、金盛华、陶塑、潘益中、伍新春、臧伟伟、张宇迪等心理学专家、学者和学生在为灾区服务的同时，也做了大量的科学研究工作，一年半内就发表《科学救援心理灾区》《"5·12"地震灾后四川和北京大学生价值观类型的对比》《灾难后谣言传播心理的定性分析——以"5·12"汶川地震谣言为例》《汶川地震灾区中小学生复原力对其心理状况的影响》《汶川地震外迁学生的 PTSD 状况及其与社会支持的关系》《自然灾难后身心反应的影响因素——研究与启示》等相关论文 14 篇。不仅如此，地震后的 5 月 17—23 日，心理学院的申继亮等专家工作组成员多次向教育部和四川省教育厅提出了心理援助工作的建议，推动四川省教育厅颁发了《四川省教育厅关于做好受灾学校灾后学生心理援助工作的通知》。专家们还讨论和草拟了《教育部灾区中小学心理援助工作指导要点》和《教育部关于招募地震灾区中小学生心理援助志愿者的通知》，为有效地开展灾区中小学生心理援助工作奠定了扎实的基础。5 月 20—23 日，许燕、陈英和、金盛华以及学院的年轻教师王芳、骆方、卞冉、孙晓敏、黎坚等，撰写了"走出心灵创伤，重建阳光家园——

北京师范大学心理学院'5·12'汶川地震灾民心灵康复计划""关于设立北师大灾难后儿童心理援助中心的计划",为北京师范大学整体的灾后救助行动提供了心理援助方案。另外,由许燕、王芳等撰写的《关于重建灾区社区体系和学校组织体系的紧急建议书》《灾区重建过程中的群体事件预警及群众心态和应对策略建议书》《灾后群体事件的心理应对政策建议——以青川县木鱼中学为例》《灾区中小学教师现阶段心理状况及心理援助建议》等,报送国务院后,还得到了中央领导的批示。

许燕在微信中告诉我:"当时,我们心理学院的学者和学生,每天连轴转,简直是豁出去了。"

而在"5·12"汶川地震之前,灾后心理援助对国人而言完全是一个陌生的概念,包括心理学界本身。也就是说,被世界心理学界普遍认可并长期执行的心理危机干预,在汶川灾区的实践中,变成了灾后心理援助。

灾后心理援助,世界心理学界一个新鲜而又陌生的新概念。大地撕裂了它的胸膛,灾后心理援助这个概念也从天而降——从遥远的中科院心理所。

美国作家爱默生有句名言:"灾难是真理的第一程。"

中国的灾后心理援助是中国心理专家理论与实践相互磨合、研判、论证的产物,它脱胎于灾后心理危机干预,同时又不同于心理危机干预;它是灾后心理危机干预的一次"分娩",同时又与灾后心理危机有着同与不同的面貌。它适合于中国,也适合于世界,它具有中国特色,影响着世界心理学界面对灾难的态度和方法。

说我国的灾后心理援助是"5·12"汶川地震的产物,未免显得有些残酷,但这就好比一次惨烈的车祸,让人类琢磨出了成套的预防车祸的方法与措施，也好比一次毁灭性的病虫害，让人类摸索到防治病虫害的经验和路径。

我不由想起一句老话："置之死地而后生。"

还有一句老话，是这样说的："没有哪一次巨大的灾难，不以历史进步为补偿。"

一个科学领域新概念的诞生，绝对不是空穴来风。张侃对我讲："我们在实践中发现，心理危机干预这个概念不太适合灾区的心理救治，因为心理问题不同于生理问题。所谓干预，体现了主动出击与被动承受的逻辑，让灾区的 PTSD 人群被动接受专家的干预，在某些情况下反而是火上浇油，适得其反。所以，我们经过一番实践之后，很快就放弃了心理危机干预这个旗号，扛起了心理援助这面大旗。在心理与援助两个词之间，我们直接取缔了危机这个词。"

王文忠给我打了个比方："面对心理出现问题的人群，我如果大张旗鼓地告诉他，我是来干预你的，他怎么想？换种方式，我是来陪伴和学习的，争取帮忙不添乱，效果可能会不一样。"

事实证明，这是明智之举，也是一大创新。

改旗易帜，也让国际心理学界一片哗然。

值得一提的是，2008 年 6 月，中科院心理所危机干预中心在成都成立时，灾后心理援助这个概念像阵痛中的胎儿，正在腹内伸胳膊蹬腿儿，尚未呱呱坠地。这块牌子，恰恰成为中国灾后心理援助从孕育到分娩的见证。

"宝剑锋从磨砺出，梅花香自苦寒来"，中国的灾后心理援助模式，以其专业性强、反应快速、覆盖面广、社会参与度高、灵活性强、实效性强的特点，很快引起了全世界的关注。

2008 年，是心理所工作导向、工作内涵、工作方式的一次涅槃。

2008 年，是中国心理学界具有标志性意义的一年。

2008 年，是中国灾后心理援助的开端、引擎和试金石。

2008 年，由此被中国心理学界认为是"心理援助的元年"。从汶川地震开始，无论是政府层面，还是社会层面或人民群众层面，都开始重视心理援助，我国的心理援助体系开始逐步建立。

实际上，心理学界驰援地震灾区，本来是一次面对强敌的仓促而紧急的应战，可是，汶川之后，心理所却无法刀枪入库，马放南山。因为，接踵而来的其他灾难，像配合默契的狂徒和顽匪，疯狂地朝新生的心理援助队伍扑来：玉树地震、舟曲泥石流、昆明火车站暴恐事件、天津港特大爆炸事故、九寨沟地震……

而此时，中国灾后心理援助队伍，经过汶川的历练、磨炼与锻炼，也已羽翼丰满，兵强马壮。用吴坎坎的话说："真金不怕火炼，心理援助队伍，时刻准备着。"

史占彪曾说："汶川，让全国范围内的心理专家、志愿者都枕戈待旦。"

有灾难，就有再出发。但每一次出发，他们仿佛都是从 2008 年灾后心理援助的元年走来。

2018 年 11 月，我重返汶川灾区，见到了不少十年前的志愿者，尽管他们的身份、职业有了新的变化，但他们告诉我："我们的心，仍然在坚守。"

汶川创造了中国灾后心理援助的元年，但灾区一些群众心灵的伤口，仍然没有完全愈合。张侃告诉我："对重大灾害地区的心理援助，是一项长期而艰巨的工作，尽管汶川地震已经过去了十年，但许多 PTSD 人员要走出心灵的废墟，也许需要二十年、三十年，有些人，也许要被 PTSD 捆绑终身。"

在什邡，一个妇女见到我，突然泪如泉涌，她哽咽着说："作家你好，你是要采访我吗？"

事前，我早已了解，她的一双儿女均在地震中遇难。

她说："十年了，如果兄妹俩都活着，都二十七八了，可是……"

这个元年，像是血与泪浇筑起来的一个符号。

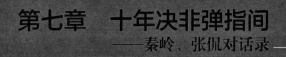

第七章　十年决非弹指间

——秦岭、张侃对话录

Chapter Seven

对话人：张侃（中科院心理所原所长、中国心理学会原理事长、中国心理学家大会主席）

秦岭（一级作家，中国作协会员）

时间：2018 年 7 月 5 日下午

地点：中科院心理所

主题：中国人心理健康状况及十年灾后心理援助

对话内容：

秦岭：其实在和您见面之前，我就知道，"5·12"汶川地震时，您是中科院心理所原所长，亲自指挥了我国心理学界从未做过的灾后心理援助，而这项活动迄今已经持续长达十年，这也是今天我和您对话的主题。据我所知，您还是第三世界科学院院士，中国心理学家大会主席、国际心理科学联合会（IUPsyS）执委。作为中国心理学界的权威人士，在讨论汶川地震十年灾后心理援助这个主题之前，我想请您谈谈中国人的心理健康状况，我想，这也是全国读者迫切想知道的一个话题。

张侃：这个话题其实和灾后心理援助是统一的，也备受国内外关注。世界卫生组织早已警示：21 世纪人类的头号杀手是心理问题。我们心理学界掌握的情况是：目前与情绪有关的病已达到 200 多种，在所有患病人群中，70% 以上和情绪有关。《2017 中国城镇居民心理健康白皮书》通过对全国约 112 万人的心理健康进行分析，发现中国城镇居民心理健康状况不容乐观，随着社会的急剧转型和竞争压力的彰显，有 73.6% 的人处于心理亚健康状态，存在不同程度心理问题的人有 16.1%，而心理健康的人仅为 10.3%。2018 年国家卫健委疾病预防控制局曾召开过全国严重精神障碍管理治疗工作总结部署会，当时公布的相关数据是，截至 2017 年底，全国近 14 亿人口中，精神障碍患者超 2 亿，总患病率高达 17.5%；严重精神障碍患者超 1600 万，发病率超 1%，目前，这一数字还在逐年增长。

秦岭：我注意到，近年来精神分裂、抑郁症、PTSD 等心理疾病或心理危机突然成为非常热门的话题，自杀事件也时有所闻。我的朋友中，至少有三四个先是患了抑郁症，后来以自杀的方式离开了人世。前几年我创作地震灾难小说《透明的废墟》和有关灾后重建的纪实文学作品时，曾多次去过一些灾区，也听说一些经历过地震、泥石流、车祸的幸存者，最终不堪忍受亲人的离去，选择了跳楼、上吊、服毒等方式自杀。在生活中，时不时看到有关自杀的信息，容易让人开始质疑生命的尊严。那么，从全国层面而言，情况如何？

张侃：这种现象的确令人担忧，其实产生心理疾病的原因有很多，您刚才提到的自杀、抑郁症情况，这些年的确在持续上升。我是搞心理学研究的，我可以拿一组数字来说明。调查显示，我国职业人群中，超过 50% 的人有不同程度的抑郁、焦虑症状。著名医学期刊《柳叶刀》（The Lancet）2009 年发表过一篇研究报告，估计中国有 1.73 亿人正患有不同程度的精神疾病，而 92% 的人从未接受过专业治疗。当前，我国抑郁症患者超过 4000 万，1990—2010 年，抑郁症是我国的第二大疾病负担，预计到 2030 年，抑郁症将高居我国疾病负担第一位。而且，一个人自杀，至少会影响与其相关的 6 个人提高自杀率。值得一提的是，各类自然灾害和人为灾害会提高自杀率。比如汶川地震，对所有罹难者家属、幸存者以及相关人员造成的心理创伤、心理疾病是难以估量的。具体说，每 10 人中至少有 1 人存在心理问题，需要心理辅导。所以，您刚才提到您的朋友中有人自杀，也非常符合这个概率。

秦岭：您提供的这些数据非常直观，听起来也令人担忧。您刚才提到，各类灾害造成的心理疾病远远高于其他疾病。那么，汶川地震到底给罹难者的家属、幸存者和国人带来什么样的心理创伤呢？那次震惊中外的地震早已在岁月和时光中遁去长达十年，它对人们的心理影响到底是一个什么样的状况？

张侃：有句老话，叫"时间可以消解一切"，其实这只是一个相对的说法，很大程度上也是一种自我安慰罢了。汶川地震造成近 10 万人遇难或失踪，近 40 万人受伤，同时造成几万个破碎家庭和大量的"三孤"人员，大约 300 万—500 万人需要心理疏导，约 465 万人饱受 PTSD 的折磨。您一定也听说了，地震过后，自杀现象屡见不鲜，公开报道的就有好几个。中科院心理所在当时的地震灾区各个安置点采集、筛查发现，PTSD 的发病率为 43%，某些地区的 PTSD 发病率甚至高达 84.8%。地震后 3 个月我们研究发现，PTSD 的发病率为 19%。中国心理学会在当年的 6 月就通过了一个纲要——《汶川地震心理援助 20 年的行动纲要》，当时就有人质疑为什么不是 3 年、5 年或 10 年。我们心理所的意思是 20 年大致是一代人成长起来所需要的时间。一代人就是一个非常具体的心理现场，PTSD

始终在这个现场的时空里不同程度地存在，这几百万人需要长期的心理援助。以发生在1976年的唐山大地震为例，当时我国的心理危机干预尚不成熟，心理干预基本没有发挥作用。当时的自杀率非常高，不少人在地震过去若干年之后自杀身亡。时过42年，当年的很多幸存者和家属，仍然饱受心理问题的摧残和折磨。

秦岭：您的介绍，让我更加明晰了心理学在人类心理健康层面的价值和意义，特别是灾后心理援助，毫无疑问不可缺位。在我们一般的认识中，每次发生重大自然灾害，首先想到的是生命救援和灾后重建，其中灾后重建顾名思义就是重建家园并给予物质支持，唯独忽略了"心理救援"，现在看来，只有生命救援、心理救援、物质救援三者结合起来，才能达到相对理想的救援目的。当年汶川地震发生后，心理所在心理救援层面，具体做了些什么呢？

张侃：是的，这三者必须结合起来，心理援助如果跟不上，就不能说是全面的救援。关于"5·12"汶川地震的最初信息，我和大家一样，也是通过媒体知道的。尽管具体情况不是太清楚，但是当天晚上，我凭个人经验和职业敏感就意识到，汶川一带的情况肯定比预料的要严重很多。我本人当时也是国务院应急办专家组的成员，《中华人民共和国突发事件应对法》规定，凡是重大灾害，立即启动一级预案。当时我们立即着手做了四个方面的工作。一是组织专家连夜给中央写了《关于四川汶川抗震救灾工作的心理学建议》，提醒政府关注灾害中可能出现的心理和社会问题。二是地震后的第三天就迅速组织第一批专家队伍前往灾区。三是发动全国心理学界关注灾区，积极实施心理援助，同时协调有关部门和单位，争取配合。四是面向全国招募心理援助志愿者，协助专家开展救援工作。值得一提的是，我们的建议很快得到中央批示，这给了我们极大的支持和鼓舞，另外，我们组织的第一批、第二批、第三批、第四批专家队伍到灾区后，在地方有关部门和西南科技大学等单位的支持下，先后在绵竹、北川、什邡、德阳市第一医院、北川一中等地区和学校建立了 7 个灾后心理援助工作站，并成立了心理危机干预中心，全国各地的很多心理学机构、高等院校的心理学专业教师、学生也参加了心理援助工作。有一个阶段，活跃在灾区的专家、学者、志愿者至少有 3000 人，也有来自加拿大、日本等国家和地区的。

秦岭：我曾查阅过中科院心理所关于汶川地震之后开展心理援助工作的有关资料，发现救援早期并不叫灾后心理援助，而是叫灾后心理危机干预，按理说，后者似乎更符合国际通行的提法，而灾后心理援助这个概念似乎是在实施救援几个月后突然冒出来的。做出这一变化的理由和根基是什么呢？

张侃：您提出的这个问题，恰恰反映了我国实施灾后心理援助的特点。我们不得不承认，相对于美国、日本、加拿大等发达国家，我国的心理危机干预比较滞后，很多国家早已建立了重大灾难心理危机干预系统，拥有相对完善的辅助支持系统，有专门的灾后心理危机干预专业人员数据库，并形成了一整套管理制度，但我国在这方面几乎是空白。毫无疑问，我们最初开展的心理援助，基本借鉴了国外的经验和方法，但我们很快发现，"心理危机干预"作为心理疏导方法，其主动的干预和受众的被动接受，不是太适合中国人的文化心理，尤其是地震灾区，如果用心理援助这个概念，反而从情感、心理、精神层面容易让对方接受，更重要的是，我们的工作方法、技巧在"干预"层面也与国外有很多不同之处，所以，我们后来就改旗易帜用了心理援助这个概念。这个概念不仅被灾区的民众广为接受，如今也被国外广为使用，这也是我国对国际心理学界的一个重要贡献。

秦岭：我注意到，十年前在汶川地震灾区实施的心理援助，被学界普遍认为是中国灾后心理援助的新纪元，有人甚至直接把2008年看作是中国灾后心理援助的"元年"，您如何看待这一问题？

张侃：您提出的这个问题，是个既具有现实性，同时也有历史性的问题。我刚才说过，在汶川地震之前，我国没有建立起科学有效的灾后心理援助体系，但是在2008年的汶川地震灾区，我们的心理援助不光实现了从无到有，从有到强，而且构建了体系，组建了队伍。最重要的有四点。一是建立了时空二维的心理援助框架模型。所谓框架模型就是根据时间的进展，这个时间是灾害发生以后人的心理损伤的变化规律的时间，分成三个重要的阶段，这三个阶段正好跟抢救、安置、重建互相重叠，这样就可以根据不同的时段、不同的地点，采取相应的对策，这是战略性的宏观的模型。二是从"生理—心理—社会—文化"视野出发，探索出了"一线两网三级服务"的心理援助体系，即通过一条心理援助热线，依据全国心理援助联盟人才网络开展互联网和移动互联网的干预，以及基于心理创伤严重程度的三级干预模式。同时，在示范中，秉承"政府主导、专业力量支撑、社会资源融入"的"共助"的心理援助工作思路。三是形成了以地方政府为主导，整合社会资源，专业骨干跟进的运作方式。四是通过大量技术和方法在灾区的实践和应用，不光获取了珍贵的第一手资料，也取得了丰硕的学术理论成果，除了发现"心理台风眼"效应等重大心理现象外，很多学术理论成果还在国际知名期刊发表。因此，2008年是中国包括灾后心理援助在内的所有心理援助领域的一个重大转折，一定意义上讲，也是灾后心理援助新历程的开端。它开启了未来，为之后的玉树地震、舟曲泥石流、天津港大爆炸、黄岛大爆炸、盐城风灾等各种灾难后的心理援助工作提供了非常有效的经验。其实，"中国心理援助的元年"这个观点，也是我提出来的。

秦岭：2018 年恰好是汶川地震十周年，应该说，在过去的十年里，各种灾害、灾难不但没有偃旗息鼓，反而有愈演愈烈之势，除了您刚才提到的玉树地震、舟曲泥石流、天津港大爆炸、黄岛大爆炸、盐城风灾等重大自然和人为灾害，在我的记忆里，见诸报端的、有重大危害性的各种灾害、灾难就有上百起。说到这里，我非常想知道自汶川地震十年来我国灾后心理援助的一些情况。

张侃：除了汶川地震以外，近年来，心理所先后参与了玉树地震、舟曲泥石流、盈江地震、彝良地震、芦山地震、抚顺洪灾、鲁甸地震、天津港爆炸、昆明火车站暴恐事件、盐城风灾、九寨沟地震等 13 个灾区的心理援助，建立了 18 个心理援助工作站，共有2000 多名志愿者参与重大灾难事件后的心理援助。在各个灾区建立了可持续发展的重大灾难事件后心理援助队伍，培养灾后心理援助人才 1500 余人。心理所联合包括港澳台在内的全国心理咨询机构的优秀代表，成立了"全国心理援助联盟"，建成了一支拥有100 名专家、65 家单位成员、260 名个人成员和1800 名实干型心理工作者的覆盖全国的心理援助队伍，直接缓解了近 100 万受灾群众的心理创伤，完成了 38 万人次各类人群的重大灾难事件后心理健康状况的评估；累计提交 25 份政府咨询报告和要情，其中 17 份被采用；推动心理援助纳入了国家灾后救援体系，特别是参与了 22 个部委联合印发的《关于加强心理健康服务的指导意见》和国家减灾委员会印发的《关于加强自然灾害社会心理援助工作的指导意见》的起草。心理所还探索了适用于国人的心理创伤诊断标准，并自主研发了一系列心理创伤评估工具、干预设备和网络平台，建立了我国最大的重大应激事件后国民心理健康数据库，承担了国家科技部项目 2 项、科技支撑计划子课题 1 项、国家自然科学基金委项目 6 项、中国科学技术协会重点项目 1 项。与地方共建和培育心理健康单元，开展心理援助服务。近年来，已在重大突发应激事件后建立了 18 个心理援助工作站，在当地培育了 14 个心理援助单元。2018 年，心理所向国际社会发布了心理创伤援助骨干人才国际培训计划，这是我国第一个由中、美、日、澳等多国国家级创伤后应激障碍研究和服务机构发起的心理援助骨干人才培训体系，计划通过三年的培训、实践和督导，在全国心理援助联盟的基础上打造一支专业素质过硬的心理援助骨干队伍，以应对随时可能发生的心理援助需求。

秦岭：十年来，中国灾后心理援助能走出国门，走向世界，实属不易，让我想到了老祖宗的一句名言："十年磨一剑。"十年在历史的长河中，不过是一个短短的瞬间，但这个瞬间不仅让中国的心理援助在频发的灾害中起步、壮大和成长，而且呈现出前所未有的爆发力、凝聚力、辐射力和传播力，真有点"面壁十年图破壁"的意味。您如何看待这一历史性的成就？

张侃：成绩固然令人欣喜，但我更多的还是深深的忧虑，相对于国外更加成熟的援助模式和强大的专业人才力量，我国仅仅探索了十年，还有不少差距。我们的优势在于反应速度快，参与人数多，能在非常短的时间内办成大事，同时构建起我们自己的援助体系。但是我们也清醒地认识到，我们的心理援助意识、理念远不如一些发达国家。另外，我国尚未建立起明确、统一的指挥系统，缺乏有序性、科学性，而且专业人才非常匮乏。在美国，只有得到美国心理学会认可的人员，才有资格从事相关的心理干预工作，而我们的心理援助人员包括广大心理学爱好者、志愿者，常常是边教边干，技术和能力上有先天的缺陷。按照我国人口比例，目前我国心理咨询师的人员缺口数量有43万左右，这意味着我国有很大部分需要接受心理咨询的人没有机会得到治疗。还有，我国的心理学学科建设本身需要加强。心理干预学科是一门实践性很强的学科，但是，我们的专家大都只擅长研究工作，具有大灾心理危机干预经验的专家更是凤毛麟角，远远满足不了现实和形势的需要。当然，忧虑归忧虑，有这十年的基础、积累和经验，随着国家的发展与进步，我相信在不久的将来，我国的灾后心理援助工作必将开辟出一片新的天地。

秦岭：现在回想，我尽管写过一系列关于地震灾难方面的小说和纪实文学作品，但通过和您的这次对话，我发现自己还需要补上心理援助这一课。很多作家去过灾区，但我和作家同行的交流中，发现大家普遍对心理援助知之甚少。这次受中国科学院和中国作协的委派，承担灾后心理援助作品的写作任务，客观上给我提供了一个难得的机会。近期我将重返灾区进行采访，您对我有什么建议？

张侃：如果说文学是关于人性的学科，那么，心理学恰恰与人性的联系最为紧密和直接，那天的座谈会上，我之所以让我们的图书馆收藏了您的《透明的废墟》，也是基于通过文学了解灾难背景下的人性的考虑。近年来，我发现写灾难和灾后重建的纪实文学、诗歌、散文很多，但涉及灾后心理援助题材的少之又少，这个现象本身就值得思考。您作为涉足心理援助领域的作家，建议您到灾区多走走，多看看。我们也非常希望通过作家的笔，让广大读者、让社会来了解我们的心理援助工作。

秦岭：非常感谢您今天的情况介绍，也感谢您给予我的信任。

张侃：别客气，也欢迎您常来我们中科院心理所做客。

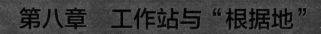

第八章 工作站与"根据地"

Chapter Eight

一

打仗时如果没有根据地，无论攻与守，都会毫无依托。

可灾后心理援助这样的攻坚战，一不是摧城夺隘，二不是攻城略地，而是援"心"，平复"心震"。

是否有必要建立"根据地"？如果有必要，该怎样建？建好后，又该如何运行？

到 2008 年 5 月中下旬，心理所已经先后派出多支心理援助队伍，有关省市高等院校自行组织的心理师队伍也抵达成都、绵阳等地。"当时情况比较乱，各路人马一到灾区，一般都会匆匆忙忙和地方有关部门、心理机构寻求对接，然后共同研究心理救援的切入口。当时灾区主要以抢险救灾为主，地方上的心理机构也有限，特别是在争取方方面面的支持层面，急需达成共识。"张建新对我说。

张侃感慨："当时，各路人马，各自为政，单兵作战，都在摸着石头过河，效率也上不去。"

2008 年 5 月 19 日，心理所向四川省科技厅安置安心工程指挥中心递交了心理援助行动综合方案。21 口，专家们在四川省科技厅的牵头下，组织了13家心理援助队伍，成立了"心理救灾协调委员会"，统一协调部署心理救援工作，并在四川省科技厅主导下开展了电视讲座、团体辅导、个体干预、发放科普宣传资料和自助手册等大量心理援救工作。与此同时，还在北京、成都、绵阳开展了心理学志愿者培训。

华西医院也很快在都江堰、德阳、绵阳等灾区建立了9个心理危机干预点。来自各地的心理专家、心理学爱好者、志愿者从此有了主心骨，准确地讲，有了中科院心理所这面飘扬在灾区的大旗。

但是，面临的挑战依然很多。比如，各心理危机干预点的心理专家、心理咨询师严重不足，各站之间缺乏沟通、联络机制，无法对志愿者实现有效管理和使用，对PTSD人群和其他心理疾病的数据收集、干预顾此失彼，对不同灾区心理创伤人员的信息反馈渠道不畅……更重要的是，灾区比预想的要大得多。如何才能做到统筹规划、以点带面？

也就是说，这种应急性的心理援助方式，仍然不能满足灾区的现实需求。

针对这一系列问题，在后方担任北京工作组组长的刘正奎一方面密切关注前方提供的各类"战报"，另一方面组织专家紧锣密鼓探讨更为有效的心理援助方法，同时对发达国家、地区开展灾后心理危机干预的经验进行地毯式搜集和研究。在刘正奎看来，灾区有一个看不见、摸不着的"地形"，那就是灾区民众、幸存者、死难者家属的心理"地形"。这个"地形"把握不好，我们无论设计什么样的主攻平台，都很难达到理想的援助效果。其间，刘正奎把目光聚焦到我国的宝岛台湾。1995年台湾南投地震时，在不同灾区设立的站点发挥了很大作用。他立即与台湾心理专家取得联系，并获得了更多的信息。一个大胆的设想从他脑子里冒出来：如果适当参考台湾的经验，同时结合四川灾区的实际，充分发挥心理所专家队伍的优势，是不是可以开辟一块属于我们自己的"根据地"呢？

心理所同时把目光锁定位于绵阳的西南科技大学法学院心理系。

汶川地震后的第三天，由西南科技大学法学院心理系的辛勇等专家组成的"西南科技大学心理援助志愿者服务队"就率先进入受灾群众安置点开展心理援助工作。应该说，"心理救灾协调委员会"的成立与运行，西南科技大学发挥了至关重要的作用。

"我们必须依托地方力量，将精神科医生、心理治疗师、心理咨询师、社工和志愿者等不同服务力量加以联结和融合，尝试建立一站式服务且攻守兼备的'根据地'——心理援助工作站。"刘正奎回忆道。

刘正奎的这一建议，立即得到张侃的支持。刘正奎迅速组织专家研究方案，并制定相关细则。当时已经是 5 月下旬，北京天气越来越热，刘正奎他们忙乎得汗流浃背。

千里之外的辛勇表示："非常赞成。"

北京和绵阳，一北一南，无线电波跨越千山万水，互通有无，沟通情况。专家们的视界立即跳出绵阳而转向整个灾区，抓紧选点筹备。刘正奎索性直接带队南下直奔绵阳，并辗转北川、德阳和绵竹。

我无法想象工作站临危受命前厉兵秣马的场景。十年后，在 2018 年 11 月，我在绵阳见到了辛勇。"当时，临时安置在南河体育中心的灾民非常多，短短几天内，我们对上千名受灾群众进行了心理援助，并对几十名心理受创严重的灾民进行了追踪辅导。"提起当年的经历，辛勇至今感慨不已。他也不忘幽默了一下："中科院心理所的队伍是'中央军'，我们是'地方军'，'中央军'一来，我们心里踏实了许多。"

辛勇给我的印象是：干练，精神，睿智；早已年过半百，却像刚到不惑之年。1984 年毕业于西南师范大学的他，如今是中国社会心理学会理事，四川省心理学会常务理事，四川省普通高等学校教师高级职称评审委员会教育、心理及教育技术评审组专家。傅春胜向我介绍："当年，我们的工作能在绵阳打开局面，西南科技大学的这帮哥们费了很大脑筋。"

2018 年底，辛勇把我发表在《中国作家》杂志上的地震题材中篇小说《心震》，列入研究生课程"人格心理学"分析试题，此举引起了学生的兴趣。"文学就是人学"，在国外，许多著名灾难文学作品的作者有深厚的心理学功底。在智利、日本、加拿大等一些自然灾害频发的国家，心理学研究与灾难文学盘根错节，这也是灾民们喜欢通过观看美国灾难大片《泰坦尼克号》寻找内心安详的重要原因。吊诡的是，文学艺术在我国的心理学领域，反而显得不咸不淡。而辛勇此举，让人刮目相看。

"一个好的教师，是一个懂得心理学和教育学的人。"我想起苏联著名教育实践家和教育理论家苏霍姆林斯基的名言。

张侃也曾告诉我："汶川地震后十年来，西南科技大学与中科院心理所多次合作开展汶川地震灾后心理援助服务与研究工作，并以汶川地震心理援助服务模式为基础，推广开展云南彝良地震、雅安芦山地震以及云南鲁甸地震心理援助心理服务与研究工作。"

而十年前的工作站建设，可谓白手起家。

回顾十年前建站时期的理念和方法，刘正奎说："首先要坚持'心理所挂帅、专家主打、依托地方、社会参与'的理念。依靠地方，是建站的基础工程。"

但是，在灾区建立工作站在当时毕竟还是个新鲜事物，因此也引起一些争议：建一个还是多个？建在绵阳还是德阳？造成不平衡怎么办？心理援助到底要进行多久？对此，刘正奎幽默地提出了"三个有利于"：只要有利于老百姓的心理健康，只要有利于中国心理学的发展，只要有利于心理所的影响力，那就毫不犹豫，干！

刘正奎同时对他的"三个有利于"补充道：只要满足第一个条件，就一定要干，坚定不移地干；如果三个条件都满足，那想都不用想，必须干。

2008 年 5 月底，建立心理援助工作站的条件日渐成熟，呼之欲出。刘正奎考虑到绵阳已经有了能够勉强支撑的救援队，工作站的选点应以条件更差、技术力量更为薄弱的绵竹为宜。绵竹是汶川地震的重灾区之一，全市共有 11170 人罹难，大量房屋倒塌。其中只有 500 名学生的武都小学，就有 130 多名学生、11 名老师遇难。位于汉旺镇的东方汽轮机厂，共有 599 名职工、327 名学生遇难。

可是，绵竹、什邡一带的心理援助，基本处于真空地带。

越是真空地带，民众"心震"的概率就越大。概率，就是选择援助方向的依据。

二

"太阳当空照，花儿对我笑，小鸟说早早早……"

这是属于儿童的歌谣，它清亮、活泼、喜庆、欢乐，像小草的成长，像初升的太阳，像春天的故事。这样的歌声在血染的灾区，显得意味深长。

2008年6月1日，也就是在儿童节那天，在四川省科技厅、绵竹市政府、中科院成都分院和中科院心理所等机构的共同努力下，"四川省抗震救灾'安置安心'心理援助绵竹工作站"在绵竹体育场灾民安置点正式挂牌成立。很多人都以为工作站选择在"六一"儿童节这天，纯属巧合，但刘正奎对我说："并非巧合，之所以选在这一天，是因为考虑到死难儿童太多，见过或接触过死难者遗体的儿童也很多，这些儿童的心理创伤远比成人要大得多。我们在成立工作站的同时，也把'儿童天地'建设作为心理援助的核心任务之一。"

建立"儿童天地"主要是为了在灾区给儿童搭建一个安全稳定的活动场地，以儿童为中心开展家庭和社区心理援助服务，主要形式包括开展团体辅导、表达性艺术治疗（方式有绘画、沙盘、手工等）、绘本阅读、趣味英语、玩具和图书借阅、小志愿者队伍建设、防灾减灾教育和心理健康知识传播等。

这是灾区成立的第一个心理援助工作站。

这也是四川、中国，乃至全世界第一个以灾后心理援助名义成立的工作站。

首任站长，是当时心理所的青年博士高文斌。

第二任、第三任、第四任站长分别是心理所专家王力、张雨青和祝卓宏。副站长有志愿者胡宇晖、锁朋等。由于每任站长的建站策略、管理理念、运作方式各有特点，工作思路也不尽相同，在站长轮换或轮休期间，为了确保工作的延续性和完整性，工作站立足实际，尝试实行相对固定的站长负责制，并在当地物色一位各方面素质都比较高的志愿者担任副站长，以确保工作站的高效、健康运行。

工作站建起来了，一对一的咨询与大规模培训也全面展开，但艰苦的条件、灾民对心理援助的认识局限仍然让专家和志愿者感到压力重重。当年，胡宇晖的日记里有这样的记载："东汽 200 多名丧子的学生家长蜷缩在板房里……不想工作，不想跟任何人交流任何问题；九龙学校废墟里幸存的孩子被 PTSD 困扰，年仅 4 岁的孩子会忧心忡忡地问老师：'地震什么时候还会来？'"

在美国马里兰州危机干预中心工作的华人心理专家陈天智在一篇文章中这样表述："在刚开始的那几天内，很少有人来工作站寻求帮助，感到有点沮丧……在发放问卷的过程中，很多受灾群众告诉我们，当他们路过我们工作站的时候，虽然也看到了'安置安心，心理援助'的标语，但他们并不了解这些标语的含义，更没有想到走过去和那里的人谈谈自己的心事。那时，我也意识到了，除非我们主动去找他们，和他们谈心，向他们解释我们的工作，否则，不管他们有多么严重的问题，也不会前来寻求心理援助的。"

作为地震后心理所第二支救援小分队的领队，张雨青曾是绵竹工作站第三任站长，同时身兼科技部灾后心理应激的筛查及干预研究课题组组长。他历任中国儿童发展中心实习研究员和助理研究员，中科院心理所副研究员，博士生导师，教授。1999—2000年为香港中文大学教育心理系博士后研究员。现任中国心理学会医学心理专业委员会副主任委员，人格心理专业委员会委员，中科院心身健康联合实验室首席科学家。汶川地震之后，他还参与过鲁甸、雅安、彝良灾区的心理援助并曾任工作站站长。

张雨青一上任，就发现了一个棘手的问题。在灾区，专家们普遍使用的是西方国家的专家研究出来的PTSD测评工具，用这种工具测评四川灾区的PTSD人群，受地域、文化、民族差异的影响，测量结果未必精准，甚至有可能对PTSD人群的心理创伤形成误判。张雨青的这一发现，引起了张侃、张建新、刘正奎等人的高度重视，研制中国人自己的测评工具，迅即被纳入研究开发重点。

张雨青立足现实，立即组织志愿者开始了问卷调查，并研究确定了测查受灾群众和儿童心理反应的多种量表，其中包括《基本描述和暴露性指标》《事件冲击量表》《社会支持量表》《D型人格量表》等，这些量表既为志愿者收集数据提供了指向，也成为与群众建立关系的中介方式。不到一个月，就获得成人数据500多条，儿童数据600多条。

张雨青告诉我："当时我们把研究测评量表和心理服务结合起来，我们的工作量非常大，在这种情况下，我们还扩充了服务范围，助推了东汽工作站的成立和挂牌。"

在绵竹，一个曾接受过心理援助的大姐告诉我："我记得有位站长满头白发，从背面看会误认为是个老头，但一转身，发现他不但年轻，而且很干练，讲课逻辑性很强，肚子里好像装了很多知识。他的谈话和沟通很有吸引力，几次下来，我们心里的悲伤就缓解了许多。大家都叫他祝老师。"

这位大家心目中的祝老师，就是绵竹工作站第四任站长祝卓宏。

祝卓宏，现为中科院心理健康重点实验室教授，中科院心理所国家公务员心理健康应用研究中心主任，中央国家机关职工心理健康咨询中心主任，应急心理行为应用研究中心主任，国家卫健委精神卫生与心理健康专家委员会委员，中国心理卫生协会心理咨询师专业委员会副主任委员，中国心理学会心理咨询与治疗专业委员会注册督导师，中国健康管理协会公职人员心理健康管理分会副会长兼秘书长，公安部心理小分队专家组成员。

早在 2003 年，祝卓宏就参加过抗击 SARS 的危机干预。他主要研究心理灵活性、压力管理、应急心理行为、公务员心理健康、抑郁症及孤独症临床心理治疗。他还是中国接纳承诺疗法（ACT）领航人，并将 ACT 与中国传统文化结合，研发了单次有效螺旋上升咨询模式，已培养上千名 ACT 咨询师。

祝卓宏一上任，面对工作站没有固定办公场所、专业心理师和志愿者力量不足、PTSD 群体庞大的严峻挑战，只用了短短 15 天的时间，就解决了招募志愿者、租赁场地、装修房屋、配置办公用品、建立规章制度、规范服务流程等问题，并与著名影星李连杰的"壹基金"合作，在绵竹市教育局支持下，于 2009 年 7 月 1 日筹建了绵竹市心理服务中心，开展为期三年的灾后心理援助服务项目。该中心试运行才一个月，就开展培训 5 次，受训 80 人次，接待咨询 29 人次，先后有日本、美国等国外专家前来参观。

前不久我在绵竹考察时，专程向陪同人员提议看一看心理服务中心。当年服务中心租赁的两层茶楼，如今已经变成了一家餐馆。谁能想到，多年前，这里曾经是一个具有咨询功能和培训功能的心理服务中心呢？

祝卓宏当年的助手胡宇晖说："绵竹工作站进入'祝卓宏时代'，可谓百尺竿头，更进一步，祝卓宏凭借扎实的理论功底、务实的心理援助理念、敏锐的洞察力和职业军人的工作作风，提出了一系列富有建设性的心理援助方案、方法和建议，不仅使绵竹工作站工作开展得更加有声有色，而且为后续其他灾区的工作站建设提供了新模式。"

特别是祝卓宏在实践中总结出来的"一线两网三级服务"的模式，成为汶川地震以来所有灾区开展心理援助工作的选择，从根本上解决了灾区心理重建过程中遇到的覆盖性不够、可持续性不强等问题。

"一线两网三级服务"体系的原则，就是以心理援助工作站为依托，实施本地化心理援助。需要说明的是，绵竹工作站总结出来的这套模式，和后来的覆盖到各工作站的"一线两网三级服务"体系略有不同，因为它是绵竹的"地方特色"，各工作站的模式，属于绵竹特色的衍生物。

"一线"是指一条心理热线。绵竹工作站于 2008 年 7 月建立了"100865'我要爱'"减压热线。

"两网"是指人际网和互联网。2008 年 9 月，绵竹工作站开始为绵竹市教育局培训专兼职心理辅导教师，覆盖绵竹所有学校。同时，人际网还包括社工、外来心理援助志愿者、政府机关的工作人员、医务人员等。另一张网是搭建手机移动平台。这是基于移动互联网平台的系统软件，安装在手机上就可以获得心理专业人员的帮助。

"三级"是指学校心理辅导室、社区心灵驿站等构成一级服务机构，绵竹心理服务中心构成二级服务机构，绵竹精神卫生中心构成三级服务机构。

当时，"一线两网三级服务"模式，推动了金色阳光工程心理援助项目在四川、甘肃、陕西等灾区的推广应用。模式本身也在后来的心理援助中不断完善和发展。

和祝卓宏的交流中，我看到了一份《中国科学院心理所危机干预中心绵竹工作站工作纪实》的原始文本。文本长达294页、20万字，分战报精选、绵竹大事记、工作日志、灾区心理援助调查报告与经验总结、志愿者风采等5章近30节。这是我在灾区所有工作站的专题考察中见到的以工作站全面工作为主体的相对较完整的文本，主题明确，编排严谨，资料翔实，内容丰富，仿佛一次大决战后的实录，大到工作站指挥机构的决策、研判、部署与实施，小到一名士兵的作战半径、战场表现和战斗经验，应有尽有，一目了然。

绵竹工作站在不到一年的时间里，开展个案咨询649次，服务1442人次；开展培训62次，服务1556人次；指导学校心理辅导教师65次，服务1958人次；开展学校心理辅导教师个人成长培训38次；开展案例督导50次，服务147人次；开展对外联络交流活动69次，组织开展会议36次，中心各项工作直接服务5103人次。

谚语云："如果缺少破土而出并与风雪拼搏的勇气，种子的前途并不比落叶美妙一分。"如果说绵竹工作站是打响心理援助战役的第一枪，那么，这一枪无疑具有历史性和现实性。绵竹工作站坚持科学、规范、有序的方式，主要内容是培训当地心理辅导教师、基层或社区干部，开发心理辅导教程，建设由当地志愿者服务的心理热线。与此同时，协助当地教师、医生、社会工作者探索教育系统、医疗系统和社区的心理重建模式。"磨刀不误砍柴工"，工作站很快团结了大量国内外来到绵竹灾区工作的心理学志愿者，为绵竹体育中心安置点居民及帐篷学校提供了各种各样的心理援助，包括走访、团体活动、节日祭奠、心理课程、发放宣传资料和自助手册等，逐步将心理援助工作推向深入。

通过祝卓宏的穿针引线，工作站的督导团队可谓海纳百川，其中包括无国界医生组织心理治疗师、加拿大减压热线心理专家团、加拿大多伦多大学社工学院等组织机构。

绵竹工作站的方法和经验，像一针强心剂，也像一个兴奋点。

6月17日，由中科院心理所、中国心理学会、西南科技大学与绵阳市教育局共同合作建立的"四川省抗震救灾心理援助绵阳工作站"正式挂牌成立。

随即，北川中学、北川安昌镇、什邡、东汽厂、德阳市人民医院等5个心理援助站相继建立，7个工作站初步形成了以心理所援助站为固定营盘，不断更新外来志愿者队伍，持续有效地开展心理援助工作的全新模式。8月20日，以各工作站由临时租房变为长期租房实施心理援助为标志，心理援助工作走上"快车道"。

与此同时，北京大学、四川师范大学、西南大学、复旦大学、西华大学等高校也在汶川、都江堰、青川等地建立了心理援助工作站。四川大学华西医院、《天府早报》还在汶川联合成立了映秀镇医学援助服务站、映秀镇社区心理服务站。这些工作站或是在帐篷安置点，或在学校医院，随时接待求助的受灾群众。

另外，北京师范大学心理学院还在四川德阳地区建立了13个实验基地和1所实验学校，先后派遣6批共120多人次的心理服务志愿者，并以实验基地和实验学校为依托，从两个层面开展心理援助工作：一是对灾区教师进行专业化培训，为当地培养专业的心理健康教师；二是针对灾区广大学生开展普及性的心理健康教育工作，并对特殊学生开展创伤性心理咨询工作，帮助他们尽快恢复到正常学习状态。2008 年 7 月 6 日后的短短一个月时间里，许燕院长带领心理学院青年教师黎坚、卞冉、张晓辉、孙晓敏、王瑞敏、李虹及博士生杨志辉等 50 余名师生志愿者在德阳连续举办 9 期教师心理培训班，为极重灾区绵竹和什邡的 700 多名教师进行了集中心理辅导培训，并深入 3 所受灾严重的小学、初中、高中，为师生进行入校心理辅导工作。

而心理所建立的工作站，无疑发挥着重要的主导作用，成为万千社会机构中的一个特殊存在。它有特殊的光泽，有奇异的温度，成为灾民心中的七束光，七泓清泉，七束花儿。不久，和绵竹工作站一样，其他各站的"儿童天地"也相继建立。

有一段记忆，始终无法从刘正奎的记忆中抹去。他曾远远地看到一个帐篷里有一名失去一条腿的 10 岁小女孩，在不到半天的时间里，就有 5 批人号称来为她做心理咨询或治疗。后来，小女孩在同伴的搀扶下，来工作站的"儿童天地"玩耍。她问刘正奎："叔叔，为什么有那么多的人问同样的问题，让我说地震中发生的事？我不想说，我怕！真是太可怕了。每次提到地震的事情时，我就忍不住会大哭！其实我并不想哭！"

刘正奎安慰她："那你常来'儿童天地'吧，没人会惹你哭的。"

在灾区，很多灾民都能叫出心理所所有专家的名字。

在北川新城，有多名出租车司机告诉我："当年啊，有很多心理所专家不止一次搭过我的车，有张老师、刘老师、傅老师、史老师、龙老师……"

不到三年的时间,心理所依托各个工作站,组织2100多人次投入地震灾区心理援助工作。实施大型团体干预、培训讲座1000余次,个体干预260730余人次(含电话咨询),心理援助对象涉及中小学师生、机关干部、援助官兵、城乡群众、老人、妇女、孤残人员等各类人群,发放各类心理援助手册和书籍15万册,并在危机干预中心绵竹工作站建立了为灾区群众提供心理咨询服务的免费热线电话"100865'我要爱'"减压热线,覆盖德阳、绵阳手机用户200万。同时,危机干预中心还联合诺基亚公司、北京邮电大学探索开发了利用手机为灾区提供心理服务的"移动心理家园",取得了事半功倍的良好效果。

从2009年开始,在3年时间内,四川省内23所高校与成都、阿坝、德阳、绵阳、广元、雅安6个市州结对帮扶,对地震灾区学校师生进行心理辅导与心理健康教育。

"兵来将挡,水来土掩",几年内,面对全国各地不断发生的灾难,7个工作站即时行动,统筹兼顾,兵分几路。于是,玉树、舟曲、盈江、彝良、鲁甸、天津滨海、九寨沟、凉山工作站相继成立。

2009年10月,在香港施永青基金会的支持下,心理所与什邡汇杰医院、什邡青鸟心理咨询室联合在什邡建立了什邡市心理服务中心。当年的什邡工作站站长萧尤泽对我说:"什邡市心理服务中心的诞生,是绵阳市心理服务中心的一次分娩。"

在北川,在德阳,在玉树,在舟曲……心理服务中心一个个冒了出来。

用祝卓宏的话讲,如果工作站是为适应第一、第二阶段的工作任务而建,那么心理服务中心则是实现第三阶段心理援助任务的重要载体和平台。自心理服务中心成立之后，就紧紧围绕心理援助、心理服务人才的本土化和服务内容、技术手段的本土化而开展工作。

如果说，绵竹工作站为汶川灾区的心理援助提供了开拓性的经验，那么，汶川灾区的整体心理援助模式，不仅为全国范围内的灾后心理援助提供了样板，而且锻炼了一支庞大而完备的专家和志愿者队伍。

这支队伍，光记录在册的就达 2 万人。

这支队伍，随叫随到。

张侃说："比如玉树地震，人员伤亡照样惨重，而且位于高寒缺氧地区，还是少数民族地区，条件更加艰苦，但是，我们派哪些专家和志愿者去,去后又如何开展工作,这本账,心里早已一清二楚。"

就工作层面而言，每增加一个工作站，都是心理援助工作辉煌成绩和累累硕果的一次彰显与凸现，是心理援助更加得心应手、融会贯通的生动体现，可心理所的专家们向我感慨："增加与减少，真是一把双刃剑啊！"

我非常理解这句话，工作站新增一个，必然是因为灾难的爆发。工作站和灾难是形影不离的孪生兄弟，而灾后心理援助，分明就是灾难的对手戏。

刘正奎长叹一声："这样的对手戏，宁愿越少越好。"

可是，能少吗？专家说了不算，谁说了算？唯有灾难。

拉罗什夫科说过："希望与忧虑是分不开的，从来没有无希望的忧虑，也没有无忧虑的希望。"

三

在绵阳，在绵竹，在北川，在德阳，在什邡，在江油，我见到了 30 多名当年的志愿者，和他们座谈时，他们对当年工作站的"套路"和"十八般武艺"记忆犹新。

志愿者小赵经过当年的历练，现已是一所中学的心理援助专职教师，他告诉我："最难忘当初的帐篷学校，我们那个安置点有 100 多名孩子，记得当时在心理所专家的指导下，我们设计了游戏'成功之门''心有千千结'，组织了音乐、拼图、绘画、泥塑等活动，内容涉及自信培养、人际关系训练、情绪调节等。"

那次在绵阳，我见到了当年绵阳"八一"帐篷小学副校长、某部教导大队副大队长李江。汶川地震后第 9 天，在总装备部的关心支持下，投资近千万元的帐篷学校在解放军驻绵阳某部营区内建成，来自原北川县曲山镇小学、邓家乡刘汉希望小学的 966 个北川娃重新走进了课堂。李江告诉我，在这所寄宿制完全小学里，为了让孩子们走出心理创伤的阴霾，他在教育管理和教学上突出了两点，一是营造浓厚的军营文化氛围，二是突出羌族特色传承。这种理念与传统教育有明显的区别，却非常符合现实的需要。当年 7 月，帐篷学校被四川省国防教育委员会批准为"少年军校"，这使李江如虎添翼。李江经过努力，逐渐带领近千名北川娃走出了心理阴霾。

李江有他自己的个性和风格。当年，志愿者熊海提着沉重的行李箱面见李江，李江直接下令："今天，你先交一份学校心理援助工作计划，这是部队，要按部队规矩办事。"

一句话让熊海立马傻了眼。他这才知道，之前有两个志愿者投奔李江"麾下"，因援助方法不当，引起了儿童不适。

熊海一夜未眠。最终他在史占彪的支持下，大胆设计了"心灵家园"方案，其中有这样的内容：让孩子们用笔画出未来的新北川，画出他们心中的家园，此举立即引起了孩子们的兴趣。后来，他在史占彪、傅春胜的指导下，和另一位志愿者郑巧慧共同创办了《心灵之窗》报，并设计了心灵驿站、心灵鸡汤、家长学堂、师生园地、成长天空等板块，同时开设心理学知识栏目。这份报纸，很快成为学生、老师、家长的又一个"心灵家园"。

史占彪说："这份报纸，堪称全国第一份小学心理学专业报纸。"

傅春胜告诉我："李老师当年是小娃娃头，如今是大娃娃头。"

我问："此话怎讲？"

其实，问完我就反应过来了，李江目前的身份，已经是西南科技大学城市学院的党委副书记。

熊海"转战"到北川工作站之后，又联系灾区实地设立了"心理茶社"，吸引灾区群众前来下棋、聊天、打麻将，为心理专家、志愿者面对面接触群众提供了平台。

当年的帐篷小学，遍布川北，像大地的一个个伤疤，也像心灵的一束束鲜花。

志愿者小杨当年被心理所专家编入个案辅导组，他说，当年为了做好案例记录，筛选高危人群，实施重点援助，在心理所专家的指导下，他们把某安置点的 268 顶帐篷划分为 6 个小组，每个小组负责采集约 40 个帐篷的群众信息，并对全部信息进行整理，对于记录中所涉及的有自杀或攻击危险的高危人群，及时给予重点关注并提供紧急心理援助。

小芳姑娘是一位多才多艺的志愿者，她当年被编入艺术小分队。她至今记得，当时的工作站有位来自河南的心理工作者任庆文老师，他专门为灾区作词并谱曲的《志愿者之歌》《川娃子，抬起头》两首歌，影响了灾区的很多人。来自江苏的音乐老师穆老师是一位声音浑厚的女高音歌唱家，她的歌声很有感染力，很多孩子和成年人听了，脸上渐渐露出了微笑。

十年过去，当年在工作站打拼过的大多数志愿者，成为当地医院、学校、社区或有关单位的专职、兼职心理辅导老师。

张建新说："汶川地震之前，很多单位是没有心理辅导老师的，因此，一些单位专设心理辅导老师岗位，算是灾后心理援助的延续。尽管灾后重建工作大多在灾后两三年内已经完成，成千上万的板房、帐篷基本随之销声匿迹，灾民也有了新的生活、工作秩序，但是，心理援助工作这根弦，不能放松。"

比如，2010 年深秋，随着北川、安县灾后重建工作的基本完成，部分工作站的职能也相应进行调整，一些职能开始向单位和集体实施战略转移。

2010 年 10 月 18 日，在江苏远东慈善基金会的资助下，心理研究所与北川教师进修学校联合建立的"北川心理健康教育中心"在永昌镇正式挂牌成立。

2010年10月20日，心理所与安县教师进修学校、四川教育学院联合建立的"安县心理健康教育中心"在安县教师进修学校正式挂牌成立。

当年，参加北川、安县心理健康教育中心挂牌仪式的有心理所副所长张建新、绵阳市教科所所长龚林泉、北川县教师进修学校校长徐正富、安县教师进修学校校长朱子明、远东慈善基金会秘书长助理颜金尧以及心理所刘正奎、史占彪、傅春胜等人。

心理健康教育中心的主要职能，是进一步完善中小学师生心理健康档案，开展心理健康教育相关活动，提供心理健康教育课及心理辅导工作。同时，还延伸到研究包括学习障碍、学业、人际关系等常规问题，网络成瘾问题；总结灾后心理重建模式，探索灾后心理重建的新思路、新方法。

"这是工作站的职能开始社会化的一个标志，它是一种转型，也是一次华丽转身。"张建新说。

据我了解，类似于北川、安县的心理健康教育中心，不久就在全国大范围推行开来。在灾区，它成为工作站的坚强后盾；在非灾区，它成为防患于未然的大堤。遍地开花的心理健康教育中心，从"输血"模式心理援助转变为"造血"模式心理援助，为建立持久、系统的心理援助提供了组织和人员保障。

闫洪丰始终在关注对地震后残疾人的心理援助，并深入各个工作站走访调研。他告诉我，地震灾难后的残疾人及残疾人工作者的心理干预，不是单单靠心理专业人员就可以完成的，而要通过政府、社会、社区、团体等各方面的力量，通过一个培训十个，十个培训百个，把理念和一些基本的技术传播开来，建立起一个强大的心理干预网络，同时把基本知识和科学的理念传播出去，才能让更多的残疾人和残疾人工作者受益。

在德阳，我见到了当年的女志愿者杨婕。

早在 2003 年，杨婕就负责由德阳市地震局与城南街道办合作开展的地震科普工作。2005 年，在她的组织下，城南街道办组建了德阳首个社区地震救灾应急救援队，这支队伍由民兵、保安等构成，170 多人。为了打开工作局面，杨婕千里迢迢前往北京，找到国家地震局，争取到 10 万元的启动资金。汶川地震时，杨婕带领她的社区地震救灾应急救援队，赶往绵竹汉旺的一所小学开展救援，他们用锄头、铁锹和双手从废墟中救出了 9 名幸存者。

"这是我从事心理援助的开始，也是我开始系统学习心理知识的起点。"杨婕对我说。2009 年，在刘正奎、王文忠、祝卓宏、吴坎坎等人的协调和指导下，杨婕在城南街道办事处组建了社区心理服务中心，开始面向灾民提供心理援助。2013 年，辗转到其他街道办工作的杨婕毅然扔掉"铁饭碗"，成立了德阳市泰田文化善行中心，主要从事防灾减灾教育和培训、心理服务及辅导、应急管理和能力建设培训。

让杨婕万万没有想到的是，泰田文化善行中心成立刚刚 5 天，雅安芦山就发生了地震，杨婕立即筹集了 20 万元物资和 10 万元现金，与 7 位心理师奔赴灾区，并建立了当地第一个心理服务站，两个月内为 3000 多人实施了心理援助。

也就是说，当心理所的第一批、第二批专家队伍从北京赶到雅安时，杨婕的团队不仅早已开始了心理救援，而且为"正规部队"的进入开辟了道路。

心理所在雅安建立的工作站，由吴坎坎任站长。他告诉我："杨婕建立的服务站，在某些方面也发挥了我们工作站的职能，这是全社会面对灾后心理援助日趋成熟的综合反映。"

2018 年 11 月，我在吴坎坎的陪同下，参观了杨婕的泰田文化善行中心，在这里，我感受到了杨婕的愿景与雄心。截至 2018 年，泰田已经拥有 2163 名来自各地的志愿者，2 个市级志愿者服务站，1 个专家工作站，有 74 名专家长期开展防灾减灾、心理服务、青少年素质教育等方面的工作。防灾减灾科普进社区"12345 工作法"在全国得以推广。在泰田的积极指导下，7 个社区成为"全国综合减灾社区示范社区"，1 个社区入选首批"全国地震安全示范社区"，3 个社区成为"四川省防震减灾科普示范社区"，4 所学校成为"四川省防震减灾科普示范学校"。

吴坎坎说："和杨婕一样辞掉本职工作，投身心理服务事业的人士，如今越来越多。"

这是社会的需要，根本上说，是人的需要。

四

张建新告诉我："心理援助的社会性，是我们的愿景。"

社会组织对心理援助的积极参与和介入，并不意味着心理所的工作站就可以见好就收，撒手不管了。相反，它的职能与时俱进，因势利导，不断创造新的模式。如果说工作站有根据地的属性，那么，它的战略战术，非常像灵活机动的运动战。

十年里，从它"运动"的轨迹看，始终没有画上句号。

2018年11月中旬，我辗转北川、绵竹、德阳、什邡之后，与从北京赶来的女志愿者王蔺在绵阳接上头，然后直奔九寨沟工作站。王蔺是九寨沟工作站的副站长，也是心理所全国心理援助联盟副秘书长。

吴坎坎说："这也是汶川地震十周年以来，心理所尚在实际运行的一个工作站。"

这个工作站成立的背景，是2017年8月8日发生在九寨沟的7.0级地震，共导致20人死亡，其中包括法国籍、加拿大籍游客各1人。那次地震还造成431人受伤，近5万名游客在飞沙走石中被紧急转移。

一名出租车司机对我讲述了那惊心动魄的瞬间："我当时拉着两位陕西大姐，还没到九寨沟景区门口，感觉屁股底下晃荡得厉害，一开始，我还以为两位大姐在打架呢。回头一看，发现她俩正惊恐地晃来晃去。我赶紧大喊一声'地震了'，然后赶紧刹车，同时拽开后车门，把她俩拽下来就跑。结果不到两秒钟，就有一块比牛还大的石头从天而降，把车砸了个稀巴烂。到处都在落石头，有游客被砸死了……太吓人了。很多浑身是血的人抱头乱跑……"

这名出租车司机告诉我，自从见了那些被砸得四分五裂的肉体，长达半年的时间里，任何肉制品都难以下咽，甚至和包括亲属在内的任何人相处，总是突然无法遏制地联想他们残缺不全的样子。他睡觉时从不敢脱衣服，更不敢看自己赤裸的身体。

他说："我马上意识到不对劲了，后来立即找工作站。"

"工作站？"

"是，心理援助工作站。"

"为什么？"我有意试探。

"我肯定患了 PTSD，不找工作站不行了。"

"你知道 PTSD？"凭我的观察，他的文化程度并不高。

"是汶川地震以后才知道 PTSD 的，我需要心理援助。"

尽管九寨沟地震已经过去一年多，但沿途地震的痕迹随处可见。建筑物的残垣断壁、撕裂的悬崖、滑坡的山体、坍塌的公路、断裂的桥梁令人不寒而栗。我们的长途大巴只能沿着简易的临时公路颠簸而行。到处都矗立着"小心落石""滑坡地段""灾情危险""此地快速通过"等警示牌。当然，这里也到处在重建之中，轰鸣的机器，挥汗如雨的民工，都在昭示着新九寨正在浴火重生。

王蔺指着一片断壁下的山坡告诉我："那山坡，是几十年前的一次坍塌形成的，如今上面长满郁郁葱葱的草木，下面，埋着整整一个村庄。据说，当时一个人都没有跑出来。"

据说昔日的九寨沟县城是一座不夜城，人声鼎沸、车流不息，很多商场都是全天24小时营业，可如今的县城门可罗雀，空洞静谧，寂静得可怕。此时，九寨沟景区已封闭长达一年，除了植物和野生动物，仿佛与游人没有丝毫关联。曾经壮观、靓丽的景区大门，如今像飘浮在大山里的海市蜃楼，可望而不可即。其实它更像一头遍体鳞伤的骆驼，四肢颤颤，索索发抖。在九寨沟工作站，我见到了在大风中迎接我的志愿者、副站长史加利和王婷婷，她俩裹着厚厚的防寒服，像两只困在冰天雪地的丹顶鹤。

我没想到，在这么一个险象环生的所在，工作站成员会由三位年轻的女性组成。

工作站设在一家私人宾馆，偌大的宾馆如今只剩下这个工作站，具体说，只有这三位女志愿者在一间客房里生活，其他客房均闭门关窗，一片黑灯瞎火。在过道里摸黑前行时，三位志愿者用手机为我照明。

一年多来，九寨沟工作站在中国妇女发展基金会及中国心理学会的支持下，先后联合县妇联、教育局等相关单位建立了漳扎镇"儿童天地"，七一南坪中学示范校，以及中寨村示范社区，足迹遍布灾情相对严重的荷叶社区、树正社区、则查洼社区、漳扎镇中查村、漳扎村、龙康村、彭丰村，以及部分中小学幼儿园，帮助老人、妇女、儿童等群体走出地震阴影，为当地培养心理健康骨干教师队伍和妇女干部骨干队伍。

11月11日夜，王蔺、史加利、王婷婷组织了九寨沟县七一南坪中学的部分师生和我对话，记得老师有刘剑钊、白凤薇、唐宇驰等人，学生有陈瑜、张晶、高绪娟等。师生们争先恐后，畅所欲言，讲述着志愿者陪伴他们的故事。

恰逢双休日，我无法亲身感受到从漳扎镇搬到九寨沟城区的"儿童天地"中温馨而热闹的气氛，但我至今记得从心理所看到的一段视频，是关于 2014 年云南鲁甸地震之后"儿童天地"开展活动的情景，画面中，志愿者刘琰、史加利、甘笑笑、于洋、石爱军、唐继亮正在临时安置点的"儿童天地"中，分成多个小组，以绘画、运动、听广播、下棋等方式，和几十个孩子分享快乐时光。镜头移动时，还可见张雨青、吴坎坎、李晓景等人的身影。值得一提的是，世界宣明会中国办事处救灾部总监梁慧美等人也视察了工作站和"儿童天地"。

刘剑钊说："在九寨，'儿童天地'很受孩子们的欢迎。"

窗外寒风凛冽，狂风卷起的落叶"啪啪"地拍打着窗户玻璃。黑魆魆的山脊直指星斗。这样的座谈，像极了一次温馨的围炉夜话。

那晚，刘剑钊给我们每个人买了一杯奶茶。她说："你们都是为了心理援助，辛苦了！"

我这才知道，她早先就在汶川某中学任教，后来调到九寨工作。

第二天一早，我随王蔺、史加利、王婷婷前往漳扎镇漳扎二组的一户藏民家座谈，在这里，我见识了三位女志愿者与普通民众沟通、交流能力。显然，藏民家的几个小孩对三位年轻的阿姨非常熟悉，亲热地喊"王阿姨好！""史阿姨好！"有个 4 岁左右的小姑娘，大眼睛，红扑扑的脸像一个苹果，似乎非常喜欢史加利，还把水果糖硬塞到史加利手中。从藏民家出来，我们准备去参观灾后重建中的一所幼儿园，小姑娘拉着史加利不肯放手。一路上，史加利的大手牵着小姑娘的小手，形同亲密无间的母女。

后来我才知道，美丽、文静的史加利来自遥远的川南，尚待字闺中。

当天上午，我还见识了三位志愿者在中寨村示范点组织的灾后心理援助工作展示。示范点聚集了上百名老人和孩子，老人们有的打麻将，有的下棋，有的做手工；孩子们则无忧无虑地玩耍，丝毫看不出刚刚被灾难袭击过的痕迹。各个展厅尽管布局简朴，但内容丰富，形式多样。在楼顶，十多位身穿藏族服装的大爷大妈怀抱琵琶，自弹自唱，其中几首歌还是这些大爷大妈创作的。

那天的琵琶演奏和歌声，古老而新鲜，深情而愉悦，质朴而婉转，像九寨沟苍茫的传说，与空中自由的鸟儿一起和鸣。

"多亏了工作站的三个女娃，让咱的业余生活有了快乐。"一位藏族大妈对我说。

临走，一位藏族大爷塞给我一页纸，我展开一看，是一首歌的歌词，歌名叫：写给我们的志愿者。

我非常清楚，世人心中的九寨，具体指什么；而每一位来九寨的游客，要欣赏什么。我匆匆而来，又匆匆而归。九寨留给我的不是青山秀水，却是一个由三位女志愿者组成的工作站。

突然想起那首耳熟能详的歌曲《神奇的九寨》：

在离天很近的地方

总有一双眼睛在守望

她有着森林绚丽的梦想

她有着大海碧波的光芒

到底是谁的呼唤

那样真真切切

到底是谁的心灵

那样寻寻觅觅

噢，神奇的九寨

噢，人间的天堂

……

第九章　林萃路 16 号

Chapter Nine

一

2018 年仲夏的一个正午，我走近了北京市朝阳区林萃路 16 号。

严格说，是走进了 16 号院。近和进，由接近到深入。

它并不是什么深宅大院，可它真的深不可测；办公大楼并不形同摩天，可它真的顶天立地。灾后心理援助，成为我探入这个院落的全部理由。

考察，是脚步和心灵的齐步走，特别是面对灾后心理援助。这里是中国灾后心理援助的"大本营"，可这个"大本营"，又岂止于灾后心理援助。

阳光和煦，浓密的树叶在高大的白杨树枝头如笼如盖，把神秘而硕大的投影铺满大地。中科院心理所的办公区显得朴实、宁静而低调。同院还有个青藏高原研究所，院外周边，还有中国科学院生物物理研究所、遗传与发育研究所、国家天文台、地理科学与资源研究所等科研院所。

吴坎坎告诉我："每个大院都代表一个或多个科学领域，全国顶尖的科学家、两院院士，很多在这里，他们各自代表了中国科学领域的高度。"

我的心陡然变得柔软起来，因为敬畏，也因为神圣。

那天座谈会的横幅上这么写着：热烈欢迎作家秦岭来访中科院心理所。

一位专家给我拍照时说："这是作家第一次调研我国的灾后心理援助工作。"

"这也是我的另一种开始。"我这样回应。

这绝非妄言。十年来，我写过不少与灾难有关的纪实文学和小说，却对灾后心理援助这一领域形同无视。当天抽身在北京参加一个颇为隆重的文学研讨会，谈到我承担的这一撰写课题，有几个同行的表情复杂而疑惑。"灾后心理援助……这也需要研究？也算科学？"我当时就吃了一惊，回望林萃路16号院略显低洼的大门，但见灯火阑珊，一片苍茫。

心理所前任"掌门"张侃给我介绍了心理所的情况。

前前后后，我至少见过张侃三次。他大高个儿，精瘦，银发亮泽，眉骨高挺，宽额大眼。尽管张侃已古稀高龄，但精神矍铄，目光炯炯有神。聊起灾后心理援助，他娓娓道来，如数家珍。与共和国同龄的张侃，是安徽芜湖人，1976年毕业于安徽皖南医学院医疗系，1982年于中国科学院航空工程心理学实验室获硕士学位，1990年于美国伊利诺伊大学厄巴纳—香槟分校获工程心理学博士学位。汶川地震时，任中科院心理所所长、中国心理学会理事长、中国心理学家大会主席、国际心理科学联合会（简称"国际心联"）（IUPsyS）执委、国际人因学会（IEA）执委，国际科学理事会（ICSU）科学自由与责任委员会委员、亚太地区委员会委员、中国委员会副主席。

在2008年7月召开的第29届国际心理学大会上，张侃当选为国际心联副主席，这是继荆其诚、张厚粲之后，第三位在国际心联担任副主席一职的中国科学家。

如今，退居二线的张侃，仍然肩负国内外心理学领域的诸多重任。

心理所硕大的所徽，色彩深沉而厚重。我也是懂点美术知识的，可久久盯着那个硕大的所徽，还是没能看出其中的意蕴和奥秘。

张侃边比画边告诉我："中科院心理所所徽图形是国际心理学符号的变形，体现心理学研究的专业特点，同时也是汉字'中'的变形，体现中国特色。整个图形似一座奖杯，寓意心理研究所的成果处于领先地位，引领心理学在我国的发展；又似展翅飞翔的天使，寓意心理所的奋进腾飞和心理学研究促进人的心理和谐，提高人的心理健康素质。'1929'体现心理所的悠久历史和深厚底蕴。整体色彩单纯、稳重，给人以舒适感。"

——1929？时光仿佛溯流而上，进入了历史的隧道。张侃给我介绍心理所前世今生的时候，就像介绍一个家族的家族史。家族史里，有命运，有悲欢，有坦途，有坎坷，有"乱花渐欲迷人眼"，也有"身世浮沉雨打萍"。

我万万没有想到，心理所的启肇之人，会是曾任北京大学校长的蔡元培先生。张侃说："当年蔡元培远赴德国留学时，曾师从德国著名心理学家冯特。"

二

心理所的成长史，跌宕起伏，与中国在近现代史中的命运吻合。

它绝不是"忽如一夜春风来，千树万树梨花开"，它是"沉舟侧畔千帆过，病树前头万木春"。

1902 年京师大学堂师范馆的创办，不仅开了中国现代高等师范教育的先河，同时也成为中国心理学教育的开端。1902 年颁布的《钦定学堂章程》规定，学生通习的科目（相当于公共必修课）即设有心理学。1918 年，毕业于日本东京帝国大学心理学专业的陈大齐编著了《心理学大纲》，成为中国自编的最早的大学教育图书之一，比较全面地反映了当时心理学的主要成果和科学水平。1921 年，毕业于美国哥伦比亚大学心理学系的张耀翔在当时的北京高等师范学校创立了中华心理学会并担任首任会长，次年创办了我国第一种心理学期刊《心理》。

心理学教育的初露端倪，为心理所的呼之欲出提供了土壤和良机。

1928 年，在时任民国政府中央研究院院长蔡元培的倡导下，由先后毕业于美国康奈尔大学心理学系、哈佛大学研究院哲学部心理学系的唐钺负责筹备心理研究所。1929 年，在北平正式成立了中央研究院心理研究所，唐钺为首任所长，所址先在东城新开路 35 号，后迁东城芳嘉园 1 号。建所初期，主要研究动物学习和神经解剖。1933 年，心理研究所南迁上海，由汪敬熙任所长。1934 年，迁至南京。1935 年，心理研究所与清华大学心理系合作，增设了工业心理学研究专业。1937 年，抗日战争全面爆发，心理研究所不断迁徙，先经湖南南岳至广西阳朔、桂林，再到贵州贵阳。1940 年，至桂林南雁山村才稍为安定，并恢复研究工作，主要研究胚胎行为发展问题。1944 年，再迁至重庆北碚。1945 年，抗日战争胜利，次年 9 月迁回上海（岳阳路 320 号）。1948 年后，继续抗战期间所做的胚胎行为发展和两栖类蝌蚪脊髓机制的研究，并恢复抗战前所做的哺乳类动物行为与神经系统的研究。

　　1949 年，心理所停办，研究所人员并入中央研究院医学研究所（岳阳路 320 号）。1950 年，在郭沫若和丁瓒的支持下筹建中科院心理所，成立了心理研究所筹备处。筹备处主任是陆志韦，副主任是丁瓒、曹日昌、陈立。8 月，成立了中国心理学会筹备委员会，挂靠在心理所筹备处。1951 年 3 月 2 日，政务院批准成立中科院心理所，任命曹日昌为所长。12 月 7 日，心理研究所正式成立，所址设在北京西城东观音寺 10 号。建所后，开展了中小学奖励与惩罚的研究，搜集了国内儿童身心发展的常模资料，进行托儿所调查、儿童身心发展因素的研究以及心理学名词编译工作等。

　　中华人民共和国成立以来，先后担任心理所所长、副所长的心理学家有曹日昌、潘菽、丁瓒、尚山羽、徐联仓、荆其诚、匡培梓、刘善循、凌文辁、姜怀铎、张侃、车宏生、赵国胜、杨玉芳、隋南、傅小兰、张建新、李安林、孙向红等。

1988 年，中科院心理所正式迁往林萃路 16 号。

也就是说，中科院心理所真正拥有相对稳定、独立的"地盘"，刚刚 30 年。

2004 年 8 月，中国心理学会受国际心联的委托，在北京主办第 28 届国际心理学大会。这是 100 余年来首次在发展中国家召开的国际心理学大会。荆其诚任大会主席，张侃任大会秘书长。心理所的众多人员参加了大会的筹备及会务工作。大会有 78 个国家的 6000 余名代表出席，在国际心理学界引起反响。

心理所所训是：铭责、进取、开放、和谐。

心理所的战略定位是：探索人类心智本质，揭示心理和行为的生物学基础与环境影响机制，为促进国民心理健康和推动社会和谐发展提供重要知识基础和科技支撑，成为引领我国心理科学发展并有重要影响力的国际著名研究机构、服务国家科技创新与城镇化发展的心理学科技智库。2015 年，心理所首批进入中国科学院"率先行动计划"四类机构分类改革的特色研究所系列。

心理所是中国科学院心理健康重点实验室和中国科学院行为科学重点实验室的依托单位，设有健康与遗传心理学、认知与发展心理学、社会与工程心理学 3 个研究室，与香港中文大学共建生物社会心理学联合实验室。

截至 2018 年 10 月 1 日，心理所有职工 209 人，其中研究人员 149 人（研究员 45 人、副研究员 73 人、助理研究员 31 人），管理和支持人员 60 人。

心理所具有重要的国际学术影响力。30 多人次在国际重要学术组织和期刊任职。心理所与多所国际知名大学和研究机构建立了长期、活跃的学术交流与合作关系。

从岁月里一路走来的中国科学院心理所，最终把自己走成了林萃路 16 号院的样子。

不由想到李白的诗句："长风破浪会有时，直挂云帆济沧海。"

诗名：《行路难》。难，是注定的，世间没有一马平川的科学。

三

第二次和张侃聊心理所时，他一下子把视界拉得很远。

张侃的思绪时而从16号院飞出去，时而又飞回16号院，无论飞出飞进，最终让思绪在16号院收拢翅膀，栖息枝头。

我这才知道，心理学一词来源于希腊文，意思是关于灵魂的科学。灵魂在希腊文中也有气体或呼吸的意思，因为古人认为生命依赖于呼吸，呼吸停止，生命就完结了。随着科学的发展，心理学的对象由灵魂改为心灵。直到19世纪初，德国哲学家、教育家赫尔巴特才首次提出心理学是一门科学，而原先，心理学、教育学都同属于哲学的范畴。科学的心理学不仅对心理现象进行描述，更重要的是对心理现象进行说明，以揭示其发生发展的规律。

德国著名心理学家艾宾浩斯曾在1885年留下过这样的名言："心理学有一个漫长的过去，但只有短暂的历史。"形象而逼真地概括了心理学的发展史。19世纪中叶以后，自然科学的迅猛发展为心理学成为独立的科学创造了条件，尤其是德国感官神经生理学的发展，为心理学成为独立的科学起到了较为直接的促进作用。到1874年《生理心理学原理》的出版，心理学才从哲学中分化出来，成为一门独立的科学，开始了蓬勃发展的历程。

张侃说："心理学作为一门科学和技术，诞生在 100 年前。经过 100 年的发展和完善，心理学的理论和技术已经非常发达。心理学在中国的发展历史不长，而且离老百姓的生活还比较远。"

我说："您提到的历史不长、离老百姓比较远，这是不是同时意味着灾后心理援助的难度？"

"是的。"张侃说，"长期以来，我国心理学的应用、普及相对滞后，恰恰是十年前的汶川地震把心理所推到了公众、社会的面前。这一点，连我们自己也没有想到，我们更没想到，心理学知识的普及最强有力的引擎，居然会是灾后心理援助。"

汶川地震之后，张侃组织专家给中央起草建议、成立"中国心理学界危机及灾难心理援助项目组"、派出援助队伍、组建指挥部"四把火"几乎是同时点燃的。这一系列"连贯动作"仅用三天的时间就完成了，干脆利落，一气呵成。

从几何学上看，林萃路 16 号和汶川灾区构成了一条线段上的两个端点。

不久，灾区的那个端点，又迅速分支出成都、汶川、绵阳、北川、绵竹、什邡、德阳、都江堰、江油等多个端点，仿佛一个巨大的扇面。

从 2008 年 6 月 1 日开始，灾区的 7 个工作站陆续建立。

这些工作站，就像林萃路 16 号院分娩的 7 个孩子。

可是，不到三年，地震再次发生在远在三千里外的青海玉树，紧接着，舟曲泥石流、盈江地震、彝良地震、芦山地震接踵而至……

因而，又在全国各地的灾区成立了 14 个工作站。

14 个工作站，就像 14 个小小的"16 号院"。它们像心理所放飞的风筝，也像从心理所飞出的蒲公英。

蒲公英的路径，是风；蒲公英的方向，是风；蒲公英的命运，是风。风从来不分地域和国界，只要蒲公英的种子实实在在地落到大地上，大地就会成为它生根、发芽、生长的温床。

十年来，中国灾后心理援助的智慧、经验、方法和模式，赢得了国际社会的广泛认同。2010 年 1 月，中日心理专家高桥哲、富永良喜、诹访清二、吉沅洪、黄正国、王宗谟共同商议、发起成立了"中日灾后个案研讨会"，并于 2010 年 3 月在绵阳举办了首次年会，会议内容主要包括主题报告、个案分析、研究报告、工作坊等，其中主题报告重点探讨中国、日本在应对灾后儿童心理援助和心理疏导中的选择与做法。在第五届年会中，由刘正奎发起，经高桥哲、富永良喜和吉沅洪讨论，将会议正式更名为"亚洲灾后心理援助国际研讨会"。十年来，该研讨会已经举办了 10 届，先后在中国、日本等国家的北京、台北、东京、成都、重庆、苏州、绵阳等 10 个城市举行，参与讨论的国内外心理专家达 1200 人次，交流学术论文 70 多篇，研讨主题、内容也逐渐向灾后心理援助的纵深领域拓展，被国际社会认为是当下灾后心理援助学术层面最具活力、最富有成效的国际专业性会议之一。

十年里，由国际创伤应激研究学会在美国巴尔的摩、新奥尔良等城市举办的"国际创伤应激研究年会"，也频频向 16 号院伸出橄榄枝，先后有多名心理专家跨出 16 号院，飞向大洋彼岸，把中国灾后心理援助的经验，播撒到世界各地。

一位加拿大的朋友对我说："16 号院，成了中国灾后心理援助的一个符号。"

而符号，往往是具有标志性意义的。

四

2010 年 7 月,"老帅"张侃退休,傅小兰成了林萃路 16 号院的"女帅"。

生于 1963 年的傅小兰,毕业于北京大学心理学系,1990 年毕业于中科院心理所,获理学博士学位。现任中科院心理所所长、中国科学院大学心理学系主任、脑与认知科学国家重点实验室副主任等。

傅小兰是心理所培养的第一位女博士,她的博士学位论文答辩主席,是诺贝尔经济学奖获得者赫伯特·西蒙。

傅小兰的研究领域,对我而言完全是一个陌生的世界。傅小兰与其团队成员从信息加工角度首次研究了面孔认知图像不变性表征获得过程中姿态和表情信息的整合过程,发现了姿态和表情在整合迁移中的不对称作用,揭示了人类面孔匹配中基于图像相似性的特点,为面孔自动识别系统的实现提供了心理学依据,极大地促进了心理学与计算机科学的结合与交叉,在人工智能领域做出了突出贡献。其研究团队的"微表情识别方法"项目还荣获了 2018 年度第八届吴文俊人工智能科学技术奖自然科学奖　等奖。

　　傅小兰身上有很多炫目的光环：2009 年获第三届"中国科学院十大杰出妇女"提名奖，2012 年获得"全国三八红旗手""全国妇女创先争优先进个人""全国教科文卫体系统先进女职工工作者"等荣誉称号。更值得一提的是，她还是中共十八大、十九大代表。

　　为了迅速、有效地应对灾害，切实做好科技救灾心理援助工作，在傅小兰的主持下，心理所根据国家减灾委《关于加强自然灾害社会心理援助工作的指导意见》，于 2013 年 4 月研究制定了《中科院心理所灾后心理援助应急预案》。

　　那天，仍然在林萃路 16 号院，我和傅小兰聊到灾后心理援助。她说："今年是汶川地震十周年，我们开展了一系列纪念活动。灾后心理援助，任重道远啊！"

　　也就是说，有十年前的开始，却没有十年后的结束。

　　2008 年，心理所带领中国心理学界创造了中国心理援助的元年。而这个元年，开启了林萃路 16 号院的新征程。

　　有个后来走出 PTSD 的四川灾民感慨道："秦岭先生，您发现没有，按咱传统的说法，16 是个吉祥数字，1 就是一元复始的意思，代表了元年。6 就是六六大顺嘛！好人，是有好报的。"

　　林萃路 16 号院至今流传着一个段子。在他们中的不少人看来，这个段子像神话一样现实，也像现实一样神话。也许，人间的所有神话，都是现实的投影。可在我看来，它真的就像一个神话。不是我故弄玄虚，它"玄"得都用不着我"故弄"。

　　这个段子与震惊中外、神秘莫测的"马航事件"有关。那次事件，差点让张侃、张建新两位心理所的"掌门人"成为悲情角色。

　　2014 年 3 月 8 日，马来西亚航空公司一架航班号为 MH370 的飞机与管制中心失去联系。该飞机原定由吉隆坡飞往北京，结果在印度洋上空神秘失踪，国际救援组织至今没有搜寻到飞机的丁点儿残骸，普遍的判断是飞机坠入茫茫大海，239 名乘客和机组人员全部葬身海底，机上有中国籍乘客 154 人。那天，在马来西亚参加完学术会议的张建新原本要乘该次航班返回北京的，结果匆忙之中把登机时间搞错了，万幸地躲过了一劫。更有意思的是，张侃作为会议特邀代表、张建新作为国际心联执委，均须参会，可是，张侃因为临时有事未成行。

张侃说："假如我前往，估计我俩全完蛋了，我的时间观念很强。"说完，他仰面朝天，自嘲一笑。末了，又长叹一声，对该机的遇难者表示同情和惋惜。

那一刻，我的脑海中浮现出一个场景：假如张侃、张建新按部就班登上马航，然后升空，再然后……

林萃路 16 号院的不少人聊起这段往事，几乎众口一词："苍天有眼啊！老天知道两个老张都是搞心理援助的，连阎王也手下留情了。"

好在，张侃依然是张侃，张建新依然是张建新，而 16 号院，依然是 16 号院。

16 号院主楼大厅北侧有一个"梦工厂"，里面有关心理测试、测评、测量的高科技仪器十分齐全。那天，我领着从加拿大匆匆赶来的几位心理学爱好者朋友，在吴坎坎的引导下，按照程序和步骤，逐一尝试了自我心理测试项目。

很快，我的综合测试结果出来了，数据显示：良好。

本来是出于好奇，却让我意外收获了"良好"，我也算了解了一下自己。

在我的要求下，吴坎坎领着我参观了几个正在工作中的重点实验室。当时，专家们正在对志愿者进行大脑思维测试并整理复杂的实验数据。

一个奇怪的逻辑突然从我脑海里闪现出来。所谓心理，分明是"脑理"。测"心"其实是在测"脑"。人的一切精神活动，都取决于大脑。所谓"心心相印"，该是"脑脑相印"；所谓"月亮代表我的心"，该是"月亮代表我的脑"；所谓"心相随"，该是"脑相随"；所谓"我把心献给你"，该是"我把脑献给你"……我和吴坎坎开玩笑："将来 16 号院的门牌，会不会变成'中科院脑理研究所'呢？"

吴坎坎故作深沉地回应："有可能。"

我哈哈大笑。研究脑，是科学；研究心，是文化。16 号院由此区别于任何一个科学院所。

那天傍晚，我从 16 号院图书馆的书海中出来，四周华灯初上，大院一如既往地安详和宁静，我久久伫立在院子中央，迟迟未能回到我住的专家楼 818 房间。回望不远处被浓重的夜幕揽入怀中的实验大楼，思绪万千。我突然意识到，如果说生命是活体的表现，那么，这里的科学家是从心灵的路径上探寻生命密码最为直接、最为深入的一个特殊群体。实际上，灾后心理援助和研究，更多面对的是死亡的气息、鲜血的腥味和心灵的废墟。

凌晨 3 点，整理完资料的我下楼活动筋骨，却见实验楼的不少窗口灯火依旧。我知道,这里的研究在继续,实验在继续,讨论在继续,许多专家和接受心理实验的志愿者，仍在持续着某个项目，分析着某个数据，思考着某个疑点……

第二天一早，恰好有一位大学教授来电请我去给研究生讲文学写作课，我告诉他，我正忙于有关心理援助的调查。那边突然就怔住了。沉吟半晌，他这才开腔："秦兄，我懂你，一如我懂灾后心理援助。"

"此话怎讲?"

"我有个表妹,当年患了严重的 PTSD,是 16 号院的心理专家挽救了她。"

我推开窗户,阳光如丝绸般飘洒进来。16 号院一如既往,却是新的一天。

第十章　"100865'我要爱'"减压热线

Chapter Ten

一

"我的孙子、外孙女全没了，像是天塌了。"

"我不想活了，你真的能拉回我将死的心吗？"

"阿姨，我给您读一首妈妈生前写的诗吧。"

"阿姨好！我昨天晚上梦见小弟弟了。"

"父母一下子全没了，我心里空空的，真不晓得咋办。"

"我向你们说过的话，可千万要保密啊！"

"我能和死去的女儿通话就好了。"

"我眼前总是出现儿子的身影，他死时才 3 岁。"

"新房子建得很漂亮，可对我这没有腿的残疾人没用啊！"

"我后悔得要命，女儿死的前一天，我还打过她。"

……

如果我不提示、不提醒，以上这些发问、呼唤、呐喊、感叹、自责和诉说，你会有怎样的理解和判断？

李白有诗云："白骨成丘山，苍生竟何罪。"人心都是肉长的。

我相信你会从这种特殊的语境中感受到带血的眼泪、流血的伤口、渗血的灵魂……我同样相信，你也一定能初步判断他们的身份，比如爷爷、奶奶、姥姥、姥爷、爸爸、妈妈、儿子、女儿……

除此之外，你还会想到什么？

这其实是我从当年绵竹灾区一些志愿者的工作日志中摘录的点滴。我见过很多志愿者的工作日志，总字数有数十万。志愿者当时的身份之一，是"100865'我要爱'"减压热线的咨询员。

这条被誉为灾区"心桥"的热线，是"一线两网三级服务"灾后心理援助模式中至关重要的一环，它像永不消逝的电波，至今仍是灾民无法磨灭的记忆。

张建新告诉我："汶川地震之后不久，充分利用现代通信工具，在灾区建立'100865"我要爱"'减压热线，是当时心理所年轻的专家们面对错综复杂的严峻形势，迅速做出的一个重要判断和务实决策，它不但及时，而且必要，非常符合当时心理援助的实际，起到了非常好的效果。"

汉旺镇的一位中年职工对我说："妻子、儿子、父亲在这场地震中全没了，我真是到了丧失生活信心的地步，虽然明白自己还得照顾年迈的母亲，但我怎么也振作不起来。神志不清的母亲当时根本不知道发生了什么，我还得向她装笑脸，我都要疯了。后来，有人建议我打'100865"我要爱"'减压热线。一开始，我不愿意打，听说咨询员都是一帮年轻人，他们的阅历哪有我们这一代人丰富呢？后来，我实在撑不下去了，就尝试着打了一次，是一位女志愿者接的电话。她的声音很好听，语气很柔和。她给我讲了很多有着和我类似遭遇的同胞的故事，这使我意识到，很多像我一样的人，都活着，而且在积极寻找新的活法儿。后来我又打了一次，是另一个志愿者接的电话,她给我推荐了几种既能寄托哀思,又能调节情绪的办法,我心里的确释然了很多。如今,我又找了个对象,还抱养了一个孩子。"

在灾区,向我提到"100865'我要爱'"减压热线的,何止一个两个。

热线之热,实际上是特殊时间段的人性聚焦与情感迸发,可时过经年,它"发热"后的余温,依然听之灼灼,抚之烫烫,令人动容。

这条热线,建立于 2008 年 10 月 19 日,那是心理所专家祝卓宏重返绵竹工作站,任第四任站长的第三个月。有位志愿者告诉我:"当年,人家赵子龙曾经跨马举枪,杀了个七出七进,祝卓宏和心理所的那几位专家到底来过多少趟灾区,在灾区待过多少日子,我们都数不清了。"

建立热线,绝对不是祝卓宏的突发奇想,而是源自他对灾区的纵深思考和判断。

2018 年秋天的一个下午,我和祝卓宏在心理所有过一次长谈,他告诉我,其实早在 2008 年的 7 月,面对灾区的心理援助现状,他就在冷静地观察、调研和思考。绵竹站从建站之初就开始在教育系统投入了大量的精力,做了比较深入的教师培训和调查。在教师培训中,了解到灾区教师承受着巨大的工作和生活压力,教师职业倦怠处于中度水平,尤其是情绪衰竭比较明显。绵竹市共有 43 所中小学,6 万多名学生,4000 多名教师,地震中有 921 名学生和 99 名教师遇难。根据调查数据,大部分教师对生活质量的主观评定较低。可以预测,这一系列压力将严重影响教师的状态,从而对学生产生不良影响,也会间接地影响到很多家庭,特别是在教师内部,可能会出现一些过激的反应,引发社会问题。

同年 7 月底,祝卓宏萌生了在绵竹市教育系统建立一条热线的想法，当时正在绵竹做志愿者的加拿大减压热线专家滕燕青和陆俊不仅非常支持，而且建议将热线定位在减轻压力、疏导情绪和情感支持层面。8 月，祝卓宏开始在当地教师群体中培养热线志愿者，并确定了分工，由副站长锁朋具体负责热线的筹备工作。第一期培训邀请到了来自加拿大的资深热线义工陆洪和张思怡。9 月，热线筹备工作开始紧锣密鼓地开展起来，培训中心由周尚福、洪军两人具体协助。他们充分发挥了当地优势，向当地电信和移动两大企业寻求支持。10 月，祝卓宏与北京邮电大学纪阳教授、诺基亚中国研究院汪浩研究员一起，开始设计手机心理评估与自助系统，并在绵竹做移动心理援助实验，实验再次证明了成立热线的可能性。

好事多磨。热线进入操作阶段后，因种种客观原因，并非一帆风顺。

正当祝卓宏准备另辟蹊径寻求其他合作时，北川干部董某因承受不了工作压力而自杀，这一不幸事件，震惊了全国。

在血淋淋的教训面前，各合作方终于达成了共识。

"100865'我要爱'"减压热线随即横空出世，开始尝试运行。

热线的总目标：为求助者提供情感和心理支持，协助解决灾后生活工作中的适应性问题，增强对震后生活变故的适应力，减轻压力，尽早发现 PTSD，减少 PTSD 带来的危害，降低发病率。

热线管理委员会也应运而生，并设置了 5 个部门：督导培训部、外联部、编辑部、组织部和财务部。祝卓宏任总督导，绵竹市教育局培训中心副主任洪军任理事长，锁朋任秘书长。第一批 44 名志愿者咨询员和工作站签订了《志愿者服务承诺书》，这批咨询员以当地学校的德育老师和对心理学感兴趣的班主任居多。经过精挑细选，也确定了少数外地志愿者，比如来自云南的女志愿者锁朋是医学专业毕业生，曾在北京大学医学部研究生班进修应用心理学专业两年，又是主治医师和二级心理咨询师，擅长个案咨询和心理健康教育工作，还有过两年的省级电台心理热线工作经验。

锁朋身上既有与众多志愿者的相同点，也有不同点。汶川地震前的锁朋，早已从三甲医院辞职，于 2003 年在云南首创昆明市当代心理健康研究所，成为昆明市心理健康领域的先行者。经过多年的运行，业务如日中天。2008 年 5 月 13 日，听到心理所招募心理援助志愿者的消息，锁朋毫不犹豫地飞往成都。由于孩子 9 月即将进入小学，锁朋并没有打算在灾区工作太长时间，可她万万没有想到，她这一干，就是三年。

这是第一条在灾区建立的心理援助热线，也被誉为中国灾后心理援助工作中一个具有标志性意义的重要事件。

热线，为灾后心理援助开辟了一条看不见的战线。

热线的口号是：热线传递真爱，真爱守护心灵。

热线的诞生，也凝聚着国内外有识之士的心血和智慧。经祝卓宏的努力奔走，加拿大中国移民紧急援助基金会提供了 2 万元的资金支持，中国移动德阳分公司、绵竹市教育局、绵竹市教师培训中心、绵竹紫岩小学给予了密切配合。在技术指导层面，除了中科院心理所专家之外，还有加拿大华人减压热线专家团、加拿大多伦多大学社会学院、无国界医生组织等专业团队的专家们，定期对热线志愿者做辅导和督导。另外，来自加拿大中国移民紧急援助基金会的滕燕青、陆洪、陆俊等外籍华人专家对所有志愿者进行了培训。接受培训的志愿者咨询员达 80 人，其中外地志愿者咨询员占 10%。

工作站还把热线作为志愿者实习的平台，累计培训志愿者 12 次，完成了心理热线咨询员的第一级课程。

在热线开通的第一个月，均有心理所专家在线进行指导、督导、引导。

在我看来，"我要爱"三个字的内涵在灾区既显得意味深长，又彰显着力量的涌动和生命的唤醒。"我要爱"脱胎于"5·12"的谐音，又巧妙地表达了爱的内涵：我爱你，你爱我，让世界充满爱。

在祝卓宏那里，我看到了当年设计的"语音增值服务文稿"。这个文稿，当年的志愿者能倒背如流。文稿具体内容如下：

亲爱的朋友：您好！欢迎拨打"100865'我要爱'"减压热线！热线传递真爱，真爱守护心灵！本热线由中国移动、绵竹市教育局和中科院心理所携手为您提供减压服务。每天19：00—23：00为您接通人工服务，其他时间段滚动播放减压自助知识。

转人工服务请按 × 号键。

现在是语音服务时间，将有心理减压知识和音乐陪伴您。在人生的不同阶段，都会遇到各种压力，我们将按照年龄段为您提供语音服务。12岁以下的儿童，请按1号键；如果你是少男少女，可以按2号键；应对青年时期常见的压力请按3号键；中年人心理减压请按4号键；想了解老年人心理健康知识请按5号键；了解压力与健康的小常识请按6号键。

灾区的一个大姐对我说："当年，我多次拨打过这个热线电话，从人工服务到语音服务，我至今仍记得接线员们平和、轻柔的语气。"

经过三个月的艰苦摸索和运行，热线服务范围迅速扩大，覆盖德阳、绵阳手机用户200万。2008年12月23日，"100865'我要爱'"减压热线启动仪式在绵竹市紫岩小学热线机房举行，中科院心理所所长张侃、中国移动德阳分公司总经理罗扬、绵竹市教育局局长唐建成代表项目合作三方出席了隆重的开通仪式。张侃在讲话中指出："这条热线是目前我国唯一一条在中央科研单位的支持下，由重灾区政府和企业合作自救自助的心理援助热线，将对灾后心理危机的预防和干预起到十分重要的作用。"

短短一年里，热线就成功接听 3000 余次来电，平均每晚接听约 11 次，通话时长累计 60000 余分钟，平均每次来电通话时长约 20 分钟。

只是，咨询员和求助者对话、交流的某些指向，在悄悄发生变化，在咨询员的一些回顾性文章里，我看到了求助者这样的语言：

"您好！我想和您说的是，最近，我心里好受了一些。"

"我，还得好好活着。"

"我终于想通了，决定再婚。丈夫如果真的在天有灵，他会为我高兴的。"

"日子还得朝前走，家没了，我不能沉沦，我还有那么多亲戚朋友呢。"

"给你们打过那么多次电话，你们辛苦了！"

……

二

"很多人容易把热线和电台的那种'子夜时分''夜半心语'栏目联系起来，其实，'100865"我要爱"'减压热线，是一种有难度的沟通与交流，而且是高难度。"

谈到当年接听求助者电话的情形，一位当年的热线咨询员至今心潮难平。

我至少看过 40 多位当年热线咨询员的文字记录和体会，其中也包括很多案例，这些案例中有创伤后应激障碍、哀伤、自杀危机干预、抑郁症、家庭暴力、婚变、失恋、厌学、梦游、幻想、神经衰弱等等。

有人曾问我："秦岭先生，你多次去过灾区，我只问你，假如灾区有人想自杀，他打了热线电话求助，真的管用吗？"

我告诉他："首先，你不该问这样的问题。"

"为什么？"

"因为你既不了解咨询员，也不了解求助者。"

其实我真的愿意告诉他，当一个人有那么一天，慢慢被心理危机所迫，突然非常渴望攀上冰冷的楼顶，或者久久盯住毒药瓶不放，再或者，像一片秋风中的落叶一样飘向火车轨道……但我一口把这样的假设咽进了肚里。

在我看过的大量与热线有关的案例中，的确有不少与自杀的话题有关，这里不妨试举一例。这个案例的整理者是当年的志愿者咨询员程冬梅。

关于对自杀危机干预的体会，她是这样描述的：

自杀是当一个人的烦恼和苦闷发展到极端，对"破局"的事态产生恐惧，对生活失去信心，对现实感到绝望而采取的最后的"自我保护"手段。一般始于心理挫折，发生在摆脱抑郁心理冲突的过程中，其心理行为过程一般为：挫折—对现实的普遍化曲解—自杀强迫意念—产生自杀行为。

对于求助者的基本情况，程冬梅梳理了如下概要：

某男，36 岁，16 岁时丧父，32 岁时丧母。在汶川地震中失去了儿子和妻子。地震 5 个月后，曾经打进电话求助，诉说自己的伤心欲绝以及对妻儿的思念。接线员对其进行疏导、减压。两个月后，他再次打进电话表示对生活真的已失去信心，对尘世再无任何留恋，想自杀（自杀念头已产生 3 天左右），称自己无心工作（一周都没有去单位上班），也不愿与任何亲戚朋友来往，食欲严重下降，每天都会喝一些酒，很少吃饭。

下面是程冬梅接听电话的经过。所谓经过，实质上是一次于无声处的博弈、救援和唤醒。其中程冬梅的每一句话，看似拉家常、聊闲天，实则举重若轻，如履薄冰，像一次不动声色的探险，像钢丝上的一次舞蹈，像火中取栗。所有的策略和智慧，尽显其中。对话内容如下：

　　来电者：你好。

　　接线员：您好！我是减压咨询员，有什么就和我说说吧！

　　来电者：我不想活了（哭）。

　　接线员：（沉默）嗯，我能感觉到你很伤心，能告诉我是什么事让你伤心吗？

　　来电者：我不是伤心，我想自杀（哭）。

　　（对来电者的问题进行严重性与紧迫性评估，感觉到他并没有完全做好自杀的准备，只是产生念头。）

　　接线员：（沉默）嗯，听起来你真的是想自杀，是什么让你产生了自杀的想法呢？和我聊聊吧！

　　（表明我接电话的态度，告诉他我不怕谈及他自杀的问题，但是不要刺激、激化或挑衅来电者，他打来电话说明他想给自己一线生的希望。）

　　来电者：我妻子、儿子都没有了，什么都没有了，活着还有什么意思？我不想活了。

　　接线员：你听起来很沮丧，妻儿的离开，一定使你非常难过。

　　（帮助来电者整理他们的情况，他们的问题就能得到更好的定位，这会让来电者有信心处理这些问题，但一定要注意：不要对他们的遭遇进行评价。）

　　来电者：是的，我们一家人以前在一起非常快乐，我和妻子带孩子去放风筝，我们一家人去游泳，有时还会一起旅游，可是现在……

（哭）

接线员：和妻子儿子在一起做得最开心的事是什么？

来电者：我们一家人出去旅游的时候最开心了，总会带上好多吃的，车上我们边吃边说，真开心……

接线员：听起来出去旅游确实让你很开心！

来电者：是的，那次我们去九寨沟旅游，在什么海子旁边，戏水玩耍，把妻子弄得一身湿。

接线员：妻子和儿子当时对你的希望是什么呢？

来电者：希望我少打点牌，还有少喝酒，尤其要少抽烟，让我保重身体，可是现在，唉……

（把来电者关心的事放到台面上，进行充分讨论。）

接线员：你现在还喝酒、抽烟吗？

来电者：喝点酒，烟抽得更多了。

接线员：哦！你是很关心自己身体的，健康的身体不仅是自己的，同时还是妻儿对你的希望，是吗？

来电者：是的，我也想过一些办法，试着让自己快乐一点。

接线员：你曾经用过什么样的办法呢？

来电者：我和朋友交流、唱歌……

……

接线员：出去旅游散心也许是个好办法，可以试一试的，也许还能让你对人生有许多新的看法。

来电者：也许我可以去试试这个方法。

接线员：我相信你一定会去试一试的。

（引导来电者自己找到解决问题的方法，用其他方法来替代自杀的做法，对他的方法进行分析，选择最适合他的方法，使他确定一定有其他的选择。）

　　来电者：好，我一定去。

　　接线员：你现在感觉如何？

　　来电者：我感觉心里好受多了。

　　接线员：真好！给自己的身体充充电，这个办法挺不错。

　　来电者：谢谢！

　　接线员：好的，你现在准备好挂电话了吗？

　　……

　　即使道路坎坷不平，车轮也要滚滚前行；即使江河波涛汹涌，船也要扬帆起航。我经过探寻得知，这个男子最终从死亡线上悬崖勒马。也就是说，他向准备为他"接风"的死神挥手说再见了，他重回人间的烟火之中。

　　一次对话的结束，似乎足以画上一个圆满的句号，可它往往是一次更为复杂的开始。谁不会画句号呢？不就一个小小的圈嘛。可这个圈，并不意味着一圈细细的周长，你得求它的面积，这个面积包含的信息量中，嵌入了心理援助的很多密码、体会、心得和经验。关于这次对话，程冬梅后来做了这样的梳理：

　　所有处于心理危机中的人不都是要自杀的，然而，对于那些处于危机中的人，要给他们机会讲述。他们可能已经试探过其他人，你可能是他们的最后一试。如果你不跟他谈，他们会觉得"我还是得靠自己对付这些糟糕的想法"。我们必须表明态度，告诉他们我们不怕谈论他们的问题。不要担心你可能触及他们自杀的想法。他们不是那么容易接受建议的。自杀的人依赖帮助他的人，因为他感

0

到无助与失落。所以，最优先也是最重要的，是承认对方有要自杀的念头，并把他的心理情感谈出来。

如果求助者使用与自杀有关的语言，直接但是温和地问他们是否真的想要结束自己的生命。

直接询问，有助于求助者释放这些可怕的想法，同时也向对方表明，你愿意讨论自杀的话题。

确定求助者是否有完成自杀的计划，如果他们确实有计划，允许他们充分地讨论这个计划。讨论有两方面的作用：一方面它可以减轻求助者的焦虑感；另一方面，也允许咨询员评估求助者自杀的风险程度。

如果求助者已经实施了自杀尝试，建议派出干预人员，并在线陪伴求助者直到救援队的到来。

不要假定求助者的行为尚未危及生命，如他们吃下的药剂（毒品）量看上去较小，或求助者向你保证他们以前也吃过这个剂量的药。对于这种情况，必须通过你的后援工作人员咨询有关医务人员。

处于危机时，求助者情感上会混乱。

一旦把求助者关心的事放在台面上，并充分讨论了，你就可以开始探究一些替代自杀的做法。要照顾他们的情绪，引导求助者自己找到解决的方法。他们也会从中选择适合他们的，这会使他们恢复自信，相信自己有能力解决问题。

如果这时你仍感觉求助者属于高风险自杀者，提议派出干预小组，并在线等候直到救援者赶到。

如果没有干预小组可派，要做好求助者可能会结束通话的准备。这时候，可能帮助求助者的问题是：

1. 你现在感觉如何？

2. 如果我挂掉电话，你会做什么？

3. 你现在准备挂掉电话了吗？

切记，直到你有把握，确定求助者安全，你才能挂断电话。

"跟着祝卓宏老师，我们都学会了提炼、总结和归纳。"一名当年的志愿者对我说。

这一点，与我对祝卓宏的印象十分吻合。祝卓宏是一位有文人气质的心理专家，他不仅散文、诗歌创作有几下子，而且发挥所长，亲自操刀，为包括热线在内的灾后心理援助编写了大量的"要诀"。且摘录部分如下：

心理援助要诀

（1）

问寒问暖问生计，

耐心倾听放第一，

察言观色看动作，

不提心理做心理。

（2）

建立关系是前提，

宣泄情绪要注意，

情感支持是关键，

润心无声似春雨。

（3）

遇到冷拒不生气，

遇到哭泣纸巾递，

遇到话多促膝谈，

遇到沉默要细语。

（4）

创伤反应要留意，

过度警觉易唤起，

闪回反应有扳机，

回避行为不干预。

（5）

负性情绪要处理，

身心稳定深呼吸，

加框打包控闪回，

中和滴定莫着急。

（6）

资源开发无限域，

友爱亲情汇成渠，

积极赋义促表达，

叙事沙盘与游戏。

（7）

杯弓蛇影好案例，

身心本来是一体，

创伤只是记忆阻，

塞翁失马不抑郁。

（8）

万法修心和健体，

本土文化多考虑，

绘画刺绣与书法，

气功禅定并太极。

（9）

援助最终靠当地，

保证安全要牢记，

开发资源不间断，

各方力量多联系。

（10）

背景因素多参考，

生态概念要确立，

分析问题需系统，

心理援助莫孤立。

三

"润物细无声"，语出唐代诗人杜甫的《春夜喜雨》。

热线私密的"单线联系"功能，像川北大地谷雨时节的春雨，很快让久旱的土壤有了接纳种子的渴望；像呢喃的燕子，让人们察觉到了春天的讯息。于是，很多灾民不再满足于拨打热线获得的安慰，他们渴望面对面，渴望现场，渴望见到咨询员本人，渴望走出热线，直面对方，一吐为快。

这是工作站求之不得的一个新动向，它是局面的一种转折，一种质的变化。

"当年的副站长胡宇晖年轻能干，她组织的培训很有吸引力。"一名当年接受过培训的志愿者告诉我。

我至今没见过胡宇晖。当年，她已经是哲学、心理学的双料硕士。在电话采访和往来的邮件中，我发现她还是个大才女，文笔优美，才思敏捷，字里行间蕴蓄着密不透风的情怀和灾区情结。她有一篇回忆当年从事心理援助的文章——《绵竹，我的应许之地》。

当年服务中心的志愿者还通过热线、电台开展心理服务，覆盖德阳地区几百万人。

在绵竹，一名志愿者告诉我："一条热线，让心理援助中的某些环节联动了起来。"

一名当年接受过热线接听培训的志愿者说："当时在课堂上，祝卓宏老师常给我们讲：'一条热线，双向成长。'当年当过热线咨询员的多数人，都爱上了心理学，后来不断地参加培训、进修，如今有不少成了本地心理咨询机构的骨干，有的获得了心理师执业资格，有的开办了心理咨询机构。我，就是其中的一个。"

锁朋是这样告诉我的："不夸张地讲，做灾后心理援助志愿者的三年，对我来说就像读了两个专业一样。一个是心理危机干预，一个是社会工作。"

我相信这样的话发自内心。因为地震和灾难，让他们和那些远在百里、千里、万里之外的国内外著名心理研究、教育机构的一流专家、学者在特殊的背景下形成了师徒关系。有人给我做了一个比较，很多专家在心理所、高等院校都是教授，平时和学生之间主要是单纯的教与学的关系，日常见面多是在课堂上，生活上的交往不多，可是在灾区和志愿者构成的"师徒"关系，完全是另一种样子，"师徒"之间几乎朝夕相处，口授心传，荣辱与共。

在成都的一家心理咨询机构，我见到了一名当年的志愿者，她曾经是"100865'我要爱'"减压热线的咨询员，先后在绵竹、绵阳、北川从事志愿服务。她让我看了当年的日记，日记很厚，也很整洁。我认真看了不到半小时，就有很多心理专家的名字映入眼帘：刘正奎、王文忠、张雨青、王力、高文斌、史占彪、祝卓宏、陈丽云、曾家达、张秀兰、张强、王曦影、陆奇斌、贾晓明、樊富珉……

锁朋告诉我："我也想念当年一起同甘苦、共命运的志愿者朋友们，我们一起讨论方案、走访个案，同一个桌吃饭，甚至同一张床睡觉。我和胡宇晖、庞云、廖东彦、马晓红是黄金搭档，就像在一个战壕里打过仗的战友一样亲密。还有一起当过热线咨询员的周尚富、梁代君、程冬梅、唐玲、杜夕军、蔡玉琴等人，我们现在还是好朋友，亲如兄弟姐妹！"

"100865'我要爱'"减压热线的凝聚与辐射效应，岂止于此。

2013年11月22日，中石化黄岛输油管道泄漏爆炸，造成63人遇难，156人受伤。心理所迅即跟进，不仅第一时间在黄岛建立了心理援助工作站，而且增设了一条心理健康咨询热线。

当时统筹热线的是刘正奎和陶明达，指导专家是吴坎坎、李慧杰和夏锡梅。

这条热线在借鉴"100865'我要爱'"减压热线的基础上，更加突出了功能定位，服务领域延伸到评估、教育、咨询、转介等。其中评估功能要求接线咨询员和咨询专家对群众的心理困扰程度和心理问题性质进行评估，从而确定采取何种干预措施；教育功能明确通过教育的手段，解决群众发展性问题，提高心理知识的知晓率和应用率；咨询功能要求对群众较严重的心理困扰进行专业心理咨询；转介功能要求对黄岛心理咨询服务热线服务范围之外的群众和问题进行转介，包括精神病问题、需要借助药物治疗等其他手段的心理问题。

李慧杰告诉我："在重大灾区建立热线，已成为灾后心理援助的必由之路。"

前不久我去兰州，当年服务过舟曲灾区的志愿者告诉我："十年前四川的那条热线，对我们从事舟曲的灾后心理援助启发很大。"

我问："你远在甘肃，怎么知道那条热线的？"

"一首歌。"

"一首歌？"

"对，咱甘肃人写的。"

我这才知道，当年中科院心理所曾向全国征集"100865'我要爱'"减压热线志愿者之歌，激发了全国很多音乐、歌词爱好者的热情，应征稿像雪片一样飞往四川灾区。事后，心理所组织艺术家对应征歌词进行了多轮评选，最终评选出了一、二、三等奖，并在绵竹举行了隆重的颁奖仪式。

一等奖为《爱的热线——"100865'我要爱'"减压热线志愿者之歌》，作者是甘肃武威第十三中学教师杨玉鹏，他还将歌词谱成优美的旋律，经歌手孙渔演唱，立即红遍大江南北。

文字天生的局限，在于无法呈现音律之美，但文字天生的魅力，让我们能透过字里行间的丛林和小径，感受到旋律的飞翔和音韵的激荡。歌词如下：

爱的热线
——"100865'我要爱'"减压热线志愿者之歌

当黑夜推开门窗，

看星辰四处张望。

有多少倾诉的梦想，

找不到温暖天堂。

当阴云滋生暗长，

而岁月遗忘坚强。

有多少无助的眼神，

想找到起飞方向。

100865，我要爱，

敞开心胸，不要彷徨，

你和我守在电话旁，

相约老地方。

快来吧，快来吧，100865，

轻轻拨通爱的热线。

聆听你心灵的激荡，

忧伤也会变成一种力量！

快来吧，快来吧，100865，

静静连通爱的热线。

任凭你情感在流淌，

快乐是我送你一双翅膀！

第十一章　本土化心理测评工具的诞生

Chapter Eleven

打仗，讲究巧用兵法，因势而变，最忌生搬硬套。否则，难免一口吞下本本主义、教条主义、经验主义的苦果。如此这般的失败案例，中外历史上不胜枚举。在灾后心理援助攻坚战中，面对大批帐篷中的受灾群众，如何迅速评估、判断灾区民众 PTSD 症状的不同表现和程度，找到心理援助的工作对象，对新生的中国灾后心理援助队伍而言，是一个很大的挑战。其中，首先面临的难题，是心理测评工具的选择和运用。

通俗地讲，子弹似乎大同小异，可当你已经扛枪上了前线，发现子弹型号不对，你还能扣动扳机吗？

"西方 PTSD 诊断标准在一定程度上也许并不适合中国人，我们有必要研究自己本土化的测评工具，否则容易出现偏差。"较早提出这个严肃问题的，是心理所专家张雨青。

那天上午，我和张雨青聊起这个话题的时候，他的思绪仿佛回到了十年前风雨如晦的绵竹、北川灾区。他长叹一声："灾后心理援助，我们是在摸索中前行的，科学的方法和技术，是心理援助的关键。"张雨青告诉我："有效的测评工具有助于帮助心理援助工作者迅速发现可能患有创伤后应激障碍的目标人群，从而及时采取有针对性的措施，实现心理援助资源的有效、合理分配。"

在北京大学心理学系读完本科、硕士的张雨青于 1997 年获得北京大学心理系与荷兰莱顿大学心理系联合授予的博士学位，师从我国临床心理学奠基人陈仲庚先生。1999—2000 年，在香港中文大学教育心理系做博士后。现为中科院心理所教授、博士生导师，中国心理学会医学心理专业委员会副主任委员，同时还是中科院心身健康联合实验室首席科学家、加拿大不列颠哥伦比亚省注册临床心理咨询师、中德高级心理治疗师家庭治疗组首届学员。

张雨青的研究领域为：儿童人格与个体差异，创伤心理学，心理测量和心理测验，灾害心理学等。

当年，吴坎坎是张雨青的硕士研究生。吴坎坎告诉我："汶川、鲁甸、雅安、彝良地震后，张老师都是在第一时间赶赴灾区建立心理援助工作站，并担任站长，组织开展灾区的心理援助工作。"

张雨青告诉我，在西方，PTSD 诊断标准首次出现在 DSM-Ⅲ中，并将 PTSD 归类为焦虑障碍的一种。PTSD 的评估主要包括结构性临床访谈法、自评量表法和生理指标法。临床访谈法往往需要有行业资格的精神科医生和来访者进行一对一的临床访谈，然后做出诊断。这种临床诊断方法准确率较高，通过了解来访者多方面的信息，能够准确掌握症状的严重程度，从而有利于制订治疗方案。重大灾难过后，需要对受灾群众进行筛查，迅速把握创伤后应激反应的严重程度，并筛查出需要帮助的 PTSD 危重人群。然后，进行有针对性的个体或小组干预，同时还需要进行追踪测查，以了解 PTSD 的发展和恢复情况。这时候，一般需要使用自评量表进行筛查。二十年来，西方国家编制了一些自评量表，包括 IES、PCL、PDS、DEQ 等，这些量表可以比较准确地反映 PTSD 症状的严重程度，其中一些还可以作为 PTSD 的诊断工具。

那么，何谓自评量表?

所谓自评量表，是通过受灾群众自我描述自己的感受，评估所受心理创伤的严重程度。这也是国际上最为常用的精神障碍和心理疾病检查量表。

多年来，我国在 PTSD 的相关研究中使用较多的测量工具是 IES 和 PCL-C 两种自评量表。2008 年汶川地震之后，中国心理学工作者最初在地震灾区展开的心理援助工作中，主要是以国外的权威研究结果为理论指导，使用的测量工具也都是国外编制的流行量表。

张雨青给我讲了一个故事。有一个妇女 18 岁的儿子罹难还不到一个月，一个来自河南的心理咨询师采用刚刚学到的意象疗法，到地震棚里给该妇女提供心理援助，说："我可以让你看到你的儿子……"结果使该妇女痛苦异常，最后把心理咨询师轰了出去。张雨青说："不是意象疗法不好，而是用错了时间。幸存者刚刚经历过深入骨髓的痛苦，心理援助应该主要是陪伴和情绪疏导，而不是用暴露法摧残幸存者脆弱的神经。"

2008 年 5 月 16 日，张雨青带领第二批救援小分队前往四川灾区。6 月 3 日，他前往绵竹，并从王力手中接过绵竹工作站第三任站长的"大印"。在对绵竹体育中心大型灾民安置点的受灾群众和武都小学、龙门山中心小学的学生进行心理援助工作后，张雨青还扩充了工作的范围：开辟东汽工作站并成功挂牌。

尽管张雨青担任绵竹工作站站长只有 30 天，却为攻下 PTSD 中国本土化测评工具这只"拦路虎"迈出了弥足珍贵的第一步。

吴坎坎告诉我："初到灾区，大家在技术和方法上都是两眼一抹黑，张老师等于在为大家寻找一个照明用的手电筒。"

张雨青说："我既是站长，同时也是科技部灾后心理应激的筛查及干预研究课题组长，具有双重身份。所以，我在参加心理援助的过程中，尽可能地采用科研的手段和方法帮助工作站在灾民安置点数万群众中找寻出现 PTSD 症状、需要帮助的受灾群众。"

在绵竹工作站上任伊始，张雨青就按照国际通行的方法，确定了多种能找到的测查受灾群众和儿童创伤后应激反应的量表，组织人员印刷了 1000 多份《基本描述和暴露性指标》《事件冲击量表（IES-R）》《社会支持量表》《D 型人格量表》等材料，要求工作站的来自全国各地的近百名志愿者拿着这些量表走访设于绵竹体育中心和其他安置点的受灾群众和儿童。

张雨青叮嘱志愿者："填写量表是与灾民接触、建立关系的中介方式，量表中提到的问题可以成为你们在走访中用来与灾民交谈、建立关系的话题。"

也就是说，填写量表不是最终目的，而是为筛查需要帮助的群众、为下一步开展深入的灾后心理援助创造条件。他特别强调，一定要特别留意那些在地震中丧失子女、父母、配偶、兄弟姐妹，以及目睹可怕场景的"高危人群"，如果在 PTSD 量表的分数超过临界分，就可能存在 PTSD 的问题，就要记录下他们的手机号和帐篷编号，以便有经验的心理咨询师下一步进行"一对一"或小组疗法的心理干预。很快，张雨青获得了 900 多名成人和 600 多名儿童的基本数据。

筛选出"高危人群"以后，张雨青还采用资深专家和当地志愿者配合的方式进行单独或小组方式的深度访谈和干预，参与者有陈天智、锁朋、王才然、程东梅、唐建华等。这种将心理援助服务与心理调查研究相结合的尝试表明：在灾后心理援助的早期，心理工作者不是完全不能做问卷调查，而是看你怎么做，做的目的是什么。收集数据的目的是为了进一步做心理援助，确定是否要进行一定的心理安抚，并有后续的针对受灾群众的深入、持续的心理干预。

虽然调查问卷取得了一些颇具价值的信息，但经过认真梳理和分析，张雨青还是不由得锁紧了眉头，一丝忧虑袭上心头。而且，越深入思考，他越是忧虑。

张雨青发现，以西方发达国家的人群为研究对象而建立的 PTSD 诊断与评估方法，在我国文化背景下评估 PTSD 时存在明显的局限性。首先，这些量表都是依据国际精神疾病分类而制定的，概括的也都是西方 PTSD 人员出现的症状反应，且在量表的编制过程中都是以西方的创伤人群作为被试的。因此，存在如下问题：这些测量工具是否能全部涵盖我国受灾人群的症状反应？是否存在我国创伤人群中特有而国外没有的症状？如果有，那么国外的测查工具就不一定完全适用于中国的创伤人群。

另外，张雨青课题组曾于汶川地震后进行了中国灾后群众的 PTSD 流行病学调查。在对四川受灾群众进行问卷调查期间，发现由于灾区群众的文化程度普遍不高，而题目的表述比较书面化、翻译味浓，很多群众理解起来有困难，专家和志愿者需要对他们反复进行解释。

也就是说，这样的量表"量"出的结果，不一定准。

"这绝对不是一个小问题，这个问题非常关键。"张雨青告诉我。

通俗地讲，眼看衣服上有个破洞，却发现你准备好的线穿不进针眼儿，这时候，你是想继续穿针引线呢，还是无可奈何地把破衣服裹在身上？

话说回来，这同样是一个重要发现。不怕没有问题，怕的是发现不了问题。

张雨青说："从我国灾区的实际情况出发,编制出一套适合测查中国创伤后人群 PTSD 症状严重程度且具有良好信度和效度的自评量表就显得十分重要。"

张雨青课题组再次行动起来,边研究,边援助。

也就是说,同样的战场,有些人在一个劲儿地往前冲,而张雨青的突击队却是一边冲,一边临时搭建战地测绘室,紧急研究地形、制高点和冲锋的方法。

然而,张雨青提出的质疑、判断和研究,一开始并未引起注意。有人认为,国外的心理测评工具是几代科学家理论与实践相结合的产物,同样适合于中国。还有人认为,中国人无法编制中国式的测评工具,即便编制出来了,国际上也不一定会认可,搞不好还会影响灾后心理援助的进程和声誉。

有学者告诉我:"研究测评工具属于基础性的科研项目,而在我们的科学界,基础性学科往往容易被忽视,张雨青能在一线把心理服务工作与基础性研究结合起来,我认为是非常可贵的,这体现了一位科学家的良知和公德心。"

2008 年 11 月,汶川地震半年后,张雨青课题组以中科院心理所北川工作站为依托,对受灾群众采取随机取样的访谈方法,开始了从质性的访谈到量化的量表为主题的调研。访谈主要以开放式问题了解受灾群众在地震时的反应以及应对方式,用录音机录下受灾群众的所有描述。然后统计关键词或短语的出现频率,出现的次数越多,就表示这个词或短语在他们心目中的地位越重要。之后,按照出现频次最高的语词表述编写成 91 个问卷项目。最后,由 4 名专业人员对这些项目进行评定、修改、筛选,编制成涵盖 69 个项目的正式问卷，要求被调查者指出最近一个月来自己体验到心理不适的程度，并使用五点式等级量表表示其反应程度，分别为：完全没有、有一点、中等程度、比较严重、非常严重。

张雨青课题组还发现了这么一个现象：在汶川地震后的急性期（1—3 个月），相对于汉族群众而言，羌族群众更容易发生PTSD，在闪回、躲避和高警觉反应方面远高于汉族群众。为了寻找依据，充分求证，张雨青不断调整调研思路，向纵深迈进。在研究对象上，张雨青课题组选择北川的永兴板房为调查场所。2008 年 12月，他们采用目的性抽样法，通过随机入户访谈的方式，对 47 名幸存者进行了深入访谈。这次访谈主要由陈正根负责。

和吴坎坎一样，陈正根也是张雨青带的研究生。我见过陈正根当年访谈的原始记录，洋洋洒洒达 245 页，23 万字，我用了整整两天时间才大致浏览完。

张雨青很快发现，汉、羌两个民族的幸存者面对灾难的反应，有着迥然不同的表现：一是羌族幸存者的"闯入性闪回"更多地体现在"可怕想法"的闯入，而汉族幸存者更多地体现在"梦境"。二是羌族幸存者对于创伤性事件线索的反应更多地体现在情绪上，而汉族幸存者的反应更多地体现在生理上。三是羌族幸存者的回避更多地体现在"回避与创伤性事件有关的线索"，属于一种主观上有意识的回避，而汉族幸存者的回避表现在"不能完整地回忆起创伤性事件"，属于一种潜意识的回避。四是汉族幸存者更多地提到"对生活事件的兴趣缺失"，而羌族幸存者表现出"情绪能力的受损"。五是相对汉族幸存者而言，羌族幸存者更多地提到"高警觉反应"。六是与羌族幸存者相比，更多汉族幸存者提到"精神状态不好，提不起精神"。七是与羌族幸存者相比，汉族幸存者更多提到"消极地看待自己当前的处境"，然而，有更多的羌族幸存者提到"消极地恢复现在的生活"。

由此可以判断，不同民族间的应激反应模式存在着明显的差异：羌族幸存者的应激反应模式更倾向于"外显化"，而汉族幸存者则倾向于含蓄内隐，对应激事件"内敛化"。其后果有可能是，随着时间的推移，由于负面反应迅速宣泄，羌族幸存者的 PTSD 症状会很快得到缓解，而汉族幸存者由于倾向压抑情绪，PTSD 症状可能越来越严重。也就是说，对于汉族人而言，其 PTSD 的发病时间相比羌族人要延迟一些。这一重要发现，使中国人本土化的 PTSD 测查量表获得进一步补充、调整、订正和完善。

十年来，我国有几次重大自然灾害发生在少数民族地区，除了汶川、北川，还有玉树、舟曲、彝良、雅安，涉及民族有藏族、羌族、回族、土家族、苗族、彝族等。因此，张雨青课题组的研究成果，对于震后科学地开展心理救援具有一定的启示。例如，可以在震后初期先行安抚行为和情绪反应爆发相对更为强烈的少数民族幸存者，在给予他们合理宣泄渠道的基础上，逐步缓解其症状；而对于汉族幸存者，则可以晚一些，鼓励其尽量将情绪释放出来，并逐渐引导其如何应对创伤性事件。

2010 年 4 月 19 日—5 月 8 日，为了与访谈阶段更好地衔接，同时检验新编制的本土化 PTSD 量表的适用性，张雨青在绵竹、北川的两个灾民安置点——永兴板房区和擂鼓板房区又一次开展了近 20 天的新量表试测。

这既是张雨青课题组对灾后幸存者们的"考试"，也是对自己的"考试"。

那天，问卷回收率达 100%。这意味着，被调查对象不仅对新编制的 PTSD 量表表现出了难得的适应性，同时也完全接纳了这份土生土长的新量表。

那天的张雨青非常兴奋，立即组织课题组成员对所有数据进行录入和统计处理。

结果表明，北川县城和擂鼓镇两个地区的项目平均分存在显著性差异，北川县城灾民 PTSD 症状严重程度高于擂鼓镇灾民，这说明，虽然都处于重灾区，但是受灾群众在心理创伤的程度上存在差别。这同样意味着，研究编制的问卷具有良好的区分度和实证效度。

中国灾民创伤后应激反应的因素结构，也由此渐渐明晰起来。张雨青把它概括为 5 个因素：闯入性闪回、回避行为、情绪痛苦、高警觉反应及躯体化症状。躯体化是指受灾群众难以使用情绪描述的方式表现所受的心理创伤，但习惯于采用身体上的疾病的方式（比如头疼、肚子疼、记忆力下降等）。

这样的结果再次说明，以往按照西方测查表获得的"无法记起创伤事件的一些内容"和"情感麻木"等诸多症状可能不是我国震后幸存者的典型应激反应，而采用躯体化疾病的方式表现心理创伤则可能是我国灾难幸存者的重要反应。

张雨青告诉我，对这一研究结果，他本身也持谨慎态度。因为不同的灾难、不同地点，甚至不同灾难发生后的不同时间段，测试的结果也极有可能不一样。比如，他的研究结果与当年心理专家王孟成等人在汶川地震后对中小学生 PTSD 的研究结果并不一致。当时王孟成等人在地震后 5 个月对重灾区的 560 名初中生使用 PCL 量表进行测查，通过探索性因素分析得到了四因素情感麻木模型。张雨青认为，研究中国人创伤后反应呈现什么样的结构，也绝不能一概而论。

张雨青特别指出，这次问卷的编制是基于对汶川地震幸存者的访谈内容进行关键词提取及探索性因素分析的结果而得到，由于自然灾害的复杂多变性，根据地震幸存者访谈内容得到的条目也许不能完全适用于其他类型的灾难，未来可以进行跨灾难的进一步验证；同时，通过探索性因素分析得到的 5 个因素结构，其结构的稳定性也需要未来进行相应的验证性研究。

张雨青课题组还大胆研究、验证了事件冲击量表——儿童修订版（CRIES）在汶川地震青少年幸存者中的适用性，结果进一步证实：创伤后应激障碍及其症状的发生在生活于不同民族文化背景的青少年中具有较高的一致性，从而为中文版儿童事件冲击量表在经历自然灾害等创伤性事件的青少年幸存者中的适用性提供了依据。

在北川，一位当年的志愿者告诉我："在心理援助的初始阶段，我们一点也没意识到不同民族、不同年龄的群体面对灾难的反应会有什么不同，有了张雨青老师研发的测评工具，我们这才有章可循。"

其实也就一句话：有的放矢。如果还有第二句，就是：量体裁衣。

张雨青课题组研发的心理测评工具，犹如在当地培育的土特产，可蒸可烹，余味悠长。

第十二章　鏖战北川

Chapter Twelve

一

　　"恰恰是因了'5·12'汶川地震，我才记住了北川。"不少人这样对我感叹，"北川的名号，从此让人刻骨铭心，彻寒肺腑"。其实，我也是。

　　尽管北川是中国唯一的羌族自治县，尽管北川是传说中大禹的故里，尽管相传这里是中华医药始祖岐伯和药王孙思邈常常采药治病的地方，尽管这里是著名的革命老区，尽管⋯⋯让我们永远记住它的，却是一场旷世灾难。

　　2010 年以来，我曾三次涉足北川，毋庸讳言，都是因为地震。

　　只能说，这是我的局限。当我们的记忆需要通过灾难来求证的时候，我们对灾难的理解，难道仅仅是灾难本身？或者仅仅是PTSD 以及心理危机本身？

　　那次地震，震中位于阿坝藏族羌族自治州的汶川，但是，位于绵阳市的北川，遭受重创的程度和汶川不相上下。

　　那年那月那日那时，横亘川北大地的龙门山脉像遭受强烈刺激一样突然群山发怒、峰峦狂舞，强大的地震波把龙门山脉撕开　条长达 300 千米的血盆大口，汶川、北川、青川断裂带上的三个县城中，北川顷刻遭受灭顶之灾，城乡大部分地方被夷为平地。罹难 15645 人，失踪 4311 人，受伤 9693 人，1023 个孩子成为孤儿。就死亡和失踪人数而言，北川仅次于汶川（汶川罹难 15941 人，失踪 7595 人，受伤 34584 人）。就对地理地貌的破坏程度而言，在很大程度上与汶川也有相似性。

一个月内，绵阳市各县市总共向外地转移约 3500 名地震伤员，其中北川县超过 1300 人，占绵阳市地震伤员总数的三分之一还要多。

北川人徐正富告诉我，北川教育系统受灾的情况非常惨烈，地处北川曲山镇的北川县教育体育局、教师进修学校、曲山小学、职业中学、曲山幼儿园、北川中学、任家坪小学几乎全部被摧毁，很多师生被残垣断壁、山土滚石深埋，更令人痛心的是，曲山小学西区、曲山幼儿园、北川中学新区茅坝中学被倒塌的山体、飞泻而下的泥石流整体覆盖，北川教育体育局所在地整体移位……

当时的徐正富，是死里逃生的北川教师进修学校校长。而他距离死神的时间，不到一秒钟。

当年的 6 月 10 日，也就是地震后不到一个月，洪水又一次洗劫了气喘吁吁的北川县城废墟。9 月 24 日，也就是地震后的第四个月，泥石流又铺天盖地闯入县城的残垣断壁……

不光是 PTSD 在蔓延，精神分裂、自杀、抑郁症……也时有可闻。

这里最让当地人引以为豪的是大禹治水的故事，偏偏洪水和泥石流洗劫了这里；药王孙思邈曾在这里救死扶伤，偏偏大规模的死伤降临在这里；这是一个人人都崇拜温驯的羊的地方，偏偏善良和温馨被灾难破坏。

汶川地震改变了北川以及毗邻县、乡原有的行政区划，这样的变迁原因和现实，在近代史上绝无仅有。

2008年5月22日，北川县委、县政府不得不在毗邻的安县安昌镇天龙宾馆举行临时办事处挂牌仪式。11月初，国务院常务会议审查通过北川新县城选址，北川县政府驻地由曲山镇迁至安县的安昌镇以东大约2千米处。2009年2月6日，民政部批准同意将安县的安昌镇、永安镇以及黄土镇的常乐、红岩、顺义、红旗、温泉、东鱼6个村划归北川管辖。

汶川县城尚能原地重建，而北川县城只能整体迁移，重起炉灶，加薪添火。

在安县，一位老教师告诉我："那次调整后，北川县面积增加215平方千米，人口增加了近8万。"

通俗地讲，一次地震，邻居安县对北川敞开了怀抱，不仅让北川县政府在自己的地盘上安营扎寨，而且慷慨地输出了地盘和人丁。

后来，经国务院批准，撤销安县，设立绵阳市安州区。

那次地震，安县罹难1571人，受伤13476人。

安县毗邻北川，相对而言，情况稍好。很多安县人告诉我："地震发生的那个瞬间，安县人曾创造了一个奇迹。"

这个奇迹，至今像神话一样广为流传，像神话不等于就是神话，它更像一个偏远中学的校长用担当、大义和智慧创造的生命诗篇。这位曾经名不见经传的校长，平时总是锲而不舍地组织力量加固校舍，在全体师生中加强安全警示教育和防灾演练。当时，2000多名刚结束午休的学生陆续进入了教室。"轰隆隆——"从远处传来的异声立即让这位校长竖起耳朵。他果断地一声令下，各班教师迅即指挥同学们趴在课桌下进行自我保护。震波刚过去的第一时间，他立即指挥各班学生，把他们迅速、有序地疏散到了操场。

疏散工作仅用了1分30多秒，紧接着，强震卷土重来，"哗啦——哗啦——"巨大的坍塌伴随着可怕的轰鸣和升腾而起的尘埃，笼罩了校园。

全体师生幸免于难，无一伤亡。

他被誉为"史上最牛校长"，他叫叶志平，他任职的学校叫安县桑枣中学。

2011年6月27日，在灾后重建中劳累过度的叶志平因脑溢血在成都辞世，享年57岁。

我之所以要举桑枣中学这个例子，是因为不少中小学校、幼儿园并不像桑枣中学那么幸运，比如位于北川县任家坪的北川中学，这所北川人引以为豪的"北大"（北川最大的"高等学府"）如今已化为历史的云烟。两幢教学楼倒塌，全校2000多名师生中，罹难近千人，其中学生780人。不久，在北川县城新址，一所全新的北川中学拔地而起，只是，它已不再属于任家坪。旧校址的终结与新校址的创生，其深刻的意味，谁忍解读？解读何忍？

北川中学，实际上是北川县第一中学，人们习惯称它为北川中学。

时过十年，我在刘正奎、傅春胜、吴坎坎的陪同下来到北川。时逢羌族的传统节日，一位四十五六岁的羌族大姐穿着美丽的羌族服饰，满面春风，邀请我们去家中做客。"我当年有严重的PTSD症状，幸亏这些老师。走！去我家坐坐吧。"她叫杨建芬。

地震中，她失去了在北川一中读书的聪明伶俐的女儿。她连女儿的尸体都没见到。我在想，她脸上洋溢的，真的是春风吗？

后来她告诉我："秦岭老师，哭了好几年，我都不会哭了。现在情绪好些了。我告诉你，我也当了志愿者呢。"

北川，原本只有两位心理咨询师，还在地震中不幸遇难。

在北川的风光宣传片里，位列第一的，竟是"5·12"汶川特大地震纪念馆。讲解员这样介绍："我们北川的'5·12'汶川特大地震纪念馆不仅是全国爱国主义教育基地，还是全国最大、最全面纪念'5·12'地震事件的纪念馆。"

我当然理解纪念馆在"风景名胜"中的定位，它真的符合纪念意味的人文特征。

二

"我终于能正常参加高考了，在心理专家没走近我之前，我满脑子都是在北川中学的残垣断壁中苦苦挣扎的记忆。记忆里，我全身都沾满了同学的血，男生的，女生的。血把周围的尘土和成了红色的泥浆，我没有闻过这种味道，一边吐，一边往外爬。其实只有十几米，却比翻山越岭还难，因为，很多同学的尸体就在前面……"

这是 2010 年我在北川时，一位高三学生对我的讲述。2008 年地震时，他在北川中学读高一，2010 年参加高考。他说："如果没有心理援助，我就废掉了。"

我发现，中科院心理所北川中学工作站，比心理所北川工作站早建立 15 天。

也就是说，心理所先是在一个县属单位建立了工作站之后，才紧锣密鼓地面向全县建站，这在当年所有工作站的建设模式中，尚属首例，也属特例。

至于理由，我再赘言难免显得苍白。一所美丽的省级重点中学，突然有千名师生罹难，铅块一样沉重的阴云，瞬间笼罩了初来乍到的心理所专家的心房。谁没当过学生？谁又没被老师教过？而专家们既是曾经的中学生，如今多数在中科院还承担着繁重的教育教学工作，是名副其实的"人类灵魂"的工程师。可如今，北川中学广大师生的血，喷洒在"十年树木，百年树人"的巨大牌匾之上，像黏稠、凝滞、殷红的残阳。

地震发生后，正在绵竹、什邡、绵阳、德阳一带开展紧急心理救援的心理专家们，频频接到北川方面的告急："快，北川一中！"

2008 年 6 月 2 日上午，四川省抗震救灾"安置安心"心理援助绵阳北川工作站正式挂牌成立，这是继绵竹工作站成立后的第二个工作站。当时的工作重点十分明确：面向 1300 名师生幸存者。主要目标：帮助全校师生处理灾害所致心灵伤痛，让师生们逐渐回归平静；协助北川中学建立高水平的学校心理健康教育专业队伍；在为师生服务的过程中，逐渐探索中国灾难心理援助集体疗愈的有效模式。

工作站曾对北川中学高二（1）—（16）班发放了 800 份心理评估问卷，发现学生 PTSD 分值很高，主要表现在学习动力差。北川中学校长刘亚春的儿子和妻子都在震中遇难，他却一直处于高强度工作状态，这位校长心理评估的结果也是 PTSD。震前北川中学有 180 名教师，遇难 40 多人，震后又招了 100 多人。一些老师对高强度的教学安排有意见，主要诉求是：压力大、个人空间少。

几乎是自然而然的，四川省抗震救灾"安置安心"心理援助绵阳北川工作站通常被称为北川中学工作站，在校内开展工作时更名为"安心团队"。

站长龙迪，副站长张玲。驻校团队队长李关党。曾在安心团队工作过的志愿者包括：张玲、徐驰、黄燕秋、吴双、张曼、徐宁、张仙峰、董可、贾国鹏、曲小军、李晓景、于建敏、周小娟、乜家颖、唐光超、康建峰……

当年，龙迪刚刚入职中科院心理所，是心理所副研究员。她本科就读于中国医科大学，获医学学士学位。后师从中科院心理所李心天教授研究神经心理学，获硕士学位。2005 年，她毕业于香港中文大学社会工作系，获哲学博士学位，导师是著名家庭治疗师马丽庄教授。在此之前，龙迪曾任《中国青年报》"青春热线"督导，北京理工大学社会工作系副主任，专业方向为家庭社会工作、家庭治疗、儿童保护（儿童性侵犯）和质性研究方法。

当年奔赴灾区时的情景，龙迪至今记忆犹新。2008 年 5 月 28 日中午 12 点，龙迪刚刚办完入职心理所的有关手续，就接到张建新副所长的电话。张建新温和地问她："可否明天一早起飞，去中科院成都分院与心理所团队会合，准备去受灾最重的北川中学？"龙迪告诉我，这可能是因为所领导考虑到她的专业训练比较充分，有能力胜任心理援助工作。张建新的口吻，不是强制要求，而是真诚邀请——不是为自己，而是为受灾群众！那份平等、那份对社会苦难的关怀，让她决心暂时放下自己和家人的需要，远赴灾区。

辞别前，龙迪问张建新："我的任务是什么？"

张建新平静地说："帮助那里的孩子减轻痛苦。"

看似处变不惊，但龙迪从张建新的这句话里感受到千钧之力。这句话对龙迪的影响在于：在灾区未来的日子里她选择做什么、不做什么，怎么做，总会想起张建新的这句话，她和她的"安心团队"成员坐下来商讨方案时，常说的一句话是："我们怎样做，才能帮助学生和老师减轻痛苦？"

那时的刘正奎，已经和史占彪、傅春胜在北川忙得焦头烂额。

有一件事，至今让刘正奎记忆犹新。地震发生后一个半月，北川中学死难学生的遗体已基本清理完毕，那天，有个中学生找到他，说："叔叔，能不能带我回学校看看？"

刘正奎答应了他。在废墟上，这个学生领着刘正奎这里指指，那里看看，表情木然，机械地向他介绍："这里是张某，他的胳膊断了，掉在这儿；这里是李某，他的脑袋被砸了个坑……"

烈日炎炎，可刘正奎的后背直发冷。他马上对这个学生进行了心理疏导。

四川省抗震救灾"安置安心"心理援助绵阳北川工作站的定位明确到北川中学之后，专家们很快面临一个难堪的局面。岂止一个北川中学，全县 45 所中小学、幼儿园均遭重创，其中曲山小学死亡师生达 600 人。另外，从机关到单位，从企业到社区，到处千疮百孔，死亡的气息裹挟着心理的阴云，像鏖战中的硝烟，四处弥漫。那么，何处该是援助的重点？

平时，我们都习惯了所谓工作重点，比如抓主抓重，突出重点，重点突破……而此刻，重点是什么？

当时的资料统计，在整个北川，90% 的家庭两代以内直系血亲有人遇难，30% 的家庭整个家族遇难人数达两位数。志愿者方若蛟告诉我："孤老、孤儿、孤残人员，失去孩子又无法再生育的父母、教师、公务员，都属于高危群体，最需心理援助。仅一个小小的尔玛小区，5000 多居民中就有 300 多个母亲丧子。"

6 月 17 日，在辛勇等人的大力支持和呼吁下，另一个北川工作站应运而生，西南科技大学、绵阳市教科所同时加入。

需要说明的是，北川工作站既是原四川省抗震救灾"安置安心"心理援助绵阳北川工作站强烈、痛苦阵痛后的一次分娩，也是心理援助力量的一次大重组。也就是说，原四川省抗震救灾"安置安心"心理援助绵阳北川工作站在职能上一分为二，并名副其实地变为两个工作站：北川中学工作站和北川工作站。

一县两站，在汶川地震后十年的心理援助历程中，绝无仅有。

北川工作站的心理援助工作，主要集中在教育系统、社区系统、基层干部系统和特殊人群四个领域。不久，对教育系统的援助主要针对除北川中学以外的其他45所中小学幼儿园。

除了站长史占彪，副站长傅春胜，实际上，北川工作站在"帐篷"时期，还有过一支永安第三安置点工作小分队，队长是于洋，副队长是刘琰。

先后加入北川工作站的心理专家、志愿者有于洋、刘洋、杨龙、方若蛟、舒曼、熊海、雷佳、刘梦等。刘琰还是我的天津老乡，这位气质高雅的年轻女子早在地震之前，就在傅春胜所在的公司从事心理咨询工作，地震后立即赶往灾区，为此，她推迟婚期整整一年。

北川工作站建立之前，还有一个小插曲。当时刘正奎在一个社区走访，看到社区死伤情况非常严重，受灾群众的情绪普遍十分激动。但当时专家和志愿者们对建站的方式、选点举棋不定，刘正奎索性顺手拎起一块木板，用粉笔手书"中科院心理所北川社区工作站"，并当场悬挂起来。刘正奎说："都什么时候了，还争这个，先挂起来再说。"

刘正奎的当机立断，加速了北川工作站的建立，后来对社区群众和部分中小学幼儿园师生的心理援助统统并入北川工作站。

北川工作站的建立是明智的，也是及时的，后来的调研数据充分证明了这一点。半年后，心理所对1600人进行抽样测试，结果表明，北川较重灾区擂鼓镇和极重灾区曲山镇PTSD的筛查阳性率分别是 13.0% 和 37.8%；一年后，再次对 1200 人抽样测试，结果表明，极重灾区 PTSD 筛查阳性率为 24.6%，较半年时的 37.8% 有所下降。但是，一年后焦虑和抑郁症状的阳性率分别为 49.8% 和 49.6%，显然呈上升的趋势。

整个北川伴有抑郁和焦虑症状的 PTSD 高危人群占到受灾总人数的 20%—25%，其中 8% 有自杀倾向。

当时，幸存者自杀的消息，已频频传来。

三

我对北川中学工作站站长龙迪的多次采访，均是通过打电话而完成的。

作为当年北川中学工作站"安心团队"的"掌门人"，龙迪曾在北川中学临时校区从事心理援助三年零五个月。2017年5月，她因病住院，至今尚未痊愈。她在电话中告诉我："秦岭老师，真不好意思，我应该去心理所见您，可是……"

我安慰她："没有可是，咱电话中聊吧。"

2008年7月，龙迪被评为"中国科学院抗震救灾先进个人""中国科学院'科技救灾，创新为民'优秀共产党员"。组织上对她的表彰词中，有"创新"二字。

2019年3月我和张建新座谈时，他对龙迪的工作给予了充分肯定："龙迪是一个认真的人，做事实实在在，有不少好的创意，效果不错。"

2008年6月2日，龙迪带领团队进入北川中学校园后，就在校园大树下为全校师生提供安抚情绪、促进师生联结的游戏活动。她连续两周根据参与式观察撰写田野笔记，向所领导汇报北川中学师生在临时校园的服务需求，提出用文化重建集体疗愈的手法，支援北川中学师生转化创伤，因为数量有限的专业人员无法疗愈数千名师生的心理创伤。

在北川中学工作站的心理援助项目和活动中，有三个关键词引起了我的注意："温存之乡""娘家团队""凉风送暖"。

这样的概念非常吻合龙迪作为一位女性心理专家的智慧、温情与可爱。

2008 年暑假，心理所"安置安心"灾后心理援助行动北川中学工作站为北川中学丧失至亲的老师及其家人举办了两期哀伤辅导减压营，目的是为老师及其家人提供亲近自然、与家人在一起的休息、疗伤空间和时间。那次共有 52 人参加，其中在职教师 27 人（女教师 5 人），家属 23 人，另有 2 名遇难教师的遗孀。香港青年发展基金会为那次活动提供资助，两支香港专业团队提供专业支援，包括在香港培育龙迪的"娘家团队"7 人和香港突破机构 2 人，其中包括贾国鹏、李关党、曲小军、于建敏等志愿者。四川省绵阳市康辉旅行社有限责任公司董事长范宗荣、副总经理王斌作为团队的一部分，给那次活动大力支持。活动得到各界人士的帮助，让处于丧亲之痛中的老师及其家人备感温暖，因此得名"温存之乡"。

"娘家团队"是龙迪在香港读博期间结识的、为她提供持续的学术专业训练的多部门跨专业团队。其中有香港中文大学社会工作学系专业顾问梁玉麒、黄美菁、黄文慧，以及其他社会服务机构的刘有权、吴丽端、黄燕华、赵国慧等。龙迪的导师马丽庄教授夫妇也曾利用假期自费前来助阵。

所谓"凉风送暖"，是指 8 月 10 日，"娘家团队"为北川中学暑期留校学生举办为期一天的义工培训，其中一个项目是让每个人从自己的姓名中选出一个字，然后组成能够说明个人特性的四字词语。梁玉麒的名字是"凉风送暖"。

参与"温存之乡"活动的淑洁、福里曼、李德诚、吴国雄均来自香港，其中淑洁是香港突破机构的培训总监，是龙迪多年的朋友。从 6 月下旬开始，她就应龙迪的邀请，调动很多资源，支援团队在北川中学开展工作。

一位志愿者说："为丧亲老师举办的'温存之乡'哀伤辅导营的活动经费就是淑洁协助筹措的。福里曼是淑洁的丈夫，他们已经来北川三次了。"

我了解到，这对夫妇当年还拟筹资修建一所"北川中学教师资源中心"。

加拿大约克大学社会工作系教授黄玉莲博士，也是被龙迪邀请到北川的。黄玉莲生长于香港，专业专长是社区重建。她于 2008 年 7 月和 2009 年 7 月前后两次来北川中学临时校园，利用自己的专业专长，指导安心团队对北川中学师生开展正念生活，重建社区联结。

黄玉莲有句话，至今让龙迪感动："当我说，我帮了你，实际上，不是我在帮你。因为我能来到这里帮你，不是我一个人的努力，而是我身后有很多人的努力，使我有机会在这里帮你。"

那段日子，首都北京正在举办奥运会，举国一片欢腾。

当年的安心团队驻校队长、志愿者李关党告诉我，2008 年 7 月底到 8 月初，他们组织 43 名丧亲老师分期在清凉的天台山和安静的平乐古镇举办"温存之乡"营会。可是，到了 8 月 8 日晚上，也就是北京奥运会开幕式的那一刻，部分老师突然提出要到河边散步。为了保证安全，他和志愿者贾国鹏在龙迪的带领下，陪同老师们在平乐古镇河边散步。老师们看到有人在放河灯，纷纷去买，并在灯上写上遇难亲人的名字，让点燃的河灯随河水漂流……

那一夜，龙迪和志愿者们陪老师们一起痛哭，一起喝酒，一起唱歌。

那一刻，大家的泪水不分彼此，变得格外纯粹！

当年的李关党，尚是四川大学三年级的学生，他 5 月 13 日就带领 100 多名学生志愿者到都江堰和汉旺镇做过灾后援助工作。6 月 12 日，他只身一人到了北川，成为龙迪的得力助手，这一干，就是三年半。

北川，始终在破冰。破冰，就是为了还原心灵的烟火。

那天的北川，人头攒动，气氛热烈。由北川中学工作站"安心团队"、北川中学联合主办的"2010 年国际哥哥姐姐伴我行——愿望彩虹·生命之旅"大型创意国际交流活动再次在四川绵阳长虹培训中心举行。来自"安心团队"、青年发展基金、燃动青年（加拿大）的 80 多名青年工作者和志愿者组成"蓝色海洋"，为刚刚结束高考的 230 多名应届高三毕业生送去一片清凉。

北川中学 2010 届高三毕业生在地震中伤亡最重，是在板房校园参加高考的最后一届学生。在过去的两年多里，他们背负繁重的学业压力，无暇疗伤。作为集体心理疗愈手段，那次活动分为开幕礼、创意工作坊和大型晚会三个部分，通过手工艺、音乐、戏剧等集体艺术创作，梳理生命历程，分享生命故事，织补师生情谊，升华生命意义。

"安心团队"在北川中学的活动，活而有序，有的放矢："和弦之旅"、"拓展生命时空"、"安心屋"对谈、"用生命影响生命"教师培训活动……

当年的一名学生，如今早已考上了大学，他告诉我："我参加过心理所专家最初的几次讲座，接受过心理疏导，其实，当时仍没走出来，后来看到那么多专家和志愿者陪着我们，突然又想开了。"

许多志愿者和学生、家长的对话、交流内容，充满无尽的情怀，我在一些志愿者的日志中，看到过这样的文字："请不要再去想高考成绩！就在此时此刻，让我们全身心投入到整理生命的春耕中，必将获得迎接生命挑战的力量、智慧、奇迹和礼物！相信2009级同学去年在晚会上放飞的纸飞机，将会通过你们，将生命能量和祝福传递给师弟师妹，带到新址的北川中学，成为校园新的文化传统，点燃更多的生命！"

我看到过一份当年有关中日青年对话的资料，其中，日本立命馆大学教授、心理专家吉沅洪的发言中有这样一段话："在我们专家团队里，富永良喜老师像个爸爸，承担着父亲的角色，而龙迪老师就像一个妈妈。"

"爸爸""妈妈"，这种充满人性色彩的语言，读来温润、感人，有一种暖暖的亲切感。

而北川中学毕业生张飞的发言是这样的："龙迪老师从2008年一直陪着我们，直到现在，仍然在陪伴着我们。我觉得，龙老师和'安心团队'对我们的帮助很大。当时，我们是不想上学的，坐在教室里我简直要发疯了。我们收到了来自'安心团队'的真诚和真实。他们真的让我们感动！他们对我的帮助很大，包括对我的学习、我的家庭和我的人生方向。所以，我要谢谢龙迪老师，谢谢'安心团队'，他们让我学到了很多东西。"

在这名中国青年的感言中，我读到了一系列温热的词：陪伴、帮助、真诚、真实、感动、人生。

那一年，国际残奥会也在北京举行。身心疲惫的龙迪回到北京，丈夫为了缓解她的心理压力，同时也创造一个家庭成员相处的机会，安排观看了残奥会。——当时，女儿正在小升初的关键时刻，作为母亲的龙迪却义无反顾地和丈夫、女儿作别。丈夫的这次安排，可谓用心良苦。

当时的看台内外，欢呼声、掌声、欢笑声、锣鼓声此起彼伏，可龙迪突然泪流满面。其实现场流泪的人很多，我们见惯了记者、作家笔下那种"激动的泪水"，但龙迪的泪水五味杂陈，她的思绪早已飞到了北川，飞到了北川中学，飞到了她的志愿者团队里。

她在一篇文章中感慨："我在北川服务的疲惫身心可以在首都衣食无忧的环境中，在众星捧月的表彰下抚平，可是那些遭受创伤、继续不断受伤的北川老百姓怎么办？"

北川中学迁往新校址后，北川中学工作站仍保留驻校团队，但更换人马，继续与北川中学同行。

2009 年，北川中学工作站得到香港社区伙伴基金会和青年发展基金（香港）全额资助，启动"北川中学灾后心灵与文化重建项目"，采用参与式行动研究和社区发展的手法，通过参与、反思和行动，带领经历灾难的师生成为集体创伤疗愈的研究者和行动者。北川中学工作站很快引起整个灾区的关注。

2010 年 10 月 19 日，"北川中学心理援助总结研讨会"在北川新县城永昌举行。张建新、龙迪、史占彪、李关党以及绵阳市教委、市科委、北川县教师进修学校、北川中学等学校的领导和教师骨干参加了总结研讨会。

2011 年 2 月 28 日，心理所"北川永昌中学社区（心理）重建项目"正式启动。本项目由香港社区伙伴基金会资助，香港注册的慈善机构"全人艺动"协作，项目周期为 7 个月，目的是培育以学校为本的自身心理重建力量，特别是增加教师的力量，组建学校心理健康工作团队，促进校园心理重建可持续发展。

北川永昌中学，其实是原北川中学初中部，2010 年 8 月 15 日从北川中学分离出来，成为单设的初级中学。

这个项目团队的负责人是龙迪，项目经理是李关党。北川中学的高中毕业生闻讯后纷纷赶来，他们作为志愿者，用参加"安心团队"集体疗愈活动时学到的本领，参与项目活动，受到学弟学妹的欢迎，也得到了老师们的称赞，更增加了他们为家乡贡献力量的自豪感、价值感、归属感。

张建新对我说："北川中学工作站的心理援助工作，是汶川、绵竹、什邡、都江堰、江油等灾区所有中小学、幼儿园开展心理援助的一个缩影。"

四

很遗憾，我 2018 年南下北川时，当年的北川工作站站长史占彪因故未能同行。

当年的史占彪，是心理所危机干预中心副主任、心理所心理咨询社创始人之一、心理咨询社执行督导、国家心理咨询师培训教程编者、国家心理咨询师职业资格培训专家。这次一到北川，当年的志愿者、被援助过的对象就问我们："刘正奎、傅春胜、吴坎坎老师来了，那个史占彪老师为啥没来呢？好久没见到他了。"

也多亏了当年的北川工作站副站长傅春胜，让我了解到当年北川开展心理援助工作的全貌。傅春胜简直就是个"北川通"。

傅春胜，中科博爱（北京）心理医学研究院院长，中国心理学会青年工作委员会委员，内科主治医师，精神分析师，心理治疗师。2004 年，他创办中科世纪职业心理培训学校，任副校长；2005 年，创办天津良友心理咨询有限公司，任总经理；2008 年，兼任中科院心理所危机干预中心社工部部长。

傅春胜的身份比较特殊，他既是一名心理专家，同时也是志愿者，更是相关慈善机构公益项目在灾区的具体推动者。社工部部长与心理咨询公司法人的身份，使他像一枚钉子一样，牢牢地钉在灾区的土壤深处。

傅春胜说："十年来，到底来过多少次北川，我都数不清了，反正，最多的时候，一年来过三次。"

一位志愿者告诉我，在开展心理援助期间，傅春胜结交的朋友几乎遍及四川全境，而且都知根知底。

我那年离开北川返回天津时，就是傅春胜在绵阳的一位朋友专门开车送我去的机场，她叫曾熙淼，是绵阳市阿布儿童健康发展研究中心的创始人。该机构服务于2—10岁患有孤独症、孤独症谱系障碍、脑瘫、唐氏综合征、智力障碍、多动、怪癖行为、情绪暴躁、注意力不集中、行为障碍、心理发育障碍等疾病的儿童。

在傅春胜的陪同下，我参观过曾熙淼创立的这个机构。一走进院门，就感受到了一种特殊的气氛：几个智障儿童正用我们难以理解的表情，注视着远处。另有几个自闭症儿童，悄悄躲在一座假山后面，或探头探脑，或一言不发……

曾熙淼既有企业家的精明和强干，也有女人的善良和温婉。在机场附近的一家西餐厅，我俩聊了足有一个小时。

多年来，曾熙淼走南闯北，顽强打拼，将生意做得风生水起。她告诉我："我的第一行业是床上用品批发和服装品牌代理，第二行业包括路桥、房屋、古建筑维护在内的建筑工程。如今正在艰难启动的特殊儿童健康行业，算是我的第三行业，这是个公益机构。"曾熙淼早在20世纪90年代就开始接触心理学，当时只是想用心理学调节自己的情绪，缓解压力。现在，随着财富的积累，她渴望回报社会，于是每年都会拿出一部分资金，资助有需要的人群。但是，唯独这第三行业特别不好做，自办学以来，入不敷出，吃尽老本。尽管如此，她仍没有一丝放弃的念头。

曾熙淼说："我只有前行！必须前行！只为真心实意帮助这些孩子，让家庭、社会有更多的笑声。"

张建新告诉我："傅春胜从头到尾，一直在北川坚持着。从帐篷到板房，从板房到新县城，他是个见证者。"傅春胜曾告诉张建新，只要他敲门，几乎所有受灾家庭都会欢迎他。张建新完全相信这一点。当时灾区群众要不断搬家，随处都能看到傅春胜忙碌的身影；不少丧亲的家庭，傅春胜都前往慰问，而且每年都会资助一些困难家庭。

傅春胜也曾告诉我说："张建新所长曾经说，推开工作站的门，如果里面有人，必然是傅春胜。"

在灾区，很多当年的志愿者向我提起傅春胜在北川的一段往事：大致是在 2008 年 8 月中旬，傅春胜、刘正奎、王文忠、祝卓宏和几位志愿者在绵阳市教科所办公室主任朱殿庆的引领下，陪同中央电视台少儿频道主持人鞠萍、制片人马知渊一行前往老北川拍摄采访，行车至北川中学旧址的一个路口，大家开始下车选择拍摄点。正在这时，突然有一辆摩托车飞驰而来，先是撞翻了傅春胜，继而撞倒了朱殿庆 6 岁的女儿，小女孩当场血流满面……

那次车祸，导致傅春胜严重的肝挫伤。在当时的安县安昌镇医院，医生要求傅春胜卧床休息并接受治疗，可傅春胜坚决要求返回工作站。提起这件事，傅春胜哈哈一笑："刚刚挨撞那阵，我以为是肝破裂，吾命休矣！"

值得一提的是，当时傅春胜把马知渊给他的 1000 元现金转身给了那个住院的小女孩。小女孩提了一个要求："能不能请鞠萍姐姐给我签个名？"鞠萍欣然同意，马上满足了小女孩的美好愿望。

但这个小小的细节，立即引起了刘正奎的注意。刘正奎后来告诉我："当时灾区孤儿、丧子家庭非常多，如果请孩子们熟知的央视少儿节目主持人给灾区小朋友签个名，对孩子们是一种难得的心理抚慰。"按照刘正奎的安排，傅春胜立即带着自己12岁的女儿傅晓涵前往央视，转达了灾区儿童的诉求。央视少儿节目主持人董浩、鞠萍、金龟子等人立刻答应了，在数百张明信片上逐一签名。

2009年除夕之夜，刘正奎、史占彪、傅春胜在北川举办了"庆新年"联欢会，当时有近200名丧子家长、孤儿参加，节目由傅晓涵主持。其中有一个猜谜互动节目，那数百张明信片，奖励给了猜对谜语的小朋友……

"那张明信片，让我度过了人生最低迷的阶段。"说这话的，是北川的一名初中生，十年前，她从幼儿园的废墟中爬出来。

北川，是个有故事的地方。傅春胜说："这次您到北川，一定要见一个人。"

傅春胜向我提到的这个人，叫徐正富。

如今退休在家的徐正富，年过花甲，不但不显老相，反而有一种青年人才有的眉清目秀，谈起话来，风趣幽默。提起北川的心理援助，他感慨万千："这要从何说起啊！不是没的说，是多得不晓得从哪里开始说。"

其实，当年徐正富一家三口的逃生经历本身就是一个传奇。当时，理完发的徐正富，刚奔出理发店，理发店就塌了，店主和其他顾客均遭不测。在曲山小学二楼楼道的妻子，被强大的地震波高高地抛起来，像树叶一样飘到了二十几米外的马路上，居然只受了轻伤。深埋在废墟中的女儿，居然独自从被一大块厚重楼板压着的间隙里爬了出来，毫发无损，成为那片废墟里唯一的幸存者……

但他的大家族中，仍然有 4 人遇难。

"我们在学校开展心理援助，徐校长功高至伟。"吴坎坎说。

徐正富对我说："作为幸存者，协助心理所做事，也是应该的。"

北川工作站还在"八一"帐篷学校、北川职业中学、北川中学、九州板房学校、任家坪希望小学等 5 所学校设立了心理辅导室。从辅导室的建立到开展工作，徐正富始终充当着为工作站"打前站"的角色。

谈到当年北川的心理援助工作，志愿者熊海至今仍然记忆犹新，他认为，北川的心理援助分三个时期：2008 年 5—9 月为永安帐篷时期，2008 年 10 月—2011 年元旦为永兴板房时期，2011 年 2 月—2013 年 5 月为北川新县城时期。

刘正奎告诉我，到 2010 年上半年，北川所有中小学的心理健康教育基本达到了全覆盖，当时，徐正富带着他、李光全和傅春胜，用了两周的时间送教（心理教育）下乡，把所有的乡镇跑了一遍。当时的唐家山一带还是坑坑洼洼的沙土路，沟底仍然有残垣断壁和地震时砸毁的车辆残骸。小车每次攀上悬崖绝壁，傅春胜都会紧紧闭上眼睛，直到目的地才敢睁开。

一位志愿者给我看了一份当年的大事记。大事记记载了 2008—2011 年三年间北川开展心理援助中的一些"大事"。通过这份大事记，当年北川工作站的工作、风格、成效一目了然。更让我感动的是，大事记的绝大多数条目中，几乎都有史占彪、傅春胜二位"掌门"的名字。我非常想把这些大事记和盘托出，但限于篇幅，只能摘录 2008 年的少许，如下：

5 月 21 日，在北川成立了"安置安心专家咨询会"，并和其他工作者共同商讨并制订工作计划。

5 月 28 日，在德阳医院灾区帐篷里，史占彪、傅春胜和志愿者们共同商讨灾区人民的心理援助计划。

6 月 16 日，傅春胜等协助德阳医院建立了"安置安心"心理援助德阳工作站，心理所副所长张建新莅临为工作站揭牌。

6 月 29 日，傅春胜带领 16 名志愿者到江油太平二中为师生进行团体辅导，并为 30 多名丧子家长进行心理疏导。

7 月 2 日，史占彪、傅春胜等专家开始对剑南路小学、幼儿园所有年级的师生开展心理辅导。

7 月 5 日，傅春胜带领 12 名志愿者到江油市太平镇桥楼村走访受灾学生家庭，了解学生灾后的身心状况，并帮助他们消除灾后的心理阴影。

7 月 6 日，傅春胜及全体志愿者驱车来到整城被毁的北川老县城和北川中学遗址悼念难遇同胞。

7 月 7 日，全体志愿者在史占彪、傅春胜的带领下来到安县永安镇第三安置点。这里安置的是曲山镇、漩坪乡的受灾群众，丧失 10 名直系亲属的家庭有 30% 以上，丧失 1 名直系亲属的家庭有 95% 以上。

7 月 8 日，傅春胜等专家在绵阳建立了八一帐篷学校心理工作站，并针对学校的师生进行心理评估，并探讨心理辅导方案。

7 月 13 日，傅春胜带领志愿者在八一帐篷学校举行了灾后的第一次升国旗仪式。

7 月 21 日，傅春胜带领志愿者在永安镇安置点与群众举行了"心连心，我们永远在一起"联欢会。

7 月 28 日，史占彪、傅春胜于永安镇安置点对群众对举办奥运会的基本态度、关注程度及对其本人的影响展开随机抽样访谈工作。

8 月 4 日，张建新亲临四川省抗震救灾"安置安心"心理援助绵阳工作站视察指导工作，由傅春胜汇报前期工作。

8 月 7 日，距离北京奥运会开幕还有一天，工作站全体志愿者来到了擂鼓镇和帐篷安置点的灾区群众一起举办了一场特别的迎奥运晚会。

······

11 月 7 日，应北川进修学校徐正富校长之邀，傅春胜、周东佼为北川进修学校老师进行了为期一天的心理辅导培训。

11 月 12 日，这天是汶川地震半年纪念日。由傅春胜主持，在北川县临时政府所在地——安昌镇举办了"北川县首届心理援助学术与管理论坛"，共同倡议成立"北川心理援助联盟"，将北川心理援助工作继续往前推进。本次论坛得到了进德公益基金会的热心资助。

11 月 13 日早晨，史占彪、傅春胜、于洋前往任家坪曲山镇镇政府办公地点和镇领导座谈。

11 月 14 日，史占彪、傅春胜、朱利安分别代表中科院心理所危机干预中心（成都）与无国界医生组织（法国部）在北川安昌签署了"合作备忘录"。

11 月 14 日，应北川教师进修学校徐正富之邀，傅春胜前往北川县桂溪小学为全体教师举办心理辅导训练课。

······

11 月 19 日下午，傅春胜带领 6 名心理咨询师来到北川县擂鼓小学，对擂鼓小学四、五、六三个年级的学生开展团体心理辅导。

11 月 19 日，傅春胜应北川教师进修学校徐正富校长之邀，一同前往绵阳市看望八一帐篷学校的孩子。

11月20日，自杨俊事件发生后，工作站对逝者留下的孩子进行了心理危机干预和辅导。志愿者一直尽自己所能守护孩子的心灵花园不枯竭。

......

11月24日，无国界医生组织的心理治疗师阿方斯先生与埃瑞克女士前来绵阳站为心理咨询师们进行专业督导活动，活动由傅春胜老师主持。

11月27日，无国界医生组织心理治疗师阿方斯和艾瑞克如约来到绵阳工作站，对绵阳工作站心理援助志愿者及北川县中小学心理教师共22人，进行心理危机干预方面知识的首次培训，活动由傅春胜老师主持。

......

12月9日，工作站促成的第一个心理咨询室——进德公益九洲板房小学心理辅导站正式成立。本辅导站由工作站、进得公益事业服务中心、县进修学校联合开设。

......

12月12日，地震已过去整整7个月，"心灵之旅"巡回辅导组前往陈家坝中心小学，由傅春胜带队，还有特约专家——来自无国界医生组织的瑞士人阿方斯教授（著名心理学家罗杰斯的学生），随行翻译小汪。

......

12月24日，张侃、孙向、王文忠一行来到北川视察心理援助工作，傅春胜陪同并汇报工作。

12月25日，八一帐篷学校心理援助工作即将展开。

......

大事记很长，内容很详细，我不得不连用几个省略号，省去了太多的条目和内容。

大事记的背后，是专家和志愿者匆匆的身影，不难发现，这些身影，不光在北川，毗邻市县，他们也有求必应。

崎岖的山区小路上，几辆招募来的出租车在艰难爬行，到了某一个地方，大家集体下车，然后又步行爬山。他们就是史占彪、傅春胜和志愿者团队，其中还有刘正奎，中国台湾生命学专家郭碧味、李彬，心理所项目助理王洵等。他们要去参加第二次"送教下乡，心灵之旅"巡回辅导培训活动。2008 年 11 月以来，他们巡回走访了位于陈家坝、通口、桂溪、白泥和漩坪等地的 17 所山区中小学校，开展了 50 余场集体辅导活动，参与师生达 640 多人，培养了 60 余名心理健康教育骨干教师，并获得团中央的心理辅导员证书。

"我们的行动，非常像当年印度大篷车的出行，走走停停，有悲有喜。"一位志愿者这样形容。

出发了，再出发。路线：永安—永兴—永昌。对象：死难者家属、社区大娘大爷。分工：帐篷学校组，家长学校组，个案辅导组，艺术小分队，信息宣传组等。方法：社会工作为主，个体辅导为辅。

傅春胜告诉我："PTSD 居民、抑郁症居民，以及灾后神经症性反应的居民，这些居民多数有丧亲经历。社会工作主要针对广大灾区群众，扩大覆盖面，工作站的活动包括唱歌比赛、心理茶社、板报一条街、绘画比赛，并根据民俗特点，节假日期间，开展了'温暖妈妈工程''康乃馨希望花工程''暖春北川过大年''喜庆羌历年'等大型社区社会工作活动，有效缓解了社区居民的悲伤、抑郁、彷徨、迷茫的复杂情绪。"

2010 年 10 月，居民逐渐迁入永昌镇永久性住房，工作站的工作方法转变为以心理辅导为主，社会工作为辅。心理辅导工作主要针对心理访谈和测试中发现的高危人群。

地震后，北川到底有多少遭受心理重创的人自杀？我只知大概，不晓具体。我咨询过多次，居然得到三个答案：很多、不是太多、有但只是极个别。

假如这是一个单项选择题呢？

很多人关注到了曾经冲在抢险救灾第一线的干部自杀的情况，比如宣传系统的冯某、农业部门的董某等。

史占彪说："北川的广大干部多数有丧亲悲痛，但他们也是抢险救灾的主力，对他们的心理援助，决不能忽视。"

北川某部门的一位领导告诉我："起初以为，我好歹有一定的社会经验和人生阅历，无须心理援助，可当我突然意识到自己有急于退休的念头时，才发现自己已经出现心理问题了。"

2008年底至2009年上半年，工作站在曲山镇政府的支持下，与香港大学行为健康教研中心一起启动了"曲山镇村镇干部身心灵关怀项目"。工作站针对曲山镇70多名干部，在问卷调查访谈评估的基础上，着手开展了三种辅导模式：一是身心灵全人健康辅导，二是家庭辅导，三是哀伤辅导。

地震前，北川本来有不少残障人员，地震后，残障人员猛增。

"这是一个特殊群体，地震对他们的心理影响，可谓雪上加霜。"史占彪说。

工作站累计走访、辅导资助擂鼓镇和永兴板房区残障人员400余名，不仅开展了心理健康教育，还组织了伤残人员电脑技能培训，定期举办孤寡老人座谈会等，并创建了伤残人员心理康复中心，将调研报告递交给中国残联。

我曾走访过十多个残障人员,他们多在家里从事手工艺编织和刺绣工作。那天,走进残疾人蒲女士家时,我暗暗吃惊,挂满屋子的各种刺绣琳琅满目,煞是好看。

蒲女士其实只有 26 岁,一头乌黑的秀发如云似瀑,一双大眼睛明亮而睿智。她坐着,也笑着,说:"哇,你们又来啦。"

十年前的蒲女士——16 岁的小蒲正在读高三,是班里的文体骨干。地震,夺去了她的一条腿和一条胳膊。

我和她互加了微信。她在朋友圈里发过这样一段话:"我们不谈灾难,不回忆灾难,只带着梦想、诚意,期待光明和美好。"

在地震后的头 5 年,先后有 1000 多名志愿者参与了北川的心理援助工作。5 年累计评估 3 万多人,走访群众 6500 人次,针对灾后高危人群开展个体咨询 3000 余人次;对孤残、孤老、孤儿开展心理陪伴超过 11000 小时;针对特定人群如残疾人、丧子母亲、孤老群体开展心理疏导,并成立团体治疗小组 23 个(每组 12 人,累计 276 人),共计开展专项团体辅导和治疗活动 300 多场次;建立丧子父母心理户主小组 7 个(每组约 17 人,累计 118 人),个案辅导 7000 余人次,参与组织文体活动 100 余次,并进行自杀危机干预 52 人次。

我看过一部纪录片,叫作"百集儿童系列",分集中有这样的片名:《坚强的姐妹花》《挥动翅膀的女孩》《我不要哭》《在风雨中成长》《依然沉默着》《将来我要做个地震专家》……

而纪录片里的小主人公,全是北川城区、乡村一些小学、幼儿园的幸存者。这些可爱的小朋友,有的是被救援人员从废墟中搜救出来的,有的是从残垣断壁中爬出来的,有的失去了胳膊,有的失去了双腿,有的被严重毁容,有的失去了双眼,有的再也听不见人间的任何声音……

小朋友们既在接受心理专家、志愿者的心理辅导，同时也在讲述自己的故事。

有一个3岁的小男孩，父母均在地震中罹难，他自己也被高位截肢，失去了双腿，可他对心理辅导人员的表述令人不忍卒读："阿姨好！您别担心，只有人老了才会死的，我爸爸妈妈还没老，他们还没死，他们还会来找我的，爸爸妈妈不会丢下我不管的。您别担心我没有了腿，我的腿很快会重新长出来的……"

还有一个双臂截肢的5岁小男孩，他在片中这样表述："叔叔，我看过电视上有位没有胳膊的叔叔用脚也能写字、用筷子，您现在就教我怎么用脚吧……"

我看到过女志愿者于洋的一篇灾区感言《小美的故事》，主人公小美从痛失孩子到收养孩子，经历了长达三年的内心煎熬，作为小美的"铁杆"心理援助者，于洋和小美形同姐妹，不离不弃，令人感佩。

志愿者李明说，擂鼓镇有位割腕自杀的妇女，幸亏被及时救治，他多次对她做过心理疏导。他离开北川前最后一次看望她时，她基本走出了心灵的困顿。那天，她不仅给他展示从工地捡回的完好无损的盆栽，而且向他咨询："有什么办法可以把我手腕上的疤痕消除呢？"

她复苏的心灵和对美的追求，让李明十分激动。

来到北川的志愿者，多数都有一段人生的小传奇，比如方若蛟为了来汶川，毅然辞去济南一家报社的工作，他也是坚守北川时间最长的志愿者之一。志愿者雷佳因为表现突出，被远东集团慈善基金会正式聘到宜兴总部工作，从此改变了命运。

2010 年 5 月，由中国宋庆龄基金会、中科院心理所、共青团四川省委、诺基亚（中国）有限责任公司联合主办，北川工作站、金色阳光工程心理咨询中心北川站承办，江苏远东慈善基金会、北川县心理卫生服务中心、西南科技大学心理系、绵阳师范学院教育科学学院等机构协办，以"播洒阳光，凝聚力量，持续推进灾后心理援助"为主题的"汶川震后三周年灾后心理援助模式学术研讨会"在位于北川新县城的新北川宾馆隆重召开。

时任中国心理学会理事长、心理所原所长杨玉芳，中国宋庆龄基金会培训交流中心主任、环球慈善杂志社社长刁海峰，心理所副所长张建新，全国妇联儿童工作部副巡视员向阳，共青团绵阳市委书记黄骏，来自香港、澳门、台湾的 30 名专家学者和社会各界代表共 60 余人出席了 5 月 7 日的会议开幕式。

开幕式由刘正奎主持，史占彪以"北川心理援助三年总结与反思"为题作了专题报告，报告中首次提出灾后心理援助的"心理—社会—文化模式"。

张建新提出："中国心理学界及华人心理学家应该共同努力，在国家硬件设施重建取得举世瞩目成就的同时，还应在灾后心理重建、精神家园重建方面赢得世界同行的尊重。"

"世界同行的尊重"，这几个字振聋发聩。

在血与水、冰与火交织的心理援助活动中，北川的经验与方法意味着什么，不言而喻。

2013 年 5 月 9—11 日，中国第二届心理健康与和谐社会论坛在北川永昌举行。论坛主题是：总结汶川震后经验，推动芦山心理援助。

用汶川地震后心理援助的经验，为芦山的心理援助"输液"并加力，意味着中国心理援助进入了一个新的阶段，也成为中国灾后心理援助走向科学、有序、有效、可持续的历史见证。

张侃、傅小兰、张建新莅临现场。参加论坛的还有清华大学心理学系副主任樊富珉、四川大学肖旭、哈尔滨工程大学人文学院院长金宏章、南京晓庄学院陶勑恒以及刘正奎、王文忠、史占彪、龙迪、祝卓宏、吴坎坎、傅春胜、萧尤泽、郭永明等50多位国内心理援助领域的知名专家和心理工作者。另外，来自全国各地曾经参与过汶川地震、玉树地震、舟曲泥石流、盈江地震、彝良地震、芦山地震心理援助的300多名优秀志愿者也参加了论坛。

论坛上，张建新回顾了心理所五年来开展心理援助取得的成果和经验。他说，五年来，在学术研究上，心理所心理援助专家团队在灾区服务中总结和提出了"时空二维"心理援助工作模式、"一线两网三级服务"心理援助体系、"心理—社会—文化"整合援助思路等；推动了灾后心理援助逐步纳入国家的灾后救援体系；自主研发了系列灾后心理创伤评估工具和干预方法、设备和面向大规模人群开展心理援助的移动心理服务系统；在国际上率先探索了"心理台风眼"效应，并提出了"时间景观"的理论；建立了我国最大的灾后国民心理健康数据库，逐步建成了33万名受灾群众的包含多项生物与心理健康指标的数据平台，并形成了系列流行病学、症状分类和临床干预研究报告。五年来，心理所心理援助专家团队和志愿者服务团队为灾区培训高水平专业心理教师、医务人员等413人，进行个体心理咨询12.6万人次，开展团体辅导4400场11.4万人次；发表学术论文63篇，其中SCI/SSCI论文20篇；培养研究生12名；出版图书22本；主办国内国际相关学术会议5场。

刘正奎做了关于芦山地震心理援助的专题报告，介绍了芦山地震后开展心理援助的情况。他在报告中说："目前，心理所已在芦山县建立了三个工作站，对 2000 多名学生开展了心理辅导课，走访了近千名教师、干部和群众，还向中办和国办递交了 6 份建议案。在雅安市教育局及芦山县教育局的心理援助体系中，中科院心理所的心理援助工作站已经成为示范。"

记得当时有位四川籍的作家给我发来了短信，短信只有四个字：北川，复活。

我懂他，就像懂他在北川和复活之间用了一个恰到好处的逗号。记得他当年读了我发表在《小说月报》（原创版）和《中国作家》的小说《透明的废墟》与《心震》后，就动员我："有机会再到四川来，写写心理援助吧。"

后来我才知道，那天，"老帅"张侃居然也诗兴大发，欣然挥就这么一首七言绝句：

禹乡儿女英气豪，

山崩地陷难折腰。

四海朋友伸援手，

志愿精神震云霄。

心理援助起新篇，

科技救灾为先导。

北川永昌新羌城，

华夏之路闪光耀。

第十三章　发现"心理台风眼"效应

Chapter Thirteen

　　都说"苍天有眼"，其实台风也是有眼的。

　　既然人类心理是一个精神大世界，那么，心理台风眼在哪里？

　　一场汶川地震，让心理所专家李纾发现了"心理台风眼"（psychological typhoon eye）效应，这是中国灾后心理援助工作中的一个重大科学发现。

　　所谓"心理台风眼"，即越接近高风险区域，心理越平静。

　　这一发现，是整个中国心理学界乃至世界心理学界的一个标志性事件。

　　张侃告诉我："'心理台风眼'效应的发现，对非常规突发事件下各级部门的政策制定和应急管理具有积极的借鉴意义。"

　　李纾现为中国心理学会会员，中国心理学会决策心理学专业委员会创会主任，中国科学院大学心理学系学术委员会主任，第三十届国际应用心理学大会学术委员会主任。1956 年，李纾呱呱坠地的时候，中国心理学科唯一的"权威"级期刊《心理学报》也横空出世，所以我跟他戏言："你俩是双胞胎，否则您怎么会和心理学纠缠了大半辈子呢？"

　　李纾是澳大利亚新南威尔士大学的博士。而他发现"心理台风眼"效应的 2008 年，正是他以中科院"引进杰出人才百人计划"身份回到祖国的第三年。

在微信互动中，我发现李纾幽默的语气中隐含着的两个有趣的话题：一个是生物和心理学意义上学术生涯生与死的吊诡，另一个则是人类思想基因传承的神奇。2018 年，年过花甲的他从《心理学报》前任主编张侃手中接下第十任主编一职，仿佛冥冥中的注定。

十年前，李纾和他的团队在汶川地震灾区调查研究发现，随着灾情严重程度的增加，人们对健康和安全的担忧反而随之降低，而在非灾区，人们对健康和安全的担忧反而高于灾区的人们，李纾把这一现象形象地称为"心理台风眼"效应。2009 年，关于这一现象的研究成果在美国《公共科学图书馆·综合》（*PLoSONE*）杂志发表后，立即引起世界心理学界的热切关注。

那个午后，我和李纾聊了半天，我们的主要话题，就是"心理台风眼"效应。

"'心理台风眼'效应的发现与研究，算是我给祖国的见面礼吧。"李纾幽默地说。连他自己也没有想到，灾后心理援助进入科研层面，会让中国心理学界锦上添花，尽管这样的花绽放在灾后心理的凄风苦雨之中。

"有些花儿，恰恰在风霜与严寒中开得最绚丽，比如秋菊，比如冬梅。"我说。

所谓台风眼，毫无疑问是一个气象学概念。在气象学中，台风中心直径大约 10 千米的范围，其风力相对微弱，通常被称为"台风眼"。李纾在概念上的巧妙嫁接，让实质性的心理发现在表达层面由生涩、枯燥变得直观、灵透而生动，无须添油加醋，人人在第一时间就能体会其味。

李纾告诉我，"心理台风眼"效应的发现绝非妙手偶得。所有科学的发现，都在于平时的积累、思考和判断。而他之所以能第一时间联想到"台风眼"，是因为他老家在台风经常肆虐的福建。

大自然和社会中的科学奥秘，往往期待的正是李纾这样的有心人，一如小草上的毛刺在期待鲁班，从而有了锯子；一如果树上的苹果在期待牛顿，从而发现了万有引力；一如蜻蜓在期待西科斯基，从而有了直升机。

科学的神秘之处恰恰在于，你来还是不来，我始终在等你。

李纾和我谈到了 2011 年 3 月的日本核辐射事件。

当年，因地震引发的日本核电站泄漏事件受到全世界的关注，这当然是很正常的，但是，这一事件引发了很多不正常的反应。网络上充斥着核辐射的言论，搞得人人自危，仿佛核辐射、核污染随时都会危及我们。东南沿海地区和内陆的部分省市，还出现了令人啼笑皆非的抢盐风潮，一些城市的食盐供应告急。抢盐的理由十分可笑：食用碘盐能抵御核辐射。

抢盐风潮，我记忆犹新。天津是中国四大产盐区之一，当时不少居民也开始囤积食盐，甚至连我的同事都关切地追问我："如果您没时间抢，我家有，我给您几十袋。"

实际上，作为当事国的日本民众，尽管承受着巨大的心理冲击，社会各界人心惶惶，行动上却表现得还算有序。李纾说："我当年就在思考这一现象。其实，如果核泄漏真的特别严重，最先遭殃的应该是日本和韩国，为啥中国人那么紧张呢？"

受李纾的启发，我突然想起当年媒体的另外一些报道，远在地球另一端的德国民众也乱作一团，原因是德国有多个核电站。

李纾还注意到了一个类似的现象，比如，国外研究者调查了住在高危（如核反应堆）地带的民众和远离高危地带的民众对风险源的态度，结果表明，比起远离高危地带的民众，临近高危地带的民众忧虑水平更低，对风险源的风险评价和负面评价更低，对风险源安全性的评价更高。还有研究表明，在垃圾填埋场投建之前，附近居民对此事非常忧虑，甚至抵制；然而在垃圾填埋场建成之后，居民的忧虑程度反而降低了。

李纾告诉我，2003年SARS期间，北京是SARS的重灾区，但当时有研究者调查发现，北京人对SARS威胁的担心其实并没有外界所想的那么强烈，倒是很多外地人提起当时的北京，无不谈虎色变。他当时心里就有一个大大的问号：是不是越接近高风险地区的人，心理反而越平静呢？

李纾当时就联想到了气象学领域的"台风眼"现象，只是无法验证。

真正验证这一现象的存在，是汶川地震之后的心理援助实践。

当时，李纾承担了心理所"受灾人群的心理反应分析及干预方案"课题，其目的，主要是调查灾后民众的心理状态。

汶川地震一个月后，也就是2008年6月，李纾和课题组成员饶俪琳、郑蕊、刘欢以及白新文、任孝鹏副研究员等人进入灾区开始了田野调查式的大走访和问卷调查。他们分"三步走"，第一步，深入四川、甘肃两省的成都市区、温江、遂宁、乐山、天水等一般受灾地区。第二步，深入四川、甘肃两省的德阳市区、中江、武都、文县等重灾区和汶川、绵竹等极重灾区。两次共走访11个县市的1720位居民。第三步，在北京、湖南和福建等3个非受灾地区，收集542位居民的数据作为对照。

谈到当年的调查，李纾感慨良多。他告诉我，跟随他奔赴灾区的学生有好几批，其弟子饶俪琳、刘欢早出晚归，既面临着余震的威胁，又要深入各个灾民安置点收集数据，一天只吃两餐成为常态。而有的博士生不光被灾区的险象环生吓倒，而且出现了心理问题，只好鸣金收兵，返回北京。"梅花香自苦寒来"，饶俪琳如今已经是心理所青年特聘研究员，刘欢也成为南昌大学的讲师，她俩的学问做得都很出色。

当时筛选出来的信息量很大，其中有这样的信息：灾民对灾后重建的担心不是太大，相反，外界却担忧重建后的房屋会不会再次面临倒塌的危险。再比如，外界总认为灾区的血源一定非常紧张，因此各地民众献血热情十分高涨，导致血库短短几天便爆满，血站不得不发出暂缓献血的通告。

综合更多的信息和数据，李纾发现：随着主观判断所在地灾情严重程度的增加（从非受灾、轻度受灾、中度受灾到重度受灾），居民估计灾区对医生的需求量、灾区对心理学工作者的需求量、灾区发生大规模传染病的可能性、需要采取的避震措施的次数均随之减少。更有意思的是，假设有一种药物能治疗心理创伤，且没有过敏、呕吐等副作用，自认为所需剂量最多的是轻度受灾的居民，其次是中度受灾的居民，自认为所需剂量最少的反而是重度受灾的居民。

那天的李纾一拍大腿，欣然提出：灾区存在"心理台风眼"效应。

李纾真正发现"心理台风眼"效应，其实只用了一个月的时间。

趁热打铁，李纾立即把这一重要发现发表在 2009 年 3 月 23 日的《公共科学图书馆·综合》杂志上。"心理台风眼"效应作为一个崭新概念、一次重要发现、一项科研成果，闪亮登场。

在开展研究的第二、三轮调查阶段，李纾课题组对四川和甘肃灾区和未遭受本次地震灾害的北京和福建两地居民共 5216 人进行了调查。结果发现"心理台风眼"效应还存在两个变式，即：与财产遭受损失的受灾人的亲缘关系越接近，居民对健康和安全的担忧反而越低；与生命健康遭受伤害的受灾人的亲缘关系越接近，居民对健康和安全的担忧反而越低。

项目组将这两个变式称为"关系"版的"心理台风眼"效应。

所有这些"心理台风眼"效应均表明，与人们的直觉推断不同，居民对健康和安全的担忧并不随着受灾程度的增加而增加。毫无疑问，重灾区的居民遭受的损失最严重，但是他们对灾难反而表现出了更强的抵抗力。

由此，"心理台风眼"效应不仅进一步得到验证，而且在探索层面又有了新的拓展和延伸。

当时，汶川地震后的心理援助已经进入第三个年头，"心理台风眼"效应理论的提出，不仅为灾后心理援助注入了一针强心剂，而且从理论层面解决了本领域实施救援的指向性问题，对于如何把握不同地域、不同人群灾后心理援助的技术投入、方法设计，提供了十分重要的参考。更重要的是，尽管这一理论的生根和发芽源自汶川地震这片特殊的土壤，但它茂盛的枝丫、叶脉和花朵，不只涵盖了汶川地震灾后心理援助本身，也荫护了所有灾区和灾难的心理援助。

一位志愿者告诉我："按照李纾提出的理论，准确描述地震灾害中'心理台风眼'效应的表现形式和规律，将有助于相关部门因时、因地、因人制定有针对性的干预策略，从而为选择心理安抚时机、地点、对象以及力度等提供科学依据，为国家高效有序应对非常规突发事件提供决策参考，也有助于理解人们如何抵抗来自自然、疾病和这个变化莫测的星球上其他任何威胁的戕害。"

依据这一理论，在灾区内部，应着重于解决各种实际问题；而在非灾区，应注重利用各种沟通渠道让民众了解灾区的真实情况、灾区民众的真实感受，消除其非理性认知和紧张情绪。

那么，因何会出现"心理台风眼"效应这一特殊的现象呢？

李纾告诉我，这一现象产生的根源，可以用心理学的经典理论"认知失调"（cognitive dissonance）来解释。他说，所谓认知失调，就是当你做了一件事以后，就开始为自己的行为找各种理由，让自己安心。比如在平时生活中，如果我们干了活，却没有得到相应的报酬，为了平衡自己的心态，就会告诉自己："我不是为了钱才干的，而是出于热爱。"

李纾给我举了一个例子，当一个人身处灾难中心，由于短期内没有办法离开，甚至还将在那里生活很长一段时间，就造成了他心理上的一种失调——如果整天担心灾难还会发生，那就没有理由在这个地方继续待下去了，所以为了证明自己留下来继续生活是合理的，他就必须自己主动减少心中对灾难的担心，变得乐观一些。而远离灾区的人没有受到灾难的袭击，不存在这种认知失调，于是他们更担心的是自己未来的安危。这样，我们就不难理解灾区内外人群的不同反应了。处于灾难中心的人们对灾难有更客观和真实的直接认识；而外围的人们是通过媒体经过筛选的镜头了解现场，并用想象力为之添油加醋。这使得当事人可以做到平静面对，但受轻微影响的人反而反应过激，处于高度警觉的状态。

这使我想到一句俗话："当局者迷，旁观者清。"而李纾的"心理台风眼"效应理论，则在心理学层面完全颠覆了这句俗话。

2018 年 11 月，我去九寨沟地震灾区考察前，天津、成都的很多朋友劝我："最好别去了，那么多游客遇难了……"

我到了九寨沟，果然发现几乎没有游客，而九寨沟人却处之泰然。

李纾在《公共科学图书馆·综合》杂志发表"心理台风眼"效应观点一年之后，李纾和张侃作为通讯作者又在该期刊上发布了另一项研究成果："心理台风眼"效应的一个变式（"关系"版的"心理台风眼"效应），这是中国科学院知识创新工程重要项目。研究发现："心理台风眼"效应在汶川地震一年之后仍然强劲，"心理免疫"（psychological immunization）理论无法对"心理台风眼"现象提供合理解释。

这意味着，李纾提出的"心理台风眼"效应，既是一把解锁的钥匙，同时也是一把沉重的大锁，打开它，反而需要更多的钥匙来试配。

2015年，李纾又发现了"心理台风眼"效应的"卷入"变式。

事情缘于2013年美国的一份地质调查报告。该报告称，铅锌矿的开采和冶炼活动亦是重金属污染的重要来源，对环境健康构成重大威胁。令人疑惑的是，在铅锌矿污染的情况中，通常那些没有直接受到健康威胁的群体（如政策制定者、公共事务管理者）坚决反对在无保护性措施的情况下进行铅锌矿开采（即严禁个人私自开矿）；而那些健康直接受到威胁的群体（如矿主、矿工）反而无视法规法律，无视自身的健康风险，仍"顶风"开采铅锌矿。

有了"心理台风眼"效应理论，那么，这个课题对李纾而言，无异于顺坡滚石。

李纾在拉网式调研的基础上，最终把研究目标锁定在湘西某铅锌矿区。

这是一片地方政府早已勒令关闭的矿区，坐落于某行政村范围内。村民的私人小矿仍在持续开采，造成的环境污染已经破坏了当地的水源和土壤。该村共有村民 346 户，研究采用入户调查的方式，每户随机选取一人，最终共有 217 名矿区村民完成了本次调查。研究结果显示：村民在风险认知上表现出明显的"心理台风眼"效应，村民的风险认知水平存在显著差异。事后检验表明：矿主与矿工的风险认知水平最低，而未参与开矿的村民风险认知水平最高。

李纾将这一结果称为"心理台风眼"效应的"卷入"变式。

何谓卷入？即：村民对风险的认知并不随着卷入风险事件程度的增加而增加。相反，村民卷入风险事件的程度越深，对风险的认知反而越低。该结果有悖于人们的直觉推断。毫无疑问，矿主和矿工每日与重金属污染源的接触最多，健康损害也最大，但是他们对重金属污染似乎也是最不担心的。

一位环保专家告诉我："'心理台风眼'效应卷入变式的存在，有可能使人们在表达意见时受到所处状态与所获利益的影响，从而出现行为偏差。因此，我们的决策更应该注重征求多方的建议和意见。"

2019 年元宵节前后，我和李纾通过微信聊天，再次获得一个与"心理台风眼"效应有关的科研信息。

"中国—亚欧博览会"是我国新疆、我国东部与中亚、西亚、南亚和欧洲地区长期经济交流与合作的平台，是进一步推进我国沿边开放、向西开放，努力把新疆打造成我国对外开放的重要门户和基地的有效载体。众所周知，多年来，新疆一直是恐怖分子觊觎的地方，反恐形势非常严峻。就在这种特殊背景下，李纾的一位新疆班的博士生李江龙根据"心理台风眼"效应理论，以博览会期间参展商要求配备安保人员、购买人身意外伤害保险为要素，调查了中国 31 个省、市、自治区的 2000 余名居民，从而得出一个结论：越接近博览会举办地（乌鲁木齐市）的个体，心理越平静。即随着被试居住的地理位置与乌鲁木齐之间的空间距离的接近，居民估计需配备安保人员的数量、愿意为博览会支付的人身意外伤害保险的金额均减少。

李纾课题组将此视为"心理台风眼"效应在人们应对恐怖主义威胁情景中的表现，并将此新发现解读为"应对恐怖主义威胁的'心理台风眼'效应"，即在空间维度上，越接近高风险地点，心理越平静；越远离高风险地点，心理越紊乱。

李纾在文章《2018年感悟》中有这样一段话："我在中外期刊上发表过200余篇学术论文，但有人会去图书馆翻阅满是灰尘的期刊吗？"

这是李纾对当下心理学命运的忧思。我突然在想，如果反过来看，这是不是心理学自身一种反向的"心理台风眼"效应呢？圈内人举轻若重，圈外人举重若轻，这恰恰是心理学在普及、宣传层面的短板和盲点。

有人，必有心理，包括你，我，他。实际上，我们的内心无时无刻不在上演着"心理台风眼"的一幕幕。记得天津港大爆炸之后，我正在单位上班，当天收到来自全国各地的十几个电话。电话的内容大同小异："你怎么还在上班呢？听说化学污染非常严重，天津人都往外跑了。"

而我自己也没能逃出"心理台风眼"效应的怪圈。

昆明火车站暴恐事件过后不久，我就神经质地给昆明的朋友打了电话："你……还好吧？"说话间，我大脑的屏幕上像是在放电影，画面中全是狂徒手中血淋淋的长刀，无辜民众在惨叫和奔逃……

我告诉李纾："说什么学术生涯的生与死，台风不走，你就活着；台风走了，你也得活着。"

第十四章　一个人的长镜头

Chapter Fourteen

一

　　这是一位北川普通妇女的长镜头。

　　这也是纪录片导演黄小峰的长镜头。

　　这可能也是心理专家、心理志愿者在地震灾区的长镜头。

　　也许，这还是北川人的长镜头。一年，有 365 个日出；一年，也有 365 个日落。那么，十年呢？谁能告诉我，从 2008 年 5 月 12 日 14 时 28 分汶川地震算起，这样的十年，对一位普通女人意味着什么。

　　她告诉我："秦岭老师，我这十年，是掰着手指头算过来的。"

　　用一年的日子乘以十，等于 3650 天，如果掰着手指头算，那就是一天，一天，又一天……其中的任何一天，她可能就不再算了。不是结束如何掰手指头，而是决然扯断生命与死亡的关系。有一些掰手指头算天数的灾区群众，在地震后不久就以跳楼、服毒、上吊等形式告别眼前破碎的世界，那是因为他们的指头实在掰不下去了。还好，她把手指头掰到了第十个年头，而且她告诉我："至少，我要为我抱养的娃儿活着，为关心我的人活着。"

当万念俱灰试图自杀变成对生命永不言弃，当被助者成为施助者，当每天早晨的阳光洒在载客的三轮车车辙上，很多灾民会意识到，车辙之下，是有路的。她能走，别人也就能走。

走吧！人生，再出发。

在北川，她还告诉我："是刘老师、史老师、傅老师、小黄这些人，给了我第二次生命。"

她就是北川居民杨建芬，她提到的"老师们"指刘正奎、史占彪和傅春胜，而"小黄"，指的是志愿者黄小峰。

杨建芬还告诉我："还有很多志愿者经常和我联系，有于洋、刘洋、刘琰、杨龙、方若蛟、熊海、雷佳、刘梦，很多很多，有些名字我一时记不清了。"

早在 2010 年秋天，我就随中国作家采访团去过北川和北川中学，当时的北川中学到处都是残垣断壁，几幢东倒西歪的教学楼残破不堪，通过扭曲的窗框还能看到拥堵的桌椅、书包和课本。透过悄然而生的荒草和苔藓，隐隐还能看到预制板上斑驳的暗红色，那是一道道青春的血迹。当时，我还不知道 780 名遇难学生中，有一个高二学生，她叫方娟。2018 年 11 月的那个下午，大地安静，云低风轻，方娟的母亲杨建芬领我到这里。当年偌大的废墟如今变成了一大片高高隆起的特殊"草坪"。杨建芬领我靠近"草坪"边缘的一个位置，说："我那娃儿，大概就在这个位置。"

那时的杨建芬，表情平静，思路清晰："我娃儿如果活着，就 26 岁了。她的辫子长长的，圆脸，挺漂亮的，学习也好……"

我见过方娟生前的照片，真的很漂亮。照片里的中学生方娟，面带微笑，朝气蓬勃，满面春风。那甜甜的笑和明净的目光，分明是面向未来的。

而眼前的杨建芬也留着长长的辫子。这是一条长可过膝的辫子。我们都知道，杨建芬是从 2008 年开始留辫子的，十年来，她从未剪掉它。那无尽的长发，是她无尽的纪念和忧伤。

老北川废墟入口处一幢破损严重的大楼，是当年的北川酒店，当年杨建芬就在这个酒店工作，地震时，她正好在前台办事，第一个跑了出来。当时，大地像簸簸箕一样颠簸，她紧紧抱住一棵瑟瑟发抖的大树，眼看着酒店左摇右晃，里面传来剧烈的坍塌声和姐妹们撕心裂肺的惨叫声。"轰隆隆"几声巨响过后，7 层楼高的北川大酒店突然整体塌陷，像突然掉进深坑里似的，瞬间变成 4 层。而眼前的地面时而开裂，时而合拢。空中巨石抛飞，楼房接连垮塌。街道上行驶的汽车和奔跑的人群，连连被滚石砸翻……第一次地震波过后，她才发现腿上鲜血直冒，疼痛难忍……一位好心的青年赶紧背起她，逃往相对安全的职业中学院内。当时通信中断，女儿和在外打工的丈夫都无法联系上。杨建芬的心里翻江倒海，心急火燎。

杨建芬指着北川酒店旧址的一个斜坡，对我说："当时，我就是从这里跑出来的。"

2019 年 3 月 24 日，按照我们的约定，当年的北川工作站站长史占彪，志愿者刘琰、黄小峰分别从北京、济南、淮安匆匆赶到天津，在我位于海河之畔的书房再话北川，我们的主题几乎全部围绕杨建芬展开。我这才知道，志愿者黄小峰与北川苦苦相守长达 8 年。样板戏中有句台词："8 年了，别提它了。"黄小峰的 8 年，却构成了灾后心理援助的一个缩影。不！更像是一组长镜头，视界开阔而辽远。

黄小峰曾经从影十多年，属于新生代新锐导演、摄影师、剪辑师，先后主创过影视剧《大明湖》《老爹老妈》《狸猫换太子》《叶落知秋》《鸟巢·吸引》等。2010年,黄小峰来到灾区当心理志愿者,配合史占彪、傅春胜为心理创伤人员做心理疏导,只是,他更多的是用手中的摄像机,跟踪记录心理创伤人员斑驳的心路历程。

那晚,我们围在黄小峰的手提电脑前,集体重温了黄小峰制作的纪录片《十年》(后改名《前世今生》)。我太熟悉这部纪录片的主创人员了。制片人是傅春胜,出品人是史占彪,监制是刘正奎。

《十年》中的主角有杨建芬、杨建芬的丈夫方永贵、第一个养女方杨伟丽、第二个养女杨杨。如今,患有抑郁症、股骨头坏死、脑萎缩、食道癌的方永贵已经离世,她和方杨伟丽也解除了收养关系,只和养女杨杨相依为命。

这是杨建芬一个人的十年,也是北川所有人的十年,更是心理志愿者相依相伴的十年。

史占彪说:"其实,杨建芬和黄小峰,都是我工作站的心理志愿者。"

杨建芬,一个平凡而普通的羌族女性。她身上承载着太多的印记:失独者、丧夫者、PTSD人员、焦虑症患者、自杀未遂者、志愿者、志愿者形象大使……

史占彪告诉我,地震后的当天,拖着伤腿的杨建芬没法去北川中学寻找女儿,第二天,杨建芬被救援人员背到了北川中学,可她看到的北川中学已经面目皆非,到处是挥汗如雨的搜救人员和从废墟中抬出的一具具学生遗体。——他们当中,没有她的女儿。一切都是那么突然,一如幻觉。她相信女儿不会死的,她又忍着剧痛赶到绵阳九洲体育馆、各大医院寻找女儿的下落。5月14日,在康定做工的丈夫方永贵也赶到了绵阳寻找妻女。妻子找到了,女儿却杳无音信。杨建芬焦急地告诉方永贵:"娃娃没找到。"方永贵这个川北大汉，一句话都说不出来。

其实，夫妻俩可以去绵阳市公安局查找死亡信息，但他俩没敢。杨建芬始终认为，女儿方娟那么漂亮，那么优秀，上天不会让她死的。她义无反顾加入了志愿者行列。她曾告诉过我："我当志愿者，做好事，主动帮助别人，老天或许不会让我的孩子死去，可是……"

史占彪说："我们工作站当时就注意到了杨建芬，立即把她纳入重点心理疏导对象。"他向我描述了当年杨建芬在永兴板房安置区志愿服务时的情景。当时的杨建芬已经有一条长辫子，但没现在的长。她什么活都抢着干，为死难者家属、幸存者烧茶水、洗衣服、打扫卫生、陪伴聊天，同时也为工作站收集有关信息，了解心理知识，介绍当地的情况。大家心知肚明，杨建芬的心里，有潮水般的期待。

可是，女儿仍然杳无音信，而更多死难学生的信息接连不断地撞击着她担惊受怕的心。当时的板房区，几乎每天是哭声震天。夫妻俩终于忍不住了，那天，夫妻俩终于赶往绵阳市公安局。在众多死亡学生的照片中，方娟的照片赫然出现在夫妻俩的视野中。照片中，方娟被处理过的遗体像是睡着了，那熟悉的长辫子，那熟悉的衣服……只是胸前多了一个编号：10737。

我突然想起在北川的时候，杨建芬曾向我提起过这个编号，当时我并没反应过来，而今恍然大悟。10737，就是杨建芬的女儿；女儿，就是杨建芬心中永远的 10737 号。

方永贵从此患上了抑郁症，每天沉默寡言，借酒消愁。后来，黄小峰告诉我："方大哥在世时，每天至少是半斤酒的量。"杨建芬也说过："根本劝不住，能好好活着，就谢天谢地了。"

当年的傅春胜曾经与杨建芬密切接触。他对我说："我们当时重点关注三类群体：丧子父母、孤儿、伤残人群。从当时的情况来看，不少人脑海里有闪回，有亲人的画面，会做噩梦，甚至有些人有自杀倾向。"

连杨建芬自己都没意识到，为什么会有那么多心理专家、志愿者会经常出现在她当时居住的板房里，甚至后来入驻新北川的很长时间里，傅春胜他们仍然会来找她。她说："娃娃没了，我也不想活了，那些心理专家经常找我聊天，谈话，还领我去参加一些活动，慢慢地，我想还是要活下去。老公忧郁得厉害，我再不坚持一下，这个家就完了。"

尽管丧女的阴影仍然笼罩着她，尽管女儿常常会闯入她的梦里，尽管酗酒的丈夫让她痛苦不堪，但她仍然再次走进了工作站，继续当起了志愿者。

只是，杨建芬后来的志愿服务不再是为板房区的群众端茶送水，而是协助工作站为灾区群众做心理辅导。在史占彪、傅春胜等心理工作者的帮助和引领下，杨建芬主动接近一家家与自己有着同样境况的家庭，用自己的丧女经历去开导他人，引导他们走出绝望的泥淖。史占彪说："杨建芬去辅导别人时，内心也是痛苦的，按理说，我们不能让杨建芬带着痛苦去疏导别人，但杨建芬的不同在于，她在帮助他人的同时，她自己的心里也会放下。当时，杨建芬的生活十分困难，我们在对她进行心理疏导的同时，也适当给予补助，力争让她渡过物质、心理的难关。"

那年在北川，一个同样失去了孩子的大姐对我说："每次看到杨建芬，我的心情就稍微好一些，有时想娃娃了，心情就很差，我就会找杨建芬聊聊。"

杨建芬也很快成为志愿者中的"明星"，我在她家中看到过一摞证书，都是对她志愿服务的肯定。

傅春胜说：“心理援助是一个用‘心’的活儿，杨建芬的 PTSD 症状其实非常明显，她能够挺过来，对同样失去孩子的家长来说，有一定的导向作用。”

我认同傅春胜的观点，这让我又想起另外一句话：“心理专家不应该是一枚钉子，而应该是一根火柴，用来点亮篝火，照亮一片。”

对我说这句话的，是中央电视台节目主持人、原“青爱工程”形象大使白岩松。

白岩松还告诉我：“只有心灵的陪伴，才谈得上心理援助。”

二

心理所在北川组织的有关活动，一般都会邀请杨建芬参加。

史占彪说："一方面，是为了让杨建芬感受集体的温暖；另一方面，也有利于心理工作者和志愿者对她进行跟踪服务。当时，灾区的很多破碎家庭都在重新组建家庭，丧子家庭也在千方百计收养孩子，杨建芬，我们决不能放弃。"

我了解到的情况是，汶川地震后，6000 多个失去孩子的家庭中，其中有再生育愿望的达 5000 多个。绵阳，尤其是北川地区，有再生育愿望的家庭占据整个四川地震灾区一半以上，而这个"最伤痛的群体"中，绝大多数出现了 PTSD，有些还患上了抑郁症，甚至个别人还患上了精神分裂症。

绵阳市卫计委的数据显示，震后十年间，北川有超过 1000 个家庭顺利实现再生育，分娩 1006 个孩子。另有少数无法再生育夫妻，通过收养等手段完成"自救"。孩子的到来，让一个个濒临崩溃的家庭感受到了生命的慰藉，迎来了生活的曙光。

和很多丧子家庭一样，44 岁的杨建芬也渴望重新有个孩子，但夫妻俩都已高龄，自然受孕概率很小，只能考虑做试管婴儿。那些日子，杨建芬和方永贵奔波于绵阳和成都，抽血、化验、调理、期盼。当时，由于抽血太过频繁，杨建芬的臂膀始终处于疼痛状态。遗憾的是，方永贵因过度饮酒，精子质量下降，无法达到生育要求。

夫妻俩绝望了。而方永贵更加沉溺在酒精中无法自拔，动不动就发火，砸东西。不久，方永贵的抑郁症更严重了，不得不每日服药。

杨建芬失去了女儿，可她自己，也是父亲的女儿。2010 年，杨建芬远在雅安的父亲做主，把自己的亲孙女——杨建芬弟弟的女儿——当时已经 15 岁的杨伟丽过继给了杨建芬，同时将她转学到北川永昌镇中学。也就是说，原本的姑侄，变成了母女。

对杨伟丽的亲生父母而言，将一天天看着长大的亲闺女送给杨建芬，无异于心头割肉，但大灾面前，夫妻俩默默忍受了骨肉分离之痛。

按照两家约定，杨伟丽从此易名方杨伟丽，也就是在杨伟丽前面加了一个"方"姓。

史占彪告诉我："要一个什么样的孩子，杨建芬夫妻俩也是煞费苦心，要个年龄小的吧，担心孩子还没长大，两口子却老了，两头无法照应；要个年龄大的吧，担心培养不起来感情，竹篮打水一场空。最终，还是收养了和方娟年龄差不多的杨伟丽。"

那时，已经跟踪拍摄了不少丧子家庭的志愿者黄小峰，经另一位志愿者、川妹子雷佳的提议，决定把镜头对准杨建芬。他的这一决定，立即得到刘正奎、史占彪、傅春胜的大力支持。一开始，杨建芬并不配合，但她被黄小峰的诚意所感动，最终同意黄小峰"走"进她的家庭生活。

从此，黄小峰一次次从北京、山东赶赴北川，2010—2011 年，他仅仅回过三次山东老家。史占彪说："那些年，很多'扛摄像机'的人像走马灯似的前来灾区拍摄采访，一拨来了，一拨又走了，只有黄小峰像钉子一样扎在北川。"

拍纪录片，黄小峰是玩了命的。黄小峰告诉我，为了拍摄杨建芬位于老北川家中的镜头，他煞费苦心，因为当时老北川早已成为空城，除了几条街道可供游人行走外，两边的各种危楼和废墟都是严禁游人入内。那天，黄小峰在杨建芬的陪同和引领下，偷偷摸进杨建芬家严重倾斜的危楼。当时的楼内千疮百孔，难以落脚。黄小峰和杨建芬屏息静气，提心吊胆地把握着身体的重心，以免脚下在身体重力作用下发生坍塌。他俩小心翼翼地沿着楼梯攀上五楼，终于摸进了杨建芬当年的家中。

在杨建芬女儿所在的卧室，黄小峰发现了方娟的一张照片，立即进行了拍摄。

提起那次经历，黄小峰至今心有余悸："那是一次冒险，但也值了。"他又叹了口气，"从一楼到五楼，到处都有被翻动过的迹象，显然不是地震、救援造成的，可能是被偷盗过。"

黄小峰用自己的实际行动再次感动了杨建芬，从此，她愿意将所有的心里话都讲给黄小峰听。黄小峰强忍泪水聆听，杨建芬强忍泪水讲述。

这是黄小峰的坚持，也是杨建芬的坚持。

史占彪说："杨建芬和黄小峰作为两个心理志愿者，志愿者服务志愿者，志愿者记录志愿者，志愿者陪伴志愿者，志愿者跟踪志愿者，这是我们心理援助工作中的一个特殊现象，这里面有人性的光芒，更有人间的温度。"

杨建芬还有作为女人的另一面，2010—2011 年，杨建芬还是北川出了名的上访户。当时因为新房补助、北川中学死难者学生的墓地安置等问题，北川的不少居民、死难者学生家长频频上访，杨建芬是其中最活跃的一个。

北川的一位干部对我说："上访群众的心情，我们完全理解，但新房补助的政策、死难者学生墓地的规划与建设，都是经过反复研究的，主要还是为了立足现实，面向未来考虑，可是，杨建芬等人一时并不能理解。"

为了安抚、疏导这些群众，北川县四套班子领导全部和上访代表结成了"对子"，和杨建芬结"对子"的，是县政府的一名领导。

那位干部告诉我："县领导接杨建芬电话的时候，都非常客气，凡是杨建芬提出的问题，都立马进行解释、回应。杨建芬提出的有些问题其实也是有道理的，政府很快就帮助解决了。"

史占彪、傅春胜、黄小峰和其他志愿者一道，也对杨建芬晓之以理，动之以情，一边协助有关部门做政策解释，一边为杨建芬做心理疏导。

慢慢地，杨建芬的思想发生了转变，由上访者变成了政策的宣传者。但杨建芬也有杨建芬的坚持，她告诉我："比如北川地震纪念馆的收费问题，我们反映了很多次，最终政府取消了收费。"

杨建芬角色的转变，也使上访户大大减少。

当年的杨建芬，和养女方杨伟丽相处得并不愉快。

黄小峰说："杨建芬和方杨伟丽只过了两三个月的'蜜月期'，当时方杨伟丽也经常做饭，杨建芬直夸她和方娟一样好，可是不久，'冷战'就开始了。"

相处的很多日子，都记录在黄小峰的镜头里。杨建芬太思念方娟了，她潜意识里始终把方娟当作衡量方杨伟丽的标尺，包括性格、生活习惯、学习、爱好、行为举止……

也就是说，杨建芬希望方杨伟丽处处像方娟生前的样子。

史占彪认为："杨建芬和方杨伟丽难以相处，双方都有责任，但从心理学上讲，方杨伟丽和方娟年龄相仿，容易形成参照。"

杨建芬曾经对我说过，2006 年方娟中考时，成绩优异，超过了绵阳市重点中学——南山中学的录取线，但还是留在了北川中学。方娟曾多次提出想转学，这也是夫妻俩的愿望。地震发生前不久，杨建芬还去找过班主任，但未能如愿。地震前一天，方娟去学校上晚自习前，还专门到杨建芬工作的北川大酒店，让杨建芬品尝她带来的一根棒棒糖。方娟到校后，又借老师手机打来电话说："妈妈，今天是母亲节，我忘记给您买礼物了，我下次回家，一定给您补上。"

这是女儿在人间留给妈妈最后的声音。

"秦岭老师！其实，我也晓得，不能拿方娟和伟丽比，可我就是控制不了自己。"杨建芬对我说。

也就是说，杨建芬也很清醒，方杨伟丽是方杨伟丽，方娟是方娟。她俩原本是两个不同的女孩，可杨建芬的心里就是转不过这个弯。

史占彪后来向我解释说："杨建芬的这种心理，在灾区非常普遍，这是人性深处的一个结，要解开来，非常难。"

早先，也就是杨建芬未收养方杨伟丽之前，方杨伟丽称杨建芬为三娘（四川一些地区称姑姑为娘），两家人来往频繁。杨建芬从北川到雅安，那是回娘家；方杨伟丽从雅安到北川，那是看三娘和姑父。两辈人关系非常融洽，成为母女之后，方杨伟丽却从未喊杨建芬一声"妈"。

方杨伟丽告诉过黄小峰："在三娘家里，姑父对我还能够理解，可三娘对我的一切都看不顺眼，我很孤独，我不但找不到当女儿的感觉，原先当侄女的感觉也没有了，这个角色始终没有转变过来。很多人也劝我叫她妈，我也知道三娘希望我叫她妈，可我就是叫不出来。"

杨建芬甚至多次当着方杨伟丽的面，要求方杨伟丽立即返回雅安老家，主要理由是"伟丽不听话"，弄得方杨伟丽进退两难。回去吧，三娘一家会更痛苦；不回吧，自己实在受不了。煎熬与痛苦，也影响了方杨伟丽的学习。

清明节那天，杨建芬要去北川中学旧址给方娟烧纸，方杨伟丽因身体不适，无法成行，可杨建芬认为方杨伟丽不懂事，是在为自己找借口，立即火冒三丈，冲突升级。

有次黄小峰正好路过杨建芬家，听见母女俩正在吵架。

"你是我三娘，你这是要撵我走！"

"我没撵你走，你要走就走！"

黄小峰赶紧敲门进去，争吵这才暂时平息下来。黄小峰发现方永贵脸色铁青，一言不发。黄小峰立即架好摄像机，可方永贵朝黄小峰示意："家丑不可外扬，这些情况，您就别拍了吧。"

在黄小峰看来，这是杨建芬和方杨伟丽情感层面由量变到质变的一次"大爆炸"，他也多次在杨建芬、方杨伟丽之间斡旋，试图让母女俩化干戈为玉帛，终究无果。杨建芬对黄小峰说："伟丽在家里，我一点也找不到当妈的感觉。"

黄小峰曾劝方杨伟丽："你就叫她一声妈吧。"黄小峰明白，这时候的一声"妈"，有可能是消除杨建芬内心冰川的一束光芒。

可是，方杨伟丽的态度坚决："我不叫。"

黄小峰也试图从方永贵那里寻找突破口，方永贵对黄小峰说："老婆本来就有个性，自从没了方娟，她性格更加古怪了，我根本就说服不了她，只好由着她了。好在她一直在当志愿者，如果待在家里，谁晓得还会咋样呢。"

史占彪这样分析："方永贵的心理状态是复杂的，当时他的PTSD症状、抑郁症更加明显，加上其他生理疾病，情况非常麻烦。从心理援助的角度看，夫妻俩拥有一个称心如意的下一代，才会有好转的机会。"

满怀委屈的方杨伟丽，内心更加郁闷，有时会赌气出去玩儿，连招呼都不打。杨建芬一干涉，方杨伟丽也会朝杨建芬直言："你不该这样管我。"这让杨建芬又生气、又担心、又焦虑、又害怕，可她坚决不向方杨伟丽妥协。她最大的担心是，灾区情况十分复杂，万一方杨伟丽在外面出了事儿，她该如何向父亲和弟弟交代？

终于，杨建芬下决心和方杨伟丽解除了母女关系。

2011年5月，杨建芬的父亲、弟媳——方杨伟丽的生母来到杨建芬家，在一次更为激烈的争吵中接走了方杨伟丽。方杨伟丽的户口，重新迁回雅安。

杨建芬告诉我："和伟丽解除关系的当天，我整整睡了十几个小时。"

我十分清楚，那十几个小时对杨建芬意味着什么。也许是轻松，也许是茫然，也许是更多的也许……

至此，杨建芬夫妻又一次失去了一个"女儿"，方杨伟丽又成了杨建芬的侄女，杨建芬又成了方杨伟丽的三娘。返回雅安的方杨伟丽，姓名前面没有了"方"字。

而方杨伟丽离开方家的年龄，恰恰是16岁，这是一个让杨建芬夫妻伤心的年龄。方永贵喝的酒，由每天半斤增到了六七两。

黄小峰多次尝试劝他："喝这么多受得了吗？"

方永贵冷冷地回应："不喝，才受不了。"

黄小峰赶紧背过头，眼泪"哗哗"直流。

黄小峰对我说："当时，我就下决心要跟拍夫妻俩三年、五年、十年，甚至二十年。我的这一计划，刘正奎、史占彪、傅春胜等心理专家也明确表态，继续给我支持。"

2018 年 3 月，黄小峰再次来到北川探望杨建芬，同时抽空去了雅安。

黄小峰此行，是找杨伟丽。

时光流转，23 岁的杨伟丽早已大学毕业，参加了工作。她明确地告诉黄小峰："我原谅不了她。"

刘正奎对我说："灾后心理援助是一门特殊的科学，不只是搞搞科研，黄小峰对心理援助对象的跟踪拍摄和服务，是我们开展心理援助的重要组成部分，它对我们心理援助的理念、模式、思路，提供了很多启发性元素。"

大凡矛盾，必然有谁是谁非，但面对杨建芬和方杨伟丽从彼此携手到分道扬镳的全过程，几乎所有的心理专家和志愿者都认为，面对灾难，面对 PTSD，我们不能轻易用传统道德、伦理、人格的名义对他们进行评判。

因为，他们都是灾难时期活生生的人。

三

"山重水复疑无路，柳暗花明又一村。"对杨建芬来说，昨天是记忆，今天是现场，明天到底会面临什么，永远是未知数。

黄小峰告诉我，2013年，杨建芬夫妻收养了第二个养女：杨杨。

当时的杨杨，只是一个刚刚离开襁褓的婴儿。

那是杨建芬从事志愿服务的第5个年头，随着北川工作站运行方式的调整与变化，杨建芬在地方政府的帮助下，成为社区的一名网格员，有了稳定的经济来源，基本能够维持家庭生活。

傅春胜告诉我："那段时间，我经常去杨建芬家，我最担心的还是杨建芬和杨杨的关系，我们不希望杨杨成为第二个方杨伟丽，我们丝毫没有责怪方杨伟丽的意思，最怕的是同样的结果。"

还好，杨建芬对小杨杨呵护有加，视如己出。用刘正奎的话说，就是"杨杨从懵懂的婴儿期进入杨建芬的家庭，杨建芬母性的一面会充分体现出来。她培养、哺育、管教、引导孩子的方式会变得宽松和自由，主观能动性能得到发挥，无论是否科学，都容易形成良好的母女关系"。

这是杨建芬夫妻的一缕曙光，这是不断开始、不断结束之后的又一个开始。

但就在这个时候，方永贵的身体状况急转直下，开始行动不便。杨建芬一边要照顾小杨杨，一边还得伺候病体衰弱的丈夫。生活的压力，让柔弱的杨建芬精疲力竭，体重也急剧下降。

杨建芬把所有的爱都给了小杨杨，她就像小杨杨的影子，小杨杨就像她的梦。平时去社区上班，她都要背着杨杨。杨杨牙牙学语时，杨建芬教她的第一个词，就是"妈妈"。

她常常目不转睛地注视着小杨杨的大眼睛，说："我的娃儿，叫我妈妈！快叫一声妈妈！"

终于有一天，小杨杨叫了一声："妈——妈——"

"天哪！"那一刻的杨建芬，如逢甘霖。孩子尽管吐字不清，尽管奶声奶气，尽管语不成调，但杨建芬还是一边激动地回应"哎——哎——哎——"，一边泣不成声。

杨建芬对我说："第一次听杨杨叫我妈，我想到了我的方娟。方娟小时候，也是这样叫我的，叫着叫着，方娟就长大了。她没有了，就没人叫我妈妈了。"

2015 年，小杨杨都能叫爸爸了，杨建芬终于用辛辛苦苦积攒下来的几千元钱，给方永贵买了一辆代步用的电动三轮车。后来，方永贵卧床不起，闲置在楼下的三轮车布满灰尘。方永贵的病几乎掏空了所有的家底，杨建芬本来决定把三轮车卖掉，后来听了热心人的建议，决定用三轮车来谋生。于是，她找小区的保安学驾驶三轮车，第三天就上路载客了。

现代交通工具早已进入小车时代，新北川更是如此，杨建芬却"复古"了一把。

那天，杨建芬骑三轮车挣到了 15 元。出租车的起步价是 7 元，她的起步价是 2 元。

黄小峰对我说："在新北川，用三轮车载客已经很少见，杨建芬是为数不多的一位，而且，还是一位女性。"

2017 年 11 月，方永贵撒手人寰。对杨建芬而言，九年前，女儿走了；九年后，丈夫也走了。

4 岁的小杨杨问杨建芬："爸爸去哪儿了？"

那一年，有一档电视节目叫《爸爸去哪儿》，不知道小杨杨的提问是否是受到了节目的影响，而当时她的回答，连她自己都大吃一惊。

"去找你姐姐了。"

"姐姐是谁？"

"是方娟。"

为了给自己打气，也为了给和自己有同样遭遇的人打气，杨建芬创建了一个微信群，名字叫"永不放弃"。群友，全是和她一样的人。

史占彪说："一连串的打击，让杨建芬十年来的生活道路充满坎坷。原本一家三口人，走了一个人，剩下两个人。又来了一个人，又变成三口人。走了一个人，又剩下两个人。又来了一个人，变成三口人。又走了一个人，成了两个人。这最后的两个人——母女，可千万不能再变了。"他说，"我叮嘱过黄小峰，一定要搞好跟踪记录，更重要的，是要从心理上给杨建芬母女以活下去的力量，不但要活，而且要像正常家庭那样活好。"

那年清明，杨建芬带着小杨杨去老北川给方娟烧纸。

杨建芬告诉杨杨："这片草坪下面，有你的姐姐方娟，妈妈如果不行了，你就替妈妈给姐姐烧纸。"

"我还要给你烧纸呢。"小杨杨说。

"……嗯。"

我见到小杨杨的时候，小家伙已经是一个聪明、活泼、可爱的 5 岁小女孩了。

2018 年 11 月，我一抵达北川，刘正奎、傅春胜和吴坎坎就建议我见见杨建芬，由于我们的时间安排非常紧张，原计划早上看望完杨建芬后就开始下一个行程，结果杨建芬给刘正奎回复："我们明天就要过羌历年了，我还要和姐妹们一起排练锅庄舞呢，早上的时间也很紧张，7 点半那阵子，我要送杨杨去幼儿园。这样吧，你们先到我家坐着，我抽时间来家里聊。"

看到这些，刘正奎、傅春胜、吴坎坎感到分外欣慰。我明白，他们注意到了杨建芬话语中的两个重要信息：排练舞蹈、幼儿园接孩子。

这是杨建芬的新生活，这也是心理工作者希望心理创伤人员拥有的生活：改变与不变，不变与改变。

早上 7 点半，我们一行悄悄来到幼儿园门口。我们心照不宣，只为偷偷看一眼小杨杨。

幼儿园门口的街道两旁站着许多孩子家长，他们的目光注视着自己的孩子蹦蹦跳跳地跨进幼儿园的大门，那是一种温热的目光、依依不舍的目光、如丝似缕的目光，也是一种盘根错节的目光。我无法洞悉到底有多少孩子和家长的关系类似于杨建芬和杨杨的关系，但这样的幼儿园门口，分明和非灾区没什么两样。

我的目光久久地穿过大门的铁栅栏，朝里面张望。

傅春胜说："我们连杨大姐送孩子的身影都没有见到，怎么能见到杨杨呢？"

突然，傅春胜的电话响了，是杨建芬打来的："为了和你们见面，我早早就把孩子送到幼儿园了，看来只有中午的时间了，中午先到我家坐一会儿，然后咱去文某某家吃饭，我下午就没时间陪你们了。"

文某某的孩子也在地震中遇难,后来文某某也收养了一个孩子。

我注意到了一个细节，刘正奎、傅春胜、吴坎坎立即开始商议见面的具体问题，比如谈话的主题，要注意的细节等等。那天，我陪他们到一个商场购买了几十种礼物，有高档牛奶、巧克力、夹心饼干、萨其马、灌装宝宝奶豆、棉花糖、酸甜果脯、夹馅面包、番茄薯条、蔬果干、肉松酥……打包时，所有礼物都一分为二。

一份给杨建芬的孩子，另一份给文某某的孩子。

我至今记得那天中午我们一行4人——不！加上杨建芬和小杨杨共6人去文某某家中的情景。

我们是乘坐杨建芬的三轮车来到文某某家的。当时我们原计划乘出租车前往，杨建芬却说："费那个钱干啥，走，上我的车，都是自己人。"那语气不容争辩，仿佛她驾驶的是宝马奔驰桑塔纳。

刘正奎立即响应："那太好了，辛苦杨大姐一趟。"

我非常清楚，这是刘正奎的敏锐，也是一位心理专家的姿态，更是心理沟通的方法与技术。而这一切，在一言一行之间，体现得不留痕迹，十分自然。

三轮车只能容纳两人，却一下挤了6人。我和刘正奎、傅春胜屁股挤屁股，胯挤胯，吴坎坎则侧卧在我们仨的怀里，像包子皮儿裹着一块大馅儿。除了刘正奎，我们仨都是大块头，几乎连对方有几坨赘肉都能感受到。

吴坎坎得意地笑了："这是我坐得最舒服的一次车。"

杨建芬也回头幽默了一把："如果不是我，你们有机会这么亲密地摞在一起吗？"

"哈哈哈哈。"大家的笑声，在窗内外回旋。

我故意说："杨大姐技术不错，车子一点都感觉不到颠。"

"不是因为你们太重，是北川的路面好，这路是山东援建的。"杨建芬又幽默了一把。

"小燕子，穿花衣，年年春天来这里……"小杨杨的嘴里哼个不停。

遗憾的是，我当时并不认识纪录片导演黄小峰，否则定会把他拽到这个现场。

尽管这只是漫长十年中的一天，一时，一分，甚至一个瞬间。

杨建芬不再掰手指头算天数了，比如大前天加前天，等于两天；前天加昨天，也等于两天；昨天加今天，还是等于两天。面对当下或未来的每一天，加起来当是两天、三天、十天直至很远。很远到底有多远，不用掰指头的，啥也不用掰。

可它在十年内的 3650 天里，分明是一个镜头，未来，也是。

这个镜头是长是短？只有岁月知道，只有杨建芬长长的辫子知道。

第十五章　灾后心理援助任重道远
——秦岭、白岩松对话录

Chapter Fifteen

对话人：白岩松（中央电视台节目主持人、原“青爱工程”形象大使）

秦岭（一级作家，中国作协会员）

时间：2019 年 3 月 26 日 20 点

地点：中央电视台

主题：灾后心理援助任重道远

对话内容：

秦岭：白岩松先生您好！2008 年“5·12”汶川地震以来，中科院心理所组织、引领全国各地的心理专家、志愿者开展了历时十年的灾后心理援助工作，这项工作涉及四川、青海、甘肃、天津、山东、云南等十几个省、区、市的地震、泥石流、龙卷风、大爆炸、洪涝灾区，成千上万的 PTSD、抑郁症、恐惧症等心理创伤人员得到及时的心理救助。截至目前，这项工作仍然在进行中。去年，中国科学院、中国作协等有关部门把灾后心理援助工作纳入了科技领域大型文学创作项目，我作为这个项目的承担者，在前期的采访中了解到，这十年来您不仅直接、间接参与了灾后心理援助的 些工作和活动，而且始终为灾后心理援助鼓与呼，那么，您是如何看待灾后心理援助的呢？

白岩松：我自己作为一名普通的志愿者，只是做了自己应该做的事。灾难过后，对灾后心理创伤人员提供心理援助，这是国际社会的共识，一些发达国家已推行了很多年。我国在汶川地震之前也零零星星做了一些心理援助，但没有汶川地震之后这么具体。汶川地震发生后，我们中央电视台始终不间断地对灾区抢险救灾情况进行现场直播，那种惊心动魄的惨烈场面，至今记忆犹新。死亡人数的与日俱增，必然会使千千万万个家庭遭受重创，而心理创伤群体更是一个非常庞大的数字，他们当中有幸存者，也有遇难者家属。当时中科院心理所和其他有关组织的心理援助队伍已经进驻灾区，并开始了艰苦的心理援助活动。我在现场注意到，大多数参与救援的消防官兵只有十八九岁，而且绝大多数都没有经历过这么大的灾难。有一位战士对我讲，他12日挖出了一个孩子的上半身，14日挖出了那个孩子的下半身，这位战士内心承受的心理创伤可想而知。大家知道，后来发生了多起救灾干部自杀的事件。应该说，他们既是救援者，同时也应该是心理援助的对象。灾后心理援助是一个持续的过程，重要的是心灵抚慰、陪伴和科学的心理疏导，需要持续三年、五年甚至十几年乃至更久。如果只是一两年就走人，心理创伤人员的心理会失去支撑，情况可能会更为严峻。"二战"时期，很多被关押者走出了奥斯维辛集中营，却很难走出内心的创伤，有的人一辈子也走不出来。从某种角度讲，他们是幸运的，但同时也是不幸的。汶川地震客观上给中国的灾后心理援助的起步和完善提供了一次机会，一道起跑线。目前，从政府到民间都开始关注灾后心理援助，汶川地震之后的玉树、舟曲等灾区的心理创伤人员也及时得到援助，但我认为，这仅仅是个开始，灾后心理援助工作任重道远，还有很长的路要走。

秦岭：我认同这个观点。最近，我再一次深入北川、绵竹、德阳、什邡、九寨沟、舟曲等地震、泥石流灾区，发现灾区到处都有"1+1心联行动"活动，而且很多人向我提到您。我从中科院心理所了解到的情况是，"青爱工程"已在全国 26 个省、市、自治区的不少学校、幼儿园援建"青爱小屋"1000 多所，其中一些灾区的学校基本实现了"青爱小屋"全覆盖，并为灾区培养了数以千计的心理工作者，救助特困儿童、青少年 3 万人次，受益学生、教师和家长超过千万人次。应该说，"1+1心联行动"对灾区学校心理健康教育工作和学生健康成长发挥了积极作用。您作为"青爱工程"的形象大使，可否聊聊您的初衷和想法？

白岩松：您提到的"1+1心联行动"，是我们在 2008 年 5 月 14 日发起的，它其实是"青爱工程"的一部分，而"青爱工程"早在 2006 年就启动了。"青爱工程"的全称是中国青少年艾滋病防治教育工程，由中华慈善总会和中国教育学会共同主办，主要致力于对青少年进行爱的教育，即通过在全国的大中小学幼儿园援建设立"青爱小屋"，帮助学校建立起开展艾滋病防治、性健康、心理健康、公益慈善和传统文化教育的能力，并对受艾滋病影响的儿童、青少年实施救助。汶川地震后的第三天，我们发起了"青少年灾后心理援助联合公益行动"，简称"1+1心联行动"，这个项目由"青爱工程"办公室具体负责实施，通过在灾区学校援建"心联小屋"，从灾后心理重建入手，对青少年进行爱的教育。可以说，"1+1心联行动"是灾区版的"青爱小屋"。"1+1心联行动"立项之初，我们就提出结合公益慈善和教育资源，创建有序、专业、透明、公益的长效心理援助机制，承诺至少坚持做十年，为灾区留下一支不走的心理援助队伍。十年来，项目在北京以及一些灾区办了一些班，开展了一些培训，目的是要让心理援助的理念生根发芽，开花结果。"1+1心联行动"在运行中也在不断总结经验，不断完善。我认为，作为一个平台，不能停留在"有"的层面，不但要"有"，而且要"做好"。需要说明的是，我做"青爱工程"宣传员做了5年，2008年就到期了，汶川地震后，又延续做了"1+1心联行动"工作，2011年后，我在这方面的工作暂告一段落。

秦岭：不少心理专家告诉我，心理学本身在中国起步比较晚，恰恰是一系列重大自然灾害和人为灾难，把我国的心理援助工作推到了前台，也使心理援助知识得到了较大范围的普及、推广和应运。其实，心理援助不仅仅是灾区的现实需要，社会方方面面也需要心理援助，您对这两者有着怎样的体会？

白岩松：的确存在这个问题，无论是灾区还是非灾区，心理援助的缺口其实都非常大，理念和技术层面也需要同时跟进。我认为，所谓心理援助，光有"心"还不够，还应该有"理"。"心"我不多做解释，重要的是"理"，不妨理解为指导心理援助的理论。理论来自实践，心理工作者为心理创伤人员提供援助时，第一步当然是倾听、抚慰、疏导，而且要不断总结、发现和梳理经验，不能像打游击那样陪伴一阵，转身就走。心理援助一定要理性、务实，如果定力不够、能力不足，必然起不到任何作用。第二步要广泛对心理工作者、志愿者开展专业培训，实现心理援助的专业化、科学化、系统化和规范化。心理援助工作涉及方方面面，有一定的社会性。比如，目前我国60岁以上老人已经超过2.5亿，而且这个数据一直处于增长趋势，而我们为他们提供心理服务的专业人士、社区护理人员、心理师、保姆、专业康复人员到底有多少？缺口到底有多大？恐怕还是个未知数。这个问题在失独家庭剧增的各类灾区，反映出来的问题就更为突出。我们的社会服务体系尽管在不断完善，但落到具体层面还有一个操作性的问题，比如，很多城市都有盲道，但是到底有多少盲人能放心地在盲道上行走？总不能走着走着，前面时不时会有自行车或电线杆吧？我只是举了一个例子，但这个例子具有社会性。心理援助的社会性，需要整个社会来关注。

秦岭：汶川地震之后，灾区遭受严重心理创伤的人数高达四五百万，中科院心理所的专家们在灾后心理援助中，也探索出了不少行之有效的方法和经验，并在之后青海玉树地震、甘肃舟曲泥石流、山东寿光洪灾、天津港大爆炸等一系列重大灾难之后的心理援助中，进行了推广和运用。显而易见的是，十年来对其他灾区提供的灾后心理援助，已经比汶川地震灾区的心理援助理性、规范了很多，尽管仍然存在不少问题，但效果比较明显，对此您有何感受？

白岩松：十年来的灾后心理援助取得了一定的效果，这一点是毫无疑问的，但面临的形势仍然很严峻，这一点必须清醒。灾难越多，心理援助的缺口就越大，更何况，也很难保证每一次灾难过后心理援助的覆盖面。您刚才提到心理所的专家，就数量而言，他们只是有限的"钉子"，关键是要以点带面，为灾区培训更多用得上、留得住的心理师、心理服务人员和心理志愿者，这样才能长期为心理创伤人员提供服务。就像一根火柴，最关键是要把篝火点亮。心理援助不是几个专家援助几个人的事情，不是加法，而应该是乘法，否则无法实现更大的覆盖面。我刚才提到理论先行，就是说心理专家必须是先知先觉者，不光要用实践中总结出来的科学理论指导心理援助，而且还要为政府提供行之有效的决策依据。因此，心理专家应该由下而上提供理念、经验和方法，政府由上而下进行部署推动。您刚才提到的各个灾区，情况都不一样，这就要求心理专家要分不同层级、不同地域、不同文化、不同生活习惯，制定有针对性的援助措施。有了政府的主导，基层各有关部门就会形成联动，再加上专家的介入，心理援助就可以从政府到民间形成强大的合力，从而真正实现高效运行。

秦岭：这一点，我也深有感触，比如理论先行，再比如心理专家自下而上提供决策依据、政府自上而下部署推动等等，这些观点也符合我国心理援助的现实需要。我在灾区调研时，也意识到了这个问题。比如，在心理援助早期，心理专家们普遍依据的是西方理论，很快就发现在某些领域根本行不通。再比如，十年来的灾后心理援助，各个心理援助工作站尽管也得到地方政府的支持和配合，但几乎所有资金依靠的都是社会力量，譬如慈善机构、红十字会以及各类基金会。各地陆续建立的心理健康服务系统，也基本上依靠社会力量。十年前心理所在绵竹、北川一带建立心理援助工作站时，连承租办公用房都困难重重，可见政府、有关部门、专家、志愿者的联动非常有必要。

白岩松：这个问题非常现实，刚开始的时候，我们的心理援助依靠的主要是国外的理论，但我们必须清醒地认识到，随着时代的进步和发展，国外的理论本身也在不断调整和变化，更何况我国在国情、民族、文化层面与国外有许多不同。我们必须考虑到自己的国情，让心理援助真正实现中国化。所谓中国化，就是适合我们自己的知识、技能、经验和方法。另外，在抢险救灾层面，我国政府的主导作用发挥得非常好，和民间力量的结合也不错。但是，应该让方方面面都认识到，心理援助也是一种救灾，目的是把心理创伤人员从心灵的废墟中解救出来，如果把心理援助和抢险救灾放在同一个层面来认识、决策、落实，相信情况会好得多。

秦岭：在不同的灾区，我接触过不少来自全国各地的心理志愿者，他们有的不惜抛家舍业，有的顶着各种压力来到灾区，他们当中有私营企业主，有老师、医生、在校大学生、中学生，也有一些无业人员，这个群体非常庞大，仅汶川地震之后的前一个月，涌入灾区的志愿者就多达 2600 人，累计应该在 10000 人以上。这是一个非常特殊的群体，客观上也为灾后心理援助发挥了不可估量的作用。您作为中国志愿者协会副会长，如何认识这个特殊的群体？

白岩松：必须肯定的是，包括心理志愿者在内的广大志愿者在灾区的确发挥了十分重要的作用，他们身上体现的那种价值观、热情和奉献精神是难能可贵的，他们真诚而艰辛的付出，在这个时代有着积极的意义。社会需要志愿者，灾区更需要志愿者。但我们也要立足实际，清醒认识"志愿"的内涵和作为"志愿者"行为能力的实际效果。志愿者的行动，首先应该是"心"的行动，不能光凭一时的热情，甚至把去灾区服务仅仅当作人生的一次阅历。有不少志愿者来去匆匆，不仅没有实现为援助对象提供心理疏导的目的，反而为灾区增添了负担；有的志愿者本身心理抗压能力不强、缺乏基本的援助知识，反而成为被援助的对象。现在，我们国家已经有了非常专业的国际救援队，他们是抢险救灾的第一梯队，志愿者应该是抢险救灾的第二梯队，第二梯队不能盲目参与第一梯队的事，否则会影响救援。另外，遇到大的灾难或活动，志愿者不管有没有相应的技能，往往都会一呼百应，无论路途多么遥远，也会很快云集，而小的灾难，小的活动，志愿者却非常少。这很成问题。实际上，我们的身边也有很多需要帮助的人和事，比如失独家庭、残疾人、孤老户、留守儿童等，这样的群体同样需要志愿者的帮助。平时在干什么？志愿者首先应该有志愿精神，志愿活动应体现在生活的常态当中。大灾大难需要志愿者，日常生活中也需要志愿者。让志愿服务回到身边，回到常态，更能体现志愿精神。

秦岭：您的这个观点，是富有启发性的。我也了解到，汶川地震发生不久，灾区就有"防火、防盗、防心理咨询"的说法。所谓"防心理咨询"实际上指防一些心理志愿者，由于不少志愿者并没有心理专业知识，一到灾区就凭着一腔热情对死难者家属、幸存者进行所谓的心理干预，结果引起受助者极大的反感。2010年玉树地震后，前期抵达玉树的心理志愿者因适应不了高原反应，几乎全部撤到了西宁。2015年天津港大爆炸过后，有些志愿者见到烧焦的尸体，当场吓得束手无策。可见志愿者自身的综合素质和专业技能非常重要，那么，您对未来的志愿服务有什么期望？

白岩松：除了我刚才提到的志愿服务回到身边，还有一点，时代和社会对志愿者提出了更严格的要求和更高的标准，志愿者至少要实现三个转变，一是由志愿行动变成拥有一颗志愿的心，二是由一腔热情的志愿者变成专业化的志愿者，三是由有需求的时候临时集结到没需求的时候经常培训。没事的时候你在干什么，才能决定你有事的时候能干什么。举个例子，2008年残奥会期间，我和濮存昕、杨杨几个人制作残奥会期间志愿者的教材，我们自身也学到了许多东西，比如有的志愿者面对盲人，马上会说："来！让我来挽着你走。"接着就扯人家胳膊，而真正有经验的志愿者会说："我把胳膊给您。"这样盲人可以自主决定步伐，而且有安全感。再比如帮助残疾人推轮椅，其实多数人不会推轮椅，如果按照规范的要求，推轮椅其实不是用胳膊，而是用腰使劲儿。我们常常会看到一些推轮椅的人屁股撅得老高，这种推法会使坐轮椅的人非常难受。还有，当你推着轮椅的时候，遇到同样推着轮椅的志愿者，彼此交流的时候身子必须把握好恰当的角度，但很多志愿者并不知道这一点。因此，志愿者的知识、技能和方法非常重要。在日本等国家，志愿者门槛很高，不是谁想当志愿者就能当的，志愿者一般都要经过严格的培训，并实行资格认证，而且不同的灾区会有掌握相应专业技能的志愿者前往服务。因此，我们的志愿者亟待进一步规范化、专业化。

秦岭：按照中国科学院、中国作家协会等的统一安排，我承担了撰写有关十年来我国灾后心理援助工作的作品的任务，必然要涉及志愿服务这一重要内容。您对这样的作品有何高见？或者，有什么样的期待？

白岩松：据我所知，以文学的方式全方位、全景式、多侧面展现我国的灾后心理援助工作，还是第一次。就灾难和灾后心理援助的特殊性而言，您的写作必然是一次有难度的、充满挑战的写作，我想，期待您这本书的不仅是广大志愿者，全社会都会关注这本书，因为这和关注灾难、关注灾后心理援助是一致的。我相信您能够凭自己的创作经验和智慧，客观反映广大志愿者的真实现状与发展愿景，既给志愿者以反思和鼓励，同时给予他们力量。

第十六章　挺进青藏高原

Chapter Sixteen

有一个特殊的时间，不知你是否记得：2010 年 4 月 21—22 日，中央电视台的台标变为黑白两种颜色。

那一天，全国所有电视台娱乐频道停播。

我的一位诗人朋友沉默了好多天，突然离座而起，从华北大平原出发，去了青藏高原。

临行前，他满怀壮志地告诉我："哥们儿，你应该知道，我这一去，要干什么。"

10 天后，他失魂落魄地回来了，人也瘦了一圈儿。他仰天长叹："天啊！我自以为用我诗人的情怀，可以安慰那里的灾民，可我发现，我失败了。"

我说："你以为你是心理学家啊。"

那个让诗人遗憾的地方，是玉树。

2010 年 4 月 14 日，青海省玉树藏族自治州玉树市连续发生 6 次地震，最高震级 7.1 级。地震造成 2698 人遇难，270 人失踪。其中，遇难学生 199 人。遇难者中，绝大多数是藏族同胞。玉树市的总人口只有 10 万，93% 是藏族人，是青海省内藏族人口分布最集中的地区。著名的格萨尔广场、晒经台、勒巴沟岩画、藏娘佛塔及桑周寺、文成公主庙就在这里。

疯狂颠簸之后，美丽的玉树面目全非，绽开的格桑花，黯淡无光。

"青海长云暗雪山"，我想起了王昌龄的诗句。

杜甫曾为这里留下过这样的诗句："新鬼烦冤旧鬼哭，天阴雨湿声啾啾！"

王昌龄和杜甫的诗句，描述的都不是地震，诗句表达的主题，却太像地震后的青藏高原了。

为了表达全国各族人民对青海玉树地震遇难同胞的深切哀悼，国务院决定，2010 年 4 月 21 日举行全国哀悼活动，全国和驻外使领馆下半旗志哀。

张建新告诉我："玉树地震后，心理所立即在北京成立了'心理所青海玉树地震科技救灾工作小组'，并及时与院抗震救灾领导小组以及玉树灾区抗震救灾一线指挥部取得联系，希望在中国科学院的统一部署下积极投入科技救灾工作。"

4 月 23 日，心理所派出先遣队直奔高原，那次挂帅出征的，是张建新。2008 年汶川那次，张建新是心理所心理援助行动总指挥，这次，他又临危受命披挂上马。史占彪这样评价张建新："从汶川到玉树，再到舟曲、盈江，张老师不仅从行动上为我们树立了榜样，还一直指导我们要理性、科学地进行援助，彰显了科技救灾的价值。"

包括张建新在内，那次的先遣队由史占彪、祝卓宏以及汶川地震期间在前线开展过心理援助工作的博士生黄飞一行 4 人组成。

那时的玉树，余震不断，大量群众正往周边城市转移，省会西宁临时设立了大量安置点。

张建新告诉我："那里不是汶川，而是高海拔的玉树。当时所里为我们饯行的时候，真的有些悲壮，那种氛围，汶川地震那次也没有过。"

张侃和李安林反复叮咛:"一定要保证自身安全。"

当时,正在外地出差的副所长傅小兰、所长助理孙向红、刘正奎分别给壮士们发了电子邮件。

傅小兰写道:"为我所赴西宁开展地震灾区心理援助工作的第一批老师们送行:大爱无疆!一路平安!"

孙向红写道:"我在深圳为你们送行,明知此行困难重重,但在人民需要的时候,我们责无旁贷。相信你们的勇气和智慧一定能战胜困难,为灾区的群众带去强大的心理支持。一路保重,平安回京!"

刘正奎写道:"向赴玉树开展灾后心理援助的同事们致敬!心系灾区,情暖人间,好人一生平安!"

我想到了王昌龄的另一名句:"黄沙百战穿金甲,不破楼兰终不还。"

最初的出征地,不是玉树而是西宁。这是一个非常明智的决策。

不是心理所的专家对玉树望而却步,而是大量的被援助对象在源源不断地转移到西宁。在那种情况下,援助队伍如果贸然闯进玉树,不仅南辕北辙,而且徒劳无功。另外,当时恰逢抢险救灾白热化阶段,西宁到玉树的救灾航班、军用飞机的运输量均在超负荷执行任务,地面交通的运输能力也非常有限,抢救生命,是第一要务。

无论是西宁还是玉树,地震造成的人心恐慌,成为各种冲突潜在的危险,另外还有语言不通的问题。当然,西宁的先遣队也随时做好奔赴玉树的准备。

实际上,早在先遣队抵达之前,青海省卫生厅、教育厅、妇联就已经联合成立了"青海抗震救灾心理援助领导小组办公室",挂靠在卫生厅。组长由三家单位的厅级领导担任，主任是李令暹。就组织形式而言，基本借鉴了心理所当年会战汶川的模式。张建新、史占彪、祝卓宏随即加入心理援助专家组。几天后，《玉树地震灾区干部群众心理援助工作实施办法》出台。

史占彪说："这说明，汶川地震以后，地方上对心理援助普遍形成了共识。但是青海不同于四川，比如北川和玉树，两个市县都属于少数民族地区，前者是羌区，后者是藏区，很多困难难以想象，在具体的救助方式上，必须随机应变，甚至要转换思维方式。"

据我了解，当时的西宁，仅从玉树转来的伤病员就有2000余名，分布在11家医院；中小学生1800余名，分布在15所学校。伤病员甚至医护人员的情绪普遍存在不稳定的情况。尚有成千上万的伤员仍然在玉树等待救援。最大的麻烦是，几乎所有的医院都没有专业心理救助队伍，心理援助人员严重匮乏。摸底发现，当地零零散散的200多名从事心理咨询行业的人员中，只有50人左右持有资格证书，其中参加过汶川实战的人员不到10人。另外，还有三个心理援助的硬门槛必须跨：一是这里绝大多数群众信教，而且风俗习惯与汉族截然不同，在这种特殊的情况下，稍有不慎就有可能引发民族冲突。二是汉藏双语志愿者急缺。三是相对于汶川，玉树的灾民对PTSD的常识知之更少。

不幸听到这样一个故事，有一位不具备心理知识的志愿者对一名失去子女的男子实施心理援助时，因方法失当，雪上加霜，导致该男子产生了自杀念头。

当年有位参与救援的武警军官，转业后在天津创业，因喜欢文学，某次邀我品茗，聊起当时的情况，连打几个寒战。据他讲，开展紧急救援不久，为了避免瘟疫、传染病流行，他所在连队按照上级指示，严格按照当地风俗，以露天火化方式协助藏族僧人集中处理遇难者遗体，当时处理了好几批。偌大的草原上火光冲天，浓烟滚滚。战士们多为十八九岁的汉族青年，从没见过这样的场面。几天下来，很多战士都不同程度地出现 PTSD 症状，有些战士连续几天无法睡觉，有的战士目光呆滞，表情木讷。

他告诉我："那场面，如今连回忆的勇气都没有。对于战士心理受到的创伤，你们常人是无法理解和想象的，救灾不同于真正的上战场。救灾是希望更多同胞幸免于难，而上战场是为了消灭敌人。救灾时，希望看到的死人越少越好，而打仗时，看到死去的敌人越多越好。你想想，那心情，能一样吗？"

这场面，当年曾吓得不少志愿者目瞪口呆，甚至晚上都不敢出门。

不同民族有着不同的文化。有个藏族小朋友的父母均在地震中遇难，某汉族志愿者在给小朋友做心理疏导时，爱怜地抚摸了一下小朋友的头，结果，孩子怒目圆睁……

志愿者忽视了一个基本的常识，在藏区，只有活佛才能抚摸藏族群众的头，而且，只能在藏区特有的一种仪式上。

张建新告诉我，了解玉树特殊的人文环境，是做好震后心理救援工作的前提，要对灾区群众开展心理救援，就必须将专业的心理学知识和玉树的地理、文化、宗教等知识相结合，这是做好做深心理救援工作的前提。另外，充分认同、理解藏族同胞的生死观，对于开展心理救援有着不容忽视的作用。

也就是说，无论是心理专家还是志愿者，必须接受相关专业的培训，比如医疗抢救、藏文化、民族禁忌、高原反应等。

4 月 25 日，大规模的培训拉开帷幕。专家们对 15 家接受玉树地震转运伤员的医院进行短期培训，几天内就培训了 800 多人，其中志愿者 200 多人，医务人员近 500 人，伤员及家属 140 人。通过藏语翻译培训 3 场近 100 人，现场个案咨询 55 例，纯藏语培训 3 场。培训康巴语系藏族志愿者和结古寺的僧人 46 人，培训干部心理保健 345 人。派出心理专家应邀在省广播电台、省电视台等媒体做灾后心理危机干预知识及心理访谈节目。专门成立抗震救灾信息组，对整个抗震救灾工作过程中所形成的信息收集、整理、审批、定期报送，以确保工作顺利、信息畅通。

史占彪告诉我："当时，不少战士出现了心理创伤，我们对 7 个单位 11 个工作点的 315 名公安干警、消防官兵开展灾后心理健康知识宣讲和心理健康评估、团体减压活动，根据需要对部分人采取了小组晤谈，其中，对 51 名队员进行个别辅导。"

后来我才知道，我那位诗人朋友，也是在玉树地震后不久就出现了 PTSD，经过半年的心理调节才渐渐恢复。他告诉我："高原，让我大梦一场。"

张建新告诉我："在当时，紧急培训、招募志愿者、全面开展工作，几乎是同步进行的。"

西宁在行动，北京也在行动。在心理援助工作的大本营心理所，第二批、第三批队伍整装待发。

吸取汶川地震后早期心理援助混乱、无序的教训，心理所对第一时间到达青海的心理援助志愿者进行了统一的接待和组织。随后，统一开展长期的灾后心理援助工作，实现分时段、分空间、分重点逐步开展心理援助工作，从而形成了"政府主导，专业支持和社会参与"的"共助"援助局面。

4 月 29 日，青海省第五人民医院心理辅导室创立。

5 月 2 日，玉树震情趋于稳定，安置在西宁的数万受灾群众开始陆续返乡，心理援助工作的主战场也随之向玉树转移。

5 月 3 日，心理所终于招募到了一名具有当地藏族生活背景、懂得藏语的研究生当行政助理。5 月 5 日，30 名来自玉树地区的康巴藏语大学生聚集在青海师范大学教师教育学院的会议室，集中聆听由史占彪讲授的主题为"灾后心理援助的基本策略与技巧"的课程。

5 月 9 日，张侃、王文忠、史占彪赴西宁调研指导心理援助工作，这是心理所 4 月 23 日以来第四次派专家组前往西宁开展工作。10 日晚，张侃一行整理了《中科院心理所关于玉树心理援助的 9 项建议》，通过青海省社科联和青海师范大学教师教育学院，提交到省抗震救灾指挥部。

5 月 20 日，青海省社科联和中科院心理所在玉树震后最大的安置点扎西科赛马场灾区安置点联合成立"青海省社科联—中科院心理所震后心理援助玉树工作站"。站长由史占彪担任，副站长由青海省心理咨询协会会长曹斌担任。这是第一支进入玉树重灾区的有组织的专家团队，玉树震后心理援助工作从此迈上一个新台阶。

关于玉树工作站成立的时机，我一度有过疑问，比如，既然心理所早在 4 月 23 日就派出先遣队进驻青海，为什么工作长达一个月之后才建立工作站呢？

对此，史占彪给我做出了这样的解释："玉树灾区的自然环境、民族风俗和其他灾区不一样，在第一时间仓促成立工作站，未必是成熟的援助方式，首要问题是依托当地有关部门、救援队摸清情况，培训队伍，招募志愿者，迅速厘清援助的头绪和方向，如果这些条件不具备，仓促成立工作站，会成为无水之源，无本之木。这一点，也恰恰反映了援助玉树的难度和特点。"

　　我记住了一个细节。玉树建站伊始，史占彪和 6 名外地志愿者立足未稳，史占彪本人就成了光杆司令。因为那 6 人都出现了不同程度的高原反应，其中有的还出现了重度昏迷情况，史占彪只好安排他们乘坐救灾飞机返回西宁，西宁方面立即给史占彪派去了土生土长的志愿者。

　　玉树工作站这才重整旗鼓，全面启动。

　　张建新强调说："在民族宗教地区开展心理援助，必须做好宗教工作。"

　　工作站很快和地方有关部门一起，编印了藏汉双语《心理自救互救宣传手册》，组织州委州政府、卫生系统干部职工、驻玉树地区武警官兵，向当地群众、僧人发放灾后心理自救互救宣传材料 20000 余册、心理保健手册 3000 余套、宣传单 5000 份，张贴心理宣传画报 6000 余张，对 135 名受灾群众进行心理健康评估。与此同时，工作站制订了三年心理援助计划，努力推进社区心理援助、学校心理援助、枢纽人群辅导式培训、专业队伍的培训等一系列工作。

　　玉树工作站还开通了 24 小时心理咨询热线，覆盖全州 86000 名电信和移动用户，短信群发当日接到心理咨询电话 100 多人次，工作站给予了现场解答和疏导。

　　一名失去丈夫和三个儿女的藏族同胞告诉我："其实我早就不想活了，我活着还有啥意思呢？那几天，一直有两个女志愿者陪伴着我，是她俩的陪伴，让我觉得还有生活的意义。哦，对了，有位女志愿者还给过我 5000 元钱。"

　　我问："您能不能提供一下她的电话呢？"

　　她说："你等等，我先给她打电话问问，人家如果同意了，我再把电话号码给你。"

我安静地期待着她的反馈。结果她打完电话，说："算了，她不让我告诉你。"

2010 年 6 月 3 日，心理所与青海省社科联在西宁联合成立了震后心理援助西宁工作站，时任青海省委常委、宣传部部长吉狄马加及心理所党委副书记李安林共同为工作站揭牌。

也就是说，心理所同时开辟了玉树、西宁两个战场，而且都是主战场。

史占彪告诉我："为玉树孤儿开展心理健康讲座，是他非常难忘的经历。那天，他为玉树孤儿学校七年级的 60 名学生举行了一场主题为'走出伤痛，快乐学习'的心理健康讲座。我告诉孩子们，以后还会定期来看望他们时，孩子们露出了喜悦而期待的笑容。"

在这里，我必须提到一位志愿者，他叫黄福荣，来自香港特区。

黄福荣是第一位在玉树灾区殉难的志愿者。

黄福荣殉难前，还是单身。志愿者们至今记得他说过的话："我估计自己这辈子也就这样了，很难找到一个愿意嫁给我的人，这样也好，我去一个地方做事情就没有牵挂了。"

黄福荣还说过："如果我在做公益的路上死了，这是上天对我最大的恩赐。"

没想到，一语成谶。

心理援助志愿者小赵向我介绍，黄福荣原是一名货车司机，他生活并不富裕，但多年来热心公益，足迹遍及大江南北。2002 年，他用 7 个月时间独自从香港步行到北京，为中华骨髓库筹款，还捐出自己全部的积蓄。汶川地震之后，黄福荣不听朋友劝阻，只身去了重灾区什邡市，帮助救援队搬运物资，清理倒塌房屋的瓦砾。2010 年 4 月 8 日，黄福荣揣着 1 万港元前往玉树，希望能够为结古镇玉树慈行喜愿会的孤残孩子们添置一些生活、学习用品，并为他们修建一间稍微像样一点的厕所。但是，他抵达玉树的第 6 天，地震袭击了玉树。为了抢救孤儿院的 3 名师生，他两次冲进坍塌的孤儿院。师生获救了，黄福荣却不幸遇难。

为了表彰黄福荣的英勇事迹，国务院决定追授他为"抗震救灾舍己救人杰出义工"。

2010 年 4 月 28 日，在北京大学百年讲堂正式公布的首届"中国心灵富豪榜"中，黄福荣入选。

一位志愿者告诉我："黄福荣作为义工类的志愿者，尽管没有参与心理援助工作，但他的壮举，对我们心理援助志愿者影响很大。"

"黄福荣，是我们志愿者中的志愿者，他让我们心理援助志愿者更懂得了'志愿'两个字的分量和意义。"

前不久，我接到那位诗人朋友打来的电话，他告诉我，他又去玉树了，此行的目的，是了解心理志愿者在高原驱逐 PTSD 恶魔的情况，他想为心理援助专家、志愿者创作一组诗歌。我问："诗歌的名字叫什么？"

"《挺进青藏高原》。"他说。

第十七章　舟曲之曲

Chapter Seventeen

一

灾难这个玩意儿，有时候也是软处好取土、硬处好打墙的货色。

它有时够流氓的，比如对甘肃南部甘南藏族自治州的舟曲县，2008 年汶川地震时，它就乘机跨省把毗邻的舟曲糟蹋得够呛，结果人死了不少，房塌了不少，还有很多无辜的舟曲群众被 PTSD 折磨得痛不欲生。刚刚过去两年，舟曲和舟曲人还没缓过劲儿来，它又来了一场特大泥石流，干脆把舟曲一股脑儿扔进泥淖里。

这有点像把人家掀翻在地，还不忘踹几脚的意思，瞧这德行，够流氓了。

舟曲，格桑花盛开的地方。连续的灾难，格桑花"零落成泥碾作尘"。

那是 2010 年 8 月 7 日 22 时左右，舟曲县城东北部山区突降特大暴雨，降雨量达 97 毫米，持续 40 多分钟，引发三眼峪、罗家峪等四条沟系特大山洪地质灾害，铺天盖地的泥石流由北向南狂卷县城，正面迎对泥石流峰头的三眼村、月圆村被整体吞没，其中月圆村 200 余户、700 多名居民几乎全部遇难。泥石流阻断白龙江后，迅速形成一个庞大的堰塞湖，大半个舟曲县城又被快速上涨的江水淹没，1850 多家商户、20945 多间民宅、21 栋机关单位办公楼顿时沉入水底。

太急、太快、太疯狂了。刚刚进入梦乡的舟曲人措手不及。

这是一场奇特的灾难，先是暴雨从天而降，接着泥石流像疯牛一样满街乱窜，再接着，泥石流与白龙江水合股，像突然失控的大海一样迅即涨潮。这是一种罕见的四面合围、上下夹击。泥石流自上而下，白龙江自下而上，把舟曲老城"包了馅儿"。

在这次灾难中，1557 人罹难，284 人失踪，仅后来接受紧急救治的伤员，就达 2315 人。而就在四个月前，毗邻的青海玉树发生了地震。舟曲和玉树，都属于藏区。关于舟曲灾情的全貌，舟曲作家包红霞创作的长篇纪实文学作品《悲情舟曲》里，有非常详细的记录。包红霞告诉我："好几次，我都写不下去。"

灾难的根本原因，除了舟曲本身就是自然灾害多发区外，最直接的原因，就是两年前的汶川地震，把山体震松了。

2010 年 8 月 14 日，国务院宣布 8 月 15 日为全国哀悼日。

8 月 15 日上午，全国和驻外使领馆，都下半旗志哀，全国停止公共娱乐活动，以表达对甘肃舟曲特大山洪泥石流遇难同胞的深切哀悼。

早在 2009 年 9 月，我就以中国作家采访团成员的身份去过甘南，我们的领队是时任《中国作家》杂志主编、著名的哈萨克族作家艾克拜尔·米吉提先生。我们当时的任务是采访汶川地震之后天水、陇南、甘南一带的灾后重建情况，记得在陇南市武都区，恰逢一个从舟曲前来治病的灾民。他告诉我："我是来看脑子的，地震后成天胡思乱想，脑子不行了。"他告诉我他叫杨玉成，并留了电话。

现在看来，当时杨玉成的 PTSD 症状已经非常严重。

2018 年 10 月，我在心理所刘正奎、王文忠两位专家的陪同下重返甘南。舟曲属于甘南，舟曲的地理位置却更靠近陇南市。那天在陇南高铁站，我见到了前来接我们的一对小夫妻：东珠和丁云枝。东珠是藏族人，丁云枝是回族人。

这对小夫妻，我早有耳闻。

丁云枝有个昵称叫丁丁。

因为他们的爱情，丁丁一度成为网络红人。美丽的丁丁本来是省城兰州市人，长得眉清目秀，"8·7"泥石流后，大学毕业的她作为志愿者千里迢迢来到舟曲，与抢险救灾和心理援助队伍一起摸爬滚打，和英俊的藏族业余歌手东珠产生了恋情。于是，她彻底告别大城市，告别父母，告别过去，成了偏远地区深山里的新娘。这种在物质时代并不多见的跨地区、跨民族的爱情，像舟曲的格桑花，弥漫着奇异的芬芳，在舟曲、在陇上、在全国引起不小的涟漪。

我和刘正奎、王文忠在舟曲的日子，就由他们小两口陪同。

灾后八年，舟曲早已看不到一点儿被泥石流袭击过的痕迹。丁丁告诉我："舟曲的重建，相当于提前发展了三四十年。现在的舟曲和灾前的舟曲，简直就不是同一个县城。"

晚上下榻宾馆，斜对面灯火阑珊处，有一片黑魆魆的建筑群，那就是"8·7"泥石流纪念馆。它的肃穆、静默和影影绰绰，反而让我心绪难平。我突然想到当年在陇南市武都区见到的那个杨玉成，便试着打了一个电话，结果提示对方关机。我心头一激灵，立马有一种不祥的预感。经过多方打听，才知他全家都没了。杨玉成躲过了"5·12"地震，却没躲过"8·7"泥石流的灭顶之灾。

舟曲人告诉我，杨玉成家住城关镇，泥石流退去三十几天后才被掏挖出来。他家 5 口人分别被一丈厚的泥沙封锁在大厅、厨房和厕所里，遗体有奔跑状的、蜷缩状的、倒卧状的……

"很多人家都绝户了，掏挖他们的时候，那些遗体什么样的都有，像包裹在琥珀里一样，真吓人哩。"舟曲人给我讲述的时候，仍止不住地泪流满面。

也不知杨玉成罹难前，汶川地震带给他的 PTSD 缓解了没有，他当年能翻山越岭前往异乡诊治 PTSD，可见是多么珍惜自己的生理和心理健康啊！我知道这样的念想有些多余，PTSD 缓解如何，未缓解又当如何？如今，杨玉成连同 PTSD 一起，全没了。

曾经一度，很多舟曲人最怕听到拖拉机行驶时的轰鸣声，那"突突突突"的响声非常像那天晚上泥石流的声音。

一位志愿者告诉我："一旦有拖拉机驶过，不少人就显得焦虑、紧张，随时起身要逃跑的样子，PTSD 症状十分明显。"

王文忠告诉我，舟曲泥石流发生后，心理所就和甘肃省妇联以及在舟曲一线开展心理救援的两支本土队伍保持着密切联系。8 月 23 日，他就和张建新、吴坎坎组成先遣队从北京直飞兰州，与本土心理联盟—中科院心理所同心援助联盟执行人、西北师范大学知行学院教师王文海以及北京仁爱慈善基金会理事漆山、甘肃航空职工大学校长席尚信等 8 人进行了接洽，共同商讨合作开展灾后心理援助事宜。第二天上午，先遣队会同西北师范大学教育科学研究所等单位的有关人员召开座谈会，具体探讨舟曲灾后心理援助事宜。

王文忠认为，甘肃本土的心理援助反应还是比较快的，他们的本土心理援助联盟本部设在兰州安宁区，谓之本土心理联盟—中科院心理所同心联盟。舟曲泥石流发生后，该联盟就借鉴汶川、文县、玉树灾后心理援助的经验，积极响应中科院心理所召唤，号召兰州、白银、天水、甘南、陇南、武都及陇南周边县市的心理学工作者立即行动起来，组建了甘肃舟曲陇南灾后心理援助连队。下设助理、报道、宣传、外联、培训等 7 个小组，组员有刘福全、支忠、心晴、红英、李晶、李霞、李林真、王蓓聪、李佳樾、李林、张丽均、刘燕、郭霞、郑毅等。联队的行政负责是王文海，技术总监是江洪涛。

在兰州，我见到了江洪涛和他的心理援助团队中的部分成员。1983 年毕业于兰州医学院的江洪涛曾在部队服役，2003 年退役后专门从事临床心理治疗和咨询工作，曾担任国家"百万家庭送健康"项目甘、青、宁地区心理卫生健康教员，甘肃多家心理咨询机构专业技术指导及专家小组组长，甘肃电视台专题栏目《心灵丝雨》特约嘉宾主持，甘肃政法学院心理咨询教师。他每年都要为兰州市机关、企事业单位、学校、部队和社区作百余场心理学科普讲座。

江洪涛现在是"心阶梯"课程导师，守望者心理团队专业督导，国家二级心理咨询师。2010 年作为甘肃省专家组成员，他对甘肃省包括舟曲在内的 8 个重灾县的一线心理志愿者进行心理辅导培训。2015 年，他作为危机干预专业人员赴日本交流访问。在《兰州晚报》等媒体联合组织的寻找"最美甘肃人"活动中，他是其中的"一美"。

我至今记得江洪涛和女志愿者、司机何媛在兰州中川机场接我们的情景。他俩其实早已先期抵达机场，何媛说去洗车，结果让我们白白等了 40 多分钟。我们上车后，何媛又差点拐上了去武威的车道。王文忠对此怒不可遏，连声指责，何媛却丝毫没有脸面被伤的尴尬劲儿。我看不过去，示意王文忠温和一些，王文忠说："我这是'动力沟通'，中国人最要命的是好面子，只有'动力沟通'才能解决这个问题，否则心里会有疙瘩，心病由此而生。"而江洪涛的解释是："小何宁可让客人白等，也要去洗车，和姑娘相亲前的化妆是一个道理，说明她对您和王文忠老师太重视了。而她差点开错方向，那是因为王文忠在甘肃的魅力太大了，导致她方向上产生了迷失感。”

“哈哈哈……”所有的人都乐了，气氛立刻轻松了不少。

十月的兰州，已经寒气逼人，冻得刘正奎直缩脖子。那天，江洪涛执意带我们去了他的工作室，进屋后才“暴露”了目的：只为给刘正奎找一件御寒的衣服。

我说：“您可真会和人沟通啊！所有的纠结在你这里，都像开花似的。”

江洪涛说：“这还不是跟王文忠学的，这叫‘动力沟通’。”

二

应该说，面对泥石流，甘肃心理学界和志愿者的反应还是很迅速的。

王文忠说："多亏了甘肃有一帮像江洪涛这样的人。"

实际上，在 2010 年 8 月心理所专家抵达舟曲之前，甘肃的本土心理联盟—中科院心理所同心联盟已经先期在舟曲独立中学成立了工作站。那个工作站，其实也是灾区的一个安置点。为了保证学生顺利开学，心理所专家抵达后，立即与北京仁爱基金会和甘肃心理援助联队共同组建成立了舟曲心理援助工作站，地点设立在沙川新村 341 号帐篷。站长是王文忠。

为了统筹安排舟曲灾后心理援助工作，2010 年 8 月 26 日，甘肃省卫生厅厅长刘维忠提议并主持召开了舟曲心理援助协调会议。会议最终形成了以甘肃省卫生厅心理援助队牵头，由心理所舟曲心理援助工作站、甘肃怡欣心理咨询中心、甘肃心理咨询师学会、甘肃省妇女联合委员会等 7 家组织和单位共计 31 人组成的心理援助团队，在统一规划下分区、分片地开展心理援助工作。

也就是说，心理所舟曲心理援助工作站被纳入政府心理援助工作体系。

针对志愿者、机关干部、中小学教师、医务工作者的培训迅即展开。培训重点为抗洪救灾及洪灾后疫情预防相关知识、抗洪救灾志愿者的心理自我保护及安全防范知识、洪水灾难创伤后 PTSD 专业知识和援助技术、离丧亡故的悲伤辅导知识、洪水灾难后个体和人群紧急事件应激晤谈(CISD)的专业技术知识等等。短短几个月内，先后组织培训 20 多次，近 5800 人次接受了培训。

这样的培训项目，有的放矢，对症下药，与应对地震灾情的培训完全不同。

工作站与移动公司合作，建立了 2 条热线，针对 PTSD 人员的心理援助也在同步进行。

三年里，先后抵达舟曲的心理所专家、兄弟省市心理专家有 20 多人，志愿者 200 多人。大家先后在沙川帐篷区、廉租房、县城及峰迭、立节、大川、八楞、东山、江盘等乡镇开展心理援助工作。共走访群众 4500 次，心理健康评估 18000 人次，个案援助 180 人，督导 80 多次，团体辅导 50 多人次，受众达 1600 人次，组织援助对象跨省交流 3 次……

那些日子，舟曲的天气有点古怪，有时阴雨绵绵，有时烈日当空。专家们带领汉、藏、回族志愿者在几个安置点昼夜奔波，雨天一身泥，晴天一身汗。

张建新介绍说，舟曲就是舟曲，对舟曲的心理援助不同于任何一个地区。每一次不同的灾难，都意味着心理援助新的体验、实践和检验。它也不像心理学实验，可以去重复、去模拟、去创造情境，心理所要在专业基础之上尽可能以具有创造性和开拓性的思路展开具体的援助工作。心理所在汶川地震中获得的工作经验可以借鉴，更重要的是，面对舟曲灾区的新情况，要不断总结经验、探索新途径，以便更好地为当地群众服务。

刘正奎说："当地群众注重家庭关系，看重人际交往，忌讳谈心理问题，针对这一特点，工作站在开展心理援助时，积极从外围社会工作入手，同时激发内外资源，淡化心理色彩，让他们'自然''自如'地走出泥石流灾害带来的心理阴影。"

"不谈心理做心理，润心无声似春雨"，这是舟曲心理援助的一个鲜明特点。

2011 年 2 月，王文忠、祝卓宏、张雨青、洪军等专家先后对舟曲教育系统的 40 名心理骨干教师和广大干部、医务工作者开展了辅导式心理培训。其中祝卓宏培训的主题是认知行为治疗基本理论与技术。祝卓宏以四巧板 T 字谜体验形式为大家做"心理破冰"，让大家充分感受认知模式、惯性思维的影响力；以解读"杯弓蛇影"故事的形式，使大家理解了认知对情绪和生理的影响；以"吃葡萄干""正念步行""盲人吃饭"等活动，让每位教师深深体会到专注觉察的神奇力量。同时深入浅出地介绍了认知行为治疗（CBT）及接纳与承诺治疗（ACT）的基本原理和基本技术。

这一系列培训，也意味着为期三年的系统培训项目开始启动。

"通过培训，我的心才安了一些。"有位居民告诉我。他的父亲、母亲和妹妹均被泥石流卷走，尸骨无存。甚至灾后很多天，他还不相信这一切悲剧都是真的，怀疑自己被幻觉裹挟，他使劲摇头，掐自己的肉，后来才知道陷入了 PTSD。他说："如果没有心理专家和志愿者的陪伴，我恐怕不仅走不出 PTSD，而且早就精神分裂了。"

王文忠告诉我，这样的培训基本每月都会安排一次，每两周有一次小组辅导活动,该培训项目已经持续了三年。特别是心理辅导骨干教师队伍,已经成为舟曲教育系统心理健康教育工作的骨干力量。

2011年1月18日至23日,来自"8·7"舟曲泥石流灾区的10所学校、5个学区的40位老师,在京参加了为期6天的"'1+1心联行动'北京—舟曲直通车——舟曲心理辅导骨干教师北京·暖春师资班"的专业培训。

此次活动是由88491位网友每人捐助一元钱,通过"1+1心联行动",组织舟曲教师来京参加培训的。培训期间,主办方还带领老师们观看了升国旗仪式,参观了故宫和鸟巢,并到中科院心理所、北京市仁爱慈善基金会进行了座谈。

丁云枝告诉我:"参加培训的老师大都来自舟曲一中、舟曲三中、城关一小、城关二小4所学校,这些学校在舟曲特大山洪泥石流灾害中受灾严重。在灾难中,舟曲有不少学校的教师、学生和教职员工的亲人遇难,通过心理援助,多数遇难者家属走出了心理阴影。

"1+1心联行动"共同发起人、形象代言人白岩松出席培训班结业仪式。

12月14日,"舟曲心联小屋授牌仪式"在舟曲举行,此次小屋挂牌活动是继"暖春师资班"活动后,"1+1心联行动"又一次对"8·7"舟曲泥石流灾区的爱心支持。舟曲县第一初级中学、舟曲县第一中学、舟曲县城关一小、舟曲县江盘学校、舟曲县幼儿园、舟曲县第二中学首批6所学校挂牌"心联小屋"。其中舟曲县第二中学心联小屋由"1+1心联行动"形象大使白岩松捐建,其余5间由河北卓达集团杨卓舒捐建。仪式上,还对16名优秀心联小屋心理辅导骨干教师进行了表彰。

刘正奎说:"舟曲是不幸的,但舟曲也是幸运的。"

学者马辉兰在《舟曲灾后心理干预三年后的效果观察》中有过这样的阐述：调研人员在县城选择当年曾以各种形式接受过心理援助服务的 15 岁以上女性 50 名作为观察对象，另外在县城及周边选择从未接受过任何形式心理援助服务的女性 50 名作为对照，进行研究。结果显示：前者当年均存在不同程度的 PTSD 症状，经过心理援助，PTSD 症状基本消失的有 45 人（占 90%），只有 5 人（占 10%）尚存在不同程度的 PTSD 症状。而对照组中，50 人中正常者 34 人（占 68%），16 人（占 32%）有不同程度的 PTSD 症状。从而得出结论：接受过心理援助和未接受过心理援助的人，心理康复程度有明显差别。

舟曲文化系统的一位退休干部感慨地说："舟曲之舟，是希望之舟；舟曲之曲，是大爱之曲。"

这话从他嘴里说出来，让我体味到了一种难以言喻的感动，那次泥石流，他的妻子和儿子同时没了，是希望之舟和大爱之曲，才使他没有倒下。

三

在舟曲，我先后走访了舟曲一中、新区小学、新区幼儿园以及有关社区，很多被访者几乎不约而同地向我提到一个人：王文忠。

提到王文忠，必然同时要提到王文忠的"动力沟通"理论。

前些日子，我从北川、绵竹、九寨、德阳、什邡等灾区一路走来，灾区群众每次提到心理所的那些专家，有如数家珍的味道。而提到王文忠时分明是另一种样子，这种"样子"里，有千丝万缕，也有盘根错节。

"王老师，其实已经成为我们舟曲人了，他一年要来舟曲好几次。"

"他的'动力沟通'，把我们一大帮、一大帮、一大帮的人凝聚到了一起。"

哈，一次就用了三个"一大帮"。这是舟曲人对数量和规模的表达方式，让我想到白龙江一层层的浪。

我这才知道，舟曲泥石流发生后，王文忠在舟曲发起成立了被谓之群众性健心运动的大众性活动，这个活动的理论支撑，就是由他创立的"动力沟通"理论。而他的"动力沟通"理论，同时又指导着健心运动的具体实践。"动力沟通"的主要思想，是让每个人都能努力利用心理学知识，解决自己面临的问题，同时，把自己面临的问题，与全国各地的志愿者朋友通过网络或偶尔的见面，进行交流、分析，然后用交流、分析的结果，去指导自己的实践工作，再把解决的过程与结果，进行记录、分享、总结和提升，从而起到以点带面，面面互动，联动健心的效果。

王文忠告诉我，"动力沟通"与其他心理援助理念正好相反，是面对 PTSD 人员或相关受众，单刀直入，直奔痛点。不是那种和风细雨型，而是狂风骤雨型。让受众的心灵痛点达到一定程度后，再迅速回落，起到放松的效果。

那天下午，我在宾馆接待了舟曲县德高望重的高望岳老先生，他已 80 岁高龄，腿脚不便，但精神头儿很棒。高望岳原是舟曲县文体局局长，如今是舟曲县"动力沟通"、太极气功协会的灵魂人物。提到心理援助，他告诉我："来咱这里的志愿者很多，但有两个娃娃舟曲人永远不会忘记，一个是丁丁，另一个是刘飞。"

高望岳说："刘飞刚来舟曲时，很多人并不理解他。他就每天从早上 6 点开始，一个人在县城的春江广场打太极拳。他老家在武术之乡河北邯郸，是武氏太极的第七代传人，还是国家二级心理师。当时舟曲人都陷入巨大的悲痛中，谁也无心观赏他的太极拳。但是，他的坚持和执着，慢慢把人吸引去了。后来我们才知道，他是用这种办法给舟曲人疗伤。很多人开始跟着他练习太极拳，很快，一支太极晨练队组建起来，而且参与的市民越来越多。当时刘飞在舟曲待了至少有三年，三年过去，我们的晨练队越来越壮大了。刘飞是我们舟曲的'名人'哩，几乎家喻户晓。"

　　我见到刘飞，是从兰州返回北京之后，他专门开车送我去了天津。那是一个夜色苍茫的夜晚，我挽留他住下，第二天再走。"北京还有很多事需要做，我得连夜赶回去。"他执意说。

　　谈到当年在舟曲的心理援助，刘飞说："我是将心理学中'感受当下'的概念融入到了太极拳的教学当中，让大家能够更好地通过打太极拳回归内心的平静，从而抚平灾难对心灵造成的创伤。事实证明，组建晨练队不但活跃了灾区的精神文化生活，还为之后开展心理援助打下了很好的群众基础。"

　　刘飞告诉我："帮助他人，也是成长自己。"2011年9月，在王文忠的推荐下，刘飞成为心理所2011级儿童发展与教育心理学研究生班的学员，开始了更加专业的学习之路。

　　为整合各方资源，推动慈善事业，更好地在舟曲开展长期系统的服务，心理所从建工作站起就协助当地爱心人士申请成立了"舟曲'圆心曲'社会心理服务中心"，拥有会员128名。在王文忠的鼓励下，刘飞和来自内蒙古包头钢铁职业技术学院的庞云等志愿者与舟曲县教育局副局长郭永明一起，用了不到两个月的时间，就完成了心理援助专著《心灵成长——舟曲灾后心理辅导》。那一年的6月底，刘飞在舟曲加入了中国共产党。

　　当年在舟曲，在不到两年的时间里，刘飞他们先后组织了23次社区骨干和教师的培训以及14次医疗系统的培训。来自全国各地包括香港的专家都参与了授课，为舟曲培育了43名种子教师和7名社区骨干。

　　如今，舟曲"圆心曲"社会心理服务中心的负责人，是丁丁。

　　在来自全国各地的200多名志愿者中，刘飞后来创造了更多的传奇。2016年10月，由心理所—深圳先进技术研究院心身健康技术联合实验室发起的"启非"心理援助项目上马，刘飞和博士后王磊一起踏上了前往非洲肯尼亚的航班。这一去就是整整一年。在那里，他再次发挥了太极拳的优势和从舟曲心理援助中获得的经验。在援助结束告别时，许多非洲朋友都对他恋恋不舍。

刘正奎告诉我："心理所委派刘飞他们去肯尼亚，最根本的理念在于培养当地力量，变'输血'式援助为'造血'式援助，让当地的身心健康教育团队不断成长起来，能够独立、持续地开展身心健康服务工作。"

太极拳中有一个招式，叫白鹤亮翅，亮完翅，必然要飞的。刘飞是全国心理援助志愿者中第一个"飞"出国门的人。

他的起飞地，就是舟曲。

第十八章　心灵旅程

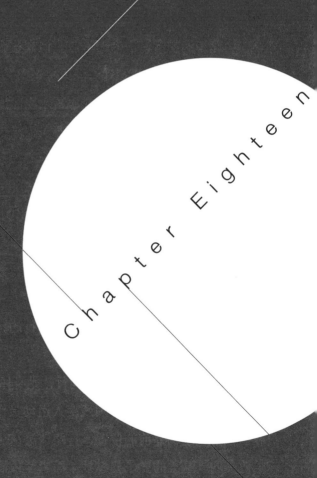

Chapter Eighteen

北川的初冬，山寒，水瘦。但在这个季节的唐家山之行，却让我至今历历在目。早晨伴着满天星星出发，而归来，也是满天星星。

我也是会开车的，但我不善于以时间为单位计算钻沟、绕梁、入峡、爬坡式的走法到底意味着多少路程，可是，我们的中巴途经的十几个乡镇我倒是记住了的：永安、擂鼓、曲山、漩坪、禹里、墩上、坝底、马槽、白什、青片……

这些乡镇，大都位于绵延数百里的唐家山的皱褶之中，也是"5·12"汶川地震的重灾区。那天回到北川，一个朋友告诉我："你们完成了一次壮举啊！唐家山到处都在修路，到处都有塌方地段，你们居然也敢去？"

我笑了。因为，陪我们一路同行的，还有一位没有双腿的年轻男子。

这位男子的妻子也一起同行，她身怀六甲，挺着大肚子。

这位男子，就是中国残疾人运动员代国宏。高位截肢的他，坐在中巴车左侧靠前的位置，一路谈笑风生。他的身边，紧紧依偎着他美丽、温柔的妻子苏思妙。而紧紧依偎在苏思妙身边的，是一辆沉重的轮椅。

当时的苏思妙，不时轻抚高高隆起的腹部。她告诉我："已经五个月啦！"

山大沟深，路况就像搓衣板。窗外寒风袭人，"呜呜"作响。我听见代国宏悄悄问苏思妙："太颠簸了，你没事吧？"

苏思妙用双手把肚子兜了兜，说："我没事儿，你坐稳了。"

"代国宏是一个心理强大的男子汉。"傅春胜说。

我从傅春胜这个精神分析师的眼神里看出了焦虑和担心，他悄悄说："早知路况这么差，真不该请国宏和思妙来，太危险了。"他反复叮咛司机："慢点开，慢点开。"

汶川地震，让全世界知道了中国有座神秘的唐家山，我也是。地震之前，我曾连下四川多次，就是没听说世间还有个唐家山。

身处唐家山的纵深地带，当年成百上千军民背水一战"决战唐家山"的余音，似仍可闻。十年前，地震中的唐家山像一头发怒的狮子，喧嚣，抖动，颠簸，山体崩裂，乱石穿空，多个村庄被埋，上千村民死伤，坍塌的山路阻隔了难民们逃生的生命通道。最可怕的是，地震使四川境内出现了34个堰塞湖，其中唐家山堰塞湖体长803米，宽611米，高124.4米，就算只崩塌二分之一，下游的绵阳市就会陷入泽国汪洋。当时，唐家山疏散人口25万，绵阳市疏散人口120万。为了清除这个大山深处的"定时炸弹"，救援部队除了动用5架米-17直升机外，还从俄罗斯租借了米-26直升机，由俄罗斯机长亲自担任运输任务。80多台推土机、挖掘机等大型机械设备像天外来客一样空降现场。由620人组成的武警水电部队、水电专家携带炸药、干粮、锹镐徒步翻山越岭进入唐家山纵深地带……

最终的结果，绵阳化险为夷。如今，缩小了的堰塞湖依然存在，但已经不再是威胁了。可是，在地震后的第五年，也就是2013年5

月 23 日，当天下午 3 时许，北川县副县长兰辉带队进入漩坪、白坭等乡镇检查道路交通建设、抗洪防汛、安全生产时，不慎坠崖，被堰塞湖一口吞噬，再次震惊全国。

那天，远东控股集团首席行政官、远东慈善基金会副理事长周东佼女士带领团队骨干专程来北川，计划考察一批灾后残疾人创业项目，于是，代国宏夫妇二话没说，陪同他们进入唐家山。

据我了解，北川县因地震致残人口中，0—14 岁的约占 6.4％，15—59 岁的约占 71.4％，60 岁以上的约占 22.2％；相应的，全国残疾人口中，0—14 岁的占 4.66％，15—59 岁的占 42.10％，60 岁及以上的占 53.24％。两者相比，全国残疾人口中以 60 岁及以上年龄的老年人口为主，而北川县的因地震致残人员以 15—59 岁的劳动适龄人口为主。

我注意到，如何让北川劳动适龄人口残疾人参与创业，是社会各界关注的焦点之一。

周东佼告诉我："请代国宏夫妇同行，对大山深处的残疾人来说，意义非同寻常，这也是一次心理学意义的策划。但今天的路况，我真没想到。"

周东佼早在 1985 年就开始接触心理学，2006 年考取了国家二级心理咨询师资格证。多日来，我见识了她的精明强干和演讲才华。毫无疑问，这样的行走，其实也是一次心灵的旅程。唐家山的残疾人很多，他们内心密布着浓重的阴霾。驱散阴霾是需要光亮的，而代国宏和苏思妙内心燃烧的希望之火，是任何人也无法替代的光亮。这是心灵的光亮，也是心理的光亮。

有人说："如果脆弱的心灵创伤太多，追求才是使伤口愈合的最好良药。"谈到未来的打算，代国宏告诉我："我正在筹划建一个心灵家园，给灾后的人们包括残疾人一个心理抚慰的平台，这个平台具体怎么建，还拿不定主意，这次正好出来走走，看看山区残疾人的现状。"

心理抚慰？这种在心理专家、志愿者那里常听到的词汇，却从代国宏嘴里说出来，我感到了一种不一样的担当。事实上，早在接触代国宏之前，我把他视为专家们的心理援助对象，可当我们的中巴车进了大山，我丝毫感受不到他是一位被援助者，他分明就是我们团队中的一员。他没有双腿，但他有翅膀。

他曾发给我一篇文章的链接，题目叫《梦想的小房子和心灵的小院子》，其中有一段话是这样表述的："梦想的小房子和心灵的小院子，我们可以在这里谈论这个世界的风云变化，也可以谈论这里的人们的那些琐碎事儿；我们可以纯粹地在这里做一些事儿：一些不需要用成绩单来衡量的事儿，一些可以让心灵与心灵交流的事儿，一些从悲伤走向希望的事儿，一些让梦想的萌芽绽放的事儿……十年，不是结束，而是震后延伸心灵创伤的爆发和挣扎期，我不敢奢望所有的事情都是美好的，我只是愿尽我所能去弥补被地震震碎的家庭、心灵残缺……去修补继续通往未来的道路……"

这样的文字意味着什么呢？我突然发现，没有腿的代国宏，分明是在飞翔着，而且飞得老远。我想起了一句名言："生活可以是甜的，也可以是苦的，但不能是没味的。你可以胜利，也可以失败，但你不能屈服。"

山道弯弯，峰回路转，我们的身子都随着中巴车颠簸、摇晃。代国宏也是，苏思妙也是，苏思妙肚子里的胎儿，也是。

苏思妙一定同时注意着三个人的安全，除了她自己，还有代国宏和自己肚子里的胎儿。而代国宏谈话的主题、说话的方式始终是乐观的，他甚至还会哼起歌曲来，流行的那种。他的超然、超脱让我暗暗吃惊。比如他说："这算什么啊！小时候，我就是在山里长大的，这算什么苦啊！"

十年前，18 岁的代国宏在北川中学读高二，那场地震，同寝室的同学除了他，其余全部罹难。救援人员把他从废墟中挖出来的时候，已经是 50 多个小时以后的事情。当时的他昏迷不醒，身上沾满了死难同学的鲜血。

性命是保住了，但是，爱好体育运动的他，最终失去了两条腿。

当时，很多人都在关心他，其中有亲人、老师、医护人员、体育教练、心理志愿者……

我有意问他："你怎么看心理援助？"

面对这样一个话题，一向反应敏锐的代国宏反而有点愣神儿。毋庸讳言，他骨子里排斥这个概念。有人告诉我，地震后被截肢的幸存者不在少数，但像代国宏这种对生命、对尊严、对命运、对伤残有着独特领悟的人，并不太多。傅春胜告诉我，代国宏在医院疗养的日子里，有说有唱，为死气沉沉的病房增添了活跃和温度。他把内心的痛苦与欢乐、纠结与舒展、现实与梦想分得很清楚。所有为他伸出援助之手的人，从来不会以引导、抚慰、疏导的名义出场。他们很清醒，给代国宏提供心理援助，只需告诉他："哈，你真厉害！"

在重庆住院期间，有位阿姨对代国宏打趣道："你是小学二三年级的吧？"

因为代国宏被截肢后，身高矮了至少一半。这种近乎残酷的打趣，可能不适合于任何其他残疾人，却把代国宏逗开心了。那天，阿姨送给代国宏两件绘制有机器猫图案的 T 恤。代国宏欣然穿上，很快，各种不同款式的机器猫图案 T 恤飞进病房。于是，代国宏索性取了网名"叮当猫"。这个可爱轻松、诙谐有趣的名字，很快便取代了代国宏的本名。

一位心理专家告诉我："代国宏太不同了，而所有帮助他的人，简直就是'心理大师'。"

"大师"当然是开玩笑，但一位帮助过代国宏的医院工作人员告诉我："在护理代国宏的日子里，尽管我们不是志愿者，但我们内心深处有一个念头，我们必须是心理援助志愿者，而且是不一样的心理志愿者，是为代国宏'量身打造'的志愿者。"

我后来几乎每周都能在代国宏的微信朋友圈里看到他的情况，其中有一个视频至今难忘。那是非洲的一片沙漠，代国宏离开轮椅，稳稳地"站"在沙漠里，双手伴随着节奏明快的打击乐左右挥动，身子大幅度摇摆，兴奋地呐喊。许多围观者为他鼓掌，有欧洲人，也有非洲人。

那精气神，让我想起李白的诗："仰天大笑出门去，我辈岂是蓬蒿人。"

代国宏当然是厉害的。震后十年里，代国宏在游泳运动员的职业生涯中，一共获得9枚金牌，被誉为"无腿蛙王"。

2013年5月，一次偶遇，让他认识了来自成都的美丽护士苏思妙。在香港治疗期间，他买了一幅百米卷轴，在上面给思妙写诗：

温暖就是透过窗户感受穿过云彩的阳光

就是午后在树荫下感受青草被雨水清洗的味道

就是穿梭在雨淋过后的海边

如此清晰地感受着思念的快乐

……

诗歌是现代体，却选择用卷轴这种古老的书写媒介。这样的诗，他写了一千多首。

2015 年，代国宏在获得金牌的赛场上向苏思妙求婚。那天的苏思妙衣袂飘飘，艳若桃花，像一个下凡的仙子。2017 年，代国宏和苏思妙走进了婚礼的殿堂。一位知情人告诉我："秦老师，其实追求苏思妙的帅小伙非常多，可思妙就是看上了'叮当猫'。两个有情人的爱情，感动了所有的亲友。"

这样的爱情和婚姻无疑十分传奇，像一首诗词，像一出戏曲，像一个动人的民间传奇。

可它是真的，它就在我们当下凡俗的烟尘里。

一路同行，我甚至在强迫自己世俗地判断：没错，这是真的。

诚如欧洲诗人夏普所言："并不是每一种灾难都是祸，早临的逆境往往是福。"美国作家爱默生也说过："灾难是真理的第一程。"无论是"福"还是"真理"，在代国宏和苏思妙的爱情里，显得顺理成章，像生命中注定的逻辑。

走进唐家山之前，代国宏和苏思妙受邀在重庆配合中央电视台拍戏。那是一部与爱情有关的电影，男女主角的原型就是代国宏和苏思妙。我非常希望编剧和导演是我理想中的那种：站在当下与历史、古典与现代、传奇与现实、重温与呼唤的多重角度，切入爱情这一主题。

途经每一个乡镇，我们的中巴车都会停下来和本地的残疾人见面。苏思妙会主动把轮椅拎下来，打开，固定，扶好，而代国宏会迅速以车内的扶手、相邻的座椅、门框为支撑点，灵巧地把身子移出车外，然后在轮椅上落座。

这一过程，前后也就几十秒钟。

我多次试图帮一把，代国宏和苏思妙却不让。

"不用不用，这是小事情，习惯了。"

然后就是和残疾人集体见面。

"哈，这不是'叮当猫'吗？"马上有人认出代国宏。

我注意到，在沿途参观有关文化项目时，代国宏和苏思妙均很少下车，也基本不上厕所——在这荒郊野外，代国宏怎样上厕所呢？

一位专家提醒我："谁也不要问代国宏上厕所的事，每到一处，你们自己解决好就行了。"

我突然醒悟过来，代国宏和苏思妙，苏思妙和代国宏，他们是两个人，他们也是一个人。这两个形影不离、如影随形的人联手，就是一个强大的双人团队。这样的团队，什么也不用担心。

专家是心理师，其实苏思妙更像心理师。她的一言一行，举重若轻，云卷云舒，她就是代国宏翱翔的云彩，是代国宏搏击命运的画舫。

我平时有个习惯，每到一个遥远的地方，总喜欢捡一两块普通的小石头，或者小树枝，再或者小草。我把它们带进我位于天津海河畔的书房里，然后错落有致地排放在长长的墙柜平台上，给这些来自天南海北的、素昧平生的小家伙一次"千里万里来看你"的初见，一种"你是风儿我是沙"的相守。那种美好的感觉是难以言说的，比如读书困了，写作累了，一回眸，突然看到来自台湾阿里山的小石头和来自新疆塔克拉玛干沙漠的胡杨树枝像是在窃窃私语，或者看到来自澳门大三巴牌坊的小草和来自德国多瑙河畔的一片鸟羽耳鬓厮磨，不由心生一阵小小的欢喜。

连我自己都不知道这是为什么，可我把它当成了意义。

诚如代国宏和苏思妙，他俩在不可能与可能之间，最终赢得了可能。我不能说是灾难淬炼了他俩的相遇、相知与相爱，但我必须说，他俩给当下人间的情感世界，创造并贡献了平凡而又不平凡的意义。

那一刻，我非常想让车停下来，哪怕能见到一条河，或者一片小林子。

中巴车返回漩坪时，山谷右侧果然有一条河。河滩很开阔，布满普普通通的石头。我提议下河捡石头。司机说："这大山里，没有您想要的奇石。"

我说："普通石头，就是奇石。"

苏思妙轻轻地说："秦老师，一定帮我捡一块啊！我也喜欢那种捡石头的感觉。"

我心头一震，我非常后悔这个过于自我的提议。这种捡石头的野趣，对于陪伴代国宏的苏思妙而言，几乎是不可能完成的奢望。我乐呵呵地承诺道："哈，一定的。"

除了代国宏和苏思妙，我们像出圈的羊羔一样走进开阔的河滩。蓝天、白云、高山、绿树、山岚……在淙淙流淌的小河两岸，我们仿佛走进幽谷的奇境里。沿着河滩，我们越走越远，回眸停在公路上的中巴车队，像一只小小的甲壳虫，平静而安详。

我已经捡了三四块小石头，发现傅春胜也捡了不少。他说："其实，我从来没有捡石头的习惯，何况这样的河滩上并没有什么可供观赏的好石头。但思妙的那句话，打动了我，我也要捡几块送给她。"

他看了看我手里的石头，说："你准备把哪块送给苏思妙？"

"当然是最好的。"我亮出其中的一块。

傅春胜也把自己手里的小石头挑拣一番，说："我这块石头，思妙夫妇一定也是喜欢的。"

　　上了车，我们把小石头送给苏思妙。思妙开心地笑了。我煞有介事地介绍着石头上面的花纹和图案："哈，这是高山，这是平原，这里，说不定是一头牛呢。"

　　苏思妙说："还真是的呢，如果不介绍，一点都看不出来呢。"她把其中一块小石头递给代国宏。代国宏开心地笑了："哈，美，原来是这么发现的啊！"

　　我们一车人，人人手里都有了一两块小石头。

　　欢声笑语又开始了。代国宏的歌声再次响起来。

第十九章 　大爆炸警戒区

Chapter Nineteen

"轰隆隆——"一连串的巨响过后，中国天津港，大灾难不幸降临，也牵动了全世界的神经。

汹汹的火光撕破了天津滨海新区的夜空，滚滚的浓烟吞噬了渤海湾满天的星斗。滨海的朋友告诉我："爆炸声震耳欲聋，大地像筛子一样发抖，我家住在 29 楼，门窗玻璃全部被震碎，所有的家具都被强大的气流冲到了露台那边，卧室像秋千一样摇摆，窗外形同白昼，一团巨大的蘑菇云笼罩了高高的夜空，刺眼的强光仿佛要把一切化为灰烬。我还以为是原子弹爆炸了。"

朋友不忘补充："我连续失眠一个星期，总觉得又有爆炸会发生。后来，还是心理所的专家告诉我，这是典型的 PTSD 症状。"

专家向我介绍，那次爆炸，相当于 21 吨 TNT 炸药集中爆炸，相当于 17 万颗手榴弹爆炸的威力。国家地震台网官方发布消息称：河北的河间、肃宁、晋州等地均有震感。

这是 2015 年 8 月 12 日 23：30 左右，位于天津市滨海新区天津港的瑞海公司危险品仓库发生的火灾爆炸事故。连续两次爆炸，造成 165 人遇难，8 人失联。其中公安消防人员 24 人，天津港消防人员 75 人，民警 11 人，其他人员 55 人。失联人数为 8 人，其中天津港消防人员 5 人，其他人员 3 人。798 人受伤，其中伤情重及较重的伤员 58 人、轻伤员 740 人。304 幢建筑物、12428 辆商用汽车、7533 个集装箱受损。截至 2015 年 12 月 10 日，事故造成直接经济损失 68.66 亿元。

至今，很多人都记得爆炸后的令人触目惊心的照片：几千辆排列整齐的"车尸"。

两次大爆炸，分别形成一个直径 97 米、深 2.7 米的圆形大爆坑和一个直径 15 米、深 1.1 米的月牙形小爆坑。

一般来说，发生在城市人口聚居区的夜间爆炸，伤亡人数会高于白天，而天津港爆炸不尽然。有位家住天津市南开区的朋友在滨海一所学校当教师，她心有余悸地告诉我："由于交通便利，平时，天津开发区有很多职工、创业者，下班后，就返回北京、天津市区、塘沽、汉沽和大港，第二天一早又赶回开发区。那天的爆炸幸亏发生在深夜，假如发生在大白天，不知要炸死、呛死、熏死多少人！"

大爆炸后，她毅然辞职。

对滨海人第二轮的袭击，是 PTSD。第二天一早，面对恐怖的爆炸现场、空气中弥漫的刺鼻异味和各种谣言，大批的滨海人再次扶老携幼，逃离滨海。

"我有几位在现场救援的战友，突然消失得无影无踪，啥都没留下。"一位参与过现场救援的战士告诉我。他说，如果不是心理所专家和志愿者对他进行心理疏导，他根本扛不住 PTSD。

一位专家这样向我解释"无影无踪"的原因："那可是上万摄氏度的高温啊！石头也会无影无踪的，何况人体只是碳水化合物。"

爆炸发生后的第二天，心理所科技救灾心理援助应急工作领导小组立即启动工作预案，根据 8 年来灾后心理援助的实践经验，确定事件中的心理创伤高危人群，按照"政府主导、部门协作、专业支撑、社会参与"的原则，对应激期、过渡安置期和恢复重建期的心理援助工作做了紧急部署。当天晚上 9 时，心理所派出公共安全领域专家李永娟和吴坎坎组成的专家组，并立即联系在危机干预和心理援助方面经验丰富的李慧杰、崔东明、李晓景，紧急赶赴天津滨海新区，迅速开展实地走访调研。当晚 11 时，专家组根据"11·22"黄岛输油管道爆炸和"3·1"昆明火车站暴恐事件中的心理援助经验，结合天津港"8·12"事故的现场情况进行紧急分析，商讨制定了心理援助方案，并根据实地调研结果起草了两份咨询建议。

　　第三天，专家组为 9 名遇难或失踪消防官兵的家属安排了经验丰富的专业心理援助志愿者，并结合当地条件，采用搭建心理干预微信群的方式开展善后处置组工作人员的心理急救知识、心理援助基础理念和技术等培训，由专家在微信群中对工作小组提出的问题直接做出回应和指导。

　　这是怎样的三天？吴坎坎说："紧锣密鼓，见缝插针。"

　　开展心理援助的有关医院和有关病室，被列为警戒区域。

　　而那时的爆炸现场，尽管已经被严密封锁，但严重的大气污染、化学物质依然在扩散，仍然存在次生灾害和潜在危险。

　　天津港大爆炸不同于汶川地震，也不同于舟曲泥石流，根本上，它是人类自己给自己埋下的炸弹，至于爆炸时间为什么是在 8 月 12日，大概只有老天知道，连始作俑者自己也糊涂不清。后来，企业的上级管理者和法人代表多被绳之以法，在法庭上，这些人几乎众口一词地感慨："唉！谁知道会发生这种事呢？"

　　就因为不知道，爆炸之后的连锁"后遗症"，他们当然也未曾料到。

按理说，在所有的灾难中，爆炸形同闪电，一刹那发生，一刹那消失，来也匆匆，去也匆匆，可是，天津港大爆炸的"后遗症"像魔瓶里跑出来的怪物，张牙舞爪，来势凶猛。它先是让大地来个底朝天，然后慢条斯理地制造并释放 PTSD。各种不可测的可变因素，像占据了漫长时空的神秘气团，让你心悬一线，让你夜长梦多，让你在 PTSD 的泥淖里难以自拔，让你在难以自拔中更加 PTSD。

最令人痛心的是，绝大多数的死难者和伤残者本完全可以幸免于难，他们是为了遏制爆炸的恶魔，而被恶魔所伤。

爆炸就在那里，火，就在那里，他们这是赴汤蹈火。

我天生对各类重大事件比较敏感，作为一个生活在天津的作家，近在咫尺的滨海发生的情况，却只通过微信朋友圈获知一二，具体严重到什么程度，知之甚少。爆炸发生后的第二天下午，有一支作家采风团前往滨海采访重大经济项目建设情况，我应邀随团而行。到了滨海，接待方直言："这个时候，你们作家也敢来？这里发生的事情，你们难道真的不知道？"

作家们一时面面相觑。有作家提出："既然如此，那能否看看爆炸现场呢？"

"现在，一些重点区域都安排了警戒，那里正在开展灾后心理援助呢。"接待方解释。

我那时并不知道，心理援助队伍的牵头人中，就有后来认识的吴坎坎。

之后我才了解到，当时，在中国妇女发展基金会的支持下，林春、吴坎坎、于洋等人迅速完成心理援助志愿者的招募、面试工作，并组建了三组心理援助志愿者团队，包括热线电话组（3人，热线咨询需求对接）、个体咨询组（分7个小组，由19名经验丰富或相对丰富的咨询师搭档，服务于失联官兵家属、受伤官兵及家属）、团体辅导组，并对 30 多名心理援助志愿者开展心理援助理论、技术以及心理援助志愿者角色定位、界限设置等方面的培训。

为了妥善做好救援处置、过渡期安置和恢复重建期的工作，保障各阶段受灾群众及遇难者家属的情绪稳定和心理健康，及时、科学、有效、系统地开展心理援助工作，心理所专门成立了由傅小兰、李安林、白学军（天津师范大学心理专家）三人组成的领导小组，并进一步完善了《天津港"8·12"爆炸事故心理援助方案》。

在天津师范大学的支持下，心理所成立了心理援助泰达工作站。

站长是刘正奎，副站长是吴捷。

其中专家组由宋文珍、祝卓宏、史占彪、王文忠、陶明达、陶新华、王斌、王力、詹启生、纪洁芳、乐国安、李红、李明、徐凯文、张莉、李旭培、黄峥、宗焱等人组成，督导组由樊富珉、陶勒恒、龙迪、李慧杰、白云阁、于洋、刘琰、崔东明等人组成，咨询组由吴坎坎、李晓景、杨晓婷等人组成。

刘正奎告诉我："在这次心理援助工作中，天津师范大学心理与行为研究院发挥了重要作用。"

也是巧了，2016 年 6 月，我在中共天津市委党校学习期间，正好与当时的天津师范大学研究生院常务副院长郭龙健同班，他专门组织我们全体学员对天津师范大学心理与行为研究院进行了学访。我那时才知道，该院是教育部人文社会科学重点研究基地之一，是一家融基础研究与应用研究为一体、面向国内外开放的心理学产学研相结合的机构。

该院首任院长，是我国已故著名心理学家沈德立教授，他也是天津师范大学心理学科的创始人。

我至今记得当年郭龙健的介绍："天津港大爆炸后，天津师范大学心理与行为研究院联合天津市心理学会、天津市法制心理学会、天津市心理卫生学会、天津市社会心理学会共同组建了心理危机援助中心，10 名心理专家和 9 名心理志愿者奔赴灾区……"

不到一个月，心理所先后组织 28 名全国心理援助联盟成员，从四面八方赶赴天津。

考虑到灾区的特殊性，工作站还专门设立了 20 个善后接待组，并根据各个善后接待组的实际情况，迅速对专家、志愿者化整为零，密切分工，开展牺牲或失联消防官兵家属的心理急救和安抚工作。其中崔东明、于洋、郭翠峰进入第 3 组，高伟进入第 5 组，毛丹、吴骥扬、顾怡、林曦进入第 13 组，檀培芳、刘琰进入第 16 组，张翔、张逸超、徐晓芳进入第 17 组，崔东明进入第 20 组。

史占彪、檀培芳、李慧杰、崔东明等督导组成员分两队分别到 1、2、3、5、11、13、14、19 等组对心理援助志愿者进行巡回督导。

意大利心理专家米盖拉·歌诗丽也专程来津，为在滨海新区一线工作的老师和学生进行了心理辅导。

每一个小组面对的伤员，多半属于或重或轻的烧伤，那些重度烧伤者，有些身如焦炭，难辨人形，而有些伤者则要忍受内部器官严重灼伤的痛苦，只能用仪器测试。有的伤员被烧掉了耳朵、眼睛、鼻子，有的伤员因呼吸道被严重灼伤而终身无法说话。

那些牺牲的、伤残的战士，绝大多数来自偏远地区，他们很多是家里的独生子，是家庭的顶梁柱，是家族唯一的希望，可是……家属们扶老携幼，纷纷赶往天津，绝望和痛苦，像爆炸后的浓烟一样笼罩在这些父亲、母亲、妻子、儿女的心头。

像浓烟一样朝伤残人员、家属们和企业职工弥漫的，还有

PTSD。

当年的志愿者刘琰、王某某、张某某向我提供了一些资料,其中有些资料是工作站督导组 8 月 17、19、20 日的督导会议发言记录,考虑到涉及隐私,选择性摘录如下:

发言一:"……他父母是从河南来的,昨天中午正式接到儿子牺牲的消息,母亲立即崩溃,一个劲地要去看儿子的遗体,后来大家劝了她很久,她才平息下来。今天上午看到的遗体,已经呈缩小了的炭状,他母亲情绪很激动……"

发言二:"……昨天,消防战士 ××× 还处于失联状态。今天早上 7 点我们告知他妈妈他已经牺牲。他妈妈情绪非常激动,几次要冲向窗台跳楼,所幸被人拉住。下午 1 点,他妈妈又开始撞墙。从昨天到今天下午,她一直没有吃饭。有一段时间,他妈妈情绪失控,大喊着:'我儿子没有死,他只是受了重伤,只是在治疗!'让我带她去医院找……"

发言三:"……目前失联的还有中队长 ×××,他父母已接受了孩子可能牺牲的事实。还有一位叫 ××× 的消防人员,×× 省人,他有个 4 岁的孩子。今天他妻子突然身穿红色的睡衣。昨天她就说过,如果丈夫没了,她也不想活了。她拒绝与任何人交流。昨天晚上她是独自休息的,今天我们已经提醒工作组人员,晚上一定要有人在房间陪护……"

发言四:"……××× 是中华人民共和国成立以来牺牲的职位最高的消防人员,妻子已经出现较重的偏执型精神障碍。家人中还有患心脏病的、高血压的……家属见遗体的过程中,我们采取了人盯人的策略,见完遗体后,我们继续陪护……"

发言五:"……爆炸时,居民 ××× 正好在远处遛狗,狗吓跑了。他逃跑时，见到了飞来的人体断肢，他现在胡言乱语……"

……

史占彪告诉我："在那种情况下做心理援助工作，不能迷信哪种方法最好，只要是尊重家属、尊重人性的方法，都是值得推崇的。在方法上，既要讲灵活性，也要讲原则性，更要讲多元性。同时，很多心理志愿者都是第一次接触爆炸灾难后的心理援助，也要保护好自己。"

吴坎坎认为，心理评估非常重要，在危机事故发生后不同的时间和阶段，救援的重点也不同。第一周救人、找人是重点，前三个月内安顿和心理陪伴是重点，心理问题和疾病通常会在危机发生三个月后逐渐显现和增加；在特别的节日，如中秋、春节、清明、周年祭时，自杀的概率会增加；灾难带来的心理创伤将在不同的人群中以不同的形式持续存在多年。他同时认为，根据这8年的心理援助经验来看，心理所自主研发的灾后心理创伤评估工具能快速、科学、有效地筛查出重点心理危机人群，进行针对性的心理援助。

当时，心理援助评估小组进入机关、企业、消防群体中，开展调查问卷的发放、指导、回收工作，并到5家医院对受伤住院的消防官兵及家属进行一对一的指导和评估。一个月内，评估消防官兵136人、机关干部41人，并评估了包括富士康、三星、维斯塔斯、顶益、大火箭等在内的19家企业的2456名员工。

评估的结果，触目惊心。

以企业总报告为例，2431份有效问卷中，有259人目睹爆炸发生，255人在爆炸发生时或发生后目睹有人死亡，41人在爆炸发生时或发生后接触过尸体，497人在爆炸发生时或者发生后受到不同程度的身体伤害。有28.79%（800名）的员工表现出较为明显的抑郁症状，目睹爆炸场面、目睹有人受伤或者死亡以及接触尸体等有创伤暴露的职工抑郁分值更高，抑郁症状更明显。3.41%（83 名）的员工有明显的 PTSD 症状，目睹爆炸场面、目睹有人受伤或者死亡以及接触尸体等有创伤暴露的职工 PTSD 分值更高。

女性员工生活满意度显著低于男性；年龄越大，生活满意度越低。

爆炸发生后，许多企业员工工作倦怠，总体幸福感暴跌。

消防战士小赵的未婚妻，千里迢迢赶到善后接待组，见到自己的心上人已被高位截肢，五官严重变形，难以辨认，她当场昏厥过去，醒来后，她说出了这样一句话："你会死吗？千万不要死！只要你活着，我用一生陪伴你。"

这对准夫妻尚未举办婚礼，但已经领过结婚证。

面对未婚妻的誓言，现场的任何一个人都无法洞察小赵的真实表情，因为他双眼失明，暂时失去了语言表达能力，面部几乎被烧平了。一个月后，小赵能开口轻微地说几句话了。他说出的第一句话和未婚妻的第一句话正好相反："你必须离开我，另找一个健康的男人。你如果嫁给我，我不如现在就自杀。"

我们完全可以认定，这对准夫妻相互传递的，是一种情怀和温度，是人间弥足珍贵的美德和道义。

但专家同时确认，这对善良的人儿，双双存在严重的 PTSD 症状。

是志愿者李慧杰和崔东明，形影不离地陪伴着他们。

我是见过李慧杰和崔东明的，那是 2018 年 7 月，在北京，在心理所。

为了配合我的采访，他们两位连夜从青岛赶到北京。在吴坎坎的陪同下，我们在心理所 8 楼我住的房间，长谈到凌晨 3 时。凌晨 5 时，他们两位又披着满天的星斗，匆匆赶往北京南站，返回青岛。我曾劝他们住两三天，但李慧杰说："必须得赶回去，我的心理咨询业务，很忙，很忙。"

李慧杰曾经是青岛某区法院常务副院长，离职前是某区宣传部副部长。她告诉我："当时工作不错，我也很敬业，但是，面对全国各地频繁发生的灾难，我觉得有更多事情适合我干，于是毅然让自己成了志愿者。"

谈到当年对天津滨海的心理援助，她说："尽管当时有中科院心理所为我们支撑着精神世界，自己也积累了一些经验，但面对天津港大爆炸后那么多的伤员和遇难者家属，我只能苦苦支撑。当时工作量非常大，培训、干预、抚慰、研究心理援助方案，有时彻夜都无法休息。"

年过半百的崔东明曾经是一名职业军人，转业到地方后，本已衣食无忧，但军人特有的侠骨柔肠，仍然让他面对灾难的时候，就渴望冲锋陷阵。他自学了大量心理学知识，并在实践中广泛应用。作为志愿者，当年黄海大爆炸之后，就有他匆匆的身影。

那天晚上，这位七尺男儿的讲述语气平缓，多次泪流满面。

他说："我曾经是一名军人，面对那么多伤残的战士和家属，总有一种愧疚感。有一次，我告诉伤员和家属，我也当过兵，结果一个眼睛已被包扎的伤员挣扎着举起残肢，朝我敬礼，并用嘶哑的声音喊了我一声'首长'。当时，我感到十分震惊，我强忍着泪水，轻轻地把他拥在怀里。"

崔东明给我讲述了不少案例，其中一例，至今让我难以忘怀。

案例的主人公是天津开发区某消防中队的队长。平时，这位队长每次出警必然要冲在队友的最前面。那天，一接到驰援爆炸现场救火的紧急命令，他立即意识到这种由多支消防队联动出征的情况前所未有，可能凶多吉少。他匆匆给妻子发了一条信息："我爱你和儿子！"然后揣起手机，率领队伍奔向了火海。在途中，他接到了曾经共事十多年的老战友妻子的电话。她说自己的丈夫已经去了火场，但电话打不通，请他一定把丈夫安全带回来。到了现场，这位队长除了完成任务之外，几次冒着生命危险搜救战友，但是，几经努力，始终没有发现战友的身影。几天后他才知道，老战友早已牺牲。在众多被烧焦的遗体中，他终于辨清了老战友的遗骸。这位面对火海可以放下亲情的铮铮硬汉，因没有完成嫂子的托付，几个月来备受煎熬。他对崔东明说："每当想起这件事，我心里就像一条绳子打了结，从上往下撸，总会硌着。"崔东明和其他专家耐心的辅导，终于让他放下了内心的包袱。

一位来自外省的大妈在电话中告诉我："儿子在天津爆炸中烧得不成样子，失去了活着的勇气，如果没有李慧杰、崔东明这样的好人，我儿子他……他可是我家的独苗啊！"

那些日子，专家们的日程，像拉满的弓，无法松弦。

截至 2015 年 9 月 18 日，工作站已协助善后接待组顺利完成了全部遇难者家属的善后心理安抚工作，而这，仅仅是心理援助进入纵深的开始。当月，祝卓宏在企业讲座中，讲授的主题是"科学应对压力，维护身心健康"，特别是他亲身示范的"腹式呼吸""健脑操""身体扫描"等互动训练，让职工们在有限的时间内学习和感受到了全面、科学、系统地应对应激和压力的能力和技术。30 多家受灾企业的 200 多名职工参与了此次活动。

2015 年 10 月 30 日上午，心理所专门召开天津灾后心理援助研讨会，会议由所长傅小兰主持。天津市开发区群众工作部部长、总工会主席田俊强，天津市开发区总工会副主席杨学军、权益部部长周涛,开发区职工心理健康服务中心咨询师曹然,心理所所务会成员,曾赴和将赴灾区的专家、志愿者等出席研讨会。

那天的研讨会上,田俊强明确提出一个观点:把心理学技术引入工会工作。他同时请求,与心理所的合作不只限于"8·12"事故后的心理援助,而是长期开展心理健康服务工作。

傅小兰积极回应,建议双方开展院地合作,共建心理健康促进中心,深入、扎实地做好开发区的心理健康服务工作。

为了更好地服务于开发区受灾群众和企业,同时也为了提升心理援助服务的专业水平,除工作站3名长期驻站志愿者外,工作站一直在组建和扩大志愿者队伍,力争招募和储备一支当地的专业队伍。截至2016年1月,连续发布招募信息8次,收集简历52份,面试43人次。通过面试招募志愿者35人,组成当地专业队伍45人。先后组织外地、当地共100多名志愿者进行了累计7天的系统培训。

很快,2016年的"三八"妇女节临近,灾区的广大女职工,还能开心起来吗?

一个不争的事实是,无论多么温馨的节日,在灾难面前,反而可能变成助推心理危机的导火线。特别是对女性群体,节日,是一个痛点。节日越盛大,痛点也越大。

龙迪为广大女职工作了讲座——"家庭关系:界限、情绪、子女教育",听众是几十家受灾企业的220多名女职工。龙迪密切联系天津爆炸后女性PTSD症状的特点,以家庭界限、情绪处理以及子女教育三个话题为主线,和盘托出了女性战胜PTSD的绝活儿。龙迪风趣幽默的演讲艺术和对PTSD的诠释,博得女职工们的阵阵掌声。

那一刻,很多女职工的脸上,有了笑容。

2016 月 4 月 23 日，工作站主办了"突发公共事件心理援助模式探索工作坊"，对天津心理援助的经验进行了探讨和分享，并与来自全国各地参与过各种心理援助工作的专家、心理志愿者及社会工作者共同探讨了突发公共事件心理援助的模式。在那次大会上，李慧杰详细介绍了心理援助与消防官兵的本职工作双结合持续援助的模式。

专家认为，消防官兵是一个特殊的群体，工作站关于心理援助与消防官兵的本职工作双结合持续援助的模式，开了国内先河。

多年后，我每次去滨海，都要忍不住看看那个爆炸留下的大坑。

直径 97 米的大坑，像一个偌大的鱼塘，蓄满了深不可测的积水。天津毗邻大海，掘地三尺，必有海水冒出来，因此，这里鱼塘、虾塘、螃蟹塘星罗棋布，海鸥云集，渔歌不断。但是，唯有这个"鱼塘"像一泓死水，海风吹过，波澜不惊，像华北大地上一只失明的眼睛。

王文忠曾告诉我："意外失明的人，非常容易出现 PTSD 症状。"

我问："那么，失明的大地呢？"

"有一些人，总是不能善待大地。"王文忠说。

第二十章　全国心理援助联盟

Chapter Twenty

一

灾难像无头的苍蝇，谁知道它何时会窜出来，又会窜向哪里。

就像它疯狂地扑向汶川，让无辜的人类血流成河、哀鸿遍野的时候，人们才悲怆地醒悟，这家伙，已经来过了。全世界的人由此记住了汶川；就像一次海啸，让人们记住了苏门答腊岛；就像一场大火，让人们记住了克拉玛依……

汶川之后的玉树，玉树之后的舟曲，舟曲之后的天津港……灾难这个家伙，习惯了东一榔头西一棒槌，而且屡屡得手，得手了，便决不罢休。还有那大大小小的车祸、防不胜防的凶杀、家庭暴力、卑鄙恶劣的性侵、对少年儿童的拐卖与残害……

张侃告诉我："决不能让灾难牵着心理援助的鼻子走，必须像划分战区那样，在全国形成一盘棋。"

这盘棋，就是全国心理援助联盟。下棋，必须下活棋。

下棋，得万事俱备，有棋子没棋盘，不行！有棋盘没棋子，也不行。

天津港大爆炸时，心理所的各路专家都在不同领域承担着十分繁重的心理援助和科研任务，人手十分紧张，只好先委派李永娟和吴坎坎迅速赶往灾区。这算第一步棋，那么，第二步棋该如何下？心理所想到了远在青岛的李慧杰、崔东明，还想到了汶川地震、玉树地震、舟曲泥石流之后那些优秀的志愿者。所幸，他们都从四面八方匆匆赶到了天津滨海新区。

换句话说，假如没有遍布全国各地的曾经同甘苦共患难过的心理师和志愿者，你想招之即来，来者何人？明知炮在马前，却无马可上，如之奈何？

一次次的重大灾难，让张侃、张建新陷入深思。除了震惊于世的大灾难，小灾难怎么办？个体灾难怎么办？

大灾难，往往因为突发而备受关注，那么，那些危机四伏的小灾难呢？

刘正奎说："大灾难和小灾难，只是一个相对的概念，小灾难多了，比突发的大灾难更可怕。所谓千里之堤，毁于蚁穴，便是这个道理。"

张建新向我介绍，心理所 2007 年、2012 年和 2013 年先后 3 次开展了全国心理健康调查。数据表明，在所有接受调查的城市居民中，15%—18% 的人心理健康状况为"好"，65%—70% 的人为"良好"，11%—15% 的人为"较差"，2%—3% 的人为"差"。但是，这项调查未涉及农村人口，也未对社会功能严重受损的个体或精神疾病患者进行抽样。

另外，心理所社会预警研究组多年来对城乡居民的社会态度开展追踪调查。结果表明，中国民众对社会公平状况的评价处于中等水平，近 50% 的党政机关干部、57.8% 的企业白领、55.4% 的知识分子都认为自己是弱势群体。

张建新说:"这样的数据,远远要高于突发性灾难之后的心理危机数据。"

以前有段时期,家庭妇女惨遭家暴身亡的悲剧屡见报端,校园爆炸案、强奸幼女案、残害幼童案也时有发生。

心理所也在密切关注这一系列社会性问题。

刘正奎说:"家庭暴力是一种社会和生物因素共同作用的现象,而暴力本身更趋向生物性,因为它毕竟是一种野蛮的行为。自人类组成家庭以来,就伴随家庭暴力的发生。当现代文明的进程发展到当下,家暴越来越成为一个不容忽视的社会问题,而心理援助的跟进,具有重要性和紧迫性。"

据世界银行调查统计,20 世纪全世界有 25%—50% 的妇女都曾受到过与其关系密切者的身体虐待。中国妇联的一项抽样调查表明,在被调查的公众中,有 16% 的女性承认被配偶殴打过,14.4% 的男性承认殴打过自己的配偶。破碎的家庭中,25% 缘于家庭暴力。特别是在离异者中,暴力事件的发生概率高达 47.1%。目前,全国约 2.7 亿个家庭中,遭受过家庭暴力妇女的比例高达 30%。

刘正奎说: "家庭暴力引起的后果是严重而且是多方面的,因为发生在家庭中而得不到及时有效的制止和处理,很容易导致婚姻破裂和家庭离散,同时使加害人有恃无恐。并且,发生家庭暴力的家庭中的孩子耳濡目染,潜移默化中大大增加了成长后使用暴力的可能性。"

还有对无辜少年儿童的巨大伤害。近些年,严重伤害少年儿童的特大犯罪案件多次发生。一些人为了报复社会,把屠刀伸向无辜的孩子。

就媒体公开报道的情况看,仅 2010 年一年内,造成儿童死亡的恶性案件就有几十起。

2010 年 2 月 23 日，福建南平市延平区实验小学门口，歹徒持刀砍伤 13 个小学生，其中 8 人死亡，而歹徒原本的计划是杀死 30 名学生。2010 年 4 月 16 日，广西壮族自治区合浦县西镇小学，狂徒砍伤 2 人，其中 1 人为学生。2010 年 4 月 29 日，江苏省泰兴市泰兴镇中心幼儿园，狂徒砍伤 32 人，其中包括 29 名幼儿。2010 年 5 月 12 日，陕西省南郑县圣水镇幼儿园，歹徒持刀砍伤 18 名幼儿，导致 9 人死亡……

我举的这些例子，仅仅发生在 2010 年。实际上，分析一种现象的严重性，用不着逐年、逐月、逐天罗列比对。任何一次灾难，都能让死难者家属的心理陷入严酷而漫长的时间深泽和岁月汪洋。

张建新对我感慨："儿童是最容易受到伤害的人群，没有之一。"

刘正奎在《人道主义行动中儿童保护的最低标准》中文版序言中有这样一段话："我国的儿童保护工作需要政府、学校、社区、家庭共同践行人道主义，期待儿童保护的最低标准在社会的各个层面能够扎下深根。"《人道主义行动中儿童保护的最低标准》是一本儿童保护工作者的必备之作。该书由全球儿童保护工作组组织了全球 40 多位专家和一线工作者共同编写，已经在 40 多个国家发行使用，可见这套标准具有广泛而深远的影响。刘正奎参与了这本书的翻译与发布工作。2016 年 4 月 22 日，中科院心理所牵头，在北京主办了《人道主义行动中儿童保护的最低标准》发布会，得到了众多公益机构及社会的广泛响应。

人为因素造成的灾难，比自然灾害更为恐怖。大自然无心，人却是有心的。关于狂徒的心理背景，用两个成语就够了：人心难测，居心叵测。

2011 年，国务院颁布实施的《中国妇女发展纲要（2011—2020

年）》和《中国儿童发展纲要（2011—2020 年）》中，针对女性与儿童心理健康教育与服务提出了明确目标与具体措施。

组建全国性的心理援助联盟，箭在弦上。心理所开始了另一轮行动。

2015 年 10 月 10 日，全国心理援助联盟在北京成立。

这是天津港大爆炸后的第二个月，而那个月，有关家暴的新闻也是接二连三，见诸网络。全国心理援助联盟，像是从硝烟中走来，从妇女和儿童无助的眼神中走来，从冰火两重天中走来。

全国心理援助联盟成立的当天，第三届心理健康与社会发展论坛同时在北京召开。在论坛上，傅小兰对 2008 年以来心理所的灾后心理援助工作作了总结，同时介绍了心理所在儿童创伤后应激障碍研究和儿童保护工作方面所做的工作。

傅小兰表示："心理所将和世界宣明会、增爱基金会等社会机构一起默契合作，继续在儿童保护与儿童心理安全方面做出不懈努力。并希望随着我国儿童保护和心理安全重建工作的不断深入，未来会有越来越多的同事和同行加入志愿者行列，更加稳健和积极地推动中国心理援助工作和儿童保护工作。"

谈到心理援助联盟与灾后心理援助的关系，刘正奎说："如果说自然灾害和人为灾害的频发，是对心理援助联盟的呼唤，那么，汶川地震以来日趋成熟的灾后心理援助，则为联盟的横空出世创造了条件。"他告诉我："心理援助不止于灾害之后，目前中国社会正处在快速转型中，人口结构老龄化、农村空心化等社会问题凸显，很多问题需要防患于未然，专业心理援助力量亟待加强。"

心理援助联盟真的像一副巨大的象棋，它到底有多大？答案是：960 万平方千米。

作为中科院心理所所长，傅小兰责无旁贷地扛起了全国心理援助联盟主席团主席的大旗。

联盟副主席分别由刘正奎、张莉担任。

联盟专家顾问委员会则由樊富珉、罗劲、钱铭怡、许燕、张侃、张建新等资深心理专家组成。

联盟专家委员会由刘正奎、龙迪、史占彪、陶勒恒、王文忠、闫洪丰、张雨青、詹启生、祝卓宏等心理专家组成。

联盟秘书长为吴坎坎。

联盟副秘书长为李晓景、杨小婷、王蔺、刘洋、王金凤、钱炜。

联盟秘书为赵一翀、胡翠馨。

联盟理事由杨婕、于洋、王斌、谭惜仁、杨桂英、李慧杰、白云阁等人组成。

单从理事团成员的名单不难看出，联盟中层的核心力量，均经历过汶川地震以来各种心理援助大会战、突击战的枪林弹雨。

全国心理援助联盟理事单位，涉及德阳市泰田文化善行中心、淮安经济技术开发区于洋心理服务中心、绵阳市涪城区为乐志愿服务与研究中心、青海国科心理健康促进与发展中心、密云区果园街道心理服务中心（密云区果园街道办事处）、青岛市市北区橡树籽心智发展研究中心、抚顺二中等。

联盟还设置了干事单位，按照各单位参与心理援助的时间顺序，有成都市新都区心悦善行社工中心、北川县中科博爱社会工作服务中心、舟曲一中、雅安市国科慧心社会与心理服务中心、雅安市家庭幸福促进中心、雅安市我要爱心理健康教育中心等。

除了干事单位，联盟的成员单位还有宝鸡市心理卫生行业协会、保定市恒爱家园服务中心、常州市武进区心家园公益助残服务中心、成都市爱有戏社区发展中心、成都市青羊区见微文化社区服务中心、哈尔滨市行大公益服务发展中心、衡水市桃城区特殊家庭互助关爱协会、衡水市桃城区特殊家庭互助关爱协会、监利县蓝天下妇女儿童维权协会、深圳市鹏星家庭暴力防护中心、盐城市益家人公益服务中心、长沙市岳麓区大爱无疆公益文化促进会、长沙市岳麓区观沙岭广惠社会工作服务中心、长沙市长沙县满芯社会服务中心、郑州市愿未央青少年服务中心、智行基金会、中国社会福利基金会烧烫伤关爱公益基金、中华女子学院家庭发展研究中心、淄博市红十字心理救援队、咸阳心理健康教育研究会、湖北省监利县蓝天下妇女儿童维权协会、惠州市元点社会工作促进中心、乌鲁木齐益善社会工作发展中心、张店区人民政府科苑街道办事处等。

我注意到，无论是理事单位、干事单位还是成员单位，这些单位所在地区，均有过"多事之秋"。

"强将手下无弱兵"，是所有的"兵"，组成了联盟的主体力量。

吴坎坎告诉我："加入全国心理援助联盟的'兵'，遍布大江南北，他们当中的绝大部分人，都是汶川地震以来，告别父母、孩子、爱人，面对灾难赴汤蹈火的热血儿女。心理所发起成立联盟的倡议后，他们又纷纷报名参加。心理所对所有申请者都进行了严格审查，最终，其中的一部分人成为我们联盟的骨干成员，他们助力于国民心身健康及服务体系建设，服务于国内近百万人的心理复原。"

在这里，我有必要以姓氏拼音为序，把他们的名单罗列如下。

白云阁，常俊排，陈磊，陈继飞，陈学敏，程红兵，程园园，崔东明，崔锐，代国宏，丁云枝，董淑旺，樊珂君，方芳，方若蛟，房小青，冯颂阳，甘清泉，甘笑笑，顾曦，郭翠峰，郭官浪，郭颖，郭永明，韩孝先，何冬妹，何力彦，洪军，侯倩茜，侯振华，胡玲，胡婷，胡为华，胡宇晖，黄飞，黄潇洒，黄煜，黄艳华，黄云霞，穆丽，高源源，贾贯中，江洪涛，江雪尘，蒋昱，金楚楚，金政，兰公瑞，雷佳，李博，李存英，李富强，李根慧，李关党，李慧杰，李甲，李晶，李强富，李晓景，李玥，廖方，刘飞，刘浩良，刘鸿娇，刘欢，刘晶，刘琳，刘林卉，刘梦，刘鹏武，刘平，刘小平，刘琰，刘洋，刘奕池，娄俊伟，鲁兴雨，陆梭，吕蒙，吕雅静，吕中媛，马婧玮，马美玲，马小红，马滟，庞云，彭汉玲，蒲红军，千荔青，邱慧，沈明明，史佳莉，帅泳蓓，孙慧，锁朋，唐山，陶明达，陶晓阳，田莱，田亮，田雨，万海云，汪朝辉，王蓓，王成莲，王建斌，王丽，王丽琳，王蔺，王玲，王龙，王婷婷，王文海，王洵，王雪兰，魏国同，吴家钰，吴雷，向顺涛，肖斌，萧尤泽，谢莉莎，徐驰，徐子馨，薛志雄，严肃，燕路遥，杨健，杨婕，杨乐，杨丽萍，杨龙，杨文靖，杨小婷，杨谢，袁丽辉，于洋，曾雨薇，张伯昕，张芳，张静，张素瑛，张勇，张嫄，赵红，赵欢，赵琪，赵霞，郑利，郑连胜，钟姣姣，周晓华，周艳萍，周驭让，朱丽晓，祝晓宁，宗焱。

我在这里罗列他们的名字，不光是为了不被忘却的纪念，更重要的是，他们共同实现了共和国心理援助的又一个华丽转身，或者，又一个崭新的开始。

这是一支拥有 100 名专家的特殊队伍。

这是一支拥有 65 家成员单位的特殊队伍。

这是一支拥有 260 名个人成员的特殊队伍。

这是一支实干型、专业型的特殊队伍。

这支队伍是点，是线，是面，是体，呈网络化覆盖全国；这支队伍是火种，是播种机，是战斗单元，锐不可当。

联盟，还在不断扩大，拓展，延伸。

二

"这真是一步活棋。"吴坎坎说。

心理所实施的灾后心理援助从此成为"有源之水""有本之木"。

2015 年 12 月 28 日，全国心理援助联盟首次登上青藏高原，协助青海成立了第一家全国心理援助联盟工作站，并在青海卫生职业技术学院正式成立。该工作站旨在为青海全省特别是基层培养更为专业的心理援助人才，促进青海乃至青藏高原地区与其他地区之间心理援助专业人才的交流合作。

那里，有过玉树地震之殇，而广大灾区群众心灵的伤口，仍然隐隐作痛。

青海卫生职业技术学院党委书记陆涛曾感言："青海作为西部欠发达省份，目前基层特别是广大藏区心理健康专业队伍基本还是空白，难以形成心理疾病的有效预防机制。"他表示，从此以后，学校将依托全国心理援助联盟工作站，全面开展"心灵导师"队伍建设，并定期组织他们深入基层，逐步形成以西宁、海东为中心，辐射全省的心理健康援助、监控网络。

全国心理援助联盟发挥作用的地方，岂止在高原与盆地，丘陵与平原。

2016年6月23日下午2点30分左右，江苏盐城发生龙卷风灾害。24日上午8点，心理所启动灾后心理援助应急预案，成立"科技救灾心理援助盐城风灾工作组"，本着"就近，从快，对接"的原则，电招全国心理援助联盟第一批专业志愿者李慧杰、崔东明两人驰援盐城，并很快与盐城师范学院的心理志愿者队伍对接，先后到达阜城镇人民医院和硕集中心学校。

25日上午，全国心理援助联盟理事单位"江苏淮安经济技术开发区于洋心理服务中心"一行7人赶往风灾一线，并与联盟志愿者、当地志愿者会合。

同一天，全国心理援助联盟秘书处也与江苏省心理学会和盐城市心理学会取得联系，准备共同开展灾后心理救援，计划27日对江苏省心理学会和盐城市心理学会招募的当地心理咨询师进行灾后心理援助培训。

"自从有了全国心理援助联盟，我们从事灾后心理援助工作，一下子就不一样了，感觉有了依托，有了安全感，有了方向，不像以前那样，我们在援助别人，而自己也感到很无助，甚至无奈。"李慧杰对我说。

李慧杰回顾了她最初的心理援助经历。她说："那时，还没有全国心理援助联盟。"

2008年4月28日4点41分，李慧杰所在的山东发生了一起特大灾难事故。当时，北京开往青岛的T195次旅客列车运行至山东境内脱轨，与刹车不及的烟台至徐州的5034次旅客列车相撞，造成72人死亡，416人受伤。大批伤员被送往青岛相关医院治疗。李慧杰立即以心理志愿者的身份进入医院，为伤员做心理援助。2008年汶川地震后，青岛市派出大批特警、消防和医务人员赶往灾区，大批伤员也来青岛疗伤，当时，李慧杰以心理志愿者的身份参加了对救援归来的人员以及汶川地震伤员的心理援助。2008年12月4日，位于青岛城阳区的青岛佳元迈克食品有限公司职工宿舍发生重大火灾，造成11人死亡，9人轻伤。李慧杰作为市委、市政府事故处理指挥部心理专家组成员，参与了全程心理援助工作……

我暗暗吃惊，这仅仅是李慧杰2008年参与的心理援助信息。她说："当时，我和我的团队都是自发去的灾区，一开始，来自四面八方的志愿者没有统一的指挥，没有统一的步调，没有系统的计划，没有完整的心理援助方案，和受助者对接、联络非常困难。那时，感觉大家都是散兵游勇。"

"那时候，我心里真的很茫然。"李慧杰说，"作为国家首批心理咨询师资格证的获得者，我通过多年系统的心理咨询和危机干预临床学习，具备了一定的专业能力。那个时候我已经把这些知识用到了工作当中，有了一些实践积累。在心理援助工作中，我看到了人类在灾害面前迸发出的美好人性，体会到了作为一名心理志愿者的崇高价值。我的父辈曾经为国家南征北战，成就了他们的报国之志。我身体里流着军人的血，和平时期我也可以通过志愿者的工作，实现自己的报国情怀。这也许就是我们常说的认同和传承吧。可是，当时我真不知道在这条路上，我还能走多久。后来，我终于见到了心理所的专家们，这才有了更大的决心和勇气。"

"如今有了全国心理援助联盟，心里踏实多了。"李慧杰说。

2016年11月30日，心理所与北京市密云区果园街道签订了全国心理援助联盟理事单位合作协议，并举行了隆重的授牌仪式。

那天，心理所授予果园街道"中科院心理所全国心理援助联盟理事单位"称号，100 多位街道基层干部、社区心理服务志愿者和社区居民参加了仪式。

我了解到，早在 2011 年 6 月，心理所就与果园街道共建成立了全国第一个社区心理服务中心。6 年来，果园街道将社区心理服务工作建设成集社区治理辅助、社区服务支持、和谐稳定促进、心理健康引导于一体的四大功能系统，在街道、居委会、居民中构建出了一条绿色通道，为社区居民提供快速便捷的服务套餐，在基层社区做出了示范性的心理服务工作，也因此先后获得民政部"首批全国社会工作服务示范单位""首都社区志愿服务组织之星"等称号。

而这次把该社区纳入全国心理援助联盟，必将把心理服务工作提升到一个新高度，进一步促使社会治理工作深入开展。

那天，吴坎坎以全国心理援助联盟秘书长的身份，全面介绍了全国心理援助联盟的概况。吴坎坎说："果园街道心理服务中心将示范性地引领我国社区的心理服务，更好地保障社区居民的心理健康，提升大家的心理素质，维护好基层街道的和谐稳定。"

而张莉则以全国心理援助联盟副主席、心理所应用发展部主任的身份，为在座的基层干部、心理服务志愿者和社区居民作了题为"生活与工作中的心理学"的讲座，通过现场互动、知识讲授等方式，从生理、心理、家庭、社会等多个角度向大家讲解了心理学在生活与工作中的作用。

那天的掌声，经久不息。

吴坎坎说："听着这样的掌声，我特别激动。"

三

培训只有面向社会，才能唤醒社会。全国心理援助联盟开展的系列培训中，特别注重突出指导性、针对性、导向性，以点带面，逐层推进。

2018 年 6 月 28—29 日，反家暴个案管理能力建设暨多部门合作经验推广培训活动在深圳举行。

组织这次培训的，毫无疑问是全国心理援助联盟。另一个主办单位，是中国心理学会心理危机干预工作委员会。具体的承办方是北京中科心理援助中心、深圳市鹏星家庭暴力防护中心。

吴坎坎说："那次培训，受到反家暴相关政府部门、社会组织工作人员和公益人士的热烈欢迎，培训招募仅发布 3 天，就收到超过 200 份报名申请，我们首先邀请了其中 110 多名包括社工、心理咨询师、律师以及妇联、民政、法院工作人员在内的社会人士参与本次培训。在未来，我们会陆续在国内其他省市开展更多相关培训。"

2018 年 7 月 2 日，由中国妇女发展基金会与北京桥爱慈善基金会联合发起的"心桥计划"启动仪式暨中国妇女儿童心理健康主题论坛在北京举行。第十届全国人大常委会副委员长、全国妇联原主席、中国关心下一代工作委员会主任顾秀莲，第十届全国妇联副主席、书记处书记、中国妇女发展基金会副理事长甄砚，中科院心理所所长傅小兰，北京桥爱慈善基金会主席田在玮，北京桥爱慈善基金会创始人、名誉理事长田甜，联合国儿童基金会（UNICEF）、联合国妇女署（UNWOMEN）等国际机构代表，以及来自政府部门、科研院所、社会机构与国际组织的近 200 位代表出席了启动仪式。

我了解到，此次发起的"心桥计划"项目为期 5 年，主要围绕两大体系展开。一是以社区和学校为阵地，建设基层心理健康项目点，让社会公众能够直接享受到科学专业、形式多样的心理健康服务；二是心理学领域的科研扶持。据介绍，在社区，"心桥计划"将通过建设社区心理坊，为居民提供包括一对一咨询服务、心灵互助小组活动、社区心理健康主题沙龙等多元化主题活动，及时帮助社区居民释放不良情绪，缓解心理问题；在学校，"心桥计划"不仅将为学校培养一支心理教师骨干队伍，而且，还将结合电影、绘画等艺术形式，研发出适应不同年龄段孩子常见心理困扰、情绪管理问题的整套心理课程，学校可定期开设心理课堂，适时帮助孩子说出生活与学习中的苦闷，引导他们重建积极心态。2018 年，"心桥计划"率先在北京、黑龙江、四川、陕西等地建立 8 个社区心理坊，在 12 所学校开设心理课堂。"心桥计划"还将联合国内外高校及心理健康机构共同开展心理健康问题基础性研究、心理解压工具开发，提升中国心理学研究及心理健康教育的理论水平。两大体系有效互动，互为补充。

启动仪式上，顾秀莲表示，"心桥计划"不仅能够有效推动中国妇女儿童心理健康教育与心理问题疏解，而且对于构建整个社会心理建康服务体系而言，也是一次非常有益的探索和创新的尝试。希望"心桥计划"在实施过程中能够努力建立起一套品牌化、标准化，并且能够本土化到不同经济发展地区的项目实践模式。

作为项目捐赠方，北京桥爱慈善基金会创始人兼名誉理事长田甜表示，桥爱是一家关注公众心理健康教育与服务，致力于通过艺术手段进行心理疏解与心理疗愈的公益基金会，此次能够有幸参与关爱中国妇女儿童心理健康的大型公益项目，既是桥爱一直以来戮力坚持的公益理念的有效延伸，同时，更是一次公益实践的创新探索，通过双方在基层心理健康项目点的建设与运营，让更多的女性、儿童和家庭从中受益，帮助他们用阳光积极的心态拥抱生活，并通过她们不断提升整个家庭乃至整个社会的幸福力。

在"心桥计划"启动仪式现场，一场名为"中国女性与儿童心理健康发展"的主题论坛同步举行。

2018 年 11 月 25—26 日，全国心理援助联盟与北京桥爱慈善基金会、北京市民政局、北京市妇女联合会、北京市妇女儿童社会服务中心共同合作，在北京举行了国际消除家庭暴力日家庭心理自护培训班活动。来自全国各地从事反家庭暴力和儿童保护工作者、接触家庭暴力受害者的政府工作人员，包括妇联、民政系统基层工作人员，以及反家暴项目执行人员，如社工、公安、心理咨询师、律师、街道干部等 150 余人的积极参与。

那次培训，全国心理援助联盟邀请了国内反家暴领域的专业人士作为讲师，培训内容包含家庭暴力的法律界定及干预、反家庭暴力多机构合作实践、家庭暴力个案干预实务和家庭暴力的心理评估及干预等方面。课程体系丰富，理论结合实践。一位参训人员对吴坎坎说："这样的培训，对从事反家暴的工作者来说，是一次不可多得的系统学习机会。"

失独家庭能力建设，也是全国心理援助联盟密切关注的重要环节。

失独，一个让人揪心的词语。那是怎样的一种揪啊！再揪下去，心会被揪碎的。

我了解到，我国自 1982 年把计划生育确定为基本国策并写入宪法以来，中国人口过快增长势头得到了有效控制。然而据社科院的一项研究显示，在人口如预期般得到有效控制的同时，也产生了 1.5 亿名独生子女。公开资料显示，截至 2010 年，全国由于独生子女正常或非正常死亡因素，失独家庭已经达到 100.3 万户。同年，全国死亡 17.29 万名独生子女，其中 5 岁以上的约 9.51 万名，10 岁以上的约 7.78 万名。而未来独生子女死亡总量将更快地增长。2030 年，死亡的独生子女人数预计将达到 27.7 万名，2040 年将增至 38 万名。照此发展趋势，中国失独家庭很快将突破 1000 万户。

血！那一滴滴的血，是从亲人的心口流出来的。

每一个失去孩子的家庭，无异于遭受到一次强烈的地震，而心灵的塌方，岂是灾后重建那么容易？许多失去孩子的爸爸妈妈、爷爷奶奶、姥爷姥姥，从此一蹶不振，丧失了生活的勇气，遑论生活的质量。

2018 年 12 月 13—14 日，由心理所和全国心理援助联盟主办，北京中科心理援助中心、北京大智云社会工作发展中心承办的"基层社区网络服务计生特殊家庭能力建设高级培训班"在北京举行，80 余人参会。

培训班上，刘正奎以全国心理援助联盟副主席的身份，表达了对失独家庭服务工作者的感谢和对本次培训的祝愿，并从专业的角度介绍了"失独家庭心理健康状况与服务"。中华女子学院家庭发展研究中心执行主任张静作了"完善基层社区网络，提升服务失独家庭能力"的发言。北京理工大学应用心理学研究所贾晓明和心理所张雨青分别就"失独家庭心理社会服务的原则与伦理"和"失独家庭的心理创伤评估"主题进行了专业讲解。

在嘉宾圆桌对话中，吴坎坎、钱炜和来自北京、河北、湖南、山东的四位嘉宾从政府政策、居家养老、社工工作、心理援助等角度，就"基层社区网络服务失独家庭能力建设"进行了研讨，并对今后的工作进行了规划和展望。

培训期间，还公布了北京中科心理援助中心"失独家庭心理社会服务领域十大创新公益人物"的评选结果。

而各类重大灾情，仍然像剪不断理还乱的孽障，呼啸而至。2018年，仍然是一个多事之秋：米脂校园砍杀案、潍坊洪涝、葫芦岛罪犯故意撞死撞伤过路学生……

这一年，倒在血泊中的，更多的是少年儿童。在血泊中痛苦挣扎的，是一朵朵含苞待放的花蕾。

死难孩子们的家中，阴云密布，黑雾笼罩，让这样的家庭情何以堪？

只是，又多了几位靠近他们的陌生人。

他们是全国心理援助联盟的成员。

他们，千里迢迢而来。

第二十一章　昆明火车站暴恐事件之后

Chapter Twenty-one

　　四季如春的昆明，鲜花常年怒放，草木四季青青，是我国著名的"春城"。有诗云："波光潋滟三千顷，莽莽群山抱古城。四季看花花不老，一江春月是昆明。"

　　昆明不仅是中国历史文化名城和中国国际形象最佳城市之一，也是我国面向东南亚、南亚开放的"桥头堡"。

　　阳春三月，是昆明春天中的春天。可是，2014 年 3 月，一次突如其来的袭击，打破了春城昆明的安宁、祥和与平静。这种在光天化日、大庭广众之下对无辜民众实施的突然袭击，在中国大西南地区尚属首次。

　　"那次袭击，真是灭绝人性、惨无人道，是反人类的犯罪行为。"昆明的一位志愿者对我说。

　　那个春天，昆明人感受到了比严寒冰霜还要彻骨的寒冷和肃杀之气。3 月 1 日 21：20 左右，昆明火车站人流如潮，熙熙攘攘，南来北往的旅客成千上万。谁也没有想到，8 名狂徒悄然靠近火车站，突然抽出藏匿的大砍刀，从火车站临时候车区开始，经站前广场、第二售票区、售票大厅、小件寄存处等地，逢人便砍，顿时，现场一片大乱，刀光四射，血渍斑斑，哭喊声震天。此次事件共造成 31

人死亡，141人受伤。

这次暴恐事件，严重威胁到人民群众的生命和财产安全，对目击者和受害者造成了巨大的心理创伤，也给全国人民带来了普遍的心理冲击。

在2014年3月3日下午全国政协十二届二次会议开幕式、3月5日上午全国人大十二届一次会议开幕式上，与会的委员、代表强烈谴责了这次昆明火车站暴恐事件。与会者全体起立，向遇难者默哀一分钟。

联合国安理会以最强烈的言辞谴责此次造成大量无辜平民死伤的暴恐事件，呼吁将袭击实施者、组织者、资助者和支持者绳之以法，并向这起事件的受害者及其家人，以及中国人民和政府表示最深切的同情和慰问。

俄罗斯总统普京对这种犯罪行为予以坚决谴责，并向遇难者亲属表示深切同情，希望所有伤者早日康复。

法国外交部对该事件予以强烈谴责，强调任何理由都不能为此类行径辩护。

美国驻华使馆和美国国务院对这起事件感到震惊，谴责这一残忍的暴力行径，并向中方表示慰问，对死难者表示哀悼，向受害者及其家属表示同情。

心理所迅速组织专家，紧急南下。当时的彩云之南，人人自危。

3月4日，心理所先后派出5名经验丰富的心理援助专家前往昆明，支援云南省参与心理援助的专业人员开展心理援助工作，主要针对参与一线服务的心理咨询师、公安和武警消防人员进行现场督导及培训。

国家卫生计生委也紧急派出顶尖医疗机构的重症医学、颌面外科、骨科、神经外科、心理危机干预等学科 29 名专家赶赴昆明。

吴坎坎告诉我："当时昆明的情况，比我们想象的要严重得多，无论是受伤的旅客，躲过一劫的旅客，还是附近的工作人员、商场和摊点的经营者，都目睹了暴徒砍杀的场面，几百人有不同程度的心理创伤，当时，全国大部分以火车站、飞机场、公共汽车站为主的公共场所尽管加强了警戒，但是，PTSD 症状仍然在不少地区蔓延。"

一位作家朋友告诉我："我们万万没有想到温暖、祥和的昆明会发生这种事。"一名出租车司机说："事件发生后，越是客流高峰期，反而越是拉不上客人，那些日子，很多商场门可罗雀，广场上跳舞的大爷大妈，一个都没有了。"

据一名当年接受过心理援助的 PTSD 人员讲，他当时只是路过火车站，事件发生时，他想夺路而逃，才发现偌大的广场无处可逃，人们都像无头苍蝇一样乱撞。他亲眼看到，有一个扛着行李的旅客刚躲过一次砍杀，还未喘口气，又撞上了另一个暴徒，那个旅客还未来得及转身，就被连捅几刀，倒下了。当时，谁也不知道到底有多少歹徒拎着刀，更不知道谁是歹徒。经历了那次事件，他三个月难以入眠，夜夜在梦中惊醒……

昆明"12355"青少年服务台副主任杨娟接受媒体采访时说："在此次事件中，不仅是遇难者家属、受害者及其家属，还包括幸存者、医护人员、铁路员工、警务人员及普通民众，都有可能因为此次事件受到不同程度的心理创伤。而在事件发生后的一段时间内，这些心理创伤会以不同形式、不同程度表现出来，并因此影响到当事人的心理状态和行为表现。"

心理专家隋双戈在《创伤事件中，谁会受到心理冲击》一文中，结合媒体报道和个人经验，把暴恐袭击事件中的受创伤人群分为六大类：

第一类，直接卷入大规模灾难性事件的，有丧亲、受伤、财产损失的，这类幸存者需要及时的心理援助。比如，据媒体报道："在云南大理医学院读书的姑娘马某，1日晚正要从昆明火车站坐火车返校，却惨遭砍杀。头部受伤、说话气息很弱的她说，已记不清暴徒的样子了。马某在得知不仅有上百人受伤，而且还有几十人已经不在了时，忍不住哭了。"

第二类，与第一类人员有密切联系的，可能产生严重的悲哀和内疚反应。个体幸存者需要心理社会工作队的援助，缓解继发的应激反应。媒体报道可见一斑："她从丈夫身上找到血染的身份证，还想拿出火车票给记者看，在包里翻了半天却没找到。钱上、皮包上、纸巾上，什么都沾着血。她的手一直在抖，神情已有些麻木。"

第三类，从事救援或搜寻工作的人员。例如帮助进行重建或康复工作的成员和志愿者，尽管介入之初仍能坚持工作，但是，当天或之后有吃不下饭、睡不着觉、惨烈画面在脑海中挥之不去、对人对事的态度发生改变等情况出现，以致工作能力不断下降，出现非战斗性减员。

第四类，事件发生地以外的社区、机构成员。例如向受灾者提供物资与援助的，他们可能隶属于某些组织，而这些组织对灾难、事故的可能原因负有一定责任，因此会出现程度不一的焦虑、抑郁等症状。

第五类，在临近灾难场景时心理失控的个体、易感性高的人，可能表现出病理性的征象，包括通过现代传媒"临近"灾难场景者。事件的第三天，一位昆明市民说："朋友们都在相互鼓劲，相信政府会严惩凶犯。只是大家都不敢出门，出门也不乘公交。""女儿的同学微信群里，大家都在说学校应该放假，如果出事，不知道该怎么办。我说：'我送你去。'女儿说：'你去也没用啊！'"

第六类，不同人群的混合。在家中等候消息的与第三类受影响者（但处境安全）关系密切的亲属或朋友。例如救援或搜寻人员的家属从广播、电视、报纸、网络中得到事件消息后内心受到扰动，被相关信息吸引，看了难受，但又控制不了地去看。

隋双戈在文章中这样感叹："这，可能是近年来最恐怖的一幕之一，即使资讯发达到地球村时代，让无数人几乎同步目睹过世界上的各类天灾人祸，也莫不被 3 月 1 日的那一幕幕撕扯得遍体鳞伤。良善的人绝不会想到，在普通人的身边，竟有如此丧心病狂之人，将一条条生命如草芥般毁灭。"

最可怕的灾难，是人祸。它可以用最直截了当的方式，同时制造死亡和 PTSD，因为它有主观能动性，它是隐蔽的、不可预测的。

火车站是现代交通的重要枢纽，旅客们南来北往，东上西下。在这样的场所实施暴恐袭击，PTSD 的辐射性、扩散性、张扬性，不容忽视。"我们在昆明实施心理援助，可是，那些离开昆明的旅客，怎么办呢？"这是我在一位志愿者的日记中看到的感言。

"每个人对于创伤应急的防御机制不一样，这需要我们的耐心和细心。"云南省心理学会会长陶云说，"针对遇难者家属、伤员、警察、医护人员、儿童等重点人群的心理救援要持续很长一段时间，一些个体的恢复过程甚至可能要持续一二十年乃至终身。"

——乃至终身，这让我想到现实生活中发生的又一个案例。1996 年，因为宅基地纠纷问题，当年只有 13 岁的陕西省汉中市南郑区新集镇少年张扣扣目睹其母被村民王正军打死，张扣扣心理受到极大的创伤，复仇的怒火始终在心中燃烧，他成长的过程，也是心理极度纠结的过程。成人后，他一不娶亲，二无心思过日子。2018年2月，也就是母亲惨死的第22个年头，张扣扣趁王自新、王校军、王正军父子三人回乡探亲之机，手持利刃杀死三人，并烧毁了王家的小轿车。

心理专家告诉我："根本原因，是张扣扣始终走不出心理创伤，母亲被杀给他留下的阴影，太大了。"

"同样，昆明火车站暴恐事件的阴影，让一些人很难走出来。"吴坎坎说。

从5日开始，连续三天，龙迪及其项目助理、二级心理咨询师张雪为正在一线参与安抚遇难者家属的8名昆明本地心理咨询师和社工提供了3次连续的团体督导，给他们专业支持、心理支持，并重建团队支持，保证他们有效地参与针对遇难者家属的善后工作。龙迪和张雪还面向云南省心理学会组织的50余名心理咨询师和社工，举办了两次突发群体创伤事件危机干预讲座，介绍生态系统理论框架下（Ecological Systematic Framework）的危机干预、哀伤处理等专业知识和技巧，累计工作15小时，受益300余人次。

中国红十字会总会和心理所几乎在同一天采取了行动。4日上午9点，中国红十字会总会在云南省红十字会的配合下，当天就在昆明开通了2条心理援助热线，不到24小时，就接到136个求助电话。

市民李先生打进了第一个电话："1日晚上，我正在火车站送朋友，看到有人拿着刀砍人，我感到非常恐惧，拼了命向前跑，虽然没有受伤，但回到家晚上一闭眼，脑海里就闪现当时一幕幕的场景，完全不能入睡。"

志愿者牟结立即决定通过催眠的方法帮助李先生舒缓情绪，建议他找一个舒服的地方躺好，并与他轻声对话，放松他的精神。经过十多分钟的心理辅导，李先生的情绪逐渐平复。

国家二级心理咨询师、志愿者李超曾接到过一位女士的电话，该女士从湖南来云南旅游，本来打算从昆明去大理游玩，结果在火车站被歹徒捅了一刀，尽管伤得不重，但因为受到惊吓，连门都不敢出。李超一边对她进行语言上的安抚，一边拿起笔记录下她的心理症状。诊断后，李超决定对其进行面对面的心理援助。

由于来电的求助者太多，志愿者接线员不得不延长工作时间。"本来计划是从早上9点开通到晚上9点结束，结果第一天就推迟到晚上11点才结束，5名志愿者轮班接线，吃饭都得轮着去。"一位当年的志愿者告诉我。

中国红十字会总会开展的心理援助主要面向事件遇难者家属、受伤人员和心理受创群众三类人群，并根据不同人群的境况和需求采取不同的援助方式。针对31位遇难者家属，中国红十字会派遣了31个有丰富经验的救援队员进入昆明市政府善后工作组，对死难者家属进行一对一心理援助；对于140多个伤员，救援队在紧急治疗告一段落后，进入医院病房为他们提供心理援助，帮助他们走出阴影。

云南本土红十字会有61名志愿者参加了心理援助，这支救援队成立于2009年，多数志愿者参加过云南盈江地震、宁蒗地震等多次重大自然灾害的心理援助工作，并参与过多次实战演练，具有丰富的救援经验。救援队员均为具有相关资质的专业心理咨询师，主要来自云南省内各家心理咨询机构和高校、医院。

3月10—13日，祝卓宏和原解放军装甲兵工程学院心理学教授王利群从"心理急救"的角度向当地心理援助志愿者介绍心理急救的操作方法，并对参与一线的1000多名公安干警和消防武警开展了危机干预的讲座，使他们具备基本的心理危机干预知识。

一位志愿者告诉我："我非常佩服龙迪老师,她和她的专业团队在昆明开展的一系列督导和培训,表现出对人类苦难的悲悯情怀、扎实智慧的专业干预能力。龙迪老师很幽默风趣,技术扎实,让每一名受训者在轻松愉快的气氛中,学到了在复杂系统工作时排除干扰、坚持专业伦理立场、转化伤痛的专业能力和有效方法,对于平稳推进心理救援工作起到至关重要的作用。"

汶川地震、玉树地震和舟曲泥石流灾难之后的心理援助经验,毫无疑问在昆明发挥了作用。暴恐事件发生之后,昆明市铁路局劳卫处和云南省心理卫生中心的8名专家分3组进驻昆明站。在云南省心理卫生中心李慧琼院长的带领下,他们立即对铁道旅行社的工作人员、受伤的警察开展先期心理危机干预,并进行了评估。

他们中的大多数,都有过征战汶川、玉树灾区的经验。

2017年7月的某个夏夜,我与朋友在北京的一家茶屋小坐,发现朋友明显状态不佳,问其缘故。他告诉我,他最近为侄女的事忙得焦头烂额。原来,他有个聪明美丽、活泼可爱的侄女,被父母视为掌上明珠。侄女从初中到高中,一直是班里的尖子生,而且喜欢文学创作,读过很多书。她的理想是考取北京大学或南京大学的中文系。可是,万万没有想到,2014年参加高考的她,成绩居然大跌到难以置信的地步,只好又复读了一年。可是,2015年高考时,居然连分数线都没有上。转过年,她死活不想读书了。父母坚决不同意,但女儿撂下的一句话,让父母迅速妥协。女儿是这样说的:"你们是希望我继续补习呢,还是希望我活着?"

后经联系,女儿去一家房地产公司当了售房员。

朋友说:"这样的结果,对全家打击很大。问题是,最近听说,她连售房员这份差事,也干不下去了。"

"到底是什么原因呢？"我问。

回答让我暗吃一惊：昆明火车站暴恐事件。

朋友告诉我，侄女最近才告诉他，那年与父母去云南旅游，正好目睹了事件的发生。

短短几秒钟血淋淋的过程，像无比清晰的特写镜头一样萦绕在她脑海里，每天、每时、每刻都没有消失过。其实，侄女一家三口的那次经历，朋友也是知道的，但他没有想到，那次经历中的画面，占据了侄女的大脑长达三年，导致"心震"不断，学业彻底坍塌。

"我侄女是个要强的女孩子，她平时居然很少提起，其实她的内心世界，完全被 PTSD 毁掉了。"朋友说。

我那时才知道，朋友联系了三个心理专家，在对侄女进行心理疏导。

"效果如何？"我问。

朋友眉头紧锁，不过，他似乎仍抱一丝希望："据专家讲，这种创伤后心理障碍，必须根据实际，如果在较长时间内采取综合性的干预方法，也许会出现奇迹。"

第二十二章　无悔的奔走

——秦岭、刘正奎对话录

Chapter Twenty-two

对话人：刘正奎（中国科学院心理研究所研究员，全国心理援助联盟副主席，中国心理学会心理危机干预工作委员会主任委员）

秦岭（一级作家，中国作协会员）

时间：2018 年 10 月 10 日

地点：甘肃舟曲龙舟宾馆

主题：灾区心理援助面面观

秦岭：在我前期的采风和调研中，无论是有关心理研究机构的专家、灾区的志愿者，还是被采访的心理援助对象，都对当年在灾区从事心理援助工作的专家们如数家珍，大家似乎对您有着一份特殊的感情，我能感受到这份感情的分量。我也注意到，汶川地震十年来，无论是玉树地震、舟曲泥石流灾难、雅安地震、青岛黄岛大爆炸、天津港大爆炸、昆明火车站暴恐事件，还是其他的灾难背后，都留下过您的足迹。这让我感触颇深，请您介绍一下具体情况吧。

刘正奎：十年来，每一次灾区之行，都是无悔的奔走。其实作为一名心理工作者，为灾区提供心理援助服务本身就是我们义不容辞的责任和义务，我们心理所的很多专家、学者做得都很好，我只不过是其中的一员而已。汶川地震时，我作为心理所科研处处长，被临危受命为汶川地震心理援助的具体负责人，主要职责是组织、协调、联络。当时的心理所所长张侃主抓全盘，全面指导。前方的负责人是王文忠老师。当时，心理所的很多骨干专家都奉命奔赴灾区。十年来，我们所里的很多专家都去过不同的灾区实施心理救援，很多志愿者也在不同的灾区来回奔波。特别值得一提的是，张侃有理念、有智慧、有魄力，指挥有方，时任心理所书记李安林、副所长傅小兰和张建新等几位领导有恒心、有谋略、有思路，确保了包括灾后紧急响应、工作站建设和研究的展开在内的所有工作健康、高效运行。如果说我们的心理援助工作体现出让灾区民众满意的执行力、凝聚力和战斗力，那么，这与心理所当时科学而果断的决策是分不开的，当然，也离不开心理学界同仁与社会各界的大力支持。

秦岭：最近，我也有意在灾区之外的其他场合谈到心理援助这个话题，发现很多人对心理危机和心理援助并不是十分了解。也就是说，相对而言，民众对这一领域的感知程度，灾区明显高于非灾区。如果说心理危机和心理援助知识需要一个个的灾难作为认知的引擎，我认为是远远不够的。请您介绍一下重大灾难后危机干预与心理援助的时机与内容，这对大家了解灾后心理援助显得尤为重要。

刘正奎：重大灾难发生后，需要最大限度地减少灾难对人类身心健康的影响，必须提供急救和持续护理。为了将影响降到最低，就需要实施心理危机干预。典型的危机管理包括四个环节：预防和减灾、准备、紧急反应和恢复。其中紧急反应和恢复两个环节主要是对已发生灾难的危机干预，同时，为了恢复幸存者、救援者的心理健康水平，需要开展长期心理援助。在灾后早期阶段，心理干预的重点是提高安全感、促进稳定性（冷静下来）、促进个体和集体的效能感、促进人际联系、点燃希望。心理危机干预主要是指针对危机情境中的个体，旨在缓和急性心理压力、恢复生理心理功能平衡、减小可能发生的心理创伤的紧急心理护理。主要包括七个核心内容：危机前准备（个人和组织层面）、灾后大规模遣散程序、个体紧急危机辅导、无害化处理（简短的小组讨论，旨在降低急性症状）、危机事件压力辅导（较长的小组讨论，旨在对灾难的心理完结及重症转介）、家庭危机干预、后续说明及转介心理评估及治疗。心理危机干预一般都很短，但干预效果可能持续很久。例如，在"9·11"恐怖袭击发生两周内，个人如果得到适时干预或帮助，那么6个月后，其 PTSD 症状会明显减轻，因此，在重大灾难刚刚发生之后，采取紧急的干预可以有效缓解症状、恢复秩序，并预防后续的心理疾患。由于灾难所导致的心理问题不会很快消除，可能在多年之后还有影响。一般情况下，经历重大灾难事件之后会出现不同的发展症状。大部分人在事件后不会表现出长时间高应激的状态和心理问题，具有较强的心理韧性；有一些人在灾难后会出现较高的创伤后应激反应或问题，但随着时间推移，症状会逐渐消失，但仍会长期遭受心理创伤的折磨；还有一类人群在灾难发生后的初期没有出现强烈的应激反应或问题，而是后期出现心理创伤的各种症状，表现出延迟的心理健康受损。因此，重大灾难后有相当数量的群体需要长期心理援助。

秦岭：我在灾区走访中了解到，心理所在汶川地震后的心理援助工作持续了很长时间，其中在北川的工作就持续了五年。我从张侃那里了解到，他曾代表中国心理学会提出"灾后心理援助二十年"行动口号。您一直是这项工作的重要倡导者和执行者，请您谈谈对这一行动口号的理解。

刘正奎：灾后心理援助有别于生命救援和物质救助，后两者均有比较明确的时间周期。由于灾难对人心理冲击的复杂性和长期性，灾后心理援助需要长时程地看待。实际上，灾后心理问题出现高峰期大多在半年后，而且会在漫长的岁月里随时出现。我曾遇到一位经历唐山大地震的老人，35年过去了，他晚上睡觉仍不脱衣，有点响动就要冲出房间。因此，我个人也一直倡导"灾后心理援助二十年"。当然，我们最初对"心理援助二十年"行动的理解，更多出于一种情怀和使命，也可以看作是一种呼吁全社会重视灾后心理援助的呼声。但是，十年后，来自众多个案的经验、不同的服务模式、人才队伍的发展和新技术在心理援助中的运用等，让"二十年"变得可及而丰富，并成为更多人的共识。具体来说，有几项工作的开展是关键。

首先，建立灾后心理援助工作站。汶川地震发生一个月后，灾后心理健康问题受到社会前所未有的关注，灾后心理援助如火如荼，但是，混乱和无序也由此产生。加之，灾后心理援助需要多领域的专业人员，急需规范工作和整合专业资源，为灾区人民提供便利和专业化的服务。根据重大灾难后心理创伤先期研究，在吸纳我国台湾地区"9·21地震"后心理援助经验的基础上，我提出了建立灾后心理援助工作站的建议和方案，该建议很快得到心理所领导的认可，并在三个月内在灾区建立了7个工作站。工作站在人员上涵盖了精神科医生、心理治疗与咨询师、心理健康教育者、社会工作者和志愿者等，大家一起工作，形成一条完整的心理健康服务链。这些心理援助工作平台，既保证了工作的规范性，又实现了可持续性。

其次，培育本地心理援助队伍。汶川地震受灾人口达2200万，灾后心理援助的需求极大，外来专业人员和志愿者无法满足如此巨大的潜在需求，特别是长期的心理健康服务，因此，培育一支本土心理援助队伍是确保灾后心理援助可持续性的重要举措。一方面，通过灾后心理健康讲座、灾后心理援助会议和"送教下乡"等活动，普及灾后心理健康知识，吸引有意愿的教师、医生和政府人员参与。另一方面，遴选有一定心理学基础的当地其他行业人员进行系统化培训，培育心理援助骨干，同时，积极推动国家级心理援助专业队伍。例如，构建中国心理学会心理危机干预委员会与当地心理援助骨干的对接机制，充分发挥国家级专业队伍对当地队伍的指导、督导作用。

再次，撰写灾后心理援助建议，推动我国相关政策出台。在汶川地震之前，我国还没有灾后心理援助工作的相关规定与文件。汶川地震后，我先后就心理援助纳入灾后重建、灾后学校复学、灾后心理援助组织和媒体报道中二次创伤等问题撰写了8篇建议，并得到中办、国办采纳。经过众多同行和社会人士的共同努力，灾后心理援助现已成为我国救灾行动的重要组成部分。在近几年出台的心理健康和社会心理服务体系建议相关重要文件中，灾后心理援助也成为重要内容。

最后，推动灾区的心理健康服务体系建设。通过培育当地心理援助队伍，推动建立由当地心理援助骨干为核心，有一定心理学知识的基层团队（如教师、基层干部）为外围，并与当地精神卫生部门联动进行转介，形成"3+1"的社会心理服务体系。为保证心理援助的质量，中国心理学会心理危机干预工作委员会发布了灾后心理援助行动纲要和伦理守则。未来，还将制定相关标准和培训内容，建立统一的机构和个人的注册体系，以协调、监督心理援助工作的开展。

秦岭：我注意到，在汶川地震发生后，中科院很快提出"创新为民，科技救灾"的灾后行动理念。在外界的一些人看来，心理所的专家往往埋头在实验室，置身于不问世事的"象牙塔"。甚至也有人认为，心理学的不少研究是从理论到理论，从论文到论文，从研讨到研讨，成果固然不少，但往往囿于"实验"，不太具有可操作性，甚至"远水解不了近渴"，很难在具体的灾后心理援助中发挥实实在在的作用。可我从一些心理志愿者那里了解到，您和不少心理专家一样，不仅没有在"象牙塔"里闭门造车，而且把灾区当作您实践心理研究理论的主战场，事实证明，您和您的团队有许多理论成果，在灾区乃至全社会得到广泛应用，得到受众的认可和欢迎。作为当时灾后心理援助的具体负责人、心理创伤研究和心理援助的学科带头人，您如何看待和践行基础科研与应用的价值？

刘正奎：心理科学作为一门用科学理性关怀人类心灵的学科，基础研究与应用在本质上具有天然的联系，务必要从基础研究、应用基础研究、应用技术到社会服务，构建完整的科学链条，只是我们心理学研究者一直以来比较忽视应用。实际上，我们每位专家都具备比较完整的心理学知识体系和专业训练，但在灾后巨大的需求面前，这些知识和训练明显应对不了现实需求。从进入灾区的那天起，我就开始思考基础科研与应用之间的关系，开始关注我国灾后心理援助的研究起点与工作路径。根据全球范围灾后心理创伤的情况，面对汶川地震给民众带来的心理创伤，我陷入了深思，我们判断灾区群众心理创伤的标准到底是什么？这些标准是否可靠？是否有来自行为、认知和生理的证据的支持？我们应该采用哪些科学的干预技术？这些干预技术的有效性到底如何？灾后整个社会心理会有什么样的阶段性反应？……这些问题亟须我国心理学工作者来回答。就我个人的研究方向，我重点探讨灾后儿童心理创伤的演变，分析儿童灾后心理创伤的不同轨迹，为儿童心理创伤干预提供指导性框架。针对灾后心理评估技术依赖于传统纸质量表而且易干扰灾区群众的情况，我的团队采用了可穿戴技术，建立个人心理应激的客观生理指标，研发了基于心率变异性的心理应激实时检测技术。这项技术大大方便了灾后心理援助者了解服务对象，也为灾区群众了解自身状况、进行自助康复提供了便利的手段。最近，经与华为公司合作，这项技术已移植到华为耳机、手表和手环上，成为心理应激检测与自助解压的便利工具。针对灾区心理援助者严重不足，难以满足巨大的心理创伤辅导需求的情况，我的团队研发了基于互联网全国心理援助网络干预平台和虚拟现实技术的"境由心生"系统脱敏系统。这两项研究成果已开始应用于职场高压力群体和高应激特殊行业（例如消防武警、海上救援人员等）的心理应激训练。另外，针对灾后儿童心理应激特点，我的团队在北川开展了为期一年半的基于多种艺术表达的"我的影像成长日记"心理辅导实验，所形成的干预方案和文本，已经推广到非灾区，成为很多中小学喜爱的心理健康教育实验教材。在这个历程中，我感受到基础科研与应用是双向促进的关系，基础科研可以指导应用，现实应用则提出问题反哺科研，并让研发技术在应用上不断更新，从而实现科学本身的完整价值。实际上，通过"创新为民，科技救灾"，我们心理所的很多专家也在转变理念，重新认识"民"与"科技"的关系，十年来灾后心理援助取得的成效，也充分印证了这一点。

秦岭：我接受有关十年灾后心理援助的文学项目后，曾利用近半个月的时间，广泛搜集、阅读了有关灾难和心理学的大量图书和资料，试图从学理层面为我的作品撰写提供启迪和养料，但我惊讶地发现，我国学者似乎至今都没有涉足灾难与心理学关系的综合性、集中性研究，作为一个灾难深重的国度，这一现象似乎说不过去。最近我了解到，您正在着手编者一部名为"灾难心理学"的学术著作。

在我有限的视野里,这在国内应该是个全新的课题,也是一个新学科。在我看来,您选择的这个研究领域是及时的,也是十分必要的,您能具体介绍一下吗?

刘正奎:您提出的这个问题,一定程度上也反映了我国灾后心理援助研究方面的短板。其实,我酝酿《灾难心理学》这本书的起因,仍然是这十年来从事灾后心理援助的实践和探索,希望这些经验和探索对我国和其他国家未来应对灾后心理健康问题提供启示。如果说十年前我国的灾后心理援助不得不依靠国外的理论,甚至在一些领域无章可循的话,那么十年后的今天,我们已经积累了相对丰富的方法和经验,而且有些研究成果彰显了中国特色和中国经验,在国际心理学领域具有独创性、先导性和探索性。需要指出的是,十年来,包括我在内的心理学工作者固然在灾后心理援助研究领域探索了一些重要问题,取得了一些重要成果,总结了一些经验,但诚如您所言,时至今日,具有全局性、立体性、多元性的学科体系尚未建立,也可以说,我国在这一领域的理论集成与学科体系建设尚属空白,这显然是说不过去的,我作为中国灾后心理援助的参与者、见证者和当事人,有责任和义务在这一领域做一些更为整合性的探索和研究。我将在借鉴国际灾后心理援助理论的基础上,立足我国的国情、民情,用宏观视野认真审视灾后心理援助这一现实问题,从临床心理学、社会学、灾害科学、哲学、民族文化、宗教等多个领域同时切入,以全球范围特别是我国近十年来的各类自然、人为灾难为考察主体,梳理文化、社会、家庭、个人等多个层面与灾后心理援助的关系,全面反映我国灾后心理援助工作中的政策导向、措施落实、方法探索、技术应用和经验传播,力争使这本书既能够彰显学术性,也能够体现史料性;既能够把我国灾后心理援助的成果凸显出来，同时对于今后的灾后心理援助具有一定的指导和参考意义。当然，这只是我近期的奋斗目标和良好愿景，我这样充满信心地回答这个问题，也算是给自己打气。话说回来，编著这样一部书，也是充满挑战和压力的，因为这不只是给自己从事灾后心理援助经历的一次回顾和交代。在全国范围内，从事灾后心理援助的心理学界同仁很多，每位同仁在灾区都有丰富的经验和相关研究成果积累，也创造了卓有建树的理论成果，他们都值得我虚心学习。

秦岭：今年是汶川地震十周年，全社会都在组织开展不同形式的纪念活动，也有很多报刊约我以文学作品的形式撰写相关纪念性文章，因为他们知道这十年来我始终在以文学的视角关注着灾区。但话说回来，文学作品毕竟感性的意味多一些，特别是最近通过对灾区的重访，我对自己有关灾难文学的创作也进行了反思。文学是人学，客观上是人性的客观反映，而人性和心理学在一定程度上几乎是一脉相承的。据我所知，近年来，您与中央电视台合作、策划和设计的 52 期儿童电视节目《非凡少年》在中央电视台综合频道《大风车》栏目中播出后，曾创下多项收视纪录，吸引全国几十个城市的几千名少年儿童积极参与。您参与设计的幼儿电视栏目《康吉今天怎么了》甚至成为当下幼儿节目的一个亮点。这种将心理学知识和艺术传播相结合的科普方式，好像并不多见。您如何理解文化的传播与心理学知识普及之间的关系？

刘正奎：这个问题，其实我很早就开始思考了。汶川地震之后，我在这一领域的思考更多。当年刚刚进入灾区，我就发现了文化有无法替代的强大力量，比如那些不同形式的赈灾义演、诗歌朗诵、演讲和集体性舞蹈等等，一定程度上对于幸存者低迷的心理状态有缓解作用，甚至一个文艺明星留下的励志之言，瞬间就会流传得家喻户晓，使不少陷入"心震"中的心理创伤者得到心灵的抚慰。相反，我们心理工作者一开始不但不被群众理解和认同，甚至我们每到一地，都需要在"打开局面"上苦下功夫，绞尽脑汁。究其原因，一方面我们的心理学普及和宣传应用不够，另一方面，我们平时的心理学宣传没有搭上文化的"便车"，这一点，许多国家已经走在了我们前面。我们不难发现，国外的很多优秀影视剧、小说和诗歌，不仅注入了心理学思维，而且有些心理学专家还直接参与了剧本的设计和创作，这也是我充分利用心理学知识和中央电视台联合制作《非凡少年》等节目的主要理由。我和中央电视台合作，不光是一种心理学科普的尝试，其实节目的主题和内容也是按照心理学思维、理念完成的。也就是说，面对包括 PTSD 在内的精神障碍群体，面对我国心理人才严重短缺的现状，我们纵然在灾区构建了诸多援助模式和措施，但没有文化这个手段和载体，就无法从根本上解决问题。据我了解，西南科技大学的辛勇教授曾把您的小说《心震》编入人格心理学试卷，我非常认同这一创新举措，这不光是文学与心理学的联姻，本质上是借助文学的力量传播心理学，丰富心理学的文学内涵，拓展灾后心理援助的路径。古人说："文以载道。"在文学的汪洋大海里，心理学这条"船"，更容易驶向彼岸。下一步，我仍将把学术研究、实践应用、科学普及与文学创作结合起来，我明白这样做的难度，但难度再大，也不如灾后心理援助的难度大。同样的道理，您正在采访、创作的《走出"心震"带》作为我国第一部以文学形式表现灾后心理援助的图书，也必将从文化的角度，为我们提供认知灾后心理援助的人文视角。我也热切期待秦老师这本书的出版成为提高我国灾后心理援助全民意识的一个新起点，开启另一个充满希望的十年。

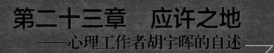

第二十三章　应许之地

——心理工作者胡宇晖的自述

Chapter Twenty-three

（作者按：我阅读过 200 多位心理专家、心理志愿者的手记、日记或感言，这些文字，长则两三万字，短则一两千字，详细记录了从事心理援助工作时的经历和感受。特将心理工作者胡宇晖的感言以"自述"的形式摘要如下。）

2018 年 5 月 12 日，汶川地震十周年纪念日。

曾经答应当年亲自培养过的 43 名绵竹学员，答应过自己曾经救援过的灾后绵竹人民：十年纪念日，一定带上家人孩子，再次踏上绵竹的土地，去看看当年付出全力救援两年的地方。

但是对不起，我食言了。一天忙碌的工作后，回避开纪念节目，我默默坐在没开灯的客厅里，目光穿越灯火通明的北京城，遥望西南。默默祝福我挚爱的土地和学员们：希望你们一如既往，清晨起来在飞云桥、遇仙桥之间的菜市场买青嫩嫩的莴笋、豌豆尖，红艳艳的辣椒，夏季顺便戴上黄果兰和栀子花，平平静静地过日子；希望你们一如既往地坚强而温和，隐忍而善良。我不想像个神一样，等着被感恩，被涕泪涟涟淹没，激起那段艰辛岁月里的所有回忆。

当年的工作已经开花结果：我们工作站创建的"一线两网三级服

务"灾后心理重建的"绵竹模式",已经应用在后来的玉树、舟曲、文县、天津等地的灾后救援中;我们当年培养的43名绵竹学员,从心理学"小白"起步,从满怀失去亲人的哀伤中浴火重生,成为合格的心理学工作者,十年来坚守一线,为德阳地区的心理工作做出贡献。

当年的心痛至今难平:这一生回忆起,都对母亲愧疚不已——当年一边骗她"我才不会去救灾",一边从北京奔赴都江堰聚源中学。我妈妈听到新闻报道,当场哭得跪倒在路边。她擦干眼泪,给我发了一条祝愿平安的短信。我不知道今天的自己,还有没有十年前的一腔孤勇,如果再次被"点兵",还能不能够毅然登车。但是十年来,不论当年付出过什么代价,我从来没有为自己的抉择后悔过。大灾难改变人的生死观,重塑人的人生观,性格、行为也会发生很多改变。经历过的人都知道:当年的人生预设,再也回不去了。

当年灾后的惨烈和哀伤,我不忍回首。多少幸存者,和我们一样,在这场意外的人生苦难中,坚忍前行!绵竹的学员曾经对我讲过,震后两个月,遇到故人,他们如何当街抱头痛哭,互相说,哎呀,你还活着,太好了!他们讲过,自己的学生怎样全身骨折,软绵绵地依偎在老师怀里,在震后的绝望里,慢慢死去。今天想起这些,我仍然忍不住泪流满面。他们受苦了!

十年过去,我的朋友还会骄傲地向刚认识我的人讲我的故事,而多数时候我缄默不语,低着头仿佛做错事情的孩子,略微尴尬地微笑着。

因为我越来越觉得,在关键时刻舍小我成大义的人很多:那些长眠在救灾现场的人,那些曾经和我的祖辈一样,在战火中守卫国土的人,都没有说过一句话,我又有何可以居功?

大国小民,本该如此。

一、谋道者

从绵竹回来，我一直视为恩师的霍莉钦老师为我接风。她问我："宇晖，你这一去一回，最大的收获是什么？"

我略微思索，回答道："我觉得自己最大的变化，是从一个谋食者成了一个谋道者。"

霍老师点点头说："这是了不起的变化！你知道此后会有多少人羡慕你这段经历吗？好好珍惜吧。"

当时还是懵懂，但是我清晰地知道，自己再也不会回到从前。

如果 2008 年 5 月 12 日没有发生地震，我的生活是另一番景象。也许今天儿女双全，在原来的工作和生活中过着琐碎幸福的日子。但是没有假设，无须后悔。人生本来就是不同选择的结果。

回来后，原来的职位没有了，原来的家庭也没有了。我的事业重新开始。

从预判到分析，到实践，我用了 7 年时间，锁定企业管理层的心理建设和组织动力服务。2010—2017 年间，我设计的项目已经服务了 40000 名管理人员。而令人惊奇的是，四川一个省给我的项目不经意间就是 6 年！我用了 2 年时间，照顾 43 名学员，守护一个城市的心理重建，而四川给了我一个将近 2000 人的人脉圈。多少莫逆之交在成都、绵竹、北川、什邡和都江堰。这个数字，冥冥之中这样的机遇，让我心生无限感动和敬畏。

回首当年，我们面对的，是对心理学一无所知的人群，在灾后充满悲伤和恐惧，失去亲人，事事纷乱。课程必须精炼、简单、目标明确而量化。在大学本科的教程中，他们学习的任何一门专业理论课都是一个学期甚至一个学年的内容。而给我的教学时间，只有一个月中的两天。时间紧，任务重，作为设计者的祝卓宏老师和我，常常开会到深夜，反复论证每个知识点和教学模式。有时候，余震袭来，我们被吓一跳后，扶住乱晃的灯，继续讨论。最终形成的方案，就是后来的"绵竹模式"核心——用辅导式培训来"双解决"：一方面以小组学习的方式，做团队哀伤辅导；一方面用大班授课的方式，进行基础理论基本方法的教学。

用这个办法尝试了两个月，效果就出来了！原来"防火防盗防心理咨询"、厌恶心理学工作者的学校老师们，真正接纳了我们。

2008 年 11 月 12 日，灾后"半年祭"的仪式，让我们和学员从此融为一体。大家的伤痛被接纳，被允许，从而把精力和时间投入到了真正的学习中。43 人分为 5 个小组，每个小组我们都设计了辅导。从周一到周五，我们的工作站轮一圈儿，每个小组都会得到一次单独辅导。每个学员都需要准备组内和班级内的"答辩"。12 个月后，他们顺利通过了心理咨询师二级考试。最关键的是，仅仅 6 个月的时间，他们设计的幼儿园、中小学各个年级的心理辅导课程，囊括了德阳地区"心理辅导课程教学大赛"的一、二、三等奖。

如果人的身上会留下眼泪的痕迹，我想，自己解开领口，左右肩膀都是斑驳的湘妃竹了吧？在绵竹的日子里，数不清曾怀抱过多少次哭泣的学员。2008 年 9 月 10 日，绵竹市中小学幼儿园灾后心理教师培训班正式开学。我申请经费，坚持要给所有参训的老师送一朵花。跑遍全城，才找到一家愿意去趟德阳给我们采购康乃馨的花店。我记得大家来的时候，神色戚然木讷。说实话，我自己也不知道怎么抚慰他们。很多年过去了，学员们仍然记得递到他们面前的那朵花，震后第一次有人用这样的方式，表达了善意的懂得。

在绵竹的日子里，我学会了"用心"二字。在任何一个地方，都抱着"终老此处"的心态做事；在任何一个项目中，都抱着"这是用尽此生才干打造的一个'孤品'"来经营。

如果时光倒流，再给我一次机会，我会做得比当年好得多。离开绵竹的每一年，我都会回忆自己当年的工作，心里总有淡淡的遗憾。没有办法，当年没有现成的经验，没有成体系的教材，只有一步一个脚印地摸索着前行。

其实在这些实践里，真正成长的那个人，是我。我再也不是那个傻傻地笑着，有点儿腼腆、有点儿青涩的"北京来的心理老师"，而是今天目光淡泊、冷静敏锐的企业管理顾问。

二、见证者

回京后不久，《唐山大地震》上映。我记得自己坐在最后一排，看到地震的场面时，全身抖得如寒风中的树叶一般。

2011 年 5 月 12 日凌晨，我忽然从梦中惊醒。因为我梦到自己又一次在金花镇，那个只剩下 7 个学生的班级。梦中的我坐在台阶上，看着孩子们都害羞地望着我，就微笑着招招手，瞬间，我被孩子的海洋淹没，他们扑到我怀里。有一个男孩伸手摸我的脸，认真地问："地震，什么时候再回来？"我心里咯噔一下，抱紧他，不知怎么回答。惊醒的时候，两行热泪流下。我不得不承认自己没有办法在大脑中消除过去的记忆。差不多有五年，我没法儿再接创伤的个案——当别人讲述自己的惨痛经历时，我会忍不住一阵一阵地恶心。我对自己的反应惊讶，惭愧。我问自己："什么时候变成这样了？"努力克制的结果，是愈演愈烈的头痛。

参加专业学习的时候，我会不由自主回忆当年的案例。就是没有意识到，其实我们这些身在一线的人，和被我们照顾服务的人群一样，也深陷哀伤与痛苦，也同样需要照顾。

记得灾后大批心理工作者一腔热血地前往灾区，结果遭到了各种批评，甚至讽刺，他们普遍被认为只有热情没有专业知识。诚然，那些热情的心理工作者不一定专业，更不一定能够真正去解决什么问题。但是媒体和专业圈子里的言论，让我看到了另一种"不专业"——以"学术权威"的姿态，以道德制高点的角度，站在高处俯瞰基层工作，凭借主观臆断，而不是以一线工作经历来发表言论。只有常驻一线的人，才有真正的发言权：他们知道大灾难之下，一个城市甚至地区，弥漫着怎样的恐慌；人性的光辉，怎样闪耀；有多少人脆弱绝望到不惜自杀，就有多少人忍辱刚强，不得不负担起超越年龄和阅历的责任。这些都是真实的。我们是救援者，是施助者，是照顾者，但不是全能者。没有教科书式的标准言行，更没有电视剧里的美好结果。我们都是在探索，都是在尽力。

听闻太多对一线救援工作者，尤其是志愿者的言论，我不再想开口表达什么，只想在静默中独自度过这段时光。我热爱心理学，从中获益良多；我不仅从事心理治疗，也对人的自我疗愈能力深信不疑；我在对心理学的探索中，看到了人生的辽阔——对于人之所以为人的哲学话题，有着一生的探索计划。

因为没有经历，不是每个人都能够听懂。

我深知这种感受，也是 43 名学员的感受，也是 50 万绵竹人的感受，更是 7 个受灾城市全体人民的感受。

多年以后，和学员相见，他们拥抱着我，激动得热泪盈眶。我说，其实我一直都没有离开过。我和你们一起，经历了灾后重建的每一天。

从某种意义上说，我们是体验者，是见证者，身在其外，心在其中，陪伴着整个灾区，度过了十年。

我们以双眸为镜头，记载了多少珍贵的影像：

地震后 1 小时，新华社记者李晓果，已经抓起行李飞奔到机场。几经辗转，13 日早上，拍到了东汽中学废墟上那个呼喊求助的母亲。一年后，他扛着摄影机再次来到绵竹，找我帮忙，拍下了《父爱如山》这组照片。照片中的人，正是我们的学员李拥兵，那个失去了爱人的年轻教师，他一个人带着孩子，坚强地活着。在李晓果身上，我看到中国摄影记者的敬业精神。

震后 24 小时，驻成都办事处的大连人姜东阳大哥，在没有办法获得交通工具的情况下，徒步进入映秀，凭借着大连空难救援的经验，参与了第一批志愿行动。走出映秀的时候，几个人轮番上阵，抬着一个被砸断了腿的伤员。几个月后我们说起此事，他还颇为遗憾，觉得自己当时做得太少了。

震后 6 个月，杨渝川老师代表联合国儿基会来到绵竹站工作，同行的是美中教育基金的发起人余国良先生——我们项目的捐助者。余先生一身西服，已经穿了 6 年；一部诺基亚 1100，就是我们晚上"电话会议"的工具；他的所为，以行动证明了他的信念。

灾后伸出援手的基金会到底有多少？参与重建的队伍有多少？从一个志愿者的角度，我看到了明爱、进德、增爱、香港郭氏、壹基金，等等。远在德国的明爱的友人在 MSN 上告诉我，周日早晨的募捐中，一位 90 岁的步履蹒跚的德国老奶奶，捐出了自己一个月的养老金。我听了眼里泛起泪花。

北川冬季的湿冷，让人难以忘怀。2009—2010 年，我数次为进德公益的志愿者做督导和培训，亲手带过 16 位修女志愿者。她们来自北方，已经并不年轻了。每天她们都要徒步走访自己负责的村落、坝子。她们的生活条件有限，每天的饮食标准低得令人心疼。我对她们说："感谢你们，选择了这样一条道路。"我心疼她们在工作中遇到了特别多的困难，希望写进工作日志呈报，她们静静地回复："老师，右手做的，不要左手知道。我们不需要表彰。"

仍然记得素全法师。准备告别四川，离开志愿者工作的那段时间，我揪心地痛苦——舍不得离开，舍不得学员们，舍不得自己用尽心血设计的教案，舍不得那些越来越多的求助的人。但是，即便再舍不得，离别还是要来。什邡工作站的同事萧尤泽、黄基平老师两个人陪着我去拜访素全法师，希望以此来帮助我。灾后，这个罗汉寺的住持，扯掉覆盖在菩萨身上的雨布，盖在了寄住在寺院中的产妇们的帐篷上。引来争议，法师回复："活人都救不得了，顾不得菩萨！"这样的智慧与大无畏，让人敬佩。

我恳请他开示我："请法师告诉我，我如今如此痛苦，舍不得离开，该如何！"

他回答："你在京时，生活稳定，不愁衣食。要来四川，怎么舍得放下，说来就来了？现在要走，也要如此，说走就走。放下就好。"

我泪下："但是法师，我舍不得这 43 个学员，我舍不得这个城市。好多事情，还没有做完。"

他耐心开导："你心有一家，当有家的智慧；心有一城，就有一城的智慧。回到北京，还有更多责任。不要让自己的心愿住在一个层次上。"

离开成都前，我第一次去了文殊院。缓步进去，一眼看到门口的对联，顿时泪如泉涌。那副对联上写着：

见了就做，做了就放下，了了有何不了；
慧生于觉，觉生于自在，生生还是无生。

我妈妈嘱咐我："孩子，走的时候悄悄走，不要拿走一根线，不要等着别人感念你。你已经尽了你的本分，但那不是你的功劳，也不是你的荣耀。你只是做了你该做的。"我遵从她，默默无言地离开。

可是，这块土地从来没有离开我。她教给我四川人民独有的幽默和豁达：家中房屋已经破到了不能居住的 D 级，照样招呼我们去院子里打麻将过国庆。她教给我从容淡定：九寨沟多少美丽的"海子"，其实都是地质运动留下的堰塞湖。她教给我勇敢坚强：在震后的雷暴之夜，偌大的空房停电断水，电流发出诡异的声音，我一个人度过；若干次经历 5—6 级的余震，电灯在头顶乱晃，到后来我都可以根据感觉准确说出震级。她教我看淡生死，不重物质，也教我看淡人性，不求完美。

三、笃行者

离开绵竹后，我曾多次反思：从社会发展的宏观思路上看，心理学到底能够做什么？我知道这不是一个普通市民的职责，也不是个人能力所及。但是，我在一线的观察和经历，让我自问：作为学科，心理学在灾后救援和重建中已经发挥了应有的作用，但是作为一个行业，我们能够做的还有哪些？

我喜欢祝卓宏博士提出的"不提心理做心理"。当我们煞有其事，显得特别"专业"的时候，恰恰是可能离那些毫无专业知识的人最远的时候。我们当然要"保持疆界"，做好工作边界的划分，但是当我们连工作具体该怎么切入都不知道的时候，又如何掌握这种分寸？

在绵竹安置板房中，我带着助理晓宁，在一个个学校的家属区做调研访谈。走到拜访过的村民家中，他们很欢喜，坚持要摘下屋檐下的腊肉煮了，招待我们。我们于心不忍，百般推辞。村民们怅然若失："你们北京来的老师，肯定是嫌弃我们脏。"我们赶紧解释，赶紧脱了棉袄在灶下添柴，暗中让晓宁去买菜买肉，坐下来和大家喝酒、摆龙门阵。没想到，调研效果异乎寻常地好，从此，我们学会了怎样在一线工作。

若干天后，翻开潘绥铭和方刚两位人类学者的调研报告，看到了田野调查的工作方法，才知道，真正要做的工作，其实就是这么朴实而简单。

我由此思考自己的职业定位：我知道自己真正热爱的不是"专业"，不是"研究成果"，更不是专业带来的"头衔"。我问自己：爱的究竟是什么？然后给了自己答案：我爱的是"人"！身处哲学发问中的人，身处真实社会环境中的人，身处社会关系而独自面对自我的人！

人在很年轻的时候，不懂得爱别人；等到懂得，才发现自己其实不会爱别人。爱一个人似乎很容易，爱一个人群，却需要足够的智慧和力量，更需要把自己的心愿，变成日复一日，年复一年的琐碎事，一点一滴地做到，一寸一尺地增益。

我把这个过程，视为自己毕生的理想。我终于清晰地知道，自己选择的道路，就是应用心理学服务落地的道路。

如中科院心理所张侃所长所说："生而为人，从这个意义上讲，心理学就不仅仅是一门学科，而是关于全人类的哲学。"心理学是我们反观人性的阶梯，也是我们自我寻求的道路。

思想和文化，是有所传承的。当汶川发生地震，心理所第一时间派出专家，承担起了救援任务；当灾后重建情况复杂、任务重的时候，心理所确定工作方向，7个工作站驻扎3年。史占彪、王文忠、张雨青、王力、林春、龙迪等专家，像母亲一般守护着这块土地。其实，在他们身上，我看到了何谓科学精神，何谓理想主义。

理想主义没有片甲分文，却会星火燎原、焚膏继晷地传递下去。诚如我所敬重的老师曾经嘱咐过的那样："永远都要为理想做事。"

不敢辜负。

我想，表面上看来，是我们共同守护了绵竹，其实，绵竹才是我们每个人的应许之地。

不是我们成就了灾后心理重建，而是这份工作，这种经历，铸就了今天的我们。

胡宇晖

2018 年 3 月 11 日

第二十四章　龙卷风过后

Chapter Twenty-four

PTSD,非常像人类心灵深处的一场龙卷风,"呼呼呼"地刮,不!不是刮,是卷起来,高高地扬上去,扬上去,像极了传说中的灵魂出窍。

而反常天气,分明就是大自然的 PTSD,分明是大自然的心理病了。它歇斯底里,它暴跳如雷,它翻天覆地。2016 年 6 月 23 日 15 点前后,历史上罕见的龙卷风突然袭击了江苏省盐城的阜宁、射阳等地,它先是以强雷电、短时强降雨、冰雹、雷雨拉开恐怖的帷幕,然后以 17 级的风力迅速登场,拔地而起,大摇大摆,直冲云霄。

不是没听说过台风、龙卷风耀武扬威的样子,但是 17 级风力是什么概念? 完全超出了我的想象和认知。

"我的天哪! 长这么大,没见过,真的没见过,风的吼叫声比海啸还可怕,像成千上万架轰炸机飞过的声音。老远望去,龙卷风在空旷的大地上摇头摆尾,扯天扯地,我以为,世界末日来了。"一个盐城的男士这样感慨。

短短几十分钟,阜宁县的陈良、吴滩、硕集、板湖、新沟、金沙湖等 7 个镇区 22 个村,射阳县的 7 个村陷入龙卷风和冰雹的蹂躏之中。99 人罹难,从废墟中搜救出来的 1000 多人中,伤员就有 846 人。阜宁县倒塌、受损房屋达 8004 座、28104 间,2 所小学房屋受损,

8幢厂房被摧毁，4.8万亩大棚遭毁坏；射阳县房屋受损、倒塌615座。受灾地区水电通信等基础设施不同程度受到影响，部分地区通信中断，40条高压供电线路受损。

风灾对人类形成的戕害，既不同于地震，也不同于泥石流。盐城人告诉我："有些人是被倒塌的房屋压死的，有些人是被龙卷风抛起来摔死的，有些人是被龙卷风卷进河里淹死的，有些人被龙卷风裹挟到空中，并随风飞了几十米、几百米，甚至一千米，最后摔死的……"

据阜宁县的一个目击者讲："我当时顺势爬进一个废弃的混凝土大坑里，看到一个男子刚从颠簸的小轿车里爬出来，就被龙卷风撕扯得像陀螺一样旋转，一起旋转的还有被连根拔起的大树，还有木板、广告牌什么的。几秒钟后，那个男子像炮弹一样突然射向一棵东倒西歪的树，接着又被风拉直了身子，我当时就觉得不可思议，身子咋会被拉得这么直呢？但马上就明白了，是他的腿被卡住了，那时的他已经赤身裸体了。他的身子直直地挺了几秒钟，就又旋转起来了，估计他的身子和腿被风撕开了。"

"人，在龙卷风跟前，就像火锅里的涮料一样。"目击者不忘补充，"我这样说可能不恰当，但当时的场面真是那样的。只是，我这一看，把自己看成了PTSD。汶川地震后，我们都听说了PTSD这个东西。"

吴坎坎告诉我："很多目击者的PTSD症状十分明显。"

6月24日，在中国妇女发展基金会的支持下，心理所派遣专家抵达盐城。

当天，心理所就联合南京晓庄学院心理健康教育与研究中心（"陶老师"工作站）成立了工作站，并根据评估结果，建立了阜宁县人民医院"中国妇女发展基金会心理援助站",确定了重点援助方向：针对受伤人员及相关医护人员开展心理援助；针对消防官兵开展心理干预；针对社区工作人员开展心理援助；针对受灾群众及妇女儿童等特殊群体开展心理援助工作；针对南湾小学目睹风灾儿童开展心理干预。同时，加大灾后心理健康知识科普及教育宣传工作力度，推动当地心理援助队伍建设，以促进心理援助科学可持续发展。

据我了解，风灾过后，光阜宁县人民医院就收治了 243 名风灾受伤群众，其中成年男性 110 人，成年女性 124 人，儿童 9 人。这部分群众是心理创伤发生的高危人群，是灾后心理援助工作的重点关注对象。

一位志愿者告诉我："有位伤员一苏醒过来，就大喊'风，风，风'，然后翻身下床就跑，当她回过神来的时候，立即号啕大哭。"

还有一个男性伤员，遍体鳞伤，目光呆滞，焦虑、紧张的情绪裹挟着他，他使劲用头撞得床头"哐哐"作响，为他报废了的小汽车，为他失去的家园……

情况不妙！PTSD 在各个病区、病房的蔓延，像风一样，不！像另一种龙卷风！

工作站立即和院方沟通，在门诊部二楼专家二室成立了中国妇女发展基金会心理援助站，便于和 PTSD 人员面对面交流。

多名志愿者向我提到李慧杰："在盐城，到处都能看到李老师的身影。"

一年前，李慧杰曾从青岛出发，奔赴天津港大爆炸灾区开展心理援助；一年后，她再次从青岛出发，来到了盐城。6 月 27 日，受江苏省心埋学会和盐城师范学院邀请，李慧杰与南京师范大学的安媛媛分别从心理创伤的理论与心理援助的实务角度，为 100 多名当地心理援助志愿者开展了"心理危机干预培训"。6 月 28 日，李慧杰又受江苏省心理学会和南京师范大学心理学院邀请，为江苏省心理学会招募的 50 多名志愿者开展了"盐城灾区心理援助志愿者培训"。6 月 30 日，应南湾小学的邀请，李慧杰和 11 名心理援助专家、志愿者赶赴南湾小学，为学校近 60 名目睹风灾的学生开展心理创伤评估和心理急救的团体辅导活动，针对不同年龄孩子创伤后的特点，制定个性化的团体辅导方案。当天，李慧杰通过讲解《公众心理援助自助手册》，为 21 位家长开展灾后心理创伤自助教育。7 月 2 日，李慧杰和扬州五台山医院心理科主任吴人钢、南京晓庄学院"陶老师"工作站的潘建卫等人，分别从医学角度、实务工作和案例分析与操作角度对在盐城灾区开展心理援助的 80 多名志愿者开展培训。

每一个这样的时间段，李慧杰都要做好大量的前期准备工作，而下一个时间段，她非常清楚该做什么。

"每一次到灾区，感觉根本歇不下来，也无法歇下来。"李慧杰说。

崔东明是李慧杰在青岛的老搭档，也是李老师在天津港大爆炸灾区开展心理援助的得力助手。6 月 28 日，应盐城消防中队的邀请，崔东明带领 8 名心理志愿者对消防中队的 16 名消防官兵进行了心理评估、个体咨询及团体辅导，接着又赶往风灾现场，对执行任务的 12 名消防官兵（含 1 名中队长）开展心理辅导。

崔东明是个非常细致的唐山汉子，我看过他的多篇案例分析，有天津港大爆炸的，有盐城风灾的，有米脂袭击的。他对消防官兵的心理状态，忧心忡忡，他告诉过我："对这个特殊的群体进行心理疏导，太重要了。"

7月6日上午，工作站于洋、袁芳带领当地咨询师在公安消防大队为 14 名消防官兵开展"工作减压"团体辅导，有针对性地对25 名消防官兵的情绪状态进行了专业评估，为 30 名消防官兵开展了 3 场减压团体辅导。

短短一个月内，心理所先后派 40 名全国心理援助联盟成员赶赴一线提供专业援助，在中国妇女发展基金会、阜宁县妇联、阜宁县教育局、南京晓庄学院"陶老师"工作站、淮安经济技术开发区于洋心理服务中心的支持、配合下，对受伤群众开展 110 人次个体辅导，为 250 人次的医护工作者开展灾后心理干预专业培训 3 次，为 14 名参与灾后救治的医护工作者开展减压团体辅导 1 次；为近 100 名消防官兵进行心理评估，开展心理教育，进行心理减压辅导；为 300余名心理援助志愿者展开培训；走访近 100 户，走访住户 230 余人，发放《心理健康宣传手册》300 余份；为南湾小学学生开展心理健康课及团体游戏近 60 场，累计参与学生近 800 人次，开展防灾减灾安全知识讲座 12 场。

医院，是救死扶伤的圣地，可医生也是人，护士也是人，面对看不见摸不着的 PTSD，医生面临的双重压力可想而知。8月12日下午，工作站邀请北京师范大学心理学院教授、中国心理学会副理事长金盛华为阜宁县医院医护工作人员开展了心理援助公益讲座。这次讲座以"压力管理与生命质量提升"为主题，针对该院医护工作者在风灾中开展工作面对的巨大压力，结合大量理论知识讲解和案例分析，引导医护工作者了解压力的来源，清楚压力与心理资源的关系，学习简单的管理压力的方法，以提升生命的品质。在讲座中，金盛华从人与自然、人与别人、人与自己以及人与"天"的关系四个方面，引导大家学习应对压力、处理医患关系和提升幸福的方法。

当龙卷风裹挟着 PTSD 而来，最容易遭受侵害的，首先是少年儿童，他们岂能扛得了这旷世之灾？

一位志愿者告诉我："有个七八岁的小孩，目睹了龙卷风和邻居的尸体，吓得好几天不敢睡觉，不敢吃饭，胖乎乎的身体一下瘦得像竹竿儿。"

这是典型的多米诺骨牌效应，孩子的心理垮了，生理也接着垮，免疫力迅速降低，各种疾病乘虚而入。

吴坎坎说："中国孩子普遍依赖母亲，因此，培训妇女很重要，她们掌握了心理援助知识，就有助于儿童走出心理阴影。"

9 月 8 日，心理所在中国妇女发展基金会的支持下，对灾区妇女儿童心理援助骨干开展了首期培训。张莉、吴坎坎和中国妇女发展基金会"白衣天使"项目主任白亚琴、盐城市妇儿工委办公室主任胡忠秀、阜宁县妇联主席孙静静、副主席袁媛参加了此次培训。这样的培训共组织了 4 期，累计有 100 多名妇联干部参训。

当天，工作站联合阜宁县教育局、阜宁县妇联，在阜宁县南湾小学上了首次心理健康示范课，并举行南湾小学心理健康示范校揭牌仪式。

2016 年 10 月 27 日—12 月 8 日，工作站开展了"守护童年·春蕾计划护蕾行动"系列儿童安全知识讲座共计 12 场，由志愿者孙芮、张源主讲。两位志愿者针对不少儿童安全意识薄弱、对灾害以及灾害逃生知识了解较少这一现象，重点讲解了地震、龙卷风等自然灾害的形成及先兆，以及当地震、风灾、洪水、火灾来临时自我保护的方法。除此以外，志愿者还向儿童讲解了防拐防骗、防性侵、用水用电安全等相关知识。

"那次讲座，对我们影响很大，在这之前，我们对龙卷风、心理伤害的知识知道得很少，听了这样的课，我们心里渐渐踏实了。"这是一名五年级学生写在作文里的话。

还有一名小学生在作文中写道："听了志愿者老师的课，我对灾难有了警惕。最近的心情，也放松了许多。"

孩子们的听课感言，让我感动。这是孩子们的心声，是孩子们的进步，更是孩子们的一种人生感悟。我这才知道，当时的讲座覆盖面非常广，12 场系列讲座，分别在阜宁县板湖镇中心小学、板湖镇中心幼儿园、吴滩镇中心小学、吴滩镇合利中心幼儿园、陈良中心小学、硕集幼儿园、硕集中心小学、新沟镇实验幼儿园、陈集镇中心小学、陈集镇中心幼儿园、沟墩镇实验幼儿园和阜宁县丰唐实验学校举行，共有 1445 名师生受众。

另外，工作站社区工作组"妇儿之家"先后接待来访儿童约1300 人次，开展了近 90 场主题活动课，举办 2 场亲子教育公益讲座，举办了 1 次游园活动。

实际上，中秋节、国庆节等重大节日，工作站的专家和志愿者都是同南湾小学的全体师生一起度过的。当每个节日来临前，工作站都会邀请全校学生到心理活动室亲手制作各种各样的小礼品，赠送给自己的亲人、朋友和师长。

一位老师告诉我："这是一次非常有意义的感恩教育。大灾面前，恩深似海。"

龙卷风是 6 月份突袭盐城的，肆虐了几十分钟后消失得无影无踪，可直到当年年底，PTSD 仍然在一些人心中"兴妖作怪"。

都快元旦了，心理所没有鸣金收兵，工作站一如既往。12 月 31日下午，工作站为阜宁县板湖镇孔荡村 75 户，共计 140 名村民举办主题为"欢度元旦，喜迎新春"的游园活动，与孔荡村村民共同庆祝元旦。游园活动共分为六个区域：欢欢喜喜猜灯谜区、趣味套圈区、趣味钓鱼区、看图识脸区、双人乒乓区和玩转保龄球区。活动中，老人、孩子、妇女等都积极参与，现场气氛热烈，笑声、掌声、欢呼声不绝入耳。

"我家的蔬菜大棚全被龙卷风毁掉了，全家人心情没好起来过，但是，参加了工作站组织的这些活动，发现大家在一起都很开心，渐渐地，我也被感染了，觉得日子还得朝前看。"盐城的一个老人告诉我。

那天，我在天津一家农副产品市场购物，摊主恰巧是盐城人。她告诉我，盐城是有名的蔬菜基地，由于龙卷风来得突然，天津、河北的蔬菜告急，她之前已经把货款打给老家盐城的供应商了，货却让龙卷风卷走了。她愁得三天吃不下饭，最后连呼吸都困难了。小本生意，怎么经受得起这样的打击？后来她赶到盐城，发现那里有心理所的专家在搞心理援助，专家告诉她，她的PTSD症状非常明显，这让她吓了一大跳。

当时专家建议她接受心理疏导，一开始她不情愿，后来勉强同意了。

"你说怪不怪，作为盐城人，我在天津做小生意，应该说躲过了龙卷风，可我还是成了PTSD。据专家讲，我当时的PTSD症状甚至比一些遭受过龙卷风袭击的人还要严重。"

一个星期后，她重返天津。那时，她的心情如释重负。

"野火烧不尽，春风吹又生。咱从头再来。"她说。

第二十五章　寻找"可乐男孩"

Chapter Twenty-five

万万没想到，我们这一去，会碰一鼻子灰。

我们要寻找一个人——曾经颇具知名度的"可乐男孩"杨彬。那一天，位于北川新城东北角纳福巷的"北川可乐男孩汽车美容馆"，一片死寂。外墙的涂料大部分已脱落，硕大的牌匾和广告牌斑斑驳驳，像一副过早衰老的容颜。透过破碎的落地窗朝里望去，但见 300 多平方米的汽车美容馆里空空荡荡，像遭受过龙卷风的袭击……

同行的刘正奎、傅春胜、吴坎坎一时惊得目瞪口呆，集体傻眼。

"怎么会呢？他，到底怎么了？"傅春胜像是喃喃自语。

傅春胜提到的他，就是"可乐男孩"杨彬——"北川可乐男孩汽车美容馆"的杨总。

这是一次令人惊愕的、完全一厢情愿的"重逢"。谁能想到，这个当年年营业额达几十万元、带动周围数十人就业的汽车美容馆，在红极一时之后，会人去房空，徒剩一片令人费解的萧瑟和不堪。

傅春胜沉默半晌，这才开始拨打手机。

杨彬的手机显示已停机。

傅春胜摊开双手，显然急了："天哪！我们必须找到他。当年，我们……"

"必须找到他。"刘正奎神情严肃。

三位心理专家赶紧分头走进毗邻的商店、公司。"您知道这家店的主人,他上哪里去了?"

打听的结果,更让人一头雾水:居然没人知道杨彬去了何方。难道他从人间蒸发了?一家小卖部的伙计说:"当年,'可乐男孩'多红啊!生意红红火火,人也风风光光,连我们这些身体健康的人看着都眼红,可如今,唉!三十年河东三十年河西啊!在北川,至少有半年没他的音讯了。"

对如此蹊跷的结果,我只好保持沉默。采访杨彬本来是专家们用心良苦的一次策划,记得我还提醒过傅春胜是否需要提前给杨彬打个电话,可傅春胜当时说:"不用,杨彬是北川的红人,他和我们都是老朋友了,这次咱突然出现在他面前,会给他一个大大的惊喜。您作为作家,一定也会从惊喜中找到写作灵感的。"

还记得刘正奎的话:"若提前给他打电话,会让杨彬费心迎接咱们,咱反而过意不去的。"

傅春胜不断地给张三李四打电话:"你知道杨彬哪里去了吗?"

"秦岭老师,你放心,找不到杨彬,我誓不为人。"傅春胜发了狠,"我有一种预感,他有可能生意失败了。如果真是那样,我们有必要帮他一把,决不能让北川残疾人创业的一个品牌就此夭折。"

汶川地震时,当时只有18岁的杨彬是北川"七一"职业中学的高三学生。他在废墟中挣扎、期待78小时之后,终于被救援人员从死亡线上拉了回来。78小时是个什么时间概念:三天三夜。那时的他已经处于半昏迷状态。命保住了,但双腿不得不被截肢。下手术台时,他迷迷糊糊地说:"我想喝可乐。"于是,"可乐男孩"这个雅号,迅速传遍中国大地。

高考梦破灭了,当兵梦破灭了。在心理专家及社会各界的关怀下,杨彬终于振作起来,他横下一条心:男儿立身,何必七尺之躯。尽管没有腿了,我还有心,有手,有梦。

他先是去成都上残疾人体校,并于 2010 年一举夺得四川省残疾人网球赛铜牌。

"体育赛事,是青春饭。我要创业。"这是当年杨彬的誓言。

那一年的杨彬已经 23 岁,而地震,才过去 5 年。

多年来,全国部分省市的中学生在考场上可能见到过这样一个材料。摘取部分如下:

阅读下列材料,回答问题。

生于 1989 年的杨彬,是"5·12"地震中被压 78 小时才被解救的"可乐男孩",地震让杨彬不幸失去了双腿,但没有夺走他的志气。在职业中专毕业后,乐观坚强的杨彬选择了自主创业。经过市场调查,杨彬发现汽车美容这一行业投资小,回报可观。在县残联、天津海峡慈善基金会的援助下,杨彬开起了"北川可乐男孩汽车美容馆",成为全县 154 名致残学生中第一个选择自主创业的青年。他表示要干好自己的事业,力争把汽车馆做大做强。

在这段与坚强、励志、理想、奋斗有关的材料后面,附有 3 个问题,要求考生分析回答。

地震以后,心理所的很多专家都接触过杨彬:刘正奎、史占彪、吴坎坎、傅春胜……为了支持杨彬创业,被誉为"好妈妈"的天津海峡基金会张海霞女士为他提供了 5 万元,中国青年创业国际计划 YBC 扶持基金为他提供了 10 万元。县残联不仅两次给了他资金扶持,还协调各部门为他的创业之路开辟绿色通道。"知子莫如母",为了支持儿子创业，母亲蒲红把家里的树、花菇、木耳卖掉，并把平日借给亲戚朋友的钱款一一收回，一分不剩，全给了儿子。2012年2月7日，"北川可乐男孩汽车美容馆"隆重开业。

汽车美容馆的 LOGO 为一只雄鹰。北川人至今记得当年杨彬对这个 LOGO 的解释：雄鹰的意思，是让我能够自由翱翔，我相信我的汽车美容馆会越做越大。

2013年1月，杨彬又在北川县城开了一家"北川可乐男孩土特产店"，产品就来自父母在山里加工的土特产。

在人生的道路上，他没有腿，却健步如飞；他没有脚，却步步生风。他的所有活动只能依赖轮椅，却迈出了走向社会的第一步、第二步、第三步……他虽然不能留下脚印，步伐却铿锵有力，每一个人都能听到，感知到。

当年的杨总——"可乐男孩"给慕名而来的人们留下了非常难忘的印象：轮椅上的他，开朗，自信，精明，超脱，满面春风，志在必得。他戴一副黑框眼镜，一双眼睛炯炯有神。无论接待客户还是洽谈业务，他侃侃而谈，机敏睿智。"他不像一个高位截肢的残疾人，仿佛一个大老板稳坐在椅子上。"有人这么评价他。

当时的杨彬，还用一颗刚刚愈合的心去安抚别人。2013年，杨彬领着母亲来到广州，参加母亲节关爱灾区慈善系列活动，并为当时地震过后的芦山灾民祈福。2013年，北川副县长兰辉殉职唐家山，杨彬曾坐着轮椅亲往吊唁。杨彬曾对记者说："我创业时，兰县长给了我很大的物质和精神支持。"

那时，杨彬还收获了一份爱情。女友秀外慧中，文静大方。

女友是当时北川茅坝中学地震中为数不多的幸存者之一。地震时，紧挨着茅坝中学的景家山像是突然散了架，从天而降的巨石和俯冲而下的泥石流瞬间就把校园吞没，500 多名初中生不见踪影……只剩下距离校门不远处的一根旗杆。

如今为了寻找杨彬，我们当天的计划完全被打乱了。

走访几家当年接受过心理援助的居民时，打听杨彬成了我们雷打不动的主题，但越是打听，答案反而越模糊。有个居民说："杨彬的消失，北川人感到非常纳闷，而且各种传言也很多，也不晓得哪个是真的。他的生意分明是搞砸了，一定是没脸见人了，他……不会悄悄自杀了吧？"

听得我心头一颤。

傅春胜开始与北川民政、残联、教育界联系，仍然一无所获。

快到晚上时，傅春胜突然兴高采烈地冲到我的房间："找到啦！"

原来，傅春胜在万般无奈的情况下，只好舍近求远，电话咨询天津的"好妈妈"张海霞，张海霞又辗转咨询别人。大家这才知道，杨彬早已在成都发展。傅春胜说："看来杨彬的情况不是太妙，我动员他来一趟北川，他一开始不同意，后来，终于同意了。明天会有朋友送他来北川。"

就这样，我见到了杨彬。第一印象：四方脸，双眼皮。发型时尚，皮肤白皙，一副宽边眼镜让他多了几分斯文、知性和稳练。但眼神中浅浅地掩饰着难以言说的沉郁和挥之不去的无奈，那是"过五关"之后"走麦城"才有的表情。

那天的晚宴，宾客有十二三人，杨彬却谢绝赴宴，他表示自己已经用过餐。大家没有勉强杨彬，暂时安排他在我的房间休息。

我这才知道，杨彬曾暗自立下誓言：事业如无果，将永不回北川。

这也意味着，杨彬一定走得不易，至少，他至今没有站在自己认为的事业巅峰之上。而他在高峰与低谷之间的冲撞、盘旋、徘徊与挣扎，听起来不免让人唏嘘。2014年，正当他在北川的洗车业、土特产营销生意做得风生水起、如火如荼时，他决心乘势而上，拓展业务，扩大经营，增加项目，于是又在绵阳开办了两家服务业公司。结果由于对市场调研不够，经营不善，导致资金链断裂，不仅负债累累，还殃及了北川的汽车美容馆、土特产店。

这一连串打击，无疑把杨彬逼上了人生的死胡同。

雄鹰折翅，他努力疗伤，试图重新展翅，但几经努力，仍然收效甚微。同时失去的，还有他弥足珍贵的爱情。

不轻易流泪的杨彬，在很多个空寂的夜晚，泪雨滂沱。2017年，杨彬决定背水一战，远离北川，南下成都，尝试经营肉制品的营销。这是个竞争非常激烈的行当，要打翻身仗，谈何容易。从那时起，他的烟，吸得更猛了。

"失败，只是暂时的，你仍然是我们心目中的那个杨彬。"

那天晚上，我的房间仿佛变成了一个心灵会谈室。刘正奎、傅春胜、吴坎坎、周东佼先是听杨彬回顾过去的蹉跎岁月，然后，四位专家你一言，我一语，敞开心扉，沿着杨彬的心路、心思、心曲，为他分忧解愁，出谋划策。

杨彬的眼里，始终含着泪花。

但我能感受到杨彬来自骨子里的某种气场，他，是不服输的。

他脸上偶尔也会绽放自信的笑容。我和他躺在床头聊着天，他会不时拿出手机，用自拍的方式，给我和他来个大头照合影。

第二天，傅春胜约来绵阳、北川的故交，共同谋划帮助杨彬的方式。最终达成的一致意见是：杨彬作为北川曾经的一张名片，过去是，现在仍然是。对杨彬的帮助，绝不是钱的问题，而是打开他的视界和精神疆域。

但我们都相信，杨彬自己已经打开了。他对北川的回避尽管有些偏执，却是他对自尊和誓言的恪守；他南下成都打拼，分明是试图卷土重来，东山再起。

自始至终，面对心理所的专家和远东集团的实业家，杨彬没有提任何要求。

杨彬只是留下了这样的话："老师们放心吧，我不会让你们失望的。"

杨彬的这次北川之行，除了我们几个，他仍然没有见任何人。他在夜幕中抵达生他、养他，让他伤心也让他快乐过的北川，第二天，又毅然决然地离开。他说："成都那边，很多业务在等我。"

望着杨彬摇着轮椅远去的背影，我问刘正奎："假如下次我们还有机会来北川，杨彬，还需要我们寻找吗？"

"首先，我们不希望寻找。"刘正奎说。

事实上，真的不用寻找了，我们都加了杨彬的微信。他的微信里有这样的信息：秘制鸭头，开始接单，真空包装，顺丰包邮。或者：北川宝三烟熏腊肉、香肠、排骨、五花肉、猪头、膀、猪肝，欢迎私信预订……

我不知道杨彬在成都的门店牌匾上是否设计有雄鹰的 LOGO，但我宁可认为，至少在他的心中，仍然是有一个 LOGO 的，而且我希望，这个 LOGO，仍然是一只雄鹰。我相信，这不只是我一个人的愿望。

己亥年除夕，我收到了杨彬的新年微信祝福："过年啦！小杨祝秦老师及家人新年快乐，猪年大吉，2019 年天天笑哈哈！干杯。"

我还真开心了一阵子，突然想起一首歌的歌词，歌名曰《寻找》，歌词大意如下：

鱼儿在寻找大海，

花儿在寻找春天，

我们穿过时空的隧道，

寻找幸福的法宝……

我忘记了这是谁唱的，我也不清楚为什么会想到这首歌。歌词的主题似乎和专家们对杨彬的寻找毫不相干，可它分明又是有关联的；与杨彬南下成都的东山再起似乎也不相干，可它分明又是有关联的。

也许是因为，我们该找的，都找到了吧。

第二十六章　遥远的肯尼亚

Chapter Twenty-six

一

"Very good!"一群皮肤黝黑的人在喝彩。

这是在异国他乡——非洲肯尼亚内罗毕市的一个广场，100 多名非洲人在跟一个中国人学习太极拳，由衷的喝彩和热烈的掌声交织在一起。

"I quite agree with you!"一位非洲人这样感慨。

这是在贫民窟里，另一个年轻的中国人在为当地人诊疗。

这两个中国人，一个是心理所委派到肯尼亚的心理援助志愿者、二级心理师、武氏太极的第七代传人刘飞，另一个是医学博士后王磊。此时的刘飞，经过舟曲等多个灾区的心理援助历练，经过中科院心理所的系统学习，早已羽翼丰满，具备了丰富的专业心理援助知识和实践经验。

中国人刘飞、王磊在肯尼亚的行动，源自心理所实施的"启非计划"。

2016 年 12 月 4—5 日，中非合作论坛峰会在约翰内斯堡举行，这是继 2006 年北京峰会后该论坛举办的第二次峰会，中非关系的发展由此进入一个新的历史发展阶段。当时,中国国家领导人在峰会上全面阐述了中国对非关系政策理念,宣布了未来 3 年中国对非合作重大举措,提出把中非关系提升为全面战略合作伙伴关系,同时宣布,中方将在未来 3 年同非方重点实施"十大合作计划"。为了响应中非合作论坛约翰内斯堡峰会的号召,加大对南非以及非洲其他地区医疗卫生的投入,中国科学院深圳先进技术研究院向南非夸祖鲁—纳塔尔省捐赠了 4 套价值共 40 万美元的模块化箱房移动诊所,用于南非夸祖鲁—纳塔尔省民众的免费医疗,为南非贫困山区的人们就医提供便利条件。

诊所,是为了救死扶伤,那么,非洲人普遍存在的"心病",该何处安放?

"启非计划"随即走向台前,伸出臂膀。

主导并推动这一计划的,是心理所,它坚强的后盾是增爱公益基金会。

这一计划的目的是进一步提升非洲项目对象国家和地区的身心健康医疗与社会服务水平,展示中国在非洲国家和地区的国际形象,让非洲认识和了解一个友好、文明、富强的中国,加强中非文化、经济、科研、教育等多项领域更加深入的沟通、交流与合作,促进双方共同发展,对中非国际关系和政治合作起到积极的影响。

这个项目组的组长是刘正奎,副组长是中国科学院深圳先进技术研究院专家周树民和心理研究所吴坎坎。早在 2015 年 12 月初,刘正奎就和周树民依托国家科技部援非项目,前往非洲进行了为期 10 天的艰苦调研,与非洲有关国家政府人员、酋长进行了广泛深入的接触和沟通,为项目的启动、实施打开了通道。

项目的协作者有刘飞、王磊、赵一翀和李晓景。

参与群体有内罗毕大学孔子学院、"让美好发生"俱乐部等。

项目实施时间为 2016 年 9 月—2017 年 6 月，地点在肯尼亚内罗毕市。心理援助形式有调研、评测、走访、个体咨询、团体辅导、培训、研讨会和文化交流活动等。

这是 2016 年 10 月 4 日 0 点 10 分，刘飞和王磊从北京出发了。

这是中国心理援助工作走出国门的开始，这是中国心理援助的一个新开端。如果说 2008 年是中国心理援助工作的元年，那么，8 年之后的 2016 年，就是中国心理援助国际化的元年。

"非洲之行，让我们心理援助工作者真正认识了非洲，而非洲的老百姓，也真正了解了中国的心理援助。"刘飞告诉我。那天，刘飞开车从北京送我回天津。一路上，我们聊天的关键词就两个：一个是非洲，另一个便是心理援助。

刘飞说："我们的根本理念，就是对非洲当地心理援助力量的培养，变'输血'式援助为'造血'式援助，让当地与身心健康相关的工作者不断成长，能够独立、持续地开展身心健康的服务工作。"

作为东非肯尼亚的首都，内罗毕市的人口近 300 万，不仅是肯尼亚最大的城市，也是整个非洲最大的城市之一，更是名副其实的国际化大都市。大概有 45% 的当地人信仰基督教，33% 的人信仰天主教，10% 的人信仰伊斯兰教，10% 的人信仰其他教派。

内罗毕市建市于 1899 年，一开始是乌干达铁路的补给站，负责肯尼亚南方城市蒙巴萨和乌干达之间的补给。20 世纪头十年，一场罕见的瘟疫袭击了这里，一时哀鸿遍野，民不聊生。当时英属东非殖民地开始兴建，内罗毕市就变成了殖民者的重镇。1963 年肯尼亚独立后，仍设都在这里。

值得一提的是，内罗毕市是联合国在非洲的总部所在地。联合国内罗毕办事处由联合国环境署和人居署的总部以及联合国其他机构驻肯办事处组成。它是联合国唯一设在第三世界国家的办事处级别的机构，与联合国日内瓦办事处、维也纳办事处等纽约总部以外的大型驻地机构地位相当。

据刘飞讲，内罗毕市是一座神奇、友好的城市。相对而言，内罗毕市是非洲最领先、最时尚、最现代化的城市之一，拥有"东非小巴黎""阳光下的绿城"的美誉，在那里，有非洲大陆最刺激、最充满活力的现代音乐、戏剧和舞蹈。内罗毕人很讲礼貌，朋友见面必须打招呼，点头致意或行握手礼，外加一连串的问候语。内罗毕人非常好客，亲朋好友到家，主人总是热情招待，拿出最好的食物款待客人。如果客人对这些食物不动一下，则被认为是一种失礼的行为。在内罗毕市，不同的地区和部族，有不同的宗教信仰和风俗习惯，由此而形成了许多不同的禁忌。

有些禁忌在中国是没有的，比如，在内罗毕市，你如果用左手与对方握手、行礼或递物接物，那可要惹大麻烦。有人对此做了个比喻："形同一个陌生的男子，强行摸了姑娘的脸蛋。"

其实，很多城市都有它的多面性，只是内罗毕市的多面性显得尤为突出。

东非最大的贫民窟——基贝拉贫民窟就在这里，仅基贝拉就有80多万人口。在肯尼亚，贫困人口占总人口的45.9%。据刘飞介绍，王磊经常出诊的贫民窟，连当地人也望而却步，谈其色变。内罗毕市不光贫穷落后，而且经常发生打劫、偷盗、绑架、凶杀、交通事故，常有居民莫名其妙地失踪，警察却根本无法破案。暴力、流血、动荡，成为笼罩人们生活的浓重阴影。

刘飞说："基贝拉这个贫民窟，在东非算最大的，在世界上它也排第二位。"

刘飞真正纵深地、全面地了解、认识非洲，是从调研开始的。调研的结果，让他更加忧心忡忡。肯尼亚是个饱受恐怖主义袭击伤害的国家，1998 年发生的东非大爆炸，造成 300 多人死亡，4900 多人受伤；之后，肯尼亚几乎每隔一段时间就会遭受一次恐怖袭击，特别是"西门事件"和"加里萨大学遭索马里青年党袭击事件"，许多人仍记忆犹新。

这里，可怕的艾滋病到处蔓延。有数据表明，肯尼亚的 HIV 病毒携带者约占该国总人口的 6%。另外，还有多种比艾滋病更致命的病毒威胁着人们的生命安全。在战乱、瘟疫、病毒和贫穷的阴影之下，PTSD 像恶毒的风一样，到处都在刮，刮，刮。

据刘飞介绍，他在走访中发现，在一些地方，巴掌大的一间房子挤满了全家好几口人；好多小孩子衣不蔽体，有的穿着破到不能再破的鞋子，有的干脆光着脚丫子在大街上跑来跑去，仿佛是一群野孩子。这里没有公共服务，更没有什么物业管理，所以大街上垃圾遍地，污水横流，散发着刺鼻的气味。

初来乍到，让刘飞感到哭笑不得的是，有些非洲人告诉他："我们这样很好，难道我们的心理有什么问题吗？"

非洲不同于亚洲，肯尼亚不同于中国。面对灾难和 PTSD，同样如此。

"面对这样的国度和环境，我和刘飞有一种从来没有过的悲壮感，但是，我们去了。"王磊曾这样喟叹。

二

在内罗毕，心理所也建立了工作站。这是中国式的工作站，但对内罗毕而言，便是一个洋工作站了。工作站设立在中非研究中心上海建工项目部，位于乔莫·肯雅塔农业科技大学的西部。乔莫·肯雅塔农业科技大学非常漂亮，90% 以上的学生是肯尼亚人。

刘飞说："在国内，面对灾难和 PTSD，我们可以主动摸排、调研、出击，同时面对面进行疏导或干预，但是在非洲，由于存在文化、宗教、宗族、风俗、禁忌等诸多差异，情况大不一样，你首先要把快乐带给他们，让他们信任、放松，慢慢接受你的援助。"

刘飞、王磊的脑子一刻也没闲着，弟兄俩在调研、走访的同时，随时在寻找机会。

那个炎热的夏天，刘飞认识了一位花店老板，名字叫西蒙。西蒙从内罗毕大学毕业后，不仅自己开了一家花店，还与几位同学共同成立了一家艺术俱乐部，俱乐部的名字叫"让美好发生"。西蒙本身是一名跆拳道教练，也酷爱中国功夫。得知刘飞是太极传人后，就恳求刘飞教太极拳，并邀请刘飞协助他们俱乐部去一所小学教太极拳。这家俱乐部开展活动的主要目的，是让大学生发挥自己的特长，让小学生们从小就受到艺术的熏陶，并教会他们怎样锻炼和保护自己的身体，养成良好的生活习惯，提高他们的身体素质。

"我当时十分高兴，爽快地答应了。"在刘飞看来，这是求之不得的好事，这是他打开局面的又一个突破口。

第一堂课就这样开始了。刘飞忘不了非洲学员们聚精会神的表情和渴望、好奇的眼神。刘飞告诉学员们，太极正念疗法利用传统太极拳与心理学正念相结合的方法，通过身体运动、呼吸及冥想放松的方式，让身、心、灵更加和谐统一，从而更好地促进人的身心健康。太极正念不仅是一种拳术、一种训练，更是一种生活方式，一种做人的智慧，一种生命的教育，一种人生的哲学。

有名学员一边听，还一边模仿刘飞讲课的生动表情。一节课下来，学员们都很开心，更开心的是西蒙。在刘飞看来，学员们开心是被神奇的中国功夫所吸引，而睿智的西蒙则是感受到了他生动有趣的教学方法。"其实，当时最开心的，恐怕是我了，我当时别提多开心了。"刘飞说。

当时的刘飞，观察与判断成了他生活的常态，他随时随地都在冷静地捕捉着有效信息。他很快断定，如果因势利导，趁热打铁，重点对西蒙和他团队中的卡利米进行培养，有可能会成为不错的中国功夫教练。他提出这个想法后，西蒙立即表示将全力配合。

西蒙和卡利米，成为刘飞在非洲的两个洋徒弟。

刘飞决定实施他最拿手的太极正念活动计划。那一刻，他想到了万里之遥的甘肃舟曲，想到了舟曲的春江广场，想到了 100 多名跟随他开展太极正念活动的舟曲父老乡亲。

一开始，他给非洲朋友教太极拳的场所，是乌胡鲁公园。

"当时很快就打开了局面，也出乎我的意料。"刘飞说，"我安排西蒙和卡利米当我的助教，观摩我的教学示范，让他们跟我学怎么教学生功夫。到了后期，我反过来做他们的助教，他们做主教；最后，完全由他们自己来教学。"

学员中有学者，有大学教师，有学生，有周边各种机构的员工，有餐馆的经营者，有"摩的"师傅，也有闲散人员和无依无靠的流浪儿童。

授课，一课接着一课；教太极拳，一场连着一场。

非洲的太阳似乎格外低，而且像个倒挂的火炉，"噗噗噗"地往大地上喷火。遭受炙烤的大地，到处都升腾着一层白花花的热气。但大家练得热火朝天，如火如荼。

每上一堂课，每教一个动作，刘飞都口干舌燥，汗流浃背。有次路过一个小摊，刘飞问学员们："谁要水？我给你们买水。"

可学员们的头摇得像拨浪鼓似的，连声表示："Shifu, no, no。"

刘飞颇感意外，难道他们真的不渴？

西蒙叹口气，说："刘师父，您别给他们买水了，能不能请您给他们每人买一张恰帕提（一种薄饼）呢？他们已经快两天没有吃东西了。"

刘飞的内心瞬时翻江倒海，他说："当然没问题！"

刘飞用 120 先令（合人民币不到 8 元）给 6 名学员每人买了两张恰帕提。学员们接过恰帕提，立即狼吞虎咽起来。

看着爱徒们的吃相，刘飞强忍泪水，一句话都说不出来。

刘飞告诉我："那时我才了解到，不少学员每天只能吃一顿饭，有时甚至一顿都没有。学员中最小的 14 岁，最大的 22 岁，不少是没有家庭、没有父母的流浪少年。也就是说，他们每次跟着我练太极拳，很多人都是饿着肚子的。他们没有学习太极拳之前，很多人在社会上流浪。"

内罗毕大学孔子学院对外汉语教师志愿者吴润是太极拳之乡河南焦作温县人，也是太极拳爱好者，曾经练过陈氏太极拳。她对太极拳和心理学都很感兴趣，并且也在内罗毕大学孔子学院教大学生练太极拳。为了提升自己的功夫和心理学水平，她坚持到博物馆或内罗毕大学操场向刘飞学习太极拳和心理学。刘飞对她提出要求："你不仅要练，还要教大家。"

工作站还因陋就简，因地制宜，建立了两个网络心理援助系统：一个是当地人网络心理援助系统，另一个是华人网络心理援助系统。

刘飞发现，在非洲，当今社会社交软件的快速发展为网络心理援助提供了新的空间，当地人普遍在用 Whats APP 和 Facebook。刘飞立即申请了 Whats APP，还在 Facebook 上简单介绍了一下自己，结果有好多当地人主动加他好友，并咨询与 PTSD 有关的问题。

在刘飞关于非洲的记忆里，有些过往的经历让他刻骨铭心。2017 年 2 月 15 日，有位当地男子的儿子不幸遭遇车祸死亡，年仅20 岁。当死者的父亲得知刘飞从事心理援助工作时，通过网站向刘飞诉说了自己内心的苦闷，还邀请刘飞一同去乡下悼念他去世的儿子。刘飞立即答应，这不仅加深了他对当地的文化风俗的深度了解，而且适时对男子进行了心理疏导。在刘飞看来，这样的陪伴，本身就是一种疗伤。

刘飞意识到，有很多华人都遇到过突发事件，有些华人在婚姻情感、孩子教育、职场关系等方面遇到过一些棘手问题，不同程度地存在 PTSD 症状。但是，大多数华人还仍然固守着国内的观念，尤其是一些男性同胞，把忧愁和不堪悄悄埋藏在心底，不愿当面进行心理咨询。于是，工作站的微信、QQ等社交平台，成为华人的另一扇"心窗"。

刘飞说："网络咨询不用见面，求助者的心理压力相对会小一点，更有利于求助者把内心最真实的苦恼说出来。这个办法实施后，效果很好，我们开始了线下与线上相结合的心理援助模式。"

由于语言、文化、气候条件和环境的差异，特别是这里的治安环境恶劣，有一些华人，比如留学生和援建人员，内心承受着巨大的压力，特别需要心理援助。面对这一情况，刘飞没有以心理专家、志愿者的角色示人，而是把自己当成一名学习者、欣赏者、倾听者、陪伴者。把对方当成英雄，当成自己学习的榜样，一边欣赏，一边倾听，一边陪伴。在这个过程中，使对方的心理能量回归，重拾自信，从而促进内心成长，让创伤在润物细无声中得到疗愈。

刘飞说："对于这个群体，我除了把心理学融入太极拳当中，进行太极正念教学之外，还和王磊一起找到了新的援助方式，那就是把心理援助融入生活和工作中，比如组织大家徒步、登山、游园，包括晨跑、散步，茶余饭后的闲聊，甚至扑克游戏，一起读书、观影都可以是心理援助的舞台。"

刘飞累计为华人提供心理援助近300人次。刘飞说："相对而言，对华人提供心理援助，比给当地人提供援助会方便一些，但是，当我看到那么多的华人心理有不同程度的创伤，也深深感到焦虑。"

太极正念活动，既是刘飞心理援助活动主体，也是心理援助活动的引擎。一年来，因太极正念而受益的当地人和华人，超过2万人次。太极拳训练之余，刘飞和王磊一起，先后开展心理状况检测、心理咨询服务1000多人次，举办心理健康普及讲座12场，文化交流活动3场，文化宣传活动9场，1.5万人次受益；骨干人才培养培训 12 场，300 人次受益。

最重要的是，他和王磊为当地培养了 10 名优秀身心健康服务骨干人才。

这是变"输血"式援助为"造血"式援助的重要转变和成果。身心援助的最根本理念在于对当地力量的培养，让当地从事身心健康工作的人员不断成长起来，能够独立、持续地开展身心健康的服务工作。

卡利米告诉过刘飞："之前，一些学员整天无所事事，浑浑噩噩，除了打架斗殴，再无别的。自从参与了太极正念活动，精神状态慢慢改变了，知道有事做了，也知道做什么事情有意义了。在学员中，寻衅滋事的发生率大幅度下降。"

刘飞告诉我："其实，那些平时喜好打架斗殴的学员，不同程度存在 PTSD 症状，而寻衅滋事是他们宣泄的主要方式，这恰恰反映了他们心理创伤的严重性。"

2017 年 10 月 31 日，经中国国际广播电台非洲总台江爱民台长推荐，刘飞受邀参加了 11 月 5 日肯尼亚当地电视台主办的非洲首届中国功夫大赛，刘飞现场展示了太极拳，以及他在心理援助方面的经验，还被推选为大赛评委。

三

刘飞看"心"，王磊看"身"，这是"身心结合"的黄金搭档。

王磊，"80后"，安徽合肥人，先后就读于安徽医科大学、西安交通大学医学院，后来在南京医科大学附属杭州医院、浙江大学附属第二医院担任医师、主治医师、讲师，曾任中国科学院深圳先进技术研究院全民低成本健康工程中心副主任。

王磊曾先后到过瑞典林雪平大学、兰德大学访学，有丰富的国际合作与交流实践。

在非洲，王磊留下脚印最多的地方，一个是基贝拉贫民窟，另一个是孤儿院。

深入贫民窟是王磊的主动选择。他不仅进去了，而且采用了国内蹲点的方式。

我看到过王磊在贫民窟义诊的照片：一个非洲妇女怀里抱着一个小男孩。王磊身穿白大褂，身子半蹲，一边轻轻抚摸着小男孩的头，一边在和妇女交流着什么。小男孩是感冒、发烧，还是别的什么症状，我无从知晓，但我知道，中国职业医生王磊，此刻在险象环生、蚊蝇肆扰、污水横溢的贫民窟里。

孤儿院也是王磊常去的地方。失去父母的孤儿们缺乏起码的家庭教育，更鲜有家庭的疼爱，在条件简陋的孤儿院，他们性格各异，脾气也不太好。但是，许多孤儿一见王磊就笑，笑他那黑黑的头发，笑他那一张黄黄的脸。

对孤儿们来说，笑容，就是心灵的春天。

PTSD 最嫉恨孤儿们的笑，孤儿们也最容易成为 PTSD 的俘虏。而王磊的频频现身，换来了孤儿们的笑容。这样的笑多一些，PTSD 就少一些。

慢慢地，那些流浪街头、无家可归的孤儿，也会找王磊。

王磊还受中国政府驻肯尼亚大使馆的邀请，专程为大使馆的工作人员提供专业的医学服务。

刘飞告诉我："王磊不仅每周到贫民窟进行医学服务，还对贫民窟医院的骨干医生进行培训，把国际前沿的医疗技术和方法教给这些骨干医生，将其培养成国际一流的医生，从而为更多的贫民窟群众开展持续的、高质量的医疗卫生服务。"

王磊曾戏称："常驻基贝拉贫民窟，为我创造了便利条件。"

王磊非常了解贫民窟群众的疾苦和物质需求，再加上与许多华人华侨接触，王磊发现相当一部分爱心华人和爱心华人企业，有为当地群众办一些实事的愿望，但是没有渠道。于是，由王磊牵头，在多位爱心人士和爱心企业的帮助下，"中非萤火虫慈善"机构成立了。

Sino-Africa Firefly Charity(中非萤火虫慈善)——"萤火虫发出的虽然是微光，但会点亮希望！"声明发出后，华人中的爱心人士积极响应，短期内，就有 4 批援助物资运往贫民窟，1200 多人受益。

我看过王磊出诊的另一张照片，一群七八岁的光头小孩排着长队等待王磊给他们检查身体。他们有的表情呆滞，有的眉开眼笑，有的在后排伸着长长的脖子，目光紧紧盯着最前面——前面单膝跪地的那个人，就是王磊。此刻的王磊，左手轻轻抚摸着一个小孩的下巴，右手伸出大拇指。雪白的大褂格外耀眼，他目不转睛地和小男孩对视着。远处，有一个非洲妇女，好奇地打量着他。

出诊的地点，像是一条街道，或者，一个大杂院。

王磊还为肯尼亚总统的表姐治疗过膝关节慢性损伤。

总统的表姐是闻讯而来的，她听说有一位中国医生医术精湛，而且是医治此类疾病的专家，于是多方打听，专门邀请王磊前往诊治。总统的家族从此记住了王磊。

受非洲条件的限制，王磊的出诊一没有固定场所，二没有固定时间。作为急诊科临床工作多年的专家，他的手机一直保持24小时开机，随叫随到，有求必应，奔波于风雨，行走于街巷。每遇到突发情况，他总是挺身而出。于是，当地华人把王磊誉为"移动诊所"。

好一个"移动诊所"，意味着他既是医院、诊室，也是医生、护士、护工。

那年秋天，一个在户外骑行的非洲妇女在下坡时，突然身子失去平衡，"扑通"一声摔在一块石头上，顿时像一堆泥一样瘫软在那里，不停地呻吟。围观的路人手足无措，一时面面相觑。这时，人们惊奇地看到，他们熟悉的王磊出现了，只见他灵机一动，就地取材，用一根小木棍代替专业的医疗器械，马上给伤者做常规的骨科检查。检查完毕后，他用英语告诉伤者："没有什么大碍，回去休养几天就可以，但是现在先暂时不要骑行了，最好坐车回家。"还通过比画，交代了一些注意事项以及康复方法。

在肯尼亚的华人中，有一些是央媒、国企等驻外机构的领导与员工，也有私企的老板及工作人员，还有长期生活在这里的华侨。受肯尼亚医疗技术水平的局限，再加上这里的医疗流程和语言都与国内有所不同，相当一部分华人对自己的伤病一拖再拖，只要能够忍受就不愿走进当地的医院，致使一些华人患上各种各样的慢性疾病，长期忍受着病痛的折磨。不久，他们都知道从遥远的祖国来了两个专家，除了刘飞，还有王磊。

有的华人专门驱车几小时登门拜访王磊，有的干脆把王磊邀请到自己的单位或家里。"那段时间，义诊的业务接连不断，每天都连轴转。"王磊说。

有一天深夜，非洲大地万籁俱寂，王磊的手机却急促地响了起来。一种不祥的预感顿时笼罩在他的心头。果不其然，一家中资企业的老总来肯尼亚考察时，在一条乡村道路上遭遇车祸，车上一人当场死亡，两人重伤。王磊第一时间打电话联系了当地最好的医院，同时赶往那家医院安排住院手续，等到一切安排妥当，王磊匆匆返回驻地，一抬头，已是日出东方。

还有一次，王磊的手机铃声突然响起，刚一接通，就听到痛苦的呻吟声。原来是一位中国企业家上楼时不慎摔了一跤，一开始不怎么疼痛，就没有当回事，直接上床睡觉了，可到了半夜疼痛难忍，就赶紧向王磊求助。王磊立即叫上刘飞，一起驱车赶了过去。

经查，这位企业家的锁骨骨折。那一次，刘飞再次见识了王磊的智慧。由于骨折的断端非常尖锐，稍不小心就可能会刺到动脉血管或者神经。没有绷带，王磊就把衬衣撕开来替代；没有夹板，王磊就把书本杂志拿过来替代。不到半个小时就给这个企业家做好了固定。返回工作站，已是凌晨 4 点多。

　　一年下来，王磊开展体检服务 500 人次，身体治疗 200 人次。其中，孤儿院受益 218 人，社区教堂受益 325 人；当地群众、政府工作人员及在肯华人，受益 276 人；应急医学救援当地人，受益 7 人；华人，受益 5 人。此外，还培养当地骨科医生 2 名。

　　最让刘飞和王磊难以忘怀的，是和非洲的告别。

　　当时，赶来送别的很多非洲人声泪俱下，依依不舍。那样的场面，我即便用万般煽情的文字呈现，都抵不上当天视频中的真实记录。

　　刘飞说："那天，有一个非洲小伙子来送我们，他是我的徒弟、大学生马鲁奇。"

　　马鲁奇不光学习刻苦，还加入了孔子学院的好几个俱乐部，练习太极拳也很投入，可他无论上学还是参加训练总是迟到，就连参加"汉语桥——世界大学生中文比赛"这样的大事，他也能迟到半个小时。离别的那天马鲁奇才告诉刘飞，他家里非常穷，为了节约住宿费，他租住在离学校很远的郊区，每次上学和参训，不光要坐一个多小时的车，还要步行两个小时……

　　马鲁奇给刘飞的送别礼物，是亲手绘制的一张小卡片，上面写着这样的文字：

"Dear Shifu liu,

When I walked in those doors I knew nothing. Now, I know a little more, and for much of it I have you to thank. You have been one of the highlights of my journey in learning Chinese *Kungfu*.

I hope one day I will be able to do for someone what you have done for me. You are a wonderful teacher, menter, and friend. I am so grateful to have known you.

Sincerely,

Maluki Kang·alia.

"秦岭老师，我把这番文字翻译给您吧。"刘飞说。

我沉吟了一会儿，说："不用了。"

我的英文水平虽说一般，却也能看出大概。我怕刘飞翻译得太透彻，那种"感时花溅泪，恨别鸟惊心"的滋味袭上心头，怎承受得了！

第二十七章　夫妻"两地书"的投影

Chapter Twenty-seven

在灾区，我见过大量书信和日记，有心理所、高等院校心理专家的，有志愿者的，有死难者家属的，有幸存者的……足有 20 多个人的吧。

我见到的一些分居的两地夫妻之间的书信和日记，多则上百篇，少则数十页。当时，书写者的一方在灾区的临时安置点、板房区紧张地开展心理援助，而另一方在千里之外的家里，照顾老小……

如果不是我动员，很多作者都不愿公开那些往事。

我只好拿出自己万能的"撒手锏"："您是不是不想让读者了解心理援助的另一面呢？何况，这是另一面吗？"

某大学的一位心理学教授告诉我："尽管我在灾区无法坚持每天写日记，但稍一有空，我就会记录下当天的所见、所思、所闻，我之所以倾情书写，只是因为不想忘记。可我万万没有想到，那些日子里，我妻子也在坚持写日记，其实，她并没有写日记的习惯，可是，自从我去了灾区，她写了。"

那天的他，泪流满面。多年之后，有一次他偶尔浏览博客，发现一个博主的每一篇日记都表达了对丈夫的思念，字里行间嵌满了对丈夫的祝福、担心、祈愿和期待，可谓杜鹃泣血，字字如泪。每一篇日记的开头，都是这样的话："亲爱的，今天是地震后的第 × 天，我又牵挂了整整一天，远方的你，还好吗？"因为十几年前和妻子谈恋爱时，来往情书不断，他非常熟悉妻子的文风，可当他就此向妻子求证时，妻子却轻描淡写地说："嘻嘻，那哪是我呀！"

当时的他，静静地看着妻子，笑了。不久，博客上的日记被删除了。

他非常明白，这就是妻子的博客，而深爱着他的妻子不愿意让日记把他拽入惊心动魄的过往回忆。

当然，他的日记，也始终没让妻子看。

我和刘正奎探讨这个话题时，他说："灾后心理援助十年，广大心理专家、志愿者在灾区付出的艰苦劳动和巨大牺牲，可歌可泣，那是一种弥足珍贵的精神力量，也是一种充满正气的独特社会现象，全社会应该关注他们，关心他们。"

当年玉树的一个灾民说："心理援助工作者和我们一样，也有妻儿老小，我永远不会忘记他们，我也希望，我们的整个社会，也不要忘记他们。"

有位哲人说过："只要能收获甜蜜，荆棘丛中也会有蜜蜂忙碌的身影。"心理所的专家祝卓宏终于同意我公开他们夫妻的日记，但他嘱咐我："就不要署我和妻子的名字了。"

我只同意了一半。他们的女儿叫一心，生于 2005 年 2 月，也就是说，汶川地震时，小一心不到三岁半。我姑且将日记作者署名为：一心妈妈、一心爸爸。

摘录他们夫妻的部分日记如下：

1. 一心的心也被地震灾区牵动着

2008 年 5 月 19 日，一心妈妈

这几天，汶川地震牵动全国人民的心，我们身边每一个（人）都几近落泪，所有的电视画面也都是和地震灾区人民有关的。由于工作单位的特殊性，同事们这一星期（以）来一直关注着新闻频道，每一位同事也期盼着能多救出一条生命来，所有在一线报道的同事更是这样期盼。

在家里，一心的姥姥、姥爷也整天锁定新闻频道。一心宝贝虽然有意回避电视里的那些画面，但偶尔也会躲在一个角落里偷偷看。前天晚上，一心宝贝自己一个人在床上蹦蹦跳跳，突然停下来喊："别看了，我心跳都加速了！"

姥姥开始没听清楚，以为她是说自己蹦得都心跳加速了，于是说："你心跳加速了，就别蹦了呀！"

一心带着哭腔说："姥姥，我是说别看电视了，看得我心跳加速了。太可怜了！"

一心天天说害怕看这些画面，可是昨天晚上中央电视台的赈灾晚会，一心是看完了的。虽然一心很困了，可还是目不转睛地盯着电视。由于一心睡得太晚，晚上又尿床了，把我的睡衣睡裤都尿湿了。

一心这几天晚上没有睡踏实过，晚上老是在梦里哭。昨天晚上哭的次数最多，而且还要蜷在我怀里睡觉，要跟妈妈睡一个被窝。有时候她还会跟我说："妈妈，要是地震了，你可千万别趴在我身上哦，要是趴在我身上，你就会死掉，我就没妈妈了。"听了这话，我哽噎了。

可爱的孩子呀，要真地震了，妈妈当然最先保护你了。因为妈妈爱你呀，这也是母亲的本能呀！

这几天，别人只要问起一心爸爸，一心总是会说："我爸爸救人去了。"

2. 一心宝贝的心事

2008 年 7 月 14 日，一心妈妈

好久没有给一心做记录了，因为爸爸妈妈都很忙。一心的爸爸在 7 月 4 日的时候又去地震灾区做心理援助了，要20多天才能倒班回家休息。妈妈也是因为工作原因，几乎每天都很晚回家，连周末休息都显得有点奢侈，觉得特对不住一心。不过只要一有时间，妈妈都会陪伴一心。

记得上个周末，妈妈陪一心睡午觉，一心在睡到一个小时的时候突然大哭着爬起来，爬到地上，跪在一块瓷砖上，一边伤心地痛哭，一边大喊："妈妈，妈妈！我的好妈妈！"一边用双手使劲地刨地面。开始，妈妈还没反应过来，仔细观察了一下，才发现一心这是在模仿地震中救援人员从废墟中搜救人员的动作。后来一心捡起妈妈脱在地上的拖鞋，双手抱着拖鞋痛哭，依然喊着："妈妈，妈妈！我的好妈妈！"妈妈赶紧抱着一心，哄了好半天，一心才平静下来。晚上，妈妈趁一心高兴的时候问："一心，下午睡觉的时候，你梦到什么了？"一心轻轻地回答了一句："我梦到地震了。"

一心的这个噩梦，让妈妈觉得心酸，也深深地自责。妈妈觉得是因为自己在地震发生的那段时间里，没有很好地过滤信息，而让一心受到这么大的影响。

记得前阵子，地震刚过去不久的那段时间里，一心特别反常，极不想上幼儿园，特别黏妈妈。幼儿园老师也反映一心做事情心不在焉，其他小朋友都很开心，而一心老是发愣。其他小朋友都洗完手，

开始吃饭了，一心还一个人站在水槽边想问题呢。

有一次，妈妈带一心下楼玩耍，一心在下楼梯的时候就跟妈妈说："妈妈，要是地震来了，你可千万别趴在我身上哦。要是你趴在我身上，我就会没妈妈的。"

还有一次，妈妈给一心缝裤子，一心跟妈妈说："妈妈，我也要学缝衣服。"妈妈问为什么。一心回答："等我学会缝衣服了，我就可以到灾区给那些小孩做衣服穿了，那些小孩都没有衣服穿……我长大了，还要给他们盖房子呢，哦，我还要给他们买大床……他们的屋子太黑了，我还要给他们安上电灯呢！"

一心的这番话，让妈妈觉得大吃一惊，感动的同时也有点为这个 3 岁半的孩子担忧，担忧孩子想事太多，太累。

3. 一心要爸爸在四川记住她

2008 年 9 月 22 日，一心爸爸

前天和一心在床上玩骑大马的游戏之后，一心突然咬住爸爸的胳膊，痛得爸爸直喊，可一心就是不松口，咬完左胳膊又要咬爸爸的右胳膊，这次咬得更厉害，爸爸疼得直流眼泪。可是爸爸不忍心打一心。等一心咬完了，爸爸问："你为什么咬爸爸？"一心回答："要爸爸记住我啊，你到四川得记住我啊！"看来一心对爸爸长期去四川工作很有意见了。爸爸怎么会不记得你呢？每次给你打电话都聊不够啊！

4. 一心又发烧了，爸爸又去灾区了

2008 年 11 月 29 日，一心爸爸

昨日，妈妈告诉我"一心又发烧了，39 度多"，我赶紧回家，

看到一心在吃东西。爸爸一进门，一心就黏住爸爸，爬到爸爸身上，要求"骑大马"。爸爸很久没有和一心玩骑马游戏了，这次回家很忙，一直没机会和宝宝待一起。爸爸背着宝宝，在床上爬来爬去，宝宝完全没有发烧感冒的疲惫。玩过骑大马，宝宝又要求玩爬树游戏，让爸爸双臂平伸，支在墙上和书桌上，宝宝趴在爸爸身上一会儿睡觉，一会儿荡秋千，一会儿蹲下来，像只猴子一样。后来爸爸要忙工作，只好让妈妈把宝宝抱到浴室洗澡。洗完澡，爸爸想早点陪宝宝睡觉，可是宝宝开始咳嗽，边咳边吐，让爸爸妈妈心痛得不得了。爸爸五点要起床，临走时亲了亲宝宝的脸蛋，宝宝却眯着眼举起脚丫子，让爸爸亲。爸爸亲完宝宝才微笑着又睡了。

爸爸在飞机上，心里一直惦记着一心。晚上给宝宝打电话，你已经睡了，妈妈说你中午又烧到39度，她给你服药降温，姥姥用鸡蛋清给你清毒去热，你才慢慢睡着。但愿你明天能够退烧，爸爸为你祈祷！

5. 宝宝出院了

2008 年 12 月 4 日，一心爸爸

宝宝从 11 月 29 日就开始发烧，爸爸陪加拿大中国移民紧急援助基金会主席朱萱东到绵竹考察，每晚都关注宝宝的病情。你高烧不退，咳嗽加剧，在门诊治疗无效，妈妈带你到专家门诊看病，结果被诊断为肺炎，需要住院。这可把妈妈急坏了，爸爸也很着急。12月 1 日，妈妈带你到 302 医院，干爸给你办理了住院手续，爸爸连夜赶回北京。从机场直接赶到病房，看到宝宝嘴唇干裂，无力地睡着，爸爸心很痛。宝宝咳嗽严重时，会跪在床上，瘦小的身体蜷曲着，爸妈看着很心疼。幸好干爸医术高明，一天治疗下来就降了热度，

咳嗽也明显减少。12 月 3 日，肺部啰音已经消失，体温正常，咳嗽几乎没有了，晚间睡眠很好。今日上午，宝宝输完液就可以出院了。

宝宝每次输阿奇霉素的时候，都会喊肚子痛，还拉了几次肚子，吐了两次，据你干爸讲，这都是因为阿奇霉素的胃肠道副作用。以后要注意了。

6. 特殊的吻

2009 年 5 月 15 日，一心妈妈

从 2008 年 5 月 15 日开始，一心的爸爸就一直在灾区做心理援助工作，一般一个月能回来一次，如果忙起来一个多月都回不来。这次"5·12"一周年祭，爸爸很是忙碌，所以一个月都没能回来了，一心也很想念爸爸。"5·12"当天的中央电视台国际中文频道的直播，做了关于心理援助的新闻报道，采访对象是爸爸，一心正好在电视前看到了爸爸。

妈妈问："一心，这是谁呀？"

一心："我爸爸。"

妈妈："你爸爸怎么钻到电视里面了呢？"

一心："不是我爸爸钻的，是别人到四川拍的，拍完后，就传到电视里面了。"（真不愧是电视人的女儿呀！还会这么回答！）

妈妈："哦，这样子呀。那你想爸爸吗？如果想就去亲一口吧！"

一心疑惑地问："能亲吗？"

妈妈："当然能了，不信你试试。"

一心马上跳下床，对着电视屏幕亲了一口。突然，屏幕上的爸爸消失了，一心哈哈大笑："哈哈，我把爸爸亲跑了！哈哈！爸爸怕我，我一亲他，他就跑了……"

晚上一心给爸爸打电话，还乐此不疲地说起这事。

如果说上面这对夫妻的日记体现了一种弥足珍贵的人性温情，那么，下面这对夫妻的书信则反映了人性的另一面。

书信以电子邮件的形式保存在丈夫的电脑里。他说："秦岭先生，十年来，我基本没有看过我和她当年的通信，我也不清楚怎么想的，和您聊着聊着，突然想让您看看。所以，您是这些信件的唯一读者。您看过后，我准备全部删除，真不想保留这些东西。"

那个寂静的夜晚，我坐在他的电脑前，足足浏览了近两个小时。

书信的作者，暂且化名为东东和丽丽吧。摘要如下：

亲爱的东东：

你好！

你离开我奔赴灾区已经一个月了，想起你在家的日子，就像一个梦境。真的，不是我不支持你去灾区搞心理援助，这和我的境界无关，与我们实实在在的生活有关。还记得你19日那天提出要去灾区的想法时，我苦苦地哀求吧？为了攒钱买房子、调工作，我俩连孩子都没敢要，你也知道我工作方面的压力，另外，作为独生女，我还要照顾你我双方的父母，可你……

我流了整整一夜的泪，可第二天，你还是走了。今天，我通过电视看到灾区抢险救灾的情况，知道灾区仍然有余震，真是为你担心不已。上次你来信告诉我，你正在和志愿者一起，在灾民临时安置点做问卷调查，给死难者家属做心理疏导，我也被深深触动，泪流不止。特别是你提到一个女士正在上小学的儿子遇难，她几次想自杀，终究被你们挽救了过来。这是你的工作成果，我当然懂。其实，你也注意到了，之前，我几乎每天给你发一封邮件，这几天很少给你发了，我真的不知道说什么了。你那边累，我这边，也累。

你说灾区有很多像你这样的心理工作者和志愿者，我完全相信，媒体也报道过，好像说有两三千人吧。我欣赏他们，其中也包括你。只是，我不知道那些心理工作者和志愿者的丈夫、妻子或者恋人的心情，是否和我一样。

我还能说什么呢？我如果再恳求你赶紧回来，是不是很没意思了呢？

亲爱的，灾区险象环生，你一定要注意安全，保重身体。

吻你。

想你的丽丽

2008 年 10 月 3 日

亲爱的丽丽：

你好！

哈哈。终于看到你的邮件了，好开心啊！我每天给你发一封邮件，可你最近一周才给我发一封邮件。哈哈，我理解你。

首先向亲爱的汇报一下今天的工作吧：上午，去×××中学给老师们做心理疏导。其实学校早就坍塌了，很多师生遇难，我是在一个临时安置点的临时教室里给 PTSD 人员做疏导的，一同去的有志愿者××、×××、××还有×××等人。下午在板房区给一个男士做心理疏导，他的妻子和儿子均在地震中罹难，他已经连续两天不吃不喝了，身体非常虚弱，而且常常出现幻觉，这是 PTSD 症状中最严重的一种。晚上和志愿者开会，主要是设计一个新的心理疏导方案，同时也商量一下明天的计划和分工。在灾区，有上百万人需要做心理疏导，可我们心理援助人员实在太少了。你也知道，绝大多数心理工作者和志愿者都是自发来灾区的，面对庞大的PTSD群体，我们的人数远远不够啊！

你不要为我担心，我们住的板房十分牢固。另外，我的感冒也好多啦。

我非常理解你，就像理解我自己。我知道你很不容易，其实我也不容易。我何尝不想如你所愿，赶紧回去呢？可是，我既然热爱心理学这门专业，不到灾区来实践一下，学那还有什么用呢？对你，我的确食言了，原计划在灾区待一个月就立马回家，可进了这个服务团队，我发现，我根本不能离开这里。有PTSD症状的灾民和幸存者，像潮水一样不断增多。我如果选择离开，恐怕无法对自己"志愿者"这个称号做出合理的解释。当然，这些话，我向你说了不止一遍。

亲爱的，我只是希望，你能理解我，谅解我。这里的条件非常艰苦，每当有所闲暇，我唯一能做的，就是想你。此刻，不由想起李商隐的一句诗："春心莫共花争发，一寸相思一寸灰。"还想起晏殊的那句："天涯地角有穷时，只有相思无尽处。"

亲爱的，夜已经很深了。此刻，你一定睡了吧？

抱抱你，亲爱的——其实我抱着一个枕头，枕头上，我写了你的名字，就等于抱着你啦。

哈，枕头软软的，像极了你的身体。

你的东东

2008年10月4日凌晨3点

亲爱的东东：

你好！

我还是叫你亲爱的，尽管，这可能是最后一封邮件。此刻，你已经到灾区了吧？我发现你有一些心理援助资料忘记拿走了，我回头寄给你。

这次你匆匆回来，七天里发生的一切，好像是注定了的。我俩都很固执，却又都很无奈；我俩都很认死理，却又都改不掉这毛病。为什么我俩会整整吵了七天架？为什么最终以离婚的方式宣告我俩的结局？其实，我自己也想不通，你一定也是。

但也许，这是最好的结局吧。

其实这次你回家，我已经冥冥中意识到，我对你的所有争取，都不可能有好的结果，所谓结果，无非就是想让你回来，陪伴我，在咱俩曾经的家。作为一个普普通通的女人，我想不通的是，这一切，居然都是镜中月、水中花。当然，我不能不说，我也理解你，理解灾区众多的 PTSD 人员。你这次对我大发雷霆，击碎了我多年对你的一切幻想。好在，面对离婚，你坦然的态度，反而让我放下了许多。这就好！

你我财产的分割，我会委托 ××× 处理，她是你我都信任的人。我相信，她会帮我俩处理好的。

最后，我俩得彼此感谢一下对方吧，因为现在我们都轻松了。

丽丽

2009 年 5 月 11 日

亲爱的丽丽：

你好！相恋两年，结婚一年，我俩在一起整整三年。我当然清楚，所谓结束的理由，不只是这七天的争执。

我内心到底是释然还是难过，说那些毫无意义。我俩都太懂彼此了，就像我此刻读你的文字时，你似乎在面对着我，又似乎在背对着我。明天是"5·12"汶川地震一周年，很多灾民、幸存者受伤的心理再次蒙上了可怕的阴影。我还是最后一次汇报一下我今天的情况吧：一大早，我就带着三个志愿者直奔一片地震废墟，那里，有一个女士手里拎着罹难丈夫生前穿过的一双鞋子，脑袋使劲磕一块预制板，额头上鲜血直流。她不停地念叨："你穿上它，跟我回家吧。我和孩子都等你一年了。"听说这个女士在每个月的12日，都要到废墟旁大哭一次。我和志愿者把女士带到板房里休息，为她疏导了足有两个小时。本来约定上午10点要去社区讲课的，结果迟到了半个小时。中午草草吃了两袋方便面，居然睡着了。我至今不明白为什么会睡过去，也许是咱俩离婚以后，诚如你说的，突然放松了吧。下午手机响了，是×××医院打来的电话，他们那边的心理援助力量严重不足，我带志愿者××赶了过去。

今天的工作就这些了。至于明天、后天、大后天要干什么，我当然非常清楚，估计你就不清楚了，因为这封邮件和你的一样，可能也是我写给你的最后一封。

灾区的情况依然十分复杂，那是我面对的全部，当然，还有你我关系的结束。

谢谢你！你让我的人生中，有了恋爱和婚姻的经历。

东东

2009 年 5 月 11 日

第二十八章 "动力"在民间

Chapter Twenty-eight

在我所有的采访经历中，心理学创新理论——"动力沟通"在民间的广泛传播，成为我绕不过、挥不去的深刻记忆。

三千里陇原是汶川地震十年来连续遭受地震、泥石流、洪涝、暴雪袭击的地方，与其他灾区不同，那里的心理援助除了传统的方式，还多了一个"动力沟通"。2018 年 7 月，我在刘正奎、王文忠的陪同下，从北京飞往甘肃。抵达省城兰州时，正好赶上当地心理咨询师江洪涛和他的团队在搞"动力沟通"活动。江洪涛说："这些天，培训、授课、为 PTSD 群体做心理疏导，忙死了。你个王文忠又来打扰我。"这是典型的"动力"语言。

江洪涛的学生赵滢对我说："王文忠老师是'动力沟通'的'播种机'，汶川、北川、绵阳、绵竹、什邡、舟曲、两当等地方，到处都有他这台'播种机'的车辙。我们的团队，只是'动力沟通'森林中的一片丛林。"

我们往返两次到兰州，王文忠应邀授课两次，其中一次是在兰州，另一次是在赵滢的陪同下西去永登。我估算了一下，听众有100 人次以上。

在山城舟曲走访期间，我见到了 70 多名"动力沟通"团队的成员，其中有中小学教师、学生、医生、个体户、家庭妇女、退休职工、店员、农民、进城务工人员、酒店服务员……那几天,我天天和他们在一起。

"动力沟通"是王文忠提出的心理学创新理论。早在 2000 年,王文忠在对深受邪教肆扰的受害者提供心理服务实践中,就和心理所的志同道合者一起探讨心理服务时"施力""给力""受力""接力"的方向、方式、理念和切入问题,这应该是"动力沟通"的孕育期。2008 年汶川地震之后,王文忠在绵阳、绵竹、什邡、北川、玉树等灾区开展心理援助期间,再次围绕这个话题,和同事、志愿者、受助人不断交流、讨论。

2010 年舟曲泥石流发生后,王文忠率队直奔灾区,同时也带去了他的理念。那个风雨交加的夜晚,身心疲惫的王文忠和几个志愿者待在郊外的帐篷里。暗淡的炉火和微弱的烛光,映照着他那张焦虑的脸。在跟志愿者的交流中,王文忠的五言绝句《舟曲心理援助抒怀》诞生了:

舟曲演兵场,

山高藏锋芒。

胜慧丁飞时,

神仙不可挡!

("胜慧丁飞"是从当时四个主要志愿者的名字中各取的一个字)

2012 年 12 月 24 日,王文忠提出"暴力沟通"的观点,这是"动力沟通"的前身。

"一石激起千层浪"。面对灾民、幸存者和死难者家属,岂能用"暴力沟通"?不少人认为,王文忠这是逆水行舟,异想天开,甚至也有人认为，王文忠走火入魔了。也有人认为，王文忠一定是疯了，而且疯得不是一星半点儿。

王文忠，河南籍，16 岁考入北京师范大学心理系，先后在中科院心理所取得硕士、博士学位，现为中科院心理健康重点实验室研究员，中科院心理所沟通研究中心主任，中国心理学会心理危机干预工作委员会副主任委员，主要研究领域为家庭教育和心理辅导。

无疑，作为系统受过现代心理学教育的王文忠，作为承担心理所重要课题和项目的青年学者，王文忠"异类"地提出这个所谓的"暴力沟通"，让他成为一个学术与人格、传统与叛逆的矛盾结合体。

更何况，国际心理学界早就有了"非暴力沟通"理论，完整且被广泛认同。

但王文忠对他的"反其道而行之"给出了这样的理由："从某种意义上说，沟通的本质是暴力侵犯、骚扰或改变。只有抓住这个本质的东西，才能利用好相关的策略，更好地促进改变，减少骚扰，减弱侵犯。"也就是说，"暴力沟通"是本质，"非暴力沟通"是修饰之后的理想结果。

阮胤华先生是"非暴力沟通"在中国的倡导者，也是王文忠的朋友。王文忠当年向阮胤华打趣说："'非暴力沟通'在哲学层面上有错误，方法上也有问题，何况还是外国人搞出来的，有什么劲呀？跟我们一起来搞'暴力沟通'吧。"

王文忠至今记得阮胤华一脸惊讶的表情。但阮胤华也承认了一点，那就是一如矛盾永远存在且在不断转化一样，暴力亦然，既然存在，就有转化的可能。

舟曲泥石流之后，面对灾区数以万计民众的巨大心理创伤，让王文忠的痛苦思考再次切入"暴力沟通"的机理。作为舟曲工作站站长，他在组织心理师、志愿者开展心理援助的同时，时刻不忘"暴力沟通"的实践与讨论。

无疑，舟曲亦城亦乡的城市结构、城市居民和农民并蓄的社会形态、汉藏等民族共同生活的特殊民情，成为王文忠深入研究这一理论的最佳平台。2013年，王文忠听取方方面面的建议，把"暴力沟通"易名为"动力沟通"。

在灾民临时安置点、板房区，很多志愿者开始用"动力沟通"理论对死难者家属、灾民进行心理辅导。

也就是在这一年，王文忠利用"动力沟通"理论，紧密联系在德阳、肥城、包头、舟曲、密云等地开展试点工作的经验，探索了理论联系实际的操作性方案，完成学术论文《运用"动力沟通"加强基层党建工作创新的研究》。这一研究项目于2013年3月获得中央国家机关"党的建设研究会2013年度课题研究成果"优秀奖。

这是"动力沟通"理论从灾区向社会的延伸与拓展，课题的主要参加者和分报告执笔人是志愿者杨婕、杨忠、庞云、丁云枝和王俊国。

为了更好地倡导"创新为民，科技救灾"的服务理念，让"动力沟通"为更多的人服务，心理所"动力沟通"研究中心推出了微信公众平台："动力沟通"。

这对王文忠和他的团队而言，是一个莫大的鼓舞。

从2014年6月开始，王文忠直接面向民间发起了新一轮讨论，同时组织起了相对稳定的研讨、交流、互动队伍。

我注意到，早期"动力沟通"理论研究团队中的心理专家、教授有方富熹、生秀珍、李金珍、祝卓宏、李明、汪亚珉、吴曜圻、张长春等，辅导教师有庞云、胡玲、王春泉、朱子秀、王红、房占良、郭鹏鹏、张俊江、卢丹蕾、李玉霞、胡宇涵、张军颜、萧尤泽等，培训师有滕晖、刘热生、王文海等，志愿者有刘飞、江洪涛、丁云枝、吕蒙、左逸清、刘晶、田雨、江雪尘、郑连胜、张腾霄、王进玉、王俊国等，另外，还有网友葛二蛋、王云豪等人。

在兰州，江洪涛告诉我："我们这些人相遇的因缘是汶川地震后的灾后心理服务实践，在开展工作的过程中，感到了在人际沟通、团队建设方面，急需实用有效的心理理论和技术。于是，在王文忠老师的带领下，大家一边实践，一边思考，一边分享，一边总结，'动力沟通'理论和技术，就逐渐完善和发展起来。"

"十月怀胎，一朝分娩"，2015 年 4 月，由王文忠主持编著的""动力沟通'理论、方法与实践丛书"终于出版发行。

至此，"动力沟通"从概念到学理，日渐完善和成熟。王文忠认为，所谓"动力沟通"，就是在尊重理性和道德的前提下，结合人类现有的一切智慧成果，有意识地运用双方（或多方）必然存在的相似、差异、矛盾和冲突，促进双方或多方（即参与沟通的各方）逐渐获得安全感、归属感、价值感（尊重感）和自我实现的过程。"动力沟通流派"以强调自我和沟通过程的发展性、过程性著称，用"自我金刚结构"和"沟通金刚结构"来描述自我和沟通的变化过程，并用"躬身入局"的"局外人"形象作为意象。

"动力沟通"的精髓是：心灵净化，自我觉察，系统觉察，动态觉察，即时呈现，清晰呈现，适当呈现，观念植入，观念扰动。

"动力沟通"理论和技术体系的核心是"自我金刚结构"和"美人系列技术"。

刚刚接触到"金刚""美人"这些概念的时候，说实话，我惊诧莫名。

江洪涛告诉我："'金刚结构'有 15 种态势，分别诞生于两次讨论：一次是在 2013 年 7 月 20 日的晚上，我和王文忠、丁云枝在兰州敦煌路的一家宾馆开展的；还有一次是在 2013 年 7 月 26 日，我和王文忠、王文海、刘飞在岷县地震救灾路上及县城的一家小家庭宾馆开展的。"

为了给我解惑，2018 年 8 月，王文忠专程来到天津。那个夜晚，我位于海河边的独立书房"观海庐"内茶香四溢，灯火通明。王文忠和我就"动力沟通"的话题畅谈达 3 个小时，在我似懂非懂之际，他连夜驾车返京。

但我初步明白了"金刚""美人"的大致含义。所谓自我金刚结构，就是每个人都是由身体、感觉、理性、反身认知以及位于中心的结点——自我，共同构成的一个金刚结构。这个自我金刚结构的提法，克服了过去自我理论中身体、感觉、理性相互割裂的缺陷，整合各种理论的长处，如精神分析重视记忆和欲望，行为主义强调行动，认知疗法强调认知地图（理性），正念疗法强调感受，在心理服务实践中取得了很好的效果。

所谓美人系列技术，是对自我金刚结构的自我觉察练习，要求练习者用 10 分钟时间，以觉察呼吸为核心，觉察并接受自己的身体状态、感受、想法、卷入或出离状态等，从而快速整合自己，恢复精力。

关于"动力沟通"的团队，王文忠后来给我这样解释："大家意识到'动力沟通'的实用性后，热情都很高。打个比方，每个人都是珍珠，大家在一起互相打磨，配上'动力沟通'这根链子，'动力沟通'团队就成了一串愈加珍贵的项链！"

而具体的理论和要义，王文忠在"'动力沟通'理论、方法与实践丛书"中有明确的呈现。其中《金刚美人行——"动力沟通"之综合篇》

重点在"动力沟通"的金刚结构、美人系列技术等各个维度进行了探索。《家庭教育手册——"动力沟通"之家庭篇》围绕金刚结构的打造，从家庭教育的目标、原则、方法、案例等方面展开了研究。《做自己的咨询师——"动力沟通"之心理咨询篇》围绕自我金刚结构顶端的觉察之眼，结合动力沟通的咨询案例，阐释了心理咨询师自助助人的成长之路。《踏歌而行——"动力沟通"之个人成长篇》则是"动力沟通"爱好者利用自我金刚结构和美人系列技术解决现实生活和工作问题时的一些经验、方法和感言的集中荟萃。《教育家是怎样炼成的——"动力沟通"之学校篇》汇编了"动力沟通"在学校中广泛运用的情况，是老师、学生和科研工作者互动、交流的案例集结。《世事洞明，人情练达——"动力沟通"之社会服务篇》主要从企业、社区、犯罪矫治、防范精神控制四个领域进行研究，阐明了"动力沟通"的观点和用途。

从实践中来，又回归于实践。在兰州，在舟曲，凡是我接触过的人，几乎人人都在阅读"'动力沟通'理论、方法与实践丛书"，不少心理咨询机构也主动把王文忠的"动力沟通"理论纳入了培训内容。

在舟曲的几天里，我见证了"动力沟通"理论与心理援助的运行方式。

培训，有整齐的团队；授课，有专业的心理辅导教师；活动，有丰富多彩的内容。

在组织形式上，力求做到心理专家、心理爱好者、社工形成互动链，开展多层面、立体型的心理服务，让社会群体先感到受益，受益者初步掌握"动力沟通"后，再在专家的指导下，成为施益者，如此类推，循环往复，心理服务队伍滚雪球般越滚越大，受助面越来越广。

在灾区,我见证了王文忠作为"舟曲人"的种种感动,教育、医疗、社区的很多人争先恐后地拽着他去家里吃饭。那天中午,我们一行在退休教师沈巧云家吃午饭。突然呼啦啦地来了好几个"动力沟通"的"铁杆儿"。我至今记得他们的名字:包红霞、朱俊玲、雷爱菊、王进玉、李龙仙、翟向仙、丁云枝、东珠……沈老师非常实在,她除了亲自下厨给大家炒了几个特色菜,还专门煮了一大锅香气扑鼻的腊肉,十几个人居然还吃不完。

沈巧云老师说:"我还从来没有一次煮这么多的肉。"

当年的朱俊玲,曾经在舟曲县城关镇任职,抢险救灾时她和时任党委书记李学振等全体干部始终坚持在第一线。见到了太多残酷的场面,见多了太多罹难者的遗体,至今提起,她仍然泪流满面,哽咽不止。"那些日子,没睡过一次好觉。"

王文忠告诉我:"您以为这是简单的聚会?其实这是我们'动力沟通'的一部分。"

当天晚上,就有遭受严重家暴的妇女干部来宾馆做心理咨询,这是我第一次现场感受专家对援助者的心理疏导。这个女干部当年受媒妁之言而结婚,万万没想到丈夫是个虐待狂,动不动就把她打得卧床不起。她曾三次试图自杀,均未果。刘正奎耐心地对她进行心理疏导,引导她回忆自己与丈夫的相处方式,并一起探讨应对丈夫家暴的策略及求助路径等,而王文忠在一旁施展他的"动力沟通",不时严厉"敲打"。大约凌晨2点半,这位干部的脸上终于露出了笑容。她说:"幸亏这次遇到了你们,否则,我简直没法活了。经过今晚的见面,我知道该怎么做了。"

送走那个女干部,王文忠已疲惫不堪,转身倒头便呼呼大睡。我和刘正奎至少是凌晨4点才休息的。舟曲的心理援助,就像载满舟的故事，在九曲十八弯的白龙江上航行，而每一程，我都渴望把它记录下来。

第二天，我们又分头行动。我前往舟曲新区中小学幼儿园采访，王文忠去老年活动中心讲他的"聚焦家庭教育"，刘正奎前往当年的援助点调研。晚上集合的时候，我突然发现王文忠满脸拉碴的胡子没了，整个人显得整洁干净，容光焕发。"帅吧？这是'韵味'给我理的。"王文忠自豪地说。

"韵味"是雷爱菊的微信昵称，她是舟曲"动力沟通"协会、太极气功协会的骨干成员。她本来在县城的黄金地段经营一家理发店，灾后重建时被拆除，所有的理发工具也只能束之高阁，于是她便在县城打工。这次，她的理发工具又在王文忠身上派上了用场。雷爱菊说："我一个打工的，能给心理专家理发，是我的荣幸。"

王进玉——大家都叫她大王姐。她说："秦岭老师，这些细节，是不是反映了心理所专家和我们普通老百姓的关系呢？"

我开玩笑："干脆动员一下王文忠，像兰州城的女志愿者丁云枝那样，把户口转到舟曲来。"

后来，我和兰州、什邡、德阳、舟曲一带"动力沟通"团队中的不少成员都相互加了微信，我惊讶地发现，他们有专门的博客、微博、公众号和讨论专栏，主要内容有各自开展"动力沟通"中的经验、方法、体会、心得、感言、视频等。在一个讨论专栏里，我注意到了博文的数量：1051 篇。其中有王文忠的一段留言：

八仙过海，各显神通，

神通显完，留下经验。

分享提升，指导实践，

穿梭往复，滚动发展。

一位志愿者向我提供了他们在网上开展活动的情况。那其实是王文忠团队于 2013 年 4 月的一次互动，所有的互动都有详细记录，所有的记录都显得干练、简洁、幽默，像轻松拉家常一般。其中有这样的描述："4 月 2—3 日在舟曲连续四场'动力沟通与教师'的分享，4 月 4 日下午，又赶到了两当县这个山清水秀的地方，见到网络服务志愿者王红，又继续聊起了完善动力沟通技术体系的话题。"

然后是有关活动内容的记录："江老师提议，为了落实'即时觉察、系统觉察和动态觉察'，他想到这样一个方法：在课堂中，在地上放一张报纸，让一个人站在报纸上，当众起跳。然后，把这张报纸放在一张一米多高的结实的课桌上，再让这个人站在报纸上，起跳。让起跳者和观众观察起跳者的姿态和力度，并分享体验。"

接着就有人开始分析："这是一个很好的觉察案例：即时、系统和动态，都能显示出来；即时、清晰和适当呈现，也能表现出来。"

在分析中，又有人介绍了另一个成员的反应："王红老师提议，在她的两当'动力沟通'小组中，在活动开始时，为了增加大家的觉察，是这么做的：要求每个人在听到其他人的一句话时，都要认真分析自己的心理感受、身体变化。通过这种觉察，果然让每个人都更灵动、敏感和开放。"

等大家都阐述完，王文忠这才开始分享自己的做法，同时对大家进行指导和提醒。

有关王文忠发言的这段记录，是这样表述的："文忠每到一个现场，都把现场当作一个大沙盘，包括自己在内的所有人和可移动的物体（甚至是不可移动的墙），都是我们的沙具。要密切观察彼此之间的联系、相互作用及动态变化。然后，根据今天见面的主题或任务，进行即时、清晰和适当的呈现。"

那天，我用整整一个下午的时间浏览了"动力沟通"团队们的互动记录，如果按文本字数统计，至少有 3 万字。

在舟曲，我问一个志愿者："在具体的 PTSD 人员身上，应用'动力沟通'的理论实施心理辅导的理念是什么？"

他并没有直接回答我，而是拿出了一个儿童玩耍用的小皮球。

我笑言："你这是要卖什么关子？"

志愿者笑了，他看着我，稍一用力，受到重创的皮球成为一个瘪壳。

"秦岭老师，现在问题来了。我们当然希望这个皮球复原。毫无疑问，我们有两种方法：第一种，是让皮球自己慢慢复原，但严格地讲，这是皮球自己的方法，也就是自我疗伤，它到底能不能自我复原，也是一个大问题。那么，第二种方法呢，就是依靠我们的'动力沟通'。"

志愿者开始给我演示，他两手并用，对这个皮球这里捏一捏，那里挤一挤；这里揉一揉，那里摁一摁。

很快，皮球复原如初。

我瞬间醒悟，他给皮球施加了"暴力"——如今的"动力"，才使皮球的"伤口"得以完全"愈合"。

"哈哈哈……"我开怀大笑。

志愿者进一步阐述：和皮球一样，很多人的心灵深处都是有弹性的，当变故发生时——比如地震、泥石流、车祸、暴恐袭击、亲人自杀等，很多家属、目击者都会出现一定程度的心理创伤，比如失眠、噩梦、抑郁、PTSD 等。但由于各种心理疾病都存在着不同程度的"心理弹性",有些人会在岁月里慢慢减少创伤带来的不良反应,但有些"弹性"不足的人,就需要我们用"动力沟通"的原理,施加外力,而且,这种外力不是我们传统意义上那种和风细雨式的心理辅导,而是主动地、直接地施加作用力。

王文忠补充:"这个作用力,需要技术和方法,不能乱施'动力',火候把握不好,就会适得其反。这就像一个想自杀的人站在悬崖上,如果用不好'动力',反而会成为助推他加速跳崖的外力,如果用好了,就能把他拽回安全地带。在那个节骨眼儿上,心理援助中常见的思想沟通、道理说服是很难有效果的,而'动力'的作用,就彰显出来了。"

有一次,王文忠在舟曲的一所中学给教师们谈"动力沟通",有老师提出:"泥石流之后,灾区人心惶惶,可是我们的领导太严厉,学生很难教,社会环境太复杂。"

王文忠大声反问:"面对灾情带来的这些非常态的变化,你自己变化了吗?"

一语点醒梦中人,那位老师说:"我明白了,我还是常态思维。"

王文忠告诉我:"动力沟通有着极具辨识度的语言特色,用一个字来形容,就是'破':打破沟通双方头脑中的惯性、常规、局限,破解'身在此山中'之迷局,在'破'中求'立'。"

时任舟曲县城关镇原党委书记李学振说:"在大灾大难面前,在舟曲人民最需要心理援助时,'动力沟通'心理志愿者来了。他们结合中国传统太极和心理学正念,使符合中国老百姓需求的本土心理援助方法——太极正念疗法发挥了极大的作用。"

"巾帼不让须眉",以实体的方式传播"动力沟通"理论的不止江洪涛等人,相继离开舟曲的一些女志愿者,也像蒲公英一样把"动力沟通"理论带到了自己的家乡。比如来自内蒙古包头职业技术学院的志愿者庞云，于 2015 年 6 月在当地民政局注册了包头市"动力沟通"发展中心，长期深入企事业机关、学校、社区及监狱，开展心理学讲座及团体心理沙龙活动，并承接了 2015 年、2016 年内蒙古自治区民政厅向社会力量购买服务项目。"动力沟通"发展中心多次被评为优秀社会组织、优秀党组织，并于 2016 年被评定为国家 AAA 级社会组织。迄今开展了 12 期国家心理咨询师的培训工作，有 500 余人先后取得了由中国劳动和社会保障部颁发的国家二级、三级心理咨询师资格证书。

2018 年 10 月，舟曲县"动力沟通"协会成立。

一个舟曲的个体户说："那次泥石流，让我失去了两个亲人，我现在常去听'动力沟通'团队老师们的授课，受文化程度的局限，不少东西我听不懂，但我喜欢那种氛围，和大家在一起，我会忘记痛苦，明白活着就是最好的。还有一点，我至少知道了，世上还有心理学这门学科。"

这句话让我感慨颇多。心理学知识的传播与普及，一直是我国心理学发展的短板，而"动力沟通"作为心理学领域中的一个"新物种"，其理论根基、观点、发展模式可能尚需在实践中进一步探索、求证和完善，但它对心理学知识的传播和普及，是一种不容小觑的"动力"。

在陇南高铁站，王文忠举目回望烟雨迷蒙的舟曲方向，表情凝重，嘴角微撇，一副望穿秋水的样子。他突然开腔："'动力沟通'这条艰难的路，我可能还要一直走下去。不！不是可能，是必须。"

我打趣地说："听你的口气，还以为要作打油诗呢。"

魁梧壮实的王文忠脸上浮现出羞赧，说："有您这个作家在场，我的诗兴不能大发了。"

第二十九章　大洋彼岸的中国声音

Chapter Twenty-nine

强震！这是另一种强震。

当然不是地震，却与中国的汶川地震有着盘根错节的关联。这是 2011 年 11 月，波涛万顷的大西洋热情地拥吻着美国马里兰州著名的海港城市巴尔的摩，国际创伤应激研究学会第 27 届年会在那里举行。那天，一位中国心理专家的发言，牢牢地吸引了 400 多名与会者的目光。那些眼睛，闪烁着海洋才有的蓝色。

中国专家发言的题目是"经历汶川地震的中国青少年创伤后应激障碍症状结构"。那一年，他只有 36 岁。全球观众通过电视荧屏，也目睹了这位中等身材、黑头发、黄皮肤的中国青年的风采。

对于在世界心理学领域相对沉寂的中国心理学界而言，这不光是中国创伤应激研究成果走出国门、对接世界的开始，也是一次具有划时代意义的华丽转身，从此，中国创伤应激研究进入了一个全新的历史阶段，国际创伤应激研究领域从此有了中国经验。

这是中国经验的亮相，也是中国经验的表达。

2015 年 11 月 5 日，美国路易斯安那州新奥尔良市——臭名昭著的卡特里娜飓风让我记住了这个城市，国际创伤应激研究学会第 31 届年会在此举行。我想这一定是组织者智慧而温馨的特意安排。

十年前的 2005 年 8 月，听起来似乎很迷人的卡特里娜飓风席卷新奥尔良，防洪堤决口，城市 80% 的地区陷入汪洋。当时报载"飓风几乎将新奥尔良变成了荒野"。那次重大自然灾害，导致 1833 人死亡，120 万人成为灾民，其中有 30 万—40 万儿童。整个受灾范围几乎与英国国土面积相当，被认为是美国历史上损失最大的自然灾害之一。在那次具有"卡特里娜飓风十周年"纪念意味的年会上，面对 500 多名来自全球的心理学界翘楚，这位中国青年再次应邀发言，这次发言的主题是"中国创伤暴露青少年 DSM-5 创伤后应激障碍症状结构检验"。

同一人，两次亮相国际舞台，时隔仅仅四年。

无疑，又是一次冲击波。这个多次掀起中国经验冲击波的年轻人，有一个实在太大众化的名字：王力。叫这个名字的人，在中国至少有百万个。

王力的"力"，容易让人联想到力拔头筹，力透纸背，竭尽全力。

驱动冲击波的，归根结底就靠一个字：力。

傅春胜告诉我："王力在这一领域的研究，全国领先。"

出生于 1975 年的王力，现任心理所研究员，博士生导师，所长助理，中科院心理健康重点实验室副主任，中国科学院大学心理系副主任，中国心理卫生协会副理事长，中国心理学会副秘书长，心理所"十三五"规划重点培育方向"创伤应激研究与心理干预"学术带头人；《创伤应激杂志》（*Journal of Traumatic Stress*）、《焦虑障碍杂志》（*Journal of Anxiety Disorders*）、《国际心理学视角：研究，实践与咨询》（*International Perspectives in Psychology: Research, Practice, &Consultation*）和《心理学杂志》（*PsyCh Journal*）国际期刊编委。

王力的主要研究方向是医学心理学与创伤心理学，研究领域涉及创伤暴露对心理健康的影响、创伤应激与复原力的心理与生理机制、应激、心理病理与人格。

那年，王力的研究成果第一次在国际舞台亮相的时候，已经是他荣获中国科学院卢嘉锡青年人才奖的第二年。当年，他被评为中科院心理所杰出青年。

"当年在北京师范大学读博的时候，他师从我国著名心理学家张厚粲先生。"方若蛟对我说，"汶川地震之后的十年里，王力老师发表创伤应激相关科学引文索引／社会科学引文索引（SCI／SSCI）论文 70 余篇，2014—2018 年连续五年都是爱思唯尔中国高被引学者。"

当年，方若蛟是王力的硕士研究生，也是王力在四川灾区的得力助手。

四川的一位志愿者这样向我介绍王力："王老师文质彬彬，在学术上他是一个玩命的人，其实，论年龄，他还没我大。"这让我想起《水浒传》中的拼命三郎石秀。

2018 年秋天，我和王力见面的时候，他正在用英语撰写论文，桌上摊满了大量英文资料。那天我们聊了很多，包括心理学的起源与发展，心理学的研究与应用，更多的是聊他在灾区的服务与研究之间的关系。他说："在灾区时，我就坚持一条，以服务为出发点，以研究为落脚点。我始终认为，科研和服务的最终目的是一致的，都是为了满足受灾民众心理健康的需要。要说区别，那就是服务的针对性强，科研则是对灾后心理平复的基本规律和心理援助模式进行探索，最终还是要服务于受灾民众。"

那天，王力不经意间流露出的一个信息深深打动了我。汶川地震时，他的妻子已怀孕三个月，正在广州照顾妻子的他被心理所召回，并于 2008 年 5 月 18 日飞往四川。至此，陪伴妻子的温馨计划被汶川地震彻底"震"乱。

当时，德阳市的重灾区绵竹、什邡一带，余震频仍，淫雨霏霏。那次地震造成德阳 10341 人死亡，67230 人受伤。300 多万灾民和幸存者人心惶惶，废墟上弥漫着死亡的气息和呛人的异味。王力立即带领志愿者，深入各个临时安置点、板房区开展心理疏导和走访调研。

给妻子的短信中，他只能说"我在灾区一切都好"。而妻子给他的电话中，往往是"胎儿健康"。

明知心照不宣，只能心照不宣，姑且心照不宣。

2008 年 8 月，他再次临危受命，从高文斌手中接过绵竹工作站站长一职。

那时，千里之外的妻子挺着大肚子。作为职业生理心理医生，在灾区的王力往往匆匆扒拉几口饭，就向助手和志愿者一挥手："走，咱出发！"目标——板房区。等待他的，可能是失去丈夫的妻子，可能是失去儿子的母亲，也有可能是遍体鳞伤的幸存者。为了确保数据的准确性，王力特别注重对特殊人群的调查，先后走访 PTSD 人群中的遇难学生家长 1000 多人次。

心理援助需要有的放矢。为了获得灾区流行病数据，王力转而把目光瞄准了北川的永安社区和擂鼓社区。那时的擂鼓镇，余震、塌方、洪水接二连三。即便如此，王力坚持调查，全面覆盖，力求不遗漏临时安置点、板房区的任何一户人家，每户选取一名参与者，每一户中年龄超过 16 周岁且生日最接近取样日期的被选为被试，并排除了有精神分裂症、重度抑郁、器质性精神障碍等严重精神病史的个体。在测评工具方面，他特意做了选择：创伤暴露使用四道题的自编问卷测量，对于 PTSD 症状的评估，则使用中文版的洛杉矶症状筛查表（LASC）。

调查结果表明，永安、擂鼓两个社区群众的 PTSD 阳性率分别为 13.0% 和 37.8%。女性、少数民族群众、受教育水平较低者、在极重地区经历地震者、在地震中受伤者或丧亲者、在地震中恐惧感较强烈者以及受社会支持水平较低者的 PTSD 症状更为严重。

这个结果的出炉，无异于一次阵痛之后的分娩。

而在千里之外，他的妻子也在经历了一次次阵痛之后，随着一声啼哭，他们的儿子来到了人间。

那次轮休，惜时如金的王力并没有南下与妻儿团聚，而是北上心理所，立即用英文撰写调研报告，不久，论文在心理创伤研究领域最权威的杂志《创伤应激杂志》（*Journal of Traumatic Stress*；Wang et al., 2009）上发表。

这是我国在国际上发表的第一篇关于汶川地震对人们的心理健康影响的研究论文。截至 2018 年，该文在科学引文索引 / 社会科学引文索引（SCI/SSCI）中被引用次数为 89 次，是近年来我国在心理创伤领域高影响力的论文之一。

王力进一步对不同时点、不同群体进行了评估和监测，例如灾后 3 个月，对德阳市重灾区两所医院的医护人员的调查显示 PTSD 的阳性率为 19%〔《心理通报》（*Psychological Reports*；Wang et al.,2010）〕；震后半年和一年，对北川某受灾严重小学的追踪研究显示 PTSD 的阳性率分别为 11.2% 和 13.4%〔《公共科学图书馆期刊》（*PLoSONE*；Liu et al.,2011）〕；震后 14 个月，北川某社区的流行病学调查显示 PTSD 的阳性率为 26.3%〔《公共卫生》（*Public Health*；Zhang et al.,2011）〕。

方若蛟告诉我："王力先生在这一领域的研究成果，对于我国在灾后心理援助方面建构科学的、有效的防治体系提供了很好的理论依据，同时，也以政策性建议的方式影响了国家及地方政府的政策制定，提高了创伤心理学学科的影响力，推进了该学科在国内的发展。"

"这里，是王力老师为灾区提供服务和开展研究的大本营，当然，灾区还有他的很多小本营。当年，我们都跟着他一起干。"刘平说。

2018年初冬，吴坎坎专门领着我来到了德阳。

在德阳市人民医院，我见到了刘平。他是王力当年在灾区带出的地方"土著"研究生。1993年毕业于华西医科大学临床医学系的刘平，2001年在北京大学精神卫生研究所进修精神科临床专业，2009年就读于中科院心理所心理咨询与心理治疗方向在职硕士，为国家二级心理咨询师。他现在已经是四川省卫生厅第十批精神病与精神卫生学学术技术带头人后备人才，四川省医师协会精神科医师专科委员会委员，四川省医学心理学专委会常委。刘平领我们参观由他负责的神经内科的时候，我注意到了一面象征着荣誉的大墙，墙上整齐有序地挂满了各种牌匾，比如：中国心身医学教育联盟基地，中国心身整合诊疗中心……

我有点意外，一个地级市医院，居然有这么多国家级头衔。

刘平深有感触地说："假如没有王力老师，我们医院的神经内科就不会发展到这个规模，假如没有这个规模，也就没有我的今天。"

说起王力，刘平就像是在给我们介绍一个邻家大哥。

当年，王力卸任绵竹工作站站长职位不久，又奉命赶到德阳市第一人民医院工作站赴任。这也是心理所在灾区医院建立的唯一一个工作站。

这既是王力的选择，也是德阳医院的需要。在德阳，我看到了刘平十年前的日记。在其中一篇《地震七日》里,刘平不仅详细记录了他和同事们救死扶伤期间的艰难与困惑,还有他当年亲自拍摄的照片,每一张照片都触目惊心,有一张,展现的是一排排停放在某广场上的学生尸体,一刹那,我突然想到了学生们平时出操时的场景——立正,稍息……

"多少年了,我还是不敢看这些照片。"刘平说。他的日记中,有一段话是这样的:"……许多人目睹了朋友、同事或亲人被砸死、砸伤的过程,那惨烈的场面与经历怎能不对人的内心造成影响呢?虽然大量的心理问题就在我们身边,但为了救助生命,我只能暂时不进行心理援助,对于一个专业心理工作者来说,视而不见是最痛苦的事……"字里行间,流露出刘平对心理援助的呼唤。

还有这样一段记录:"从空间上看,我们面临一个庞大的服务群体:十多万名伤病员、数百万名灾民。通常来说,1 人死亡,会导致 10 人心理受到创伤。德阳直接因亲人死亡需要接受心理援助的人群近 20 万,还有大量死亡目睹者、身体残缺者、财产损失者等,按 10%—30% 的 PTSD 发生率,德阳有近百万名。从时间上看,半年后出现 PTSD 症状且终身不愈的概率为 5%—12%,德阳也有数十万名。其中,心理发育未成熟的儿童受伤害者和孤儿的心理创伤更为严重和持久,如处理不好,可能发展成反社会人格、攻击冲动型人格,对本人和社会造成严重危害。按照心理代际遗传原理,个人或家族的创伤可以传递到第三代,这样的话,心理问题的持续时间可能有数十年。目前,上万名伤员已转移到外地医治,数月或一年后返回德阳,也会成为心理问题的高危人群……"

这是一名基层三甲医院普通医生的灾后日记,真实、质朴,充满深深的焦虑和担忧。刘平的日记里,有叩问,也有呼唤。

刘平接待的第一拨心理援助专家队伍，是广州市妇幼医疗中心的医疗援助队，医疗队伍里就有心理医生。刘平这样表述："这是一个特殊日子，这一天，是 2008 年 5 月 18 日。"

再后来，他等来了王力和其团队。

"王力的到来，让我们德阳医院蓬荜生辉。"刘平说。

在王力的带领下，工作站组织志愿者团队对灾后伤病员和 PTSD 人员等进行了及时、科学、持续、有效的心理援助。为了提高效率，王力为医院提供了心率变异性生物反馈治疗技术和专业的心理创伤评估工具。短短几年，直接受益 26400 人次，间接受益 10 万余人次。

德阳的心理援助工作由此翻开了新的一页。在王力的直接推动下，德阳市于 2013 年成立了四川第一家心身医学专业委员会，有力促进了灾区的心理健康与精神医学工作，并直接促成了德阳市人民医院（全国排名前一百的地市级三甲医院）心身医学科成立。

"那是 2017 年。"刘平说。

如今，心身整合诊疗中心已拥有病床 45 张，年门诊量 20000 多人次，年住院量 1000 多人次，联络会诊 2000 多人次。刘平说："远在北京的王力团队，长期派研究与临床工作人员驻扎在我们心身医学科，坚持开展地震后持续临床心理服务、心理科学研究和人才培养等工作。"

汶川地震十年来，王力每年至少要来一次德阳，有时一年要来好几次，每次都怀着满腔热忱地开展服务和调研。在刘平的记忆中，王力带领他们先后走遍了汶川、北川、平武、都江堰，绵竹的汉旺镇、九龙镇、清平镇、土门镇，什邡的隐丰镇、湔底镇、南泉镇、洛水镇、红白镇、蓥华镇、师古镇等 20 多个区县和乡镇，访谈受灾人群上万人次。

跟着王力连续奔波的，除了刘平这个"土著"弟子，还有王力从北京带来的"嫡系"弟子方若蛟和曹成琦。

傅春胜说："当年，我和魏悦老师也陪着王力跑了几次。王力是个真动脑子的人。有一年，他专门走进四川省女子强制隔离戒毒所，采取走访、对话、问卷的形式，了解吸毒女性的心理状况。"

那是 2016 年 11 月，王力与女性吸毒人员进行交流 1000 余人次。

王力说："我给自己定了三大任务：支持当地建立创伤应激研究团队，开展长期追踪研究数据采集工作，为当地持续开展心理服务工作提供建议。"

涉及的研究项目包括：学生心理危机干预的机制和模式研究；创伤后应激障碍症状纵向发展轨迹的异质性；遗传与环境交互作用的影响；创伤后应激障碍与催产素及其受体通路基因多态性的关联性研究；创伤后应激障碍临床异质性的心理神经机制；创伤后应激障碍的临床症状诊断模型；创伤后应激障碍的亚型——临床表现、神经内分泌及脑电生理特征；创伤后应激障碍的本质与结构；创伤后应激障碍症状的行为学分类及行为遗传学分析；创伤后应激障碍与微管不稳定蛋白（Stathmin）基因多态性的关联性研究和创伤后应激障碍的行为遗传学研究……

我想，当时可能谁也不会料到，王力的 PTSD 临床症状表型模型研究，即将开花结果。

2013 年，张建新、王力代表心理所和德阳市人民医院建立了长期战略性科研合作关系，德阳医院方面有科教部、神经内科、检验科、放射科等多个科室参与。同一年，心理所和德阳医院合作，建立了德阳市临床心理学研究基地。

我后来得知，2007年王力在心理所做博士后研究时，合作导师就是张建新。直到2018年王力作为课题组组长成立创伤应激研究组，两人合作达11年，合作英文学术论文27篇。

王力告诉我："张建新老师给予了我悉心指导和大力支持，给我极大的空间和舞台，让我可以充分展示自己。一路走来，张老师的指导、扶持、包容和关爱，我终生难忘。"

那天，我在德阳医院和一些医生见面。有人告诉我："德阳，简直成了王力的第二故乡。"地震发生至今，王力来德阳、绵阳、北川等地区做心理援助讲课数十次，培养当地心理援建人才数十人，培养研究性人才3人，其中就包括刘平。

也就是说，王力在灾区的行动，构成了心理服务、科研、人才培养、打造平台的链条。这个长长的链条，至今仍然把王力和灾区紧紧地"捆绑"在一起。

这是王力的特色，也是王力的经验，最终，他把这样的经验带出了国门。

王力在调查实践中发现，当时国际心理创伤研究领域广泛使用的三维PTSD诊断模型以及2个主流的四维替代诊断模型均不能很好地表征PTSD的主要临床表现，而1个五维的诊断模型（闯入、回避、情绪麻木、精神痛苦性唤醒和焦虑性唤醒）在我国灾害幸存者中则得到了广泛的实证支持。

王力通过对经历不同创伤事件（地震、群体暴力事件等）的流调样本的分析，发现当时提出PTSD五维症状模型与数据的拟合显著优于DSM-IV的三维及两个四维模型，为五维症状模型提供了内部效度的证据［《焦虑障碍杂志》（*Journal of Anxiety Disorders*; Wang et al.,2011）］。接着，王力采用不同年龄群体与评估工具，通过检验五个症状簇与焦虑和抑郁症状的差异性关联，为五维症状模型提供了外部效度的证据。随后，检验了该模型是否可以延伸至创伤暴露的早期，结果发现即使在创伤暴露后的急性期（1 个月内），急性应激障碍的症状亦可采用该模型来界定。通过后续研究，进一步检验了五维症状模型不同症状簇对不同生命质量成分的影响，结果显示情感麻木症状和精神痛苦性唤醒症状分别是影响心理社会健康和躯体健康生命质量相关的唯一重要指标，从差异性的病理心理作用的角度为该模型提供了证据。

这些研究成果，均属于国际上在该领域的首创性研究。

这些成果发表后，在国际上累计被引用超过 150 次。

其核心观点，也很快在美国、加拿大、澳大利亚、英国、丹麦、波兰、印度、斯里兰卡、马来西亚等国不同的创伤类型——如战争老兵、遭受强奸者、丧亲者、遭受家庭暴力者、经历海啸者、经历飓风者、经受混合创伤者的样本中得到了充分验证。

也就是说，国际创伤应激研究学会第 27 届年会中关于五维症状模型的专题会议，是直接冲着王力来的。

王力在 PTSD 临床症状模型方面的创新理论成果，有助于发展更准确、有效的诊断标准和程序以及评估工具，深入了解 PTSD 的潜在病理心理过程，确定影响其发展变化与转归的核心症状，进而制订更为有效的预防与治疗计划，发展有针对性的干预方法，监测干预的效果，更深入地研究 PTSD 的病因学，探讨其遗传、认知、生理、行为以及神经机制，为进一步的预防与干预提供支撑。

五维症状模型确立后，王力乘势而上，马上对 PTSD 的行为遗传基础展开研究，他分别检验了 3 个具有良好理论和动物研究支持的基因功能区位点的变异与 PTSD 诊断、症状严重程度以及各症状簇严重程度之间的关联。结果显示垂体腺苷酸环化酶激活肽受体 1（PAC1）基因、微管不稳定蛋白 1（Stathmin1）基因及色氨酸羟化酶 -2（TPH2）基因虽然与 PTSD 诊断和症状严重程度均无显著关联，但 PAC1 基因的变异可以显著预测女性情感麻木症状的严重程度，微管不稳定蛋白 1（Stathmin1）基因的变异可以显著预测女性闯入症状的严重程度，TPH2 基因的变异可以显著预测女性回避症状的严重程度。

这一系列发现提示 PTSD 不同的症状簇可能涉及不同的分子信号通路和脑神经网络，国际上两个最新发表的研究成果也分别从分子遗传和脑神经网络的角度进一步验证了王力的研究假设与思路。

这是王力在国际领域的又一首创性成果。

这一成果，不仅扩展了 PTSD 行为遗传学的知识，也将有助于推动心理创伤乃至整个心理病理学研究范式的转变。

王力告诉我："其实，做学术需要发表文章，但发文章不是目的，最重要的是要做出真正对人类有价值的工作，解决实际的问题。这些研究成果，来源于灾区，最终仍然要服务于灾区。"

从 2008 年进入灾区开始，王力的研究成果几乎让他连年摘得青年科学家心向往之的桂冠：中国科学院王宽诚人才工作奖励基金——优秀博士后奖、中国科学院卢嘉锡青年人才奖、中科院心理所杰出青年奖……

我从德阳匆匆赶往绵阳的那天晚上，再次和刘平坐了下来。他告诉我："过几天，王力又要来德阳，我们计划走访当年的丧子家庭。"

带着问题来，带着经验离开，似乎成为王力日常生活的一部分。

地震有震中，冲击波会像涟漪一样从震中传播开来，而王力一次次掀起的中国经验冲击波，其"震中"，是中国灾后心理援助在灾区的科学与智慧。

第三十章　中国正在形成自己的经验

——秦岭、史占彪与日本专家的对话录

Chapter Thirty

对话人：富永良喜（日本心理学家，日本兵库教育大学教授、博士生导师，中国西南灾害心理创伤研究与救援中心顾问，西华大学客座教授）

高桥哲（日本心理学家，芦屋生活心理研究所所长，兵库县学校心理咨询师督导，1995 年阪神地震心理援助总指挥，中国西南灾害心理创伤研究与救援中心顾问，西华大学客座教授）

史占彪（中科院心理所教授、博士，北川灾后心理援助工作站站长，玉树心理援助工作站站长，中国心理卫生协会副秘书长）

秦岭（一级作家，中国作协会员）

时间：2019 年 1 月 20 日

地点：中国天津，日本东京，中国北京

主题：灾后心理援助

对话内容：

秦岭：高桥哲先生，2008 年，您和富永良喜先生作为日本民间人士，不惜抛家舍业，为了人类共同的心愿和福祉，到我国汶川地震灾区参与灾后心理援助。对你们的境界和付出，我表示由衷的敬意。我在中科院心理所编著的有关丛书中，也拜读过您的大作，前不久，又从我国心理学专家史占彪先生这里了解到您的情况。我非常希望听到您从事灾后心理援助的初衷和理念。

高桥哲：我是从 1995 年日本阪神大地震开始从事心理援助工作的。2008 年中国汶川地震之前，我也参与过其他国家或地区的灾后心理援助，取得了一些理论性的成果。中国汶川地震发生之后，我就想把这些成果输送给中国，这是我的一个最基础的想法。再说一个有意思的话题，阪神大地震的时候，人们被击溃，不知能否继续生存下去。但我认为，我们不可以输给灾难，我们必须从灾害所带来的破坏中重新振作起来，从不好的状态中站起来。人类还是要站起来继续向前走的，这就是我们常说的"不甘心被击垮"。如果说被打了就一定要复仇，那么，这就是我对灾害的一种复仇。也就是说，就算灾难来压迫我，我也不会被灾难击垮的，这是一种信念问题。

史占彪：在四川灾区，富永良喜先生提出了一些观点和见解，谈到要尊重灾区群众意愿，不要因为对灾区群众过分关注而造成"二次创伤"。在我们最初的心理援助阶段，我认为是很有启发性的。记得富永先生、高桥哲先生还和我们的张侃所长立足中国心理援助的现实，商定了一个"灾后心理援助三原则"。这三个原则对于指导后来的心理救援工作，起到了非常重要的作用。

富永良喜：汶川地震之后，我们在技术上重点帮助的是中国专家，而非直接援助灾区群众灾民。记得我们在西南大学组织了研修课，主要针对西南大学的教职员、心理学专业的学生以及在一线工作的心理咨询师。到 20 世纪 90 年代为止，心理重述法的风潮席卷世界，但美国"9·11"事件之后，当美国利用心理重述法实施救援时，发现创伤反应不但没有减少，甚至有一部分人的创伤反应反而增加了。到了 2006 年，心理重述法被公认为在很大程度上不能实施，而中国当时还不知道这方面的信息。2008 年，我们发现中国有几个救援小组仍然使用心理重述法，给灾区群众带来了痛苦。比如，当时有援助者要求孩子们回想地震时的情形，结果有三分之一的孩子在哭喊，三分之一的孩子面无表情。也就是说，创伤再体验已经让孩子们出现了逃避和麻木的情况。对此，高桥老师和时任中国心理学会理事长张侃老师商定了灾后心理援助三项原则：1. 不必勉强当事人回想受灾体验。2. 问卷调查也可能对灾民造成伤害，要跟心理教育相结合。3. 关于来自外部的支援，如果可以长期参与救援工作，就直接援助灾民；如果不能长期参与，就作为后援辅助救援者。

高桥哲：当然，具体问题具体分析。在汶川灾区，其实我们也尝试用游戏的方式直接援助过灾民。举一个例子，地震时，有个妈妈为了救 3 岁的女儿，把她扔了出去。后来，孩子因为恐惧寸步不离妈妈。我们得知孩子喜欢大熊猫，就找了个大熊猫玩偶。孩子被妈妈抱着的时候，我们就让孩子看玩偶，慢慢地，她终于离开妈妈来拿玩偶，然后再回到妈妈的身边。这种玩耍的方式，渐渐减轻了孩子对妈妈的依赖程度。为了完成这个援助过程，我们花了 3 天的时间。

史占彪：引导援助对象画画，即绘画疗法，是一种较为普遍的心理援助方法。听富永和高桥老师说，日本的专家们到了四川灾区之后，并不是直接采取绘画疗法，而是循序渐进，以孩子自觉自愿，甚至是随意涂鸦的方式进行心理援助，我们称之为自由式表达性艺术，能让小孩子在愉悦、自在的氛围中，带来安心和情感释放的方法，我觉得这种做法，特别适合灾区群众和灾区中小学生。不是为了画得像，而是借助绘画艺术，让灾后复杂的悲伤情绪自由自在地释放和表达。

在北川心理援助工作站，我们与香港大学陈丽云教授、何天虹教授合作，对北川、安县教师开展连续三个月的表达性艺术培训。老师们结合各自的主题，与孩子开展自由式表达性艺术活动，取得了很好的辅导效果。

富永良喜：这个经验，实际上是我们在其他国家援助的教训中总结出来的，并一直铭记在心。印度洋海啸之后，欧洲一些国家的专家来到灾区，让灾民画画，并且要把画带回欧洲，引起了灾民心理上的不适。我认为欧洲的这种做法在欧洲也许可行，但在印度洋地区是不可行的。中国的汶川地震之后，我们也听说当地开展了类似的活动，我认为这种做法不妥当，当即进行了干涉。每个国家、每个民族的灾民，文化背景都不同，救援方法不能一概而论。

秦岭：据我所知，2005—2008年，两位老师都到斯里兰卡、印度尼西亚对印度洋海啸后的灾民进行过心理援助。众所周知，日本作为一个岛国，也始终饱受地震、海啸、台风、冰雹等各种自然灾害的袭扰，给日本民众造成了严重的心理创伤。日本阪神地震之后，高桥哲先生还是灾后心理援助的总指挥。能不能介绍一下当时开展灾后心理援助的情况，在斯里兰卡、印度尼西亚和日本开展灾后心理援助，与中国的情况有什么异同吗？

高桥哲：救援的态度、想法、依据的理论等方面，的确有很多相同点，在实践中也会有新的改变，但万变不离其宗。根本的不同点在于根据国情、文化、风俗、宗教的不同应该制定不同的援助方法。

我们的援助里就包含很多的地方性文化常识，有针对性地进行援助。比如，斯里兰卡信奉佛教的人占大多数，宗教不允许灾民哭泣。当时，我们为了让一个因无法哭泣而抑郁的高中男生哭出来，安排他单独休息，这时，他独自面对神像，哭了出来，很快减轻了抑郁的情绪。我去四川之前，首先了解了中国的羌族文化、民俗等知识，然后有针对性地进行援助。

富永良喜：高桥老师当年援助过斯里兰卡，那里的医疗条件和技术较先进，那里有不少医务人员也熟悉 PTSD 的治疗方法，在这方面无须太多的支援力量。但高桥老师画了"红色区黄色区绿色区支援模式图"，意为并不能只支援出现心理障碍的孩子，而应支援所有孩子，这个模式受到了广泛好评。在操作上，预防黄色区的孩子症状加重进入红色区，预防绿色区的孩子进入黄色区，促进黄色区的孩子进到绿色区，然后分门别类进行心理疏导。这一点，对我很有启发。

史占彪：我注意到，两位老师在做具体心理干预时，也在关注心理援助志愿者的团队建设。在大灾大难面前，包括 PTSD 在内的心理障碍非常普遍，对心理援助志愿者团队的培育，尤其是外来心理援助志愿者开展工作要依靠当地志愿者，同时必须多多培养当地的专业心理援助志愿者，这对于灾区持续援助任务而言，显然是非常重要的。

富永良喜：建立团队的方法很多，而团队到底能发挥多大的作用，又是另一码事。我认为，适应灾区本土的心理援助团队才是至关重要的。有个叫比利安特的学校心理师，海啸让他失去了母亲和两个孩子，他自己则被巨浪卷走后获救。即便在这样的情况下，他还援助了许多小孩和大人。当时，我们的重点就是援助他本人。比如在我们举办的研修中会请他讲述自己做过的事，然后我们给予点评。后来比利安特建立了自己的心理咨询团队，并发展为亚洲教师心理咨询师的交流中心。两年前我又访问了印度尼西亚，跟这个中心的精神科医生一起去采访调查，得知比利安特已经成为高中副校长。我们援助了他，他援助了更多的人，这样的团队才是靠得住的。

史占彪：无论是日本还是其他国家，都重视文化和宗教，刚才我们也聊到过这个话题，那么，老师们在中国的时候是否关注过具体的问题？

富永良喜：西方的宗教大多认为人死之后会去神在的地方（天堂等），但是中国人不一定都是这样认为的，所以不能把自己国家的宗教和文化强加于人，特别是在哀悼这件事上。

史占彪：这一点，我也深有同感。当年我担任工作站站长的北川，属于羌族地区，我们在开展心理援助时，就尽可能地尊重羌族同胞的风俗习惯。羌历年文化活动、羌歌、羌舞，成了我们开展灾后心理援助的重要辅助形式。根据北川民众的心理援助特点，我们还确定了"心理—社会—文化"灾后心理援助模式。2010年青海玉树地震之后，因为那里属于藏传佛教地区，我们就立足现实，动员喇嘛和我们一起开展心理援助，陪着灾区民众去玉树的文成公主庙，受到当地民众的欢迎，取得了明显的效果。

富永良喜：比如说，失去家人后，家属们会感到痛苦，中国有中国式的哀悼方法，这是我们必须了解的。我们想让去世的亲人继续"活"下去，这一点，我想各国是共通的，只是在不同地域，风俗习惯是不一样的。我们会非常尊重这一点，比如在清明节前后，遇难学生的家长们会在北川中学的墓地前烧纸钱，对这点，一定要给予充分的尊重。

史占彪：不同地域的人悼念去世的亲人的方法的确是不一样的，烧纸是中国的传统祭奠方式，生者在告慰死者的同时，也获得内心的安宁。2010 年，我们中科院心理所北川站的同事、清华大学的樊富珉教授、香港大学的陈丽云教授和王筱璐博士为北川曲山镇丧亲干部举行团体心理援助时，让曲山镇干部把对遇难亲人的思念写成一封信，然后一起烧掉，同时把思念写在气球上，让思念飞向蓝天，取得了很好的效果。

富永良喜：还有，中国不是有民族舞蹈吗？特别是中国东北、西南的一些地方，也有很多舞蹈。日本也是有舞蹈的，用跳舞表示哀悼，跳法虽然不一样，但是在舞蹈这点上我想也是共通的。

史占彪：中国和日本的国情不一样，灾区面临的情况也大不相同，您来中国之前有过什么准备吗？

富永良喜：是有准备的，除了心理援助，还有另一种情结。日本在第二次世界大战中，曾经对中国人民的身体和心灵造成过伤害，我铭记于心。虽然并不是我们这一代人所犯下的罪行，但我怀着一种非常复杂的心情去了重庆，那里是当年遭受日军大轰炸的地方，汶川地震中，重庆同样是灾区。我认为，在地震这样的巨大灾难面前，我们去重庆是必要的，既援助别人，同时也能明白一些问题。

秦岭：高桥哲、富永良喜先生先后多次来过中国灾区，直接参与了汶川地震之后灾后心理援助的很多重要环节，在中国开展这项工作，你们最大的感受和体会是什么？

高桥哲：中国人不服输的精神、一直在战斗的精神让我感觉中国人很顽强，这就是民族特性吧。中国珍惜自己的民族文化，对于少数民族也很爱惜。

富永良喜：我还有一点感受，记得四川省教育厅从 2008 年 9 月开始要求在中小学实行每周一次的心理健康教育的必修课，那时我们已经开始和儿童接触。课程设计很好，内容丰富，有针对性。我们在各所学校进行视察，也和中国的老师开展过讨论，这给我留下了深刻的印象。政府和教育厅很快在受灾区的学校里实行箱庭疗法等心理援助，开设了心理咨询室等，让我惊讶之余，也感到敬佩。全世界都在关注儿童的心理健康教育，我从四川灾区的情况看，在对儿童援助方面，中国尽管起步晚，但进展快，并有了自己的经验。

秦岭：近年来，中国发生了许多重大灾害，很多中国心理专家都投身于灾后心理援助当中，如果说取得了一定成效，很多经验和方法都源自 2008 年在汶川地震灾区实施心理援助的实践和探索。富永良喜先生、高桥哲先生作为汶川地震后心理援助的参与者，两位如何评价当时中国心理专家在灾区的工作？

高桥哲：中国人做事行动迅速，说干就干，有很多地方已经超越了日本。比如说（我估计富永先生也会说这个吧）心理健康教育，学校开设了有关心理学的课，虽然日本也在努力做，但没有太大的改变。2018 年 6 月，我们受中科院邀请，到中国做了一些讨论，对讨论的成果进行了汇总。我认为刘正奎老师正在做的有关儿童心理援助模式、研发的关键技术和相关标准提出，这些思路、想法和做法都有很大的前瞻性、应用性。史占彪老师在北川教育系统开展的灾后心理援助工作，也具有一定的推广价值。

富永良喜：我认为，在组织性上，目前中国在灾后心理援助上比日本更加完善，而且正在形成自己的经验。在日本，我们的灾后心理援助方案，好像并没有完全被心理学会等团体实行。但是在中国心理学界，相关的英文论文已经有压倒性的优势。我曾不时地读到中科院心理所王力和刘正奎老师等发表的创新性论文，应该说，理论支持方面我们已被中国超越了。2018 年 5 月在中国西南科技大学举办的汶川地震十周年纪念大会，主办方邀请了美国国家 PTSD 中心副主任参与中国灾后心理援助未来规划，由刘正奎老师主持的中国心理学会心理危机干预工作委员会还制定和发布了与美国国家 PTSD 中心、斯坦福大学未来三年的合作研修计划。据我了解，西方国家还暂时没有建立这样的研修计划。至少目前看来，今后国际上的灾后心理援助或许还需要中国、日本来传达有关的技术、知识和经验。

史占彪：中国的灾后心理援助工作经过这些年的艰苦实践，已经摸索出了一条符合国情和不同地域的路径，但是，中国地大物博，还有很多不尽如人意的地方，甚至还有不少薄弱环节，两位专家对中国未来的灾后心理援助有什么好的意见或建议？

高桥哲：灾后心理援助的理论、方法、技术多种多样，如果只因为某个方式有效果就强制（被援助者）只接受这一种方式，当然是不合理的。中国是多民族国家，需要考虑符合各个民族的（援助方法）会比较好。比如说羌族，因为是山里面的民族，所以对树木（自然环境）什么的十分重视。北川在地震中被摧毁了，然后就从平原地区调动资源，建立了新的北川。这个我觉得没什么问题，但是那些无论如何都不愿去平原生活的人，也应考虑他们的需求。欧美一些灾区的援助，在这方面教训很多，就是因为没有全面考虑当地的文化特点。

富永良喜：我认为中国应该有自己的减灾文化。灾难发生后，人和人之间的链接是情感链接，这需要共同的文化作为支撑，否则，人和人之间会存在不信任。如果没有相互的信任，心理援助要进行下去，阻力就非常大。2018 年 12 月 26 日，在印度尼西亚有很多关于 2004 年地震的纪念活动，活动体现了当地民族、宗教的文化，效果很好。比如，当地民众多年来一直传唱着一首歌，地震来临时，许多人想起这首歌的歌词，迅速避难，最后全岛几万人中遇难的仅为 7 人。中国有很多民族，各民族都有丰富的文化，如果把这些融入减灾文化中，那么，人们的心理创伤就会减轻很多。

秦岭：非常感谢高桥哲、富永良喜先生和史占彪先生的跨洋访谈。也感谢富永良喜先生的学生、中国留日博士刘妮女士的翻译和梳理。

第三十一章　爱情格桑花

Chapter Thirty-one

那个夜晚，月皎皎，风轻轻。我正在天津的海河边漫步，微信里突然降临了这样一段用藏文写就的祝福语：

འདི་ཕྱིར་བསྐྱལ་བའི་རྣམ་དཀར་དགེ་བའི་མཐུས།།
བདག་ལ་དྲིན་གྱིས་བསྐྱངས་བའི་ཕ་མ་རྣམས།།
མེམས་བསྐྱེད་ཤུ་བའི་བླ་མ་སྐྱོབ་དཔོན་དང་།།
དམ་ཆིག་གཅིག་གི་རྡོ་རྗེ་སྤུན་གྲོགས་རྣམས།།
རྒྱ་ནས་འབྲེལ་ཡོད་བའི་མི་རྣམས་དང་།།
ཞིན་ཁམས་སྒྱོག་གཅོད་དེ་ཚོ་འཕུང་བ་དང་།།
ཀ་ཁག་ཚོས་བའི་དུད་འགྲོ་མ་ལུས་བ།།
གྱུར་དུ་སངས་རྒྱས་གི་འཕང་ཚོབ་པར་ཤོག།

祝福语来自几千里之外岷山深处的甘肃舟曲，发微信的是回族心理志愿者丁云枝的藏族丈夫才让东珠。

我这才知道，那一天，是宗喀巴大师圆寂的纪念日，也就是燃灯节。把这些祝福语翻译成汉语，大意是：

愿我所做一切善功德，
回向今生养育父母恩。
广大众生怙主诸上师，
走进坛城金刚诸道友。

所有冤情债主得解脱，

无数肉奶充餐共役使。

一切业力罪障尽消除，

众生速得成就终圆满。

看着这祝福满满的微信，我再次想到了白龙江两岸一望无际的格桑花，花开时，能从大地开到天尽头，整个甘南大草原也是满满的漂亮。地，满满的；天，满满的。舟曲人就在那满满的花儿里，歌唱格桑花，歌唱白龙江，歌唱地老天荒的日子。

在舟曲，包括汉、藏、回在内的各民族百姓，都亲昵地称丁云枝为丁丁，称才让东珠为东珠。

"我们开展的心理援助工作，成全了不少爱情，而爱情，反过来又为心理援助增添了独特而圣洁的光芒。秦岭先生，这个你得研究一下。"王文忠说。

是不是，心理援助工作更容易让志同道合的男女双方进入对方的内心呢？或者，心理援助在内涵层面拥有的道德、良知与正义，更容易点燃爱情的火花？这只是我的猜测和推断。在我对当下人情世故比较务实的世俗判断里，总觉得，真正的爱情，是奢侈、脆弱而虚幻的。

可丁丁和当地小伙子东珠还是走到一起了。

由于历史和风俗等原因，回、藏较少联姻，可他俩的手，紧紧牵在了一起。

丁丁是来自省会兰州的回族大学生，美丽，大方。在甘肃，兰州是大城市，古老的黄河穿城而过，时尚而华贵的现代化气息，令陇原大地的其他兄弟城市常心生艳羡。

藏族小伙子东珠是舟曲的孩子，黑黑的四方脸，浓密的眉毛，透亮的眼眸。在甘肃，舟曲不仅偏居苍茫的岷山一隅，而且山大沟深，交通闭塞，被戏称为"一根火柴转三圈"，是甘肃为数不多的小县之一。何况，东珠家在乡村，连中学都没毕业。生活在大山里的才让东珠，从小喜欢唱歌，在蓝天、白云和大山的陪伴下自学成才，成了名扬白龙江两岸的歌手。

我问过丁丁："难道真的是东珠优美而动听的歌声打动了你？"

丁丁羞涩地笑了："歌声只是他的才气而已，其实连我自己也不知道是怎么回事，就是觉得，我这辈子，托付给他，就知足了。"

我也问过东珠："无论学识、家境和生活环境，你和丁丁显然有很大的不同，你怎么会找一个来自大城市的大学生呢？"

东珠摸摸后脑勺——这是他的一个习惯动作，可爱而质朴。"在我心目中，没有把丁丁当大城市人，也没把她当大学生，更没想到城乡之别和民族差异，只是觉得在一起合适。至于爱情什么的，我还真不会说。"

东珠的话逗得我和刘正奎、王文忠哈哈大笑。东珠一本正经地说："可别笑，我可真没逗你们这些大专家啊！我这人实在，有啥说啥。"

一位舟曲同胞告诉我："按照风俗，他俩是很难走到一起的，至少不容易过回、藏两家族人这一关。可是，他俩的结合与灾后心理援助有关，两家族人啥话都不说了。"

"是灾后心理援助让他们有情人终成眷属。"很多人都这么认为。

舟曲的一位中学老师告诉我："秦岭先生，您写全国灾后心理援助时，一定要把志愿者的爱情写进去，它是心理援助的产物，也是心理援助最美丽的化身。"

丁丁于 1984 年出生于兰州，2008 年，她在兰州城市学院求学期间，还获得过国家励志奖学金。2009 年，她通过自学考试完成了西北师范大学心理健康教育专业的学习，获得心理学学士学位，之后又完成了中科院心理所医学心理咨询与治疗的研究生班课程学习，获得国家二级心理咨询师专业证书。早在 2008 年汶川地震时，尚在深造期间的丁丁就跟随兰州本土心理联盟的心理专家王文海南下四川，参与灾后心理援助工作。2010 年舟曲泥石流发生后，丁丁再次南下，直奔舟曲。

当时，被泥石流蹂躏后的舟曲县城及其周边乡村，到处都是从全国各地赶来的救援人员，到处都是连夜奋战的大型机械，到处都是稠泥裹身的尸体，到处都是殷红的鲜血、黏糊的滚石、倒陷的树枝、散落的物品……

舟曲人的眼泪在飞，哭声震天。

来自天南地北的志愿者中，一个皮肤白皙的美丽姑娘匆匆奔走在沙川帐篷安置区和舟曲独立中学的活动板房之间。帐篷区、活动板房内临时安置了大量灾民和死难者家属，其中有不少是死难师生的父母或子女。那个姑娘根据心理专家的安排，搜集信息，对接募捐机构，发放资料，组织心理培训，深入中小学、幼儿园开展心理援助活动。她还时不时协助救援人员搬送救灾物资，发放日用品。

很多救援人员、灾民以为这是位舟曲县的姑娘，后来才知道，她叫丁云枝，来自遥远的兰州。那时不少舟曲人从未走出过大山，甭说兰州，连毗邻的天水都没去过。

舟曲的幸存者们也同样投入了救援，其中就有东珠。

丁丁以专业的心理援助方法、可亲可爱的姿态和一张善意的笑脸，很快赢得了心理所专家和舟曲人的信任。她不仅成为心理所舟曲工作站站长王文忠的得力助手，而且成为舟曲心理援助工作的一张名片。

我曾经问过东珠："你俩，啥时候擦出火花的？"

东珠告诉我，当时他作为一名公益人，在协助救援的同时，发现心理援助工作站的专家和志愿者很累，就想为他们做点事情。另外，他对心理援助也充满了好奇，于是，他力所能及地帮助丁丁做一些发放资料、走访等工作。慢慢地，两颗心就有火花了。

东珠说："说起来，也是奇了。明知道这样的感情会面对难以想象的阻力和挑战，最终的结果可能会很可怕，可我和丁丁啥都没想，就想这样好下去。那时候，灾民都沉浸在巨大的痛苦之中，我们的情绪也很低落，可我俩好上后，心情也好多了。"

他俩挑明关系，是 2010 年 10 月。那是属于他们两人的秘密。

提起这一点，王文忠乐而开笑："当时我们谁也不知道他们的关系发生了质的飞跃，只是发现，丁丁干得更起劲了，而东珠的加入，成为我们了解舟曲藏民最直接的窗口。"

丁丁有开阔的视界和敏锐的思维，她不仅配合心理所、地方有关部门和其他志愿者一起在舟曲教育系统创建了心理活动室，还创办了《"圆心曲"——舟曲中小学生心理健康报》，与舟曲移动公司合作建立了一条心理热线，组织大学生志愿者对中小学进行课余心理辅导。2013 年 12 月，丁丁浏览互联网时，发现江苏贝尔集团有一个"爱在路上"的专项慈善基金，并且帮助过西藏、青海、四川等贫困地区的孩子们。她立即和该基金会取得联系，并告诉了他们舟曲灾后孩子们的急需物品。该基金会被丁丁的愿景和热忱所感动，在 20 天的时间内，就筹集了棉衣、文具、图书、药品等大量物资，这些物资跨越万水千山，很快运抵舟曲。

每一批物资运到舟曲，东珠都会和志愿者们忙得满头大汗。

而一有闲暇，丁丁就给东珠讲兰州，讲她上大学的日子，东珠听得津津有味。东珠对丁丁开玩笑："我没上过大学，算是你替我上了。"

尽管舟曲有很多藏族群众能歌善舞，但东珠的歌声有他自己的独特性，除了高亢、嘹亮、悠扬，还有那种难得的清澈、本真和纯粹。一旦放开喉咙，东珠仿佛草原上的精灵，雪域中的骏马，大山里的雄鹰，江水里的蛟龙。丁丁对东珠说过："你唱歌的时候，最帅气呢。"

东珠经常给丁丁唱的歌曲中，有一首叫《姑娘走过的地方》。歌词是这样的：

> 长袖飘过的地方，撒下一路欢笑，
> 那是高山的雪莲，我心中的姑娘。
> 歌声飘过的地方，撒下一路幽香；
> 那是高原的杜鹃，开得像火一样。
> 姑娘走过的地方，一路鸟语花香；
> 那是春天的使者，我心中的姑娘。
> 我心中的姑娘，
> 我心中的姑娘，
> 心中的姑娘……

在东珠的歌声中，丁丁有时泪流满面，有时安静如眠。那一刻，她觉得东珠就是她梦寐以求的白马王子。

东珠的歌声，早就不限于舟曲的一亩三分地了。那年夏天，河北廊坊的万人体育馆内，人声鼎沸，歌迷欢腾，"华日家居群星答谢演唱会"精彩上演。歌迷们耳熟能详的凤凰传奇、慕容晓晓、李晓杰等著名歌手联袂为观众上演了一场音乐盛宴，那天表演的歌手还有东珠。他演唱的是《康巴汉子》。一曲歌罢，歌迷们狂呼："再来一首！"于是，东珠又演唱了《卓玛》和《放歌白龙江》。东珠倾情演绎的藏族风情，令华北大平原的燕赵儿女感到酣畅淋漓、热血沸腾……

但丁丁和东珠毕竟属于两个不同的民族，性格、学识、视野和生活习惯的差异，往往成为他俩矛盾的导火线，一旦点燃，免不了引发激烈的争吵。用舟曲人的话说，就像锅碰碗、碟碰勺的那种，叮叮当当好不热闹。

有时红起脸来，两人会甩袖而去。

东珠发现，他一旦离开丁丁，不到三天就魂不守舍。平时追求他的藏族姑娘不在少数，可是对丁丁，他再难以割舍。

丁丁告诉我："有次吵完架，她决心彻底放弃，可当真正离开舟曲那片贫瘠却又不乏温度的土地，她突然发现好几天都睡不好觉，于是又匆匆赶往长途汽车站，目的地只有一个——舟曲。"

东珠对我说了一句非常有哲理的话："我和丁丁，求同存异的地方多，有最大的公约数。"

我乐了："你这话，够深沉啊！"

"哈哈哈！和丁丁在一起，我也算知识型歌手啦。"

"瑞雪兆丰年"，2015 年 1 月 9 日，是个大雪纷飞的日子。两人的婚礼在舟曲隆重举行。从此，丁丁正式成为舟曲老百姓中的一员。

那天，还发生了一段小插曲，不！后来才知道是"特大"插曲，这样的插曲就像上苍难以置信地为婚礼设置了一道挥之不去的心理幔帐，以悲壮的形式宣告了心理学界对两位新人的关注和大爱。当时，按照约定，无论雪有多大，路有多滑，北京的王文忠、刘飞，兰州的江洪涛、江雪尘父子和志愿者孙惠都将在兰州集中，然后集体乘坐小车，前往舟曲参加丁丁和东珠的婚礼。

这是丁丁和东珠最美好的期待，最有温度的渴望。一对新人和亲友团面朝兰州方向，望眼欲穿。

谁能想到呢？面对冰雪覆盖的千里陇原，司机偏偏辨错了路，不知不觉驶进了甘南的岷县境内。当发现路线不对，意欲掉头开往舟曲时，"轰隆"一声响，小车从坡上翻滚而下……

那次事故，除了"太极人"刘飞，其他人均不同程度地受伤，王文忠腿部严重骨折，江洪涛胳膊骨折，江雪尘脚踝、腰部骨折，孙惠被磕掉了 4 颗牙齿……

茫茫雪原，前不着村后不着店。没人知道那里的惨叫，挣扎，无助……

刀割斧砍般的疼痛，让王文忠冷汗直流。他挣扎着从雪地里爬起来，首先用手机告诉丁丁："丁丁啊！非常抱歉，本来快要到了，可突然接到北京的紧急电话，让立即返回研究一个特殊事情，我们得马上返回兰州，飞往北京。"这是王文忠少有的口气，温和，淡定，像温馨的酒吧里发出的声音。

丁丁急了："什么事这么重要呢？我们都在等你们，'动力沟通'组的成员们都在等你们。天啊！你们可代表我的娘家人啊！"

王文忠不得不使用了他的"动力沟通"："你真不懂事，我们心理所的'特殊事情'也该你问？"

婚礼照常进行，只是这样的"照常"，独缺心理援助队伍"娘家人"的半壁河山。

二位新人后来才知道"真相"。车祸发生后，伤者暂被送到兰州陆军总医院，进行紧急救治。王文忠由于伤势严重，连飞机也坐不了，只好躺在火车卧铺上，直奔北京做手术。

至今，王文忠的腿部仍然镶嵌着钢板，尚未取出。王文忠对我开玩笑："我平时走路潇洒着呢，可不是今天这个臭姿势。"我也回应："这姿势更能体现你的风范，你还想虎虎生威啊。"

丁丁向我聊起这样的过往，眼泪"哗"地一下夺眶而出。

如今的丁丁，已经是舟曲一中心理咨询中心主任和舟曲"圆心曲"社会心理服务中心的负责人。

2016 年，丁丁和东珠的爱情结晶——达瓦拉姆来到人间。

后来，丁丁结识了爱心人士迟凯元先生，并与迟凯元建立了良好的友谊。从那时起，工作站每年都能收到迟凯元先生组织的爱心援助，援助项目包括物品捐赠、生活补助、捐资助学等。2017 年，迟凯元与体育界的世界冠军汪皓、庞伟、江钰源、蔡琪子联袂发起了"光明计划"爱心捐助活动，丁丁和东珠第一时间响应，于是，舟曲又一次被"光明普照"。

2017 年 12 月 19 日，舟曲救助站成立，东珠担任站长。

2018 年 3 月 18 日，毗邻的陇南救助站成立，丁丁担任站长。

"夫妻双站长，这样的夫妻档，全国还能找出第二对吗？"王文忠问我。

我说："你到底是夸小两口，还是自夸呢？"

丁丁和东珠曾告诉我，假如没有王文忠在舟曲的"动力沟通"，就没有他俩的爱情"沟通"。

两个救助站的成立，成为甘南、陇南两个地级市灾后援助工作的重要事件。救助站每周都会接受大量的爱心物资，这意味着两人需要花费更多的时间，投入更大的精力走进街巷，走进大山，深入贫困户、贫困学校、贫困学生中……

丁丁告诉我："前方，发挥作用的主要是东珠，我在后方压阵，有时候，我们只能利用周末走进大山发放援助物品。毕竟，我现在还有工作、家庭的压力，奶孩子就很耗费精力。"

这一点，我感同身受。我在舟曲的几天，丁丁始终抱着她的小达瓦拉姆。我看她累得气喘吁吁，有时会接过来抱一抱。小达瓦拉姆长得浑圆结实，抱在怀里，像抱着一个憨壮的牛娃。

"在公益这块，多亏了东珠打头阵。"丁丁不止一次地说。

爱情，从来都是需要浇灌的。时过经年，当灾区的阵痛、呐喊、伤痛慢慢趋于平静，世俗、风俗和流俗难以避免地开始冲击他们的爱情小窝，何况，丁丁有她心爱的教育教学工作，东珠有他心爱的音乐。他俩从事的公益活动，既给他俩带来心灵的抚慰，同时也会带来绵绵不绝的忧伤。

我在舟曲的几天里，每当夜幕降临，小小的舟曲县城已经万籁俱寂，而我的房间灯火依旧。刘正奎、王文忠和丁丁、东珠促膝长谈，而小达瓦拉姆早已进入梦乡。茶，喝了一杯又一杯；话，说了一轮又一轮。往往是凌晨两三点，小两口才离开宾馆。

我知道，这是心理专家对两位有情人的另一种心理援助，为他们弥足珍贵的坚守，为他们如履薄冰的心绪，也为他们卓尔不群的爱情。

每次送一家三口步出宾馆，空旷的大街上灯火阑珊，安静得连一丝风都没有。

刘正奎不忘叮嘱："到家后，一定发个微信。"

在兰州，我专门去了丁丁的娘家。她的父母和二姐丁云霞热情地接待了我。他们都非常豁达、开通、善良。丁丁的母亲侃侃而谈，思路非常清晰，对大是大非有着冷静而务实的思考。丁丁的父亲沉默寡言，但显然也是心中有数之人。文静、秀丽的二姐也受过高等教育，眼镜片后面是一双机灵而聪慧的大眼睛，言行举止，清雅大方。谈到丁丁的婚姻和未来，她说："毕竟民族不同，今后的挑战一定不会少，但是，我们全家，都是丁丁的坚强后盾，当然，也是东珠的后盾。"

对我而言，这更像是一次对丁丁家族的求证。

求证的结果，令人感慨，也有一时梳理不尽的感悟。

在天津，我作为地方文联的负责人，和各界音乐人多有交集，但和几千里外大山深处的音乐人东珠的交往，让我感到难得的惬意和愉悦。在微信中，他又说又唱，像世俗喧嚣中的一股清泉，从幽谷潺潺而出，清亮，悦耳。

己亥春节前，东珠告诉我他又出新歌了，歌名叫《白龙江畔的格桑花》，随即唱来：

······

格桑花，我心中的格桑花，

你是大草原的壮锦，

你是蓝天上的云霞，

你是高山顶的弦乐，

你是河谷里的奇葩。

你伴随着白龙江的浪花翩翩起舞，

把白龙江的梦乡诗化。

······

第三十二章　家常饭的味道

Chapter Thirty-two

在我们的日常生活中，家常饭可能只是顿家常饭。

一日三餐，油盐酱醋而已。所谓家常，首先属于家的一种常态。"家是心灵的港湾"，老话了。

"你吃了吗？"

"吃了。"

一问一答，似乎不经意，却是用了心的。

在灾区的心理援助工作中，怎样对待家常饭，怎样主动介入家常饭，怎样被动接纳家常饭，事关你的"航船"是否能驶入"心灵的港湾"。家常饭，像一杆良心秤，一把情怀尺，最能检测出你和灾区民众的关系。

一位志愿者告诉我："有些家常便饭，我们必须吃，当然，前提是不能给灾区老百姓增添任何经济上的负担。一般我们会事先 AA 制，自掏腰包，给他们购置远远超过饭餐成本的日用品。当然，这些事儿必须做得随意自然，真诚地体现出民间的人情味儿，如果过于刻板和生分，将会事与愿违，灾区的民众可能会永远把你当外人。"

小小的餐桌上，弥散的岂止是人间烟火。

在徐正富家过羌历年

这是一大桌热气腾腾、香气四溢的佳肴，北川腊肉，红焖牛肉，各种山中野菜……

我有意数了一下，足足有 27 道菜。色香味俱全，满屋温馨。

除了徐正富，徐正富的妻子、女儿、女婿吴宗卓、孙女祖孙三代五人，还有刘正奎、傅春胜、吴坎坎和我。

"今天你们正好赶上了咱们 2018 年的羌历年，这是家常饭，你们就不用客气了，权当在自己家里。"徐正富显得非常高兴。

觥筹交错之间，我忘了是谁不小心亮了底儿。"多少年了，咱家的菜还没有这么丰盛过。羌历年固然重要，主要还是心理专家来了，太亲了。"

为了了解徐正富，我事前就做了功课。刘正奎曾告诉我："北川教育系统的心理援助工作，徐老师付出了很多心血，他是一位有担当、有情怀、有思路的好校长。如果没有徐老师，教育系统的心理援助估计会走不少弯路。"一位志愿者也曾向我介绍："徐老师的妻子是曲山小学为数不多的幸存者之一，女儿是从废墟里爬出来的。即便如此幸运，他的大家族中仍有 4 人不幸遇难。"

灾后，徐正富作为北川教体局抗震救灾临时指挥领导小组的副组长，立即投入紧张的救援工作。北川教育系统遭遇的劫难，无疑是毁灭性的。经刘正奎、史占彪、傅春胜、龙迪等专家对北川所有帐篷学校进行心理评估，结果显示 46% 的老师有 PTSD 症状。不仅如此，对原北川县城区 300 多名教师的调研显示，那些有丧亲经历的教师，他们的 PTSD 症状较一般人群更为明显。徐正富开始接触心理援助工作，并逐渐成为心理所北川工作站的左膀右臂。他奔波，他忙碌，他始终冲在第一线。

当年接受记者采访时，他说："每天都在用生命的极限做事。"他同时感慨："北川的孩子才是北川的未来。"作为一名职业教育工作者，他非常清醒，心理援助，是事关未来的"清洁剂"。"要让孩子们走出来，首先要让老师们走出来。"这是他多次在演讲中说的话。

在徐正富的努力下，各校领导对心理援助工作给予了大力支持。八一帐篷学校、九洲板房学校、中国科学院青年希望学校等 6 所重灾区的学校很快建立了心理咨询室，针对北川所有学校的各级领导和教职员工的心理培训与心灵之旅活动，立即展开。2010 年 10 月 18 日，心理所与北川教师进修学校联合成立的"北川心理健康教育中心"在北川羌族自治县永昌镇正式挂牌，这是灾区建立的第一个心理健康教育专业机构。

这些话题，没有一件在那天的家宴上被提起。我很清醒，这不是我的采访现场，这是过年，就像汉族的春节，所有的话题，都归于吉祥如意。

徐正富说："今天的主题，就是拉家常，喝酒，品尝咱北川的羌历年夜饭。"

喝的是北川的地方酒——马槽酒，醇香，劲道。还有一种我说不上名字的北川黄酒，一口入肚，周身通泰，舌下顿觉清爽。

徐正富说："当年你们千里迢迢来到北川，受够了罪，吃不下也喝不下。今天，就轻轻松松吃个够，喝个够。当然，这不是犒劳各位老师，谈不上犒劳。"

我这才知道，这样的盛宴，之前也曾有过一次。多年前，徐正富的女儿入婚，刘正奎、史占彪、傅春胜他们专程前来贺喜。刘正奎告诉我:"我们决不能忘记支持过我们做心理援助的每一个人,他们或他们子女的婚丧嫁娶活动,都是我们必须参加的,做我们这种工作,不把心拿出来,还谈什么心理工作呢?"后来有位志愿者告诉我,地震后很长一段时期,无论在北川、绵竹、什邡还是德阳,心理所很多专家的春节、国庆、五一、六一等节日都是在灾区和心理援助对象一起度过的,灾区被援助对象家一旦有婚丧嫁娶之事,专家们逢请必到,并按照风俗随礼。

刘正奎至今记得徐正富在女儿婚礼上讲的第一句话:"我首先要向大家隆重介绍的,不是亲家,也不是单位领导,而是来自中科院心理所的……"

只是,时隔十年,今天这桌年夜饭分明有所不同。

不光丰盛,那 27 道菜分明是有语言的。这语言,在场的专家一定能懂。

徐正富不时给这个夹菜,给那个斟酒。"十年了,十年了!该过去的,咱都得让它过去。"

那天晚上,大家就着沙发、小板凳,坐在徐正富周围,合影留念。

"这张照片,就是全家福了。"徐正富开心地说。

贾德春的电饭锅

贾德春的电话完全断了我们的后路。"你们不来,我就不走,无论多忙,晚餐总该要吃的吧。"

当时我和刘正奎、傅春胜、吴坎坎忙于采访,匆匆,太匆匆。加上恰逢羌历年,的确也不方便叨扰贾德春,何况前一天中午已经和他见过面,他当时正忙于各种事务。"他还是灾后抢险时的样子,这么忙，咱不能再一次打扰他了。"傅春胜对我说。

我当然同意。可谁也没想到，贾德春早就在北川新城的大禹广场给我们安排了观赏羌历年系列文化活动的座位。并多次电话催促傅春胜："反正无论多忙的事，总有完结的时候，我就在广场等你，边吃我的家常饭，边欣赏羌族文化，你们看着办吧。"

傅春胜说："一个小时内，我接到了至少十个电话，全是贾德春打来的。"

我们一行抵达广场时，已经是晚上9点，各种文化活动已经结束，只剩下为数不多的烧烤摊点和一堆熊熊燃烧的篝火，彰显着几十分钟前的热闹和喧嚣。夜已深，灯光暗淡。贾德春就坐在一条凳子上等我们。

我首先看到的是那口特大号的电饭锅。

文化广场上的一个电饭锅，抢眼，分明不合时宜。

就像偌大的牧场上出现的一条鱼。

但它就在那里。贾德春说："多年来，你们没有吃上我亲自做的饭，这次，说啥也得让你们尝尝。"

锅里，是贾德春和妻子亲自做的饭菜和炖肉。之所以使用电饭锅，主要是为了保温。"你们想想，这么冷的天气，如果不用电饭锅护送，一到广场准凉了。凉菜直接带来的，热菜就在电饭锅里。"

傅春胜开玩笑："你这么忙，啥时候炖的肉？"

贾德春说："炖了十年了。"

一语双关，大家哈哈大笑。只是这样的笑声像交响乐中的混声，其中的玄妙之处，只有当事人能明白。

从电饭锅里拎出菜肴，加上从烧烤摊上购买的烧烤之物，竟摆了满满一小桌。

　　从贾德春家到大禹广场，其实距离不算近。饭菜是怎么做的，怎么运到广场来的，我们不得而知。

　　傅春胜早就向我介绍过贾德春。汶川地震时，贾德春是北川县五星小学的教师，当时他已经从教 12 年。他师范毕业，和后来自杀的冯某是同学。贾德春语文、数学、音乐、体育样样都拿手，先后带出的毕业班就有 14 个，近 1000 名学生，有一些学生后来在北川中学就读。可那次地震，他亲手教出来的学生中，有 61 人不幸遇难。贾德春一家 7 口，就有 4 人撒手人寰，分别是含辛茹苦养育他长大的祖母、父亲，还有相濡以沫的妻子和心爱的儿子。

　　大难当头，人才紧缺，一切都是特事特办。贾德春很快从教育系统被抽调到救援一线，负责曲山镇灾民的安置，不久又被任命为永兴板房区管委会的主任，是地震之后上任的第一批村干部之一。从那时起，他和刘正奎、傅春胜、史占彪、吴坎坎成为至交。后来，他无论在乡镇负责还是在民政部门任职，始终和心理援助工作有不解之缘。如今，他是北川县老龄委主任。

　　"按理说，当年贾德春是我们确定的心理援助对象，当时北川的死难者家属、干部自杀事件时有发生。一无所有的贾德春，心理压力一定到了能够承受的临界点，可这个硬汉把泪往肚里咽，不仅让自己走出人生的阴影，而且成了援助别人的人，所以，他能挺过来，非常有示范意义。"刘正奎曾对我说。

　　傅春胜对我说："那段时期，工作站刚启动，贾德春给我们提供最准确的信息，提供最便捷的服务，他就像一台机器，始终在高速运转，帮了我们很大的忙。"

　　傅春胜不忘补充："灾后，很多基层干部都在玩命工作。"

　　贾德春却这样回答傅春胜："其实，工作也是一种心理上的调节，如果闲下来，满脑子都是死去的亲人，心理上反而受不了。"

贾德春后来重新组建了家庭。结婚那天，刘正奎、史占彪、傅春胜曾亲往道贺。

再后来，贾德春又有了一个孩子。

我相信，包括我在内，大家一定非常希望见见他的新妻子和孩子，但贾德春显然没有满足我们这个愿望的想法。没人懂得他内心的隐衷，但有一点是肯定的，新妻子和孩子必然意味着新话题，可是，人间的所有新话题，往往是与老话题骨头连着筋的。事实上，贾德春在家里把饭菜做好，又费尽周折带到广场来，远不如在家里就餐快捷、省事、方便，但贾德春没有这样做，他选择了在新家庭之外，而且只带了一个电饭锅。

夜色朦胧，篝火依然在燃烧，红色的光亮映衬每个人的脸，也映衬着电饭锅。

我开玩笑说："你家这电饭锅，咋这么光亮呢？"

贾德春哈哈大笑："为了迎接你们，这些年，我一直在刷洗这个电饭锅呀！"

我悄然起身，用手机拍摄了大家谈笑风生的样子。

镜头的中心，其实是那个电饭锅。

遥远的"农家乐"

斜风，细雨，阴冷。险峻巍峨的蓥华山，幽谷如咽，道如盲肠。

一大早，我们从什邡市出发，沿途在穿心镇、洛水镇采访完，抵达红白镇某村时，浓重的夜幕已经把大山围裹得水泄不通，除了我们的车灯，再也看不见别的亮光。那天的"司机"萧尤泽，是什邡市农业广播电视学校副校长兼什邡市"心灵阳光"关爱中心心理辅导团队的负责人，同行的胡玲女士，是什邡市职业中专学校教师，同时也是什邡市"胡玲心理健康教育工作室"主任。同行的还有吴坎坎。

小车七拐八绕，爬上了一个略显陡峭的半山腰，我们终于通过昏暗的灯箱牌匾辨清了山村妇女刘大姐开办的"农家乐"：刘四娘菜馆。

我当然知道刘大姐的名字，且把她称作刘四娘吧。刘四娘热情地接待了我们。

和大山里的"农家乐"一样，刘四娘家的"农家乐"也是依山而建，楼阁轩榭，翘檐风铃，别具情调。夜幕中，我纵然凭栏，亦无法远眺山下的奇绝风光和对面错落的群山。可一坐下来，发现刘四娘已泪流满面。

"真不好意思，本来不想哭，没有忍住。唉，你看我多不礼貌，又哭了。"

萧尤泽悄悄告诉我："十年了，她仍然没有走出来。"

什邡是汶川地震的八大极重灾区之一，在什邡，灾情最重的就是这个红白镇，这里距离汶川地震的震中映秀直线距离不过10千米。什邡市6000余人遇难，300余人失踪，其中红白镇就死亡、失踪近1200人，师生死伤更为惨重。刘四娘正在读八年级的女儿和读六年级的儿子不幸罹难。当年为刘四娘夫妻提供心理援助的心理工作者和志愿者中，就有萧尤泽和胡玲。

阁楼上传来手机游戏的声音。我上去一看，有个小男孩。我明白，这就是萧尤泽早先告诉过的那个男孩，是刘四娘后来抱养的。小家伙六七岁的样子，无拘无束，天真烂漫，全然不知道养母的眼泪曾经怎样地飞。

刘四娘告诉我们："'农家乐'有季节性，这个时节，基本没有什么游客，生意非常难做。"说到这里，话题突然又变了："我那两个孩子如果活着，现在如果不上大学，至少也能打工了。"说着，眼泪又像断了线的珍珠般流下。

思维敏锐的胡玲忙转话题，说："您刚才不是说身体不好吗？其实我也身体不大好，我最近一直在练养生舞呢，如今好多了。"说完，就在大厅里手舞足蹈地示范起来。"来！大家跟我来，很简单的。"

我们马上响应，跟在胡玲身后伸胳膊踢腿。刘四娘好奇地观察了一会儿，也加入进来。于是，刘四娘成为胡玲辅导的重点对象。"对，是这样，对对对，不错！刘姐学得真快。"

养生舞共有四节，操作简单，却调动了周身关节。

笑声，掌声，像久违的春雷，从窗口飞旋出去，在山谷回荡。

我随即说："真是'农家乐'啊！看把大家乐成啥样了。"

刘四娘终于开怀大笑："这场景，得与我的干妹妹分享。"她一边跳，一边用手机录了视频，发给了她的那个干妹妹。

所谓干妹妹，原来是一位远在广州市某大医院的女医生。地震那年，这位女医生来什邡志愿服务，并给了刘四娘两万元钱。从此，干妹妹每年都要来什邡看望她这个大山里的苦姐姐。我试图向她要那个干妹妹的手机号码。刘四娘说："那我得征求她的意见。"征求的结果，干妹妹明确要求刘四娘拒绝向我们提供任何她的信息。

那个谜一样的干妹妹志愿者，让我暗暗吃惊。

"哈哈。你看我真糊涂，咋忘记给你们做饭了。"刘四娘说。

我们婉言谢绝，刘四娘执意让我们留下来："不过是家常便饭，也没什么好东西。"

萧尤泽突然示意我们：这顿饭，必须吃。

这是萧尤泽的智慧。萧尤泽是什邡市心理援助工作的核心人物。汶川地震发生前，他已经和在什邡市实验中学当教师的妻子赵红通过了国家心理咨询师资格考试，并开办了一家心理咨询中心。他们万万没有想到，一场地震，会让这些知识派上大用场。地震当天，他就冒着生命危险赶到废墟旁，抚慰惊魂未定的灾民。震后第三天，也就是心理所专家尚未抵达什邡时，由萧尤泽组织的灾后心理援助5人小组已经开始了工作。6月16日，王文忠抵达什邡，萧尤泽随即成为王文忠的得力助手。不久，萧尤泽、赵红、黄伟、李琴等人陆续参加了"中国红十字会心灵阳光工程教师培训会"，成为关爱中心首批心理辅导老师。什邡工作站成立后，萧尤泽担任副站长。2009年10月，心理所危机干预中心什邡市心理服务中心建立，当时的督导助理，就是萧尤泽。

祝卓宏曾告诉我："绵竹的'一线两网三级服务'模式能在什邡市验证并推广，萧尤泽发挥了很大作用。"

在什邡，萧尤泽向我引荐过合作团队中的部分成员，其中包括四川晶熊胶粘剂科技有限公司总经理杨作连。杨作连赠送我两本9年前出版的期刊——《崛起》，其中的主题和内容全是心理专家、志愿者开展灾后心理援助的情况。

开饭了，有腊肉片、蒸山鸡、炖蘑菇、炒鸡蛋、水煮牛肉……

萧尤泽付账时，刘四娘却分文不收。"我是做生意的，但不能做你们的生意啊，咱都是自家人。"

萧尤泽并没勉强，返程的路上，他告诉胡玲："关于饭钱，我再固执，就生分了。春暖花开的时候，刘四娘家咱要多来几次。"

话外之意，不言而喻。

午饭间的"乒乓球赛"

"好！蓉蓉真棒。"

"蓉蓉居然把叔叔都打败啦！"

这是文大姐家小客厅里的一场"乒乓球赛"，对决者是吴坎坎和 6 岁的小女孩蓉蓉。

所谓球桌，时而是茶几，时而是沙发，因势利导，因地制宜。

我和刘正奎、傅春胜理所当然地充当了称职的观众。在一片喝彩和褒奖声中，蓉蓉"咯咯咯"的笑声像银铃一样，给屋子增添了活跃的气氛。厨房里，蓉蓉的养母——不！蓉蓉的妈妈和送我们前来的杨大姐正联手在厨房为我们做家常饭。

本来这顿家常饭是要在杨建芬大姐家吃的，但由于她要接送孩子，只好临时提议我们来到文大姐家。我听见文大姐向杨大姐嘀咕："这么大的事儿，你咋不早告诉我一声？得有个准备，买一些好吃的。我现在日子瞎凑合，冰箱里也没啥好吃的。"

杨大姐说："不用准备啥，咱和他们打交道不是一年两年了，你别看他们都是北京来的大专家，比大学教授级别还高，人家啥没见过啊。可是处习惯了，发现和咱都一样，实在得很哩。"

厨房里"叮当"作响，而客厅里吴坎坎和蓉蓉的对决，好戏连台，花样翻新，双方始终没有鸣金收兵的意思。

客厅里的热闹，似乎也在感染着文大姐。她不时过来劝阻孩子："你平时可没这么调皮啊，再这样打扰老师们，就太不礼貌了。"

但吴坎坎说："不是打扰，和孩子一起，我也开心呢。"

一高兴，文大姐打开一本尘封长达十年的相册给我们看，满面笑容地指着照片中的一个英俊少年，说："你们是不是想看看呢？他就是我的亲生儿子。"

"哈，小家伙很帅气，看服装，还是学校的文体骨干呢。"傅春胜说。

那一刻的我，当然也笑着，可一颗心仿佛提到了嗓子眼儿，悬着，高悬着，高高地悬着……我不忍看，但我必须目不转睛，保持高度的认真。

那次地震，文大姐正在读初中的儿子罹难。而今，空留一本影集。

蓉蓉停下了对决，跑过来问："妈妈，照片上的小哥哥是谁呀？"

文大姐说："这是朋友家的孩子，你问这么多干啥呢，和叔叔打乒乓球去。"

"我要见这个小哥哥。"

"好的！但得过些日子。"文大姐这样告诉自己的养女。

此刻，吴坎坎朝蓉蓉来了个巧妙引领："怎么？你不敢和叔叔对决啦？"

"谁说的。"蓉蓉和吴坎坎又进入下一个回合。

杨大姐从厨房出来了，她端出第一道菜，是炒黄瓜片儿。

见文大姐在展示自己死去儿子的照片，杨大姐扫了我们一眼，什么也没说，那是心照不宣的眼神儿。就在前一天，徐正富开车送我们去参观北川一中遗址时，杨大姐亲自领我到一大片草坪前，指着一小块地方，对我说："我女儿，大致应该在这个地方吧，高二那个班的学生，没有一个能找到的。"

杨大姐也抱养了一个孩子，目前在幼儿园。

"哈哈！"蓉蓉又一次开心地笑了，"我又赢吴叔叔啦。"

我暗自计算了一下，从我们进门开始，吴坎坎以这种方式，至少陪伴了蓉蓉一个半小时，而这个时间段，让现场的所有对话进入最佳状态。

在灾区，吴坎坎被誉为"心灵捕手"。出生于 1985 年的吴坎坎，从汶川地震开始和心理援助结下不解之缘，十年来，玉树、舟曲、天津、黄岛、雅安、彝良等十多个灾区都有他匆匆的身影。刘正奎告诉我，当年和吴坎坎一起读心理学硕士的 40 多名同学，目前只有吴坎坎一个人坚持做灾后心理援助，为此还耽搁了攻读博士学位。一位志愿者说："我走过很多灾区，总能看到吴坎坎老师，他就像心理所的使者。"

灾区的死亡、呻吟和眼泪，也在攻击着吴坎坎年轻的心智。不知从何时起，吴坎坎的头发开始大把大把地脱落。我见过他十年前的照片，雄姿英发，朝气蓬勃。当年昆明火车站暴恐事件发生后，吴坎坎曾为一位被捅了 3 刀的女孩做心理疏导，在此后的 3 个月里他对刀具产生了恐惧感。这让他产生了自我警觉："援助别人的同时，该如何保护好自己和团队？"

吴坎坎戏言："我是个和痛苦、创伤打了十年交道的人。"

饭菜全部端了上来，加起来一共 4 个菜：炒黄瓜片，炒鸡蛋，凉拌西红柿，炒白菜。另外，还有一锅小米稀饭。

四菜一粥。

"乒乓球赛"正式结束，蓉蓉自豪地说："我赢啦！"

第三十三章　复苏的心

——丽丽女士的自述

Chapter Thirty-three

（作者按：在灾区，有不少人从 PTSD 的阴霾中走了出来，我至少和其中的 12 人进行过交流。他们当中有机关干部，有部队战士，有教师，也有进城务工人员。他们有的失去了亲人，有的身体致残，有的目睹过罹难者的暴露性遗体……提起战胜 PTSD 的往事，他们感慨万千，像终于从一场可怕的梦魇中醒来，丽丽女士就是其中的一位。）

秦岭老师，多年过去，我没想到会向您这位陌生人聊以前的事情。当然，从今天开始，我们也许就不陌生了。其实我感觉已经不陌生了，否则，我不敢面对 PTSD、抑郁症这样的话题。我想了一夜，还是愿意和读者分享我的心路历程，当然，还是给我起一个化名吧，比如丽丽、娜娜之类的，您懂的。

上个星期三，张玮先生动员我见见您，并让我和您约一个时间，当时并没告诉我理由，只是把您的小说集《透明的废墟》借给了我。他说："这是写汶川地震的小说，你读完后，要还给我。"其实，作为经历过地震的人，很多人都听说过您的这本书，但至少我是不敢看的。按照张玮的建议，我终于强迫自己认真看了。看完后，突然就想见见您了。也就是说，如果不是这本书，可能今天我就不会坐在这里了。因为您的小说里，有真话，有对灾民心理的真切理解。

怎么说呢？其实，内心的东西，向闺密我也没提过。

您已经知道了，我是个自杀过三次的女人。第一次是 2008 年 5 月 22 日，也就是地震后的第十天。我早已知道丈夫已经被压死了，但压在学校废墟里的两个孩子是否还活着，并不确定。那十天里，我的头发白了，基本没吃啥东西，几天内就掉了 30 多斤。得知两个孩子已经不可能活着的消息后，我毫不犹豫地在板房里上吊了，但被人救了。第二次自杀是在 2009 年的六一儿童节。以前，每逢这个节日时，我和孩子一样快乐，比过年还要快乐，我会提前去商场给孩子购买漂亮的衣服，给孩子们做可口的饭菜，心里甜丝丝、美滋滋的。可是那个六一儿童节，看着别人家的孩子们高高兴兴，想到我的孩子却被埋在废墟里，我又一次崩溃了。我偷偷用菜刀割自己的手腕，伤口很大，血流了不少，被志愿者发现了，又被救了。第三次是 2012 年 10 月，我发现严重的 PTSD 已经不能让我怀孕，而现在的丈夫，他地震时死了妻子和孩子，想和我结婚后再生一个，我却无法做到。我们尝试着做试管婴儿，也失败了。您一定听说了吧，在灾区，试管婴儿有不少，我却没成功，后来我才知道，是 PTSD 和抑郁症影响了我的生理。我又一次绝望了，本来想跳楼的，怕血红脑白的给收尸的人添堵，只好去跳河，可我们这里的河水太浅，淹不死，就想去跳外地的河，结果被现在的丈夫追回来了。

不过，我现在必须告诉您的是，我不想死了，我想活着，活得好好的。为自己活着，为丈夫活着，为我们抱养的孩子活着。

唉！当时的确走不出 PTSD 和抑郁症的阴影，那些日子里，在我的板房里，我至少见过 4 位心理所的心理专家，见过 6 位可爱的心理志愿者。一开始，我拒绝他们靠近我，我甚至愤怒地骂过他们。

可有一天，一位比我大十几岁的大姐对我说了一席话，我当时就怔住了。她说："我是唐山来的，你好歹还有父母，可1978年唐山地震，让我失去了所有的亲人，成了孤儿。好妹妹，你真的忍心赶我走吗？"我一听，就像小孩一样扑到她怀里哭了，她也哭了。我俩哭了两三个小时。那是我接触心理专家和志愿者的开始。第三天，大姐又给其他死难者家属做心理疏导去了。这时，我才接纳了心理所的专家和志愿者，后来我才醒悟过来，唐山那位大姐和我的接触，是心理所专家们专门为我设计的心理疏导策略。他们给了我这个在人生的悬崖边摇摇欲坠的女人第二次生命。

我感谢那些心理专家和志愿者，他们是我见过的最好的人。您说他们图什么呢？不就是为了让我这样的人重新活下来嘛。那些日子，至少有一年吧，他们陪伴我，和我聊这聊那，引导我去听心理辅导讲座，同时接受药物治疗。地方政府和一些社会公益组织还领我们去外地旅游，所有费用他们全帮我们掏了。一同去的全是丧子家长，家长中，有企业白领，有个体户，有小学老师，有进城务工人员，有无业人员。记得有一次，我们几十个丧子家长面朝大海，先是放声大哭，然后使劲呼喊自己孩子的名字，好像我们的孩子在大海里似的。陪伴我们的心理专家、志愿者也陪我们一起哭，一起喊。那天，我们的哭声、喊声非常大，汇聚在一起，都快把海浪声盖住了。哭完了，喊完了，我们的嗓子也嘶哑了，可是心里真的放松了好多。第二天一早，我第一次把自己收拾得干净利落，对陪伴我的志愿者笑了。我对她说："好姑娘，这些日子，真是连累你了。"您猜志愿者咋说的？她说："大姐，从您身上，我也学到了很多，今后，我知道怎么对待生活了。"

慢慢地，我把心也交给陪伴我的志愿者了，家里的钥匙还特意给她留了一把。有一天我回家，猛然发现墙上原来挂着的两个镜框没有了，那镜框里是我两个孩子的彩色照片。儿子的照片，是当年他们中学开展运动会时老师拍摄的，当时儿子在踢足球，照片中的宝贝，又精神又帅气。女儿的照片，是她爸爸拍摄的，当时是给她过生日，小家伙别提多高兴了，那天又是唱又是跳的。哦，对了，她一直是班里的文娱小明星呢。兄妹俩走后那阵，我所有的时间，都用来看兄妹俩的照片了。那天，我知道是志愿者把镜框取下来了。

这事如果搁以前，我会发疯的，会对志愿者动怒的。可是那天，我愣神之后，啥话也没说。我懂志愿者的心思，那两个镜框，该取下来了。我那时突然就感到后悔了，两个孩子的照片，咋就舍不得取下来呢？我心里受伤是我的事儿，可我也让亲友们受伤了啊！两个孩子，都是大家看着长大的。照片，谁见谁心疼。

那些日子，我开始自己做饭，洗衣服，饭量也基本恢复了。在志愿者的引导下，我主动去听心理辅导课。心理老师们不愧是大地方来的，他们的课很生动，我好歹也是高中毕业，但这样的课以前从来没有接触过。上完课后，老师和志愿者还会组织我们做很多小互动、小节目，其间也有一些问卷调查，我都积极参与了。我觉得，我有责任和义务协助老师们完成那些工作，否则，就真说不过去了。他们搞问卷调查，是为了收集数据，分析 PTSD 症状的情况，方便更多像我这样的人，我如果不配合，那就太自私了。

心理所到灾区来的专家，有的我见过，有的帮助过我，有的听说过，当然他们的有些课，我也听过。我们这里的很多人都知道他们的名字。我在网上也搜索过他们信息，比如张侃、张建新、刘正奎、王文忠、祝卓宏、史占彪、张雨青、龙迪……他们真是不容易，成天和我们这样的人打交道，真是难为他们了。我知道您最近和他们在一起，代我向他们问个好吧。

还是说我自己吧。有一次听完心理辅导课，我们几个丧子家长，还自己组织起来旅游了一次。这一次，没有心理专家和志愿者的陪伴，大家聊生活，聊自己的工作，有时候不小心聊到孩子，也不再不可触碰。孩子的话题，永远是绕不过去的，这样的话题，碰上也就碰上了。那天，我们还一起商量做试管婴儿。您一定能理解我，这样的话题，地震前很陌生，从来没聊过。可接受心理援助之后，很多话题，在我们那里没有了禁区，包括怀孕、夫妻生活、领养孩子啥的。当然，这些都是我们女人之间聊的事儿。

那天，我现在的丈夫吃了我做的饭，说："手艺不错啊！点赞。"其实我明白，他的言外之意是："你变了，变得正常一些了。"

大概是三年前吧，我们几个丧子的家长约好，专门去找当年孩子学校的校长去道歉了。因为地震后，学校的几百个孩子死了，当时很多家长发疯似的围攻从废墟里爬出来的校长，斥责他："我们的孩子死了，你为什么活着？"当时我早就瘫软成了一摊泥，但我亲眼看到校长任凭自己被打得头破血流，却一声不吭。其实，当时校长的女儿也被压在废墟里两天了，肯定也没希望了。三年前的那次见面，真是和当年一样令人难忘。我们向他鞠躬道歉，说了很多希望被原谅的话。校长早已提前退休了，头发花白。他那天表情非常平静，说："我理解你们，也没什么要原谅的，那时我的女儿也死了，我都想自己打自己呢。"你一定想象不到，原以为我们都会号啕大哭的，可大家都没哭。不是没有眼泪，而是再哭，更对不住校长了。

哦，我是不是说远了？我的意思是，向校长道歉那件事，说明我们慢慢冷静了，理智了，想通了一些事情，于是心里有了歉意，有了愧疚。这算不算一种变化呢？应该是吧。前不久，有心理专家和志愿者再次做问卷调查，我认真填写了。我相信他们从我的PTSD症状里，一定会发现很大的不一样吧。

您对我的现任丈夫一定感兴趣吧？他长得不如我前夫俊朗，但对我还算不错。我和他是地震后的第三个月结的婚，之前素不相识。您一定也听说了，很多灾区之外的人对灾区这种所谓的"闪婚"很不理解，试想，亲人们尸骨未寒，幸存者眼泪还没干，哭声还没断，咋会结婚呢？没经过大灾难的人，是不了解我们的。说白了，那时候，相互之间有没有感情不是最重要的，重要的是活下来，那个非常时刻，女人身边如果没有一个男人搀扶一把，恐怕连一周都活不了。当然，男人也是，不过男人要坚强一些。我现在尽量对他好一些，因为我的几次自杀，给他添了很多麻烦，他都没有怪怨我。冲这点，我跟定他了。

我这是不是又说远了呢？

一句话，我们都慢慢想开了，人得朝前看。

刚才，您提到的北川杨大姐，我是听说过她的，尽管我们不在一个县，但我通过媒体知道了她。她失去了女儿，又失去了丈夫，能走出PTSD又帮助别人，对我是有启发的。她是一位羌族大姐，值得我敬佩。您又提到，上次您去北川，杨大姐还陪您去北川一中的墓地看过她女儿当年出事时所在的位置，一个女人能做到这一点真不容易。从您的手机照片里，我看到羌族新年那天，杨大姐和你们载歌载舞，真是热闹极了，阳光极了。照片里的其他几个人，是心理专家刘正奎、傅春胜、吴坎坎他们吧？多年没见他们了，但模样儿我能认得出来，我的记忆力不错吧？

我抱养的女儿，现在已经4岁了，正在上幼儿园。从哪里抱养的，怎么抱养的，我就不说了吧。女儿至今不知道自己是被抱养的，对我和她爸爸都很亲。当然，我们也把她当亲生闺女看待。刚把她领进家的时候，我和她爸爸最大的担心，就是怕她长大后知道自己是被抱养的，会埋怨我们，恨我们，找她的亲生父母。还有，您知道邻居们有时候会红脸，红脸后会揭我们抱养孩子的老底，让孩子知道就麻烦了。可现在呢？我们都不考虑这些了，顺其自然。灾区抱养孩子的情况非常多，我们只是其中之一。再说了，将来孩子长大了，即便知道了，她也一定会理解我们的。在灾区长大的孩子，她懂事后第一时间感受到的就是环境的不一样。她明白了这些，也就理解我们了。也许，她知道了这一切，还更会感恩，更加懂得珍惜，您说是不是这个道理？

我已经在一家私营企业干了三四年了，原来的企业被地震毁了。现在这家企业还算不错，因为安置的多是灾民，国家也出了扶持政策。丈夫跑出租车，生意还可以。您看到我桌上的这些资料了吧，都是心理学方面的，是心理专家挽救了我，同时也教会了我很多心理知识。我现在对心理学都入迷了，将来如果有可能，我会考取心理咨询方面的证书，然后找一份和心理咨询有关的工作。我相信自己能干好这一行。我自己既然能走出 PTSD，也就能帮助别人走出 PTSD。有自己的亲身经历，这是我将来从事心理咨询服务业的优势。

说到这里，我有个建议，不知是不是能写进您的书里？您一定注意到了，每次重大灾害过后，网络上就会充斥大量死难者尸体的照片，其中不少还是孩子们的照片。那些尸体血肉模糊，惨不忍睹，让亲人看到，心里怎么承受得了？我现在自认为我的心理承受能力算是很强了，可是每当从网上看到那些铺天盖地的照片，仍然会难受很长时间。我有时甚至还有一点小庆幸，幸亏我的两个孩子埋在废墟里没有被挖出来，不然，是不是也会被别人拍照后传到网上呢？咱中国有句老话，叫入土为安，我就不明白，那些网站为什么会允许网民随意上传遇难者遗体的照片呢？您是作家，建议呼吁一下，拜托您了。

我这个建议，不会是多余的吧？我也是为死难者着想，为死难者的家属们着想，另外，也为网民们着想。您想想，连电影、电视里都不允许出现那样的画面，可我们的现实生活中，为什么偏偏就频频出现呢？我向您聊这些，也是对您的信任，从您的地震小说中，我就发现您对残酷场面的描写，也是有节制的，我感谢您！

对了，如果您方便，咱俩加个微信吧，将来读您的小说啥的，就方便了。

您看看，这一聊，都十二点了，该吃午饭了。您千万别客气，我炒几个家常菜给您尝尝，看看合不合您胃口。

第三十四章　而今迈步从头越

Chapter Thirty-four

508

　　"十年弹指一挥间"，老话了。

　　可中国灾后心理援助那十年，何能"弹"得过去？可它毕竟过去了，是不是"一挥"就过去的，心理所的专家和志愿者们心明如镜。那镜子，照得见十年的苍茫，也照得见脚下的路。

　　也曾说："时光荏苒，白驹过隙。"可那是怎样的时光和白驹呢？

　　傅小兰告诉我："这十年，是中国心理援助的一本大账，字里行间，其实都是蹚出来的路。"

　　是路，就得继续走。纵然前面灯火阑珊，或荆棘丛生，抑或是层峦叠嶂。有路的地方，就踩着前人的脚印走；没路的地方，就披荆斩棘，继续往前蹚，蹚出一条算一条，只要有一条，就能深入灾民的"心震"带，维护人类生命最基本的尊严。

　　和傅小兰讨论这个话题的时候，是 2018 年秋日的一个上午。

　　窗外一排排银杏树，身披灿灿的金黄，像万千蝴蝶的盛会。

　　汶川地震时，傅小兰是心理所副所长。当时的"一把手"，是张侃。

　　当年，傅小兰多次带领心理所的专家深入重灾区调研灾情、评估需求，为心理所随后持续、系统、深入地开展心理援助工作奠定了基础。十年来，不少灾区都留下了她的身影。

2010年4月14日，青海玉树山摇地动，哀恸震天。三个月后的7月10日，傅小兰从老将张侃手中接过了心理所所长的"将军印"。

不到一个月，三千里外的甘肃舟曲，泥石流从天而降，吞噬了小城……

傅小兰，可谓受命于危难之际。实际上，心理所很多专家面向灾区的再出发，无不是拜辞高堂，泣别儿女，共克时艰，共赴国难。

一位志愿者告诉我："那天，远远看见一位普通妇女朝板房区走来，她中等身材，戴一副眼镜，表情和善，像一个教师。后来才知道，她就是我国著名心理学家、中科院心理所所长傅小兰。"

2013年4月20日8时2分，四川雅安市的芦山县发生7.0级地震，截至4月24日10点，共发生余震4045次，造成196人死亡，21人失踪，11470人受伤。受灾人口152万，受灾面积12500平方千米。

地震发生后的第二天，傅小兰在先期启动《重大灾害心理援助工作预案》的基础上，立即召开芦山震后心理援助紧急部署动员会，迅速做出灾后心理援助工作部署。傅小兰在会上特别提出："此次救灾的特殊性在于微信、微博等现代通信方式可以发挥很大的作用，希望心理所从事网络研究的专家通过网络途径扩展心理援助模式。"

一波未平，一波又起。雅安地震一年多后，2014年8月3日16点30分，云南省昭通市鲁甸县发生6.5级地震，余震1335次。地震共造成617人死亡，112人失踪，3143人受伤，22.97万人被紧急转移安置，108.84万人受到地震影响。8月4日上午，心理所召开鲁甸震后心理援助动员会，傅小兰又一次紧急启动《重大灾害心理援助工作预案》，并立即从芦山工作站选派了3名志愿者赶赴灾区，开展前期走访和调研工作。

同时，心理所迅速成立了由所长担任组长，所务会其他成员、学术委员会主任及相关职能部门负责人组成的鲁甸灾后心理援助行动领导小组，下设专家组、信息资料组、统筹协调组。

领导小组组长，无疑是傅小兰。

"雄关漫道真如铁，而今迈步从头越"，处处如铁，处处，也必须从头越。

傅小兰对我说："充分利用灾后心理援助积累的经验、培养的人才以及遍布全国各地的志愿者，进一步延伸心理援助的触角和范围，就可以给更多的 PTSD 人员进行心理疏导。"

傅小兰反复向我强调一点："灾后心理援助之路，主要是前任所长张侃、副所长张建新等老领导带领大家拼出来的，特别是汶川地震时，他们的担当、付出与探索，总结出了一系列非常宝贵的经验。"

傅小兰认为，我国是一个地质灾害频发的国家，通过十年灾后心理援助的实践看，面临的问题和挑战也很多。当务之急是尽快将心理援助纳入国家灾后救援体系，以便为受灾群众提供及时的、有序的、专业的、有效的心理援助服务。在傅小兰看来，PTSD 尽管是突发性的，但影响是持久的，灾后心理援助行动具有长期性、持续性和连续性。根据国际上对灾后心理援助的经验和心理创伤的原理和规律，心理援助必将是一个长期的工作。所以，长效机制非常重要。

这是期望，也是反思。问题和挑战很多，除了客观因素，剩下的，往往是社会需要与实际工作之间的差距。

那天的聊天中，傅小兰提到了中国社会的心理健康服务问题。

心理健康是一个具有战略意义的社会问题，在发达国家已受到高度重视。2013 年，美国精神卫生国家会议讨论了如何提升对精神健康问题的关注。2016 年，美国众议院通过了《心理健康全面改革法案》。美国联邦政府已经连续 4 年削减研发预算，但在 2014—2015 财年，对心理学的投入增幅达到 3.7%。在加拿大，每 5 人中有 1 人在一生中会经历至少一次精神障碍发作，超过一半的患者首次发作年龄在 11—25 岁。2014 年 6 月，加拿大宣布创立精神健康研究网络，其目标是在 5 年内为患有精神障碍的青少年提供干预手段。

傅小兰说："目前，中国有心理咨询需求的人很多，面很广。从老年人、职业群体、学生到婴幼儿，均有心理问题或障碍者出现。"

傅小兰特别为我介绍了家庭暴力现状，她说："这些年，我们常说的灾后心理援助，主要集中在地震、洪涝等自然灾害层面，其实，社会层面的心理援助，同样不能忽视。从某种角度讲，家庭暴力是一种人为灾害，援助受害者，这也是一种灾后心理援助。"

那些年，媒体频频报道了几起家暴的案例，震惊全国，我至今记忆犹新。

傅小兰说："民众心安才有国安。"

这话，可谓振聋发聩。

傅小兰说："面对挑战，我们别无选择。只有加强民众心理建设，充分利用心理学研究成果，预测、指导和改善个体、群体、社会的行为，才能提高国民心理素质，促进国民心理健康，提升国家凝聚力。"

2015 年 4 月 10 日，傅小兰牵头组建了全国心理援助联盟，凝聚和培养全国心理援助人才队伍，面向全国开展专业心理援助。

全国心理援助联盟的建立，促进我国心理援助工作的规范化，使这项工作得以更加科学、有序、有效和可持续地开展。

全国心理援助联盟建立的当天，心理健康社会发展论坛也在同时举行。

吴坎坎告诉我："傅小兰老师是我国心理健康服务纳入国家政策和服务体系、开始规范化发展的主要推动者。"

2016 年，傅小兰组织心理所的科研人员直接参与撰写 22 个部委联合出台的《关于加强心理健康服务的指导意见》。这是我国第一个心理健康服务的政府指导意见，标志着心理健康服务开始规范化发展。她在心理所部署服务国家需求的智库研究，先后向国家提交咨询报告 50 份，其中 27 份被中共中央办公厅或国务院办公厅主管刊物采用，7 份得到国家领导人批示。

2017 年 9 月 11 日，她主持召开"中国心理咨询师协会"筹备工作会议，正式启动心理咨询师行业管理规范化工作。2018 年 7 月 27 日，她又牵头向中国心理学会申请筹建心理咨询师工作委员会。

用吴坎坎的话来说，就是自从有了"中国心理咨询师协会"筹委会和中国心理学会心理咨询师工作委员会，中国的心理咨询师终于有"娘家"了。

傅小兰说："心理咨询行业在中国有序成长和发展，势必需要一个平台肩负国家责任。中科院心理所有义务团结各方机构和专家，承担这份国家责任，为中国心理咨询师提供一个继续教育、个人成长、服务社会和实现价值的平台，成为中国心理咨询师的'家'，并推动心理咨询的本土化。"

实际上，就傅小兰的研究方向而言，这一领域和她并无太大关联，但傅小兰认为，心理所作为国家科研机构，必须努力完成这项使命。

2018 年 1 月，"第一届中国社会心理服务高峰论坛"在心理所召开，讨论的主题聚焦在如何普及全民心理健康知识，全面加强社会心理服务，让白姓获得史多幸福感。

2018 年是汶川地震十周年。5 月 8 日,由心理所和中国心理学会共同主办的"心理援助 2018 国际研讨会暨汶川地震灾后心理援助十周年纪念大会"在北京召开。这次大会最引人注目的一件大事,是发布了《中国灾后心理危机干预与心理援助行动纲领和工作标准》《心理创伤干预骨干人才国际培训计划》,以及建立了综合平台,以促进心理援助的专业化和标准化。

该标准提出,灾后心理危机干预与心理援助工作应遵循"政府主导、部门协作、专业支撑、社会参与"的原则,恪守"善行、责任、诚信、公正、尊重"的基本价值观,并对相关伦理守则进行了约定。

那次大会,除总结了汶川地震十年以来我国开展心理援助及心理创伤研究的经验,还邀请美国和日本专家分享了国际上近十年来的心理援助和心理创伤研究最新进展,以相互借鉴、共同促进心理援助工作的提升。傅小兰在讲话中说:"灾后心理危机干预与心理援助工作标准是我国第一个相关领域的工作标准,将进一步规范和指导我国的灾后心理危机干预与心理援助工作。"

会议还有一个亮点,在总结经验的同时,也对十年灾后心理援助进行了反思。这既是亮点,也是痛点。

这是十年灾后心理援助以来非常特殊的一次盛会,并在绵阳设立了分会场。也就是说,傅小兰刚刚参加完北京的会议,就风尘仆仆地赶往绵阳。绵阳会议于 5 月 10 日召开。会议由中科院心理所和中国心理学会主办,西南科技大学法学院和中科院心理所全国心理援助联盟联合承办,绵阳市未成年人心理成长指导(研究)中心、绵阳市社会科学研究重点基地——四川绵阳未成年人心理成长指导与研究中心联合协办。来自全国各地多所高校的心理援助专家、学者、政府代表和志愿者齐聚西南科技大学,共同交流探讨灾后心理援助社会实践经验和学术研究成果。

分会场之所以安排在西南科技大学，是因为它是汶川地震之后，心理所在四川灾区开展心理援助的桥头堡。

那天，香港大学陈丽云教授以“灾后重建中的哀伤、希望和成长：一些国际视角分享”为题、日本芦屋心理生活研究所所长高桥哲以“日本灾后心理援助经验反思”为题、西华大学教授吴薇莉以“重大灾后本地心理援助队伍培训模式探索——汶川地震重灾区的持续培训及追踪”为题、华南师范大学教授范方以“创伤后相关心理障碍的变化转归——对‘5·12’汶川地震后青少年人群的五年追踪研究”为题、西南科技大学法学院教授崔瑞以“灾后心理援助实践与研究报告”为题，分别作主题报告。

有人告诉我：“汶川地震十周年期间的系列活动，是傅小兰和心理所对十年灾后心理援助的一次深情回眸，也是对未来灾后心理援助的一次加力。”

2018年10月25日，中科院心理所和西南科技大学“战略合作协议”签约仪式在心理所举行。傅小兰、西南科技大学副校长陈朝先以及双方代表参加了签约仪式。

我去绵阳的那天，天高云淡。接待我的第一个四川人，就是来自西南科技大学的心理学教授辛勇。我这才知道，多年来，心理所和西南科技大学通过特聘教授、访问学习、学术会议交流等方式，积极开展人才培养、科学研究、平台搭建等方面的合作。而那次战略合作协议拟定，校所双方在人才培养、学位点共建、科学研究等方面进一步明确了合作形式和具体合作内容，同时达成共识：共建“灾害心理危机干预与研究中心”，并合力打造具有国际影响力的灾害心理危机干预“北川论坛”。辛勇说：“西南科技大学与中科院心理所战略合作协议的签订，为我校心理学学科发展提供了宝贵的平台和资源，势必为我校心理学学科发展翻开新的篇章。"

辛勇告诉我："在我校的历史上，心理学科是一个年轻的专业，2006年才开始招生，但到了2015年，按照教育部专业评估指标考核量化指标，这个学科在全校76个本科专业中已经跃居第15位，连我们自己也没想到。"

和傅小兰的谈话中，她提到最多的话题，就是人才。她说："人才是关键。我非常希望能够通过此次会议壮大心理援助专业队伍，普及心理援助科学知识，联合国内外优秀心理援助队伍，推动中国灾后心理援助体系建设和专业发展，助力健康中国和平安中国建设。"

吴坎坎说："这几年，我们的灾后心理援助，已经开始国际化。"

在刘正奎那里，我获知心理所每年都要召开一届心理援助国际研讨会，近两年先后发布了《人道主义行动中儿童保护的最低标准》和《人道主义核心标准》，逐步使心理援助工作由国际"跟跑"发展到了国际"并跑"，并往国际"领跑"发展。2017年7月，心理所完成了为期一年的"一带一路"心身援非项目（肯尼亚）——"启非计划"，在肯尼亚当地直接服务近2万人次，探索并实践了"物资援助＋医疗援助＋心理援助＋文化传播"的大国援助模式。

心理所发布的"心理创伤干预骨干人才（国际）培训计划"，是我国第一个由中外多国国家级创伤后应激障碍研究和服务机构发起的心理援助骨干人才培训体系。该计划通过三年的培训、实践和督导打造一支专业素质过硬的心理援助骨干队伍，以应对我国随时发生的心理危机和心理援助的需求。

"灾后心理援助必须依靠基础科学。"傅小兰说。

早在2012年，傅小兰就领衔完成了国家自然科学基金委员会"神经、认知和心理学科同行评议专家选择辅助系统及专家库建设”项目，2014 年推动实现心理学作为一级学科代码进行项目申请和评审，2015 年主持完成国家自然科学基金委员会“十三五”心理学学科发展战略和优先发展领域调研报告。她不遗余力地培养人才，全力支持中国心理学者在国际舞台上发挥影响力。目前，在国际心理科学联合会、国际应用心理学协会等国际最主要的心理学机构，都有中国心理学者担任重要职位，中国心理科学开始在国际心理学界拥有重要话语权。

2015 年，在中科院“十二五”任务书验收中，心理所两个重大突破领域之一“社会预警与决策”入选全院优秀重大突破；两项重大改革举措之一“优化布局和分类管理”入选全院亮点工作。同年，心理所首批入选中国科学院“率先行动计划”研究所分类改革特色研究所序列。

2017 年，中国科学院大学心理学系获批成立，傅小兰成为该系历史上第一位系主任，她使心理科学与心理学教育完美“联姻”。

傅小兰提出这样的目标：建成世界一流的心理学科。

一位心理咨询师对我说：“如果没有傅小兰所长，可能我就不会在心理咨询事业上有所突破。”

我这才了解到，2001—2018 年，有超过 400 万名社会各界学员参加了心理咨询师培训，有 130 余万名学员通过国家考试，取得了国家心理咨询师职业资格三级或二级证书。但由于政府简政放权、转变职能，人力资源和社会保障部于 2017 年 9 月决定将心理咨询师撤出国家职业资格考试目录。即便如此，社会各界学习心理学知识和心理咨询技能的热情依然很高，各方面都希望有高质量的替代性培训和考试产品填补国家考试取消后的空白。

在这关键时刻，傅小兰站了出来。

傅小兰牵头组织国家心理咨询师专家委员会的一些专家和相关学者，于2017年底向全国推出"心理咨询培训和综合考试项目"。

这个项目运行之初，就受到了各方面特别是心理学爱好者的广泛关注。截至2018年底，全国有14000余名学员参加了培训，近9000名学员参加了综合考试。随着该项目的影响力越来越大，参加培训和考试的人数呈几何倍数增长。

那天，我通过吴坎坎获得了心理所"十二五"规划和"十三五"规划的完整文本，通过纵横披览分析，发现对灾后心理援助工作，心理所有新的拓展。

从文本中可以看到，"十二五"期间，心理所按照中科院任务目标，确定了"一二三"发展目标，即：一个定位，二（两）个重大突破，三个重点培育方向。而"灾害与创伤研究"被列为重点培育方向。

到了2016年，心理所在"十二五"圆满收官的基础上规划"十三五"时，把其中的奋斗目标由"一二三"调整为"一三五"。同时在"一个定位，三个重大突破，五个重点培育方向"的说明中，不仅一如既往列出重点培育方向，同时明确了重大突破目标。

具体的创新目标为：构建三种创伤应激相关心理疾患的临床表型模型；鉴别两种有助于诊断和评估创伤应激相关疾患的生物和行为指标；描绘创伤应激相关心理疾患的主要发展轨迹，鉴别两种能够预测不同发展轨迹的指标；产出具有高影响力的学术成果；建设创伤应激相关疾患的综合数据库及分析平台；建立一支有核心竞争力的研究团队；培养临床与咨询心理学人才；提交政策建议；参与救灾等应急行动。

"一二三"和"一三五"发展目标中关于灾后心理援助在突破点、培育方向上的微妙变化是,前者指灾害与创伤心理,后者变为创伤应激研究与心理干预。

看似微妙之变,却是于无声处的一声惊雷。

这意味着,未来心理援助工作的目标将更为明确,内涵将更为丰富,理念将更为新颖,思路将更为清晰,覆盖面将更为广泛。

这与其说是心理所的选择,毋宁说是历史的选择,时代的呼唤。

党的十九大报告中明确指出:加强社会心理服务体系建设。

2018 年 11 月 16 日,国家卫生健康委、中央政法委、中宣部、教育部、公安部、民政部、司法部、财政部、国家信访局、中国残联等十部门印发《全国社会心理服务体系建设试点工作方案》。

这是中国在社会心理服务体系方面最专业、最科学、最全面的一次顶层设计,这是中国社会进入 21 世纪以来一种心与心的默契,心与心的共识,心与心的交融。

社会—心理—服务,三者的关系同频共振,相辅相成,像倾听,像回应,像布局,像对视,像愿景,更像一次庄严的宣示。它分明是对中国过去十年灾后心理援助的穿越,也是对未来十年、二十年、五十年甚至更遥远的一次眺望。

"而今迈步从头越",一切都在路上。我想,这样的步履,过去十年中遇难的十多万同胞若在天有灵,一定能感知到,近 600 万PTSD 人员一定能感知到,14 亿中华儿女一定能感知到。

我们都清醒,所有"感知到"的,只是科学的进步、理念的更新、方法的拓展以及良好的愿景。"月有阴晴圆缺",大自然如此,人类的身体如此,当然,也包括人类的心。从这个意义上讲,所有的"从头越",叵以"越"过一颗心,有时却是万难的。因为心面对的不只是心心相印、心有灵犀，而是整个自然界，这还不包括人类良心里，那坏了的部分。坏了的那部分，是另一种"心震"。

可不是吗？2018 年是汶川地震十周年，当社会各界以纪念的方式对一场旷世灾难频频回眸的时候，各种全新的灾难信息仍然充斥着各种媒体。

2018 年 5 月 5 日深夜，一名空姐在执行完飞行任务后，在郑州航空港区通过某打车软件叫了一辆车赶往市里，结果被司机奸杀……

2018 年 6 月 20 日，一名遭受过班主任性骚扰的 19 岁女孩出现在庆阳一家商场的 8 楼平台，在围观者的起哄中，她纵身而下……

2018 年 7 月 5 日，吉林省长春长生公司冻干人用狂犬病疫苗生产存在记录造假、随意变更工艺参数和设备导致疫苗失效，该问题被曝光后，社会一片哗然……

2018 年 8 月 22 日，受台风"温比亚"带来的强降雨影响，淮北、亳州、宿州等 9 市 33 个县市区 263.2 万人受灾，12 人死亡，1 人失踪，10.3 万人被紧急转移……

2018 年 10 月 28 日，重庆万州区一大巴车在长江二桥桥面与小轿车发生碰撞后，大巴车坠入江中，15 人死亡，原因竟是一女乘客与司机发生激烈争执，导致车辆失控……

2018 年 11 月 4 日，位于福建省泉州市泉港区的东港石油化工公司爆发的废弃物泄漏事件，共造成 6.97 吨碳九泄漏。凌晨 2 点，民众被气体呛醒，出现身体不适、呕吐以及头晕目眩等症状。碳九流入肖厝海域，致使肖厝网箱养殖鱼排的泡沫浮球全部被腐蚀，鱼类大量死亡……

就在我刚刚落笔的这一刻，突然传来江苏盐城响水化工企业发生大爆炸的消息……此刻，是 2019 年 3 月 21 日 14 点 52 分。

......

不是旧疤，而是新痕；不是远逝的哭泣，而是随风而至的哀鸣。

一拨拨的灾难流逝于昨天，而一拨拨的"心震"却从昨天开始，占据今天，并向明天蔓延。

纵然雄关漫道，道如铜铁，也必须"从头越"，无论过去，还是未来。

凭窗远眺，已是满天星斗。我想起一首歌：《星星点灯》。

2019 年 4 月 2 日初稿

2019 年 6 月 22 日定稿

此刻的窗外，人们在分享着安宁和太平。

古老的海河水映照着蓝天白云，川流不息的豪华游轮上传来一阵阵欢歌笑语，那一定是从心房发出来的声音，快乐而欢畅。游客们频频举起相机，拍摄着两岸的旖旎风光和精致的小洋楼。我相信，那是一颗颗心正在感受人间的美丽。

可恰恰在那一刻，手机微信里突然传来了四川宜宾地震的消息。"又死人了，人数不详。"四川的朋友一边啜泣一边告诉我，"不知又有多少个家庭陷入'心震'的深潭中啊！"我无法想象朋友的表情，还用想象吗？

我把目光收回到书房，却无法阻挡自己的"心震"。案头的长篇纪实文学《走出"心震"带》快要收工，却迟迟画不上最后一个句号。这部书稿，通篇围绕"心"调动几十万个方块字，蓄满了我对中国灾后十年心理援助的观察、判断与思考。十年，起始于2008年的"5·12"汶川地震，止于2018年。十年像极了一个框，框把儿就是"5·12"，灾难的恶魔从岁月里拎起玉树地震、舟曲泥石流、雅安地震、黄岛大爆炸、天津港大爆炸、盐城龙卷风、昆明火车站暴恐事件等一大帮"难兄难弟"，毫无表情地从我面前走过。它们个个血流满面，冷血无声。

它们不仅粗暴地夺走了十多万条生命，而且使近千万痛失家人、朋友、同事的人们陷入了 PTSD、精神分裂症、抑郁症等精神障碍、精神疾病的冰冷境地。这个没有栅栏的人间地狱以"心震"带的方式，让一颗颗本该平静的心不停地震，震，震……直至成为废墟或者死亡的坟墓。《走出"心震"带》要呈现的，就是以中科院心理所、中国心理学会为主导的全国心理工作者和广大心理志愿者在不同的灾区与"心震"博弈、相持、决战的故事。那一场场被称为灾后心理援助的"战役"不仅坚持了十年，至今仍在继续。所有的剑拔弩张、闯关夺隘和枪林弹雨，我大体都在《走出"心震"带》中做了尽可能的展示，此厢无须赘言。

《走出"心震"带》是中国科学院、中国作协以及中国科学技术协会组织的重点文学创作项目。记得中国作协征求我的意见时，随函附带 8 个选题，我毫不犹豫地选择了撰写难度较大的灾后心理援助。也是巧了，当时，我那部以地震灾难为题材的小说集《透明的废墟》第二版刚刚由北岳文艺出版社以精装形式推出，目的是代表中国文学界纪念"5·12"汶川地震十周年。《透明的废墟》是虚构的，《走出"心震"带》是纪实的，一虚一实，虚实联姻，像冥冥中的一次相约。

十年里，其实不少灾区我早已去过，但为了《走出"心震"带》，我第二次、第三次走进了北川、绵竹、什邡、德阳、舟曲、盐城、天津港、沁源、大同等当年的地震、爆炸、火灾、矿难灾区，同时查阅了国内外 70 多种图书和资料，走访了 350 多位当年参与灾后心理援助的心理工作者、志愿者和死难者家属，整理采访笔记达 60 万字。

由于题材的特殊性、敏感性和其他客观因素，很少有采访对象主动向我敞开心扉，这迫使我不得不调动各种关系主动出击。尽管如此，某些该深入采访的目标人群仍然未能完全抵达。比如一些心存善念和悲悯情怀的心理专家、志愿者、宗教界人士、死难者家属多次谢绝采访，致使一些宝贵的素材资源未能得到有效发掘。有位在四川灾区为 PTSD 人群持续提供服务已 5 年的山东籍女志愿者告诉我："生当为人，只要我在人间幸运地活着，就有义务帮助他们走出'心震'，因为我们要一起活。我不希望您把我写进书里，否则我所做的一切，就没有意义了。"这样的拒绝，我必须无条件服从，但服从得多了，就难免留下太多的缺憾。为了尽可能地弥补这种缺憾，我采用了迂回、含蓄的笔法去表现他们，并尽量用了化名。当然，由于视界、精力和时间所限，也曾眼睁睁地看着一些线索擦肩而过，却无能为力。如果说《走出"心震"带》有这样那样的局限，我必须照单全收。

心理专家祝卓宏读完《走出"心震"带》的初稿，在微信中留下了这样的感言："读完书稿，泪眼蒙眬。一幕一幕，穿越时空。十年岁月，故事百人。经验教训，振聋发聩。用心发现，无名英雄。"

我必须衷心地表达一番感谢，比如中科院心理所原所长张侃、原副所长张建新以及刘正奎、王文忠、史占彪、祝卓宏、傅春胜、吴坎坎等心理工作者，他们有的抽出宝贵时间陪我奔赴川北、甘南等地实地采访，有的以其他方式给予我支持和配合。我还要感谢中央电视台节目主持人白岩松，日本心理专家高桥哲、福永良喜和翻译刘妮，他们的敬业和认真，让我们的对话充满了人间烟火的气息。另外，也要感谢辛勇、许燕、李江、江洪涛、胡宇晖、刘平、郭龙健、李晓景、萧尤泽、李慧杰、崔东明、刘飞、黄小峰、刘琰、杨婕、丁云枝（丁丁）、徐正富、王念法、刘妮、王蔺、史加利、沈中英、贾德春、洪军、周东佼、代国宏（叮当猫）、苏思妙、杨彬（可乐男孩）、杨作连、杨建芬等 150 多位大学教授、志愿者和被援助对象。他们有的陪我走村串户，有的为我提供采访线索，有的与我彻夜长谈，有的陪我去死难者的坟墓前告慰亡灵……

张侃说："《走出"心震"带》将是我国第一部全面反映灾后心理援助的文学作品。"我颇感压力，因为它将面对苍生。

很多采访，都是在"泪飞顿作倾盆雨"中完成的，我没有陪他们一起哭，我装也要装出淡定的模样。四川的一位大姐说："书出来后，我一定要买三本，一本留给自己，另外两本分别在儿子、女儿的坟前烧掉。"

有泪，是因为"心震"依然。告别眼泪，唯有走出"心震"。

值得欣慰的是，在如火如荼的灾后心理援助中，有很多人从"心震"中走了出来。阳光洒在他们的脸上，我看到了生命的尊严。

也许，只有灾难远离人类，"心震"才会最终画上句号。

而《走出"心震"带》的最后一个句号非常圆，分明是愿景的样子。

秦岭

2019 年 6 月 22 日于天津观海庐

丛书
出版后记

1978年前后，在方毅同志的支持下，《哥德巴赫猜想》《小木屋》《胡杨泪》等一批反映科学家和科技创新的报告文学作品相继问世，引起了强烈的社会反响。这些被人们认为反映了"科学的春天"到来的激越文字，已经或依然在影响着很多人的人生选择。

2013年5月，中国科学院启动了新一轮机关管理体制改革，成立了科学传播局。在传播局的战略规划中，明确提出创作一批反映科技创新、歌颂科技工作者的高质量文化产品，争取可以传世。在中国作家协会副主席白庚胜同志、中国科学院文联主席（现任名誉主席）郭曰方同志、中国科学院科学传播局局长周德进同志的倡议下，这一想法明确为创作出版一套反映新中国科技成就的报告文学作品。由此，中国科学院、中国作家协会、中国科学技术协会三方达成联合创作一套大型报告文学作品的高度合作共识。2015年1月，中国科学院、中国作家协会、中国科学技术协会主要领导联合会签工作方案，正式将其定名为"'创新报国70年'大型报告文学丛书"。

　　知易行难。经选题遴选、作家推荐、研究所对接，到2015年11月13日，"创新报国70年"大型报告文学丛书项目举行第一批选题签约仪式，6项选题正式开始创作。其后，项目进入稳步有序的推进阶段，先后组织了4批选题的编创工作。

　　这是一个跨部门、大联合、大协作的项目，从工作设想到一字一句落墨定稿，数百人为之操劳奔走，为之辛苦不眠，为之拈断髭须。在选题、作家遴选阶段，中国科学院12个分院近60家院属单位提交了选题方向建议，多家研究所主动联系项目办公室，希望承担选题创作支撑任务；白春礼、侯建国、钱小芊、白庚胜、谭铁牛、王春法、袁亚湘、杨国桢、万立骏、陈润生、周忠和、林惠民、顾逸东、王扬宗、彭学明等20余位院士、专家直接参与统筹指导、选题遴选工作，为从根源上保障丛书水准出谋划策；中国作家协会、中国科学技术协会给予项目高度支持，细心考虑多方因素，源源不断地推荐最合适的优秀作家，提供强有力的支撑。

　　在调研创作阶段，30余位作家舟车劳顿，不辞辛劳深入科研一线调研采访，深挖一人一事。以"青藏高原科学考察项目""东亚飞蝗灾害综合治理""顺丁橡胶工业生产新技术""灾后心理援助十周年纪实""从人工全合成牛胰岛素研究到人工全合成核糖核酸研究""从'黄淮海战役'到'渤海粮仓'""包头、攀枝花、金川综合开发项目""中国植物分类学发展与植物志书编纂""中国科大'少年班'""李佩先生相关事迹"为代表的选题，因涉及年代较为久远，跨越了一代甚至几代人的时光，部分重大工程参与单位遍布全国，部分中国科学院外单位甚至已经取消或重组，探访困难。纪红建、陈应松、薛媛媛、秦岭、铁流、李鸣生、杨献平、彭程、李燕燕、冯秋子等作家，在选题依托单位的支持下，以科研成果为中心，不囿于门户，尽最大可能遍访相关单位和亲历者，尊重历史、尊重科学的初心始终如一。以"从'望洋兴叹'到'走向深海大洋'""从无缆水下机器人研究到'蛟龙'号载人深潜器""猕猴桃属植物资源保护、种质创新及新品种产业化""我国两栖动物资源'国情报告'""中国泥石流研究""文章写在大地上——植物学家蔡希陶""中国北方沙漠化过程及其防治""冻土与沙漠地区工程建设支持西部发展""唤醒盐湖'沉睡'锂资源""澄江生物群和寒武纪大爆发"为代表的选题，采访、调研的客观条件较为恶劣。许晨、徐剑、李青松、袁山山、葛水平、李朝全、毛眉、李春雷、马步升、董立勃等作家，出远海、访林间、探深山、翻石冈、巡雨林、穿沙漠、过盐湖，亲历一线采风，与科研人员同吃同住同工作，以自己的亲身见闻，撰写出最生动的文章。而以"北京正负电子对撞机及二期改造工程""核聚变领跑记：中国的'人造太阳'""从黄土到季风""载人航天工程空间科学与应用""大气灰霾的追因与控制""高福院士和他的病毒免疫学团队""强激光技术""'中国天眼'及南仁东先生事迹"为代表的选题，涉及大量晦涩难懂的基础科学研究及其前沿进展。叶梅、武歆、冯捷、周建新、哲夫、张子影、蒋巍、王宏甲等作家克服极大困难，"跨界"学习自己所不熟悉的科学知识，甚至成了相关领域的"半个专家"。与此同时，中国科学院下属30余家科研院所逾百位分管领导和工作人员任劳任怨、尽职尽责，为作家创作提供支撑保障。如西北生态环境资源研究院办公室副主任岳晓，曾十余次陪同作家前往一线采访，包括环境艰苦恶劣的青海格尔木站和北麓河站（海拔4800米）、宁夏中卫沙坡头站、新疆天山冰川站和阿勒泰站等。

在审读定稿阶段，科学界、文学界近150位专家参与审读工作，为高质量作品的诞生提供有力保障。"冯康先生及其家族对中国科学技术的贡献"选题作家宁肯在书稿初稿创作完成后，秉着精益求精的态度，充分尊重各方建议，先后进行了三次重大调整，所付出的精力与调研创作时不相上下。"周立三先生对我国国情研究的贡献"选题作家杜怀超对作品精雕细琢，根据审读意见不断修改完善，对笔误也一一审校订正，力争做到尽善尽美。

"创新报国70年"大型报告文学丛书的创作出版工作，已历时五年。这五年中，科学与文学相互激荡、科学家与文学家激情碰撞。这些"碰撞"，也成为开展工作的难点所在。例如，书稿标题的拟定，是应当更平实，还是更富文学性？一项科研工作，是应当尽可能全面展示，还是选取最具可读性的片段施以浓墨重彩？一个或多个工作团队中，应当展现什么人物？又该重点展示这些人物的哪些方面？凡此种种，在成稿之前，作家和科研人员都展开了无数轮"激烈"讨论，经过多方考虑才达成一致。这些或大或小的"碰撞"，在编写过程中，是大家的焦虑所在；在最终呈现给大家的这套书中，也许将是最精华之所在。处理或有不周，但作为一种"跨界"的磨合，相信读者会读出不一样的精彩。

"创新报国70年"大型报告文学丛书项目办公室设在中国科学院科学传播局，联合中国作家协会创联部、中国科学技术协会调宣部共同开展统筹协调工作。项目执行单位先后设在中国科学院计算机网络信息中心、中国科学院文献情报中心。前前后后，数十人为之操劳奔忙，他们是中国科学院的杨琳、胡卉、储姗姗、李爽、陈雪、崔珞、王峥、孙凌筱、张颖敏、岳洋，中国作家协会的高伟、范党辉、孟英杰，中国科学技术协会的孟令耘等。这个团队持续跟踪选题创作和审读进展，及时发现问题、解决问题，付出了大量的时间和精力，保障了丛书的顺利出版。

感谢中国作家协会、中国科学技术协会、中国科学院以及浙江教育出版社的精诚合作，感谢各位专家、作家和工作人员对此项工作的辛勤付出，相信"创新报国70年"大型报告文学丛书的出版能够有力地传承科学文化，推进科技与人文融合发展，弘扬社会主义核心价值观和新时代科学家精神，为实现中华民族伟大复兴的中国梦发挥出独特作用。

"创新报国 70 年"大型报告文学丛书项目组

2019 年 6 月

图书在版编目（CIP）数据

走出"心震"带 / 秦岭著. -- 杭州 ： 浙江教育出版社，2019.11（2020.7 重印）
（"创新报国70年"大型报告文学丛书）
ISBN 978-7-5536-9413-9

Ⅰ．①走… Ⅱ．①秦… Ⅲ．①报告文学－中国－当代 Ⅳ．①I25

中国版本图书馆CIP数据核字(2019)第184287号

"创新报国70年"大型报告文学丛书

走出"心震"带

ZOUCHU "XINZHEN" DAI

秦岭 著

策　　划：周　俊
责任编辑：李　剑
责任校对：池　清
责任印务：沈久凌
出版发行：浙江教育出版社
　　　　　（杭州市天目山路40号　电话：0571-85170300-80928）
图文制作：杭州林智广告有限公司
印刷装订：浙江海虹彩色印务有限公司
开　　本：635 mm×965 mm　1/16
印　　张：34.25
字　　数：429 000
版　　次：2019 年 11 月第 1 版
印　　次：2020 年 7 月第 2 次印刷
标准书号：ISBN 978-7-5536-9413-9
定　　价：78.00 元

如发现印装质量问题，影响阅读，请与本社市场营销部联系调换，电话：0571-88909719